HAYMON taschenbuch 227

FSC
www.fsc.org
MIX
Papier aus verantwortungsvollen Quellen
FSC® C083411

Auflage:
4 3 2 1
2020 2019 2018 2017

HAYMON tb **227**

Originalausgabe

www.haymonverlag.at

ISBN 978-3-7099-7872-6

Umschlag- und Buchgestaltung nach Entwürfen von hœretzeder grafische gestaltung, Scheffau/Tirol
Umschlag: Eisele Grafik · Design, München, unter Verwendung folgender Bildelemente: bigstock.com/Le Panda (Hintergrund); 123rf.com/Thawat Tanhei (Schmetterling)
Satz: Da-TeX Gerd Blumenstein, Leipzig
Autorenfoto: Thomas Schrott

Gedruckt auf umweltfreundlichem, chlor- und säurefrei gebleichtem Papier.

Lena Avanzini

Auf sanften Schwingen kommt der Tod

Carla Bukowskis zweiter Fall

Lena Avanzini

Auf sanften Schwingen kommt der Tod

Für Irmgard und die Abenteuer,
die hinter der Fassade liegen

Komm, großer schwarzer Vogel,
Jetzt wär's grad günstig!
Die anderen da im Zimmer schlafen fest
Und wenn wir ganz leise sind,
Hört uns die Schwester nicht?

Ludwig Hirsch

1
31. März

„Sie haben also ...“ Die Silben wurden von den nackten Wänden zurückgeworfen und hallten unheimlich nach. Bukowski zuckte zusammen. Es gab keinen Grund mehr, zu schreien. Das Gewitter war weitergezogen. Wie auf Knopfdruck hatte der Regen sein Geprassel eingestellt, bis auf letzte Tropfen, die in unregelmäßigen Abständen an die Fensterscheiben klopften. Sanft. Beinahe versöhnlich.

„Sie haben also nichts gehört?“, fragte sie leiser.

Die Fian schüttelte den Kopf – eine Bewegung, die lediglich in einer leichten Erschütterung ihres Doppelkinns sichtbar wurde. Im Übrigen schwieg die Gute. Stille senkte sich über den Befragungsraum, wurde nur durch ein Knistern unterbrochen, wenn Manni mit der Hand über sein unrasiertes Kinn rieb.

Sehnsüchtig schielte Bukowski in ihren Kaffeebecher. Leer. Mit einer knappen Geste signalisierte sie ihrem Kollegen, dass er Nachschub organisieren sollte, fügte mit einem Augenaufschlag ein „Bitte“ hinzu. Aber Revierinspektor Manfred Pribil begriff nicht oder wollte nicht begreifen.

Sie wischte sich mit dem Ärmel über die Stirn. Die Schwüle der vergangenen Tage staute sich in den vier Wänden, deren Fenster sich nicht öffnen ließen. Die Klimaanlage funktionierte nicht, es war stickig. Bukowski sehnte sich nach kühler, vom ersten Frühlingsgewitter gereinigter Luft. Und nach einer Zigarette, mit der sie diese Luft verpesten konnte. Seit fast drei Stunden versuchte sie nun schon, Marianne Fian ein Geständnis zu entlocken. Erfolglos. Die Sechsundvierzigjährige erwies sich als tougher als gedacht. Zuckte nicht mit den Wimpern. Schwitzte nicht. Begehrte weder zu essen noch zu trinken, wollte niemanden anrufen, verlangte keinen juristischen Beistand. Unbeweglich saß sie am Tisch wie eine Kugel – eine kleine, schwarze Kugel – und ruhte in sich. Mit einer Selbstsicherheit, die an Abgebrühtheit grenzte. Oder war sie nur über die Maßen gleichgültig?

Bukowski musterte das kreisrunde Gesicht ihres Gegenübers. Hohe Stirn, kurzer Pony, regelmäßige Gesichtszüge, auffallende Blässe. Eine Blässe, die nicht das Ergebnis eines Schocks war, sondern sich einem hellen Make-up verdankte. Einem perfekten Make-up, das neben Hautunebenheiten, Pigmentflecken und roten Äderchen auch Emotionen aller Art kaschierte.

Bukowski griff nach ihrem Tablet und schaute sich die Tatortfotos an. Herbert Fian, ein Mittfünfziger mit sportlicher Figur und markanten Gesichtszügen, war ein attraktiver Mann, wenn man von der Blutlache absah, die sich unter seinem Leichnam ausgebreitet hatte. Sie vergrößerte die zerschnittene Hand des Toten und zeigte Marianne Fian den Ausschnitt.

„Sehen Sie die Abwehrverletzungen? Es hat einen Kampf gegeben. Geschirr ist zu Bruch gegangen. Vermutlich hat Ihr Mann geschrien." Dreizehn Messerstiche. Keiner hatte ein lebenswichtiges Organ getroffen. Herbert Fian konnte sich noch von der Küche ins Wohnzimmer schleppen. Bis zum Couchtisch, auf dem sein Handy lag. Es gelang ihm, einen Notruf abzusetzen. Bevor der Notarzt eintraf, war er jedoch verblutet. „Und Sie wollen nichts gehört haben? Obwohl Sie nebenan im Schlafzimmer waren, nur durch eine dünne Wand getrennt?" Lächerlich. Die herbeigerufene Polizeistreife hatte die Fian in ihrem Bett angetroffen. Fertig gekleidet und geschminkt. Perfekt geschminkt!

Bukowski fragte sich, wann sie dafür Zeit gefunden hatte. Zwischen Notruf und dem Eintreffen der Kollegen? Oder bevor sie zugestochen hatte?

„Ich habe geschlafen", sagte die Fian, den Blick starr auf das Foto gerichtet.

Bukowski konnte keine Regung in den Rosinenaugen erkennen. Nur die Lüge, die sich hinter die dunklen Sprenkel der Iris duckte. Ich muss eine härtere Gangart anschlagen, dachte sie. Der Nachmittag zerrann ihr unter den Fingern. Dass Marianne Fian ihren Mann erstochen hatte, war klar wie der Enzianschnaps, den Bukowskis Oma früher selbst gebrannt hatte. Nur die Beweise fehlten. Bis jetzt hatten sie nichts, was einen Richter dazu veranlassen würde, die Untersuchungshaft zu verhängen. Womöglich mussten sie die Fian ziehen lassen, dringender Tatverdacht hin oder her. Ein Geständnis würde alles erleichtern. Außerdem würde es Bukowski einen frühen Feierabend bescheren. Die Zeit für ein ausgiebiges Telefonat mit Leon. Seine Entlassung aus dem Krankenhaus stand bevor und schon übermorgen würde sie ihn sehen. Zum ersten Mal nach seiner Bandscheibenoperation. Bevor sie es verhindern konnte, huschte ein Lächeln über ihre Lippen.

Marianne Fian bezog es auf sich und lächelte zurück. „Ohropax", sagte sie und strich sich eine Strähne ihres rabenschwarzen Bobs hinters Ohr.

„Wie bitte?"

„Ich schlafe immer mit diesen Wachsdingern. Weil Herbert so schnarcht." Wieder das Lächeln. Die vollen Lippen teilten sich, gaben zwei Reihen perlenförmiger Zähne frei, die im überschießenden Zahnfleisch fast versanken. An Marianne Fian war alles üppig, sogar die Innenausstattung ihres Mundes. Ihr Fleisch quoll aus der Form wie Hefeteig. Zwei eingesunkene Rosinen die Augen, eine goldene Einschnürung der Ehering, eingebackener Hagelzucker die Zähne. Noch während Bukowski an Hagelzucker dachte, bröckelte das Lächeln der Fian, die Lippen schlossen sich. „Geschnarcht hat", korrigierte sie sich, als wäre ihr gerade erst aufgefallen, dass ihr Mann keine störenden Geräusche mehr machen würde. Nie mehr.

„Ohropax also", sagte Bukowski. Sie erkannte, dass sie so nicht weiterkam und beschloss, auf Zeit zu spielen. Eine tickende Uhr in Kombination mit nagelkauender Ungewissheit war immer noch die effektivste Zermürbungsmethode. Effektiver als ein Fragemarathon, die Guter-Bulle-böser-Bulle-Taktik, falsche Versprechungen oder gar Drohungen. Und absolut legal. Tatverdächtige mussten zwar „ohne unnötigen Aufschub" einem Richter vorgeführt werden, so stand es in der Strafprozessordnung – spätestens achtundvierzig Stunden nach der Festnahme. Aber achtundvierzig Stunden konnten verdammt lang sein.

„Pause", sagte Bukowski und rauschte hinaus. Manni folgte ihr auf dem Fuß, Dankbarkeit im Blick. Er bot an, Pizza zu organisieren. Sie setzte sich währenddessen auf den Mauervorsprung im Hof und rauchte, bis Manni mit dem verspäteten Mittagessen zurückkam.

In ihrem gemeinsamen Büro gingen sie noch einmal alles durch, was Kollegin Amalie Franz seit dem Morgen an Fakten zusammengetragen hatte.

„Wusstest du, dass die Fian eine angesagte Fotografin ist?", fragte Bukowski.

Manni zuckte mit den Schultern. Seine Aufmerksamkeit galt den Peperoni, die er von seiner Pizza genascht hatte und deren Schärfe ihm Schweißtropfen auf die Stirn trieb.

„Hat sich vor gut zwei Jahren selbständig gemacht, mit großem Erfolg. Was glaubst du, auf welche Art von Fotos sie sich spezialisiert hat?“

„Erotikshootings?“

Die Akne auf Mannis Wangen erblühte wie die Königin der Rosen. Aber das kann natürlich auch an der Pizza Diavolo liegen, dachte Bukowski und grinste. „Ganz falsch. Scheidungsfotos, stell dir vor!“

Während die meisten Fotostudios das übliche Repertoire von Pass-, Bewerbungs-, Hochzeits-, Babybauch- bis Familienbildern anboten, setzte Marianne Fian auf eine Sparte, von der Bukowski noch nie zuvor gehört hatte. Die aber in der Luft liegen musste, wenn man die steile Erfolgskurve der Jungunternehmerin richtig interpretierte. In vielen Menschen, vor allem in Frauen – neunzig Prozent von Fians Kunden waren Kundinnen – schlummerte offenbar das Bedürfnis, das Ende eines Lebensabschnitts zu dokumentieren. Sich von ihren Partnern zu trennen, zum Friseur zu gehen und den Beginn des neuen Single-Daseins fotografisch festhalten zu lassen: ernst, trotzig oder lächelnd, mit neuem Haarstyling, einem Glas Prosecco, einer verwelkten Rose oder einem zerrissenen Porträt des Ex in der Hand. Aber auf alle Fälle selbstbewusst.

So selbstbewusst wie die Frau hinter der Kamera, dachte Bukowski. Was als Gag begonnen hatte, bescherte der Fian inzwischen saftige Einnahmen, es hatte ihr den Preis „Innovativste Unternehmerin 2014“ eingetragen und eine Nominierung zur „Frau des Jahres 2015“ der Zeitschrift *Hip in Wien*.

„Weil Marianne Fian der Scheidung den Nimbus des Prekären nimmt“, zitierte Bukowski aus der Onlineausgabe des Lifestyle-Magazins, „und weil die Geschiedenen in Fians Porträts ihre Verletzlichkeit nicht verstecken, sondern wie ein Banner vor sich hertragen, stolz und unerbittlich. Gerade dadurch wirken sie stärker denn je – gleichsam fröhlich-verspielte Amazonen des 21. Jahrhunderts."

„Na hawidere", murmelte Manni und Bukowski war sich nicht sicher, ob die Missbilligung in seiner Stimme Marianne Fian galt, den kameraaffinen Geschiedenen oder der Ausdrucksweise der Artikelschreiberin. „Deine Pizza wird übrigens kalt, Jadis. Rucola mit Schafskäse ist doch deine Lieblingssorte, oder?"

„Köstlich", sagte Bukowski. Aber obwohl sie hungriger war als sämtliche bösen Hexen von Narnia zusammen, schaffte sie nicht mehr als zwei Bissen. Vielleicht weil sie heute Morgen das Frühstück erbrochen hatte. Oder weil ihr die stagnierende Vernehmung auf den Magen schlug. „Glaubst du, Marianne Fian sieht sich selbst auch als Amazone? Hat sie es deshalb vorgezogen, ihren Ehemann zu erstechen, anstatt die Scheidung einzureichen wie Susi Musterfrau?"

„Vielleicht hatte sie einfach alles satt. Apropos satt ... Wenn du nichts mehr ... ich meine ..." Manni schielte auf Bukowskis Pizzakarton.

Sie schob den Karton über den Tisch. „Klar, hau rein! Was soll die Fian sattgehabt haben?"

„Die ewigen Streitereien. Die Eifersuchtsanfälle ihres Mannes, die Schreiduelle." Manni befreite Bukowskis angebissenes Pizzastück vom Grünzeug, rollte es zusammen und verschlang es in Rekordzeit.

„Woher weißt du das?"

„Von Oschkar." Er schluckte und wischte sich mit dem Ärmel über den Mund. „Er hat die Nachbarn befragt. Und alle behaupten, Herbert Fian sei ein rechthaberisches, besitzergreifendes Arschloch gewesen. Außerdem rasend eifersüchtig. Mit Marianne soll er fast täglich gestritten haben, aber auch mit seinem Sohn und mit dem jungen Arbeitslosen, der über den Fians wohnt. Ein gewisser Willi Hinterholzer."

„Aber sowohl der Sohn als auch der Hinterholzer haben ein Alibi, richtig?", riet Bukowski.

„Du hast es erfasst. Der Sohn lebt seit einem halben Jahr mit seiner Freundin in Floridsdorf. Zur Tatzeit hat er Kaffee gekocht, was die Freundin bestätigt. Der Hinterholzer ist mit zwei Kumpels unterwegs gewesen. Auch sein Alibi hat Oskar überprüft."

Bukowski legte den Finger in das Grübchen an ihrer Nase, das ihr immer beim Nachdenken half. „Ich frage mich, ob Herbert Fian einen Grund hatte, so eifersüchtig zu sein. Hat Oskar diesbezüglich schon was herausgefunden? Wo steckt er eigentlich?"

„Ist nach Sankt Blödsinn gefahren, um irgendwas zu checken", sagte Manni und wischte sich einen Spritzer Tomatenmark vom Kinn. „Kommt sicher bald."

Und tatsächlich. Keine halbe Stunde später trudelte Chefinspektor Oskar Travnitschek ein und brachte interessante Neuigkeiten aus der niederösterreichischen Landeshauptstadt mit. Die Fian habe im Januar einen Praktikanten engagiert, erzählte er. Einen gewissen Dominik Baldauf. Und nicht nur beruflich habe sie sich seiner angenommen. „Stellt euch vor, die vögelt mit dem! Keine zwanzig ist der Bursche und nicht einmal halb so schwer wie sie!" Schnaubend riss sich Oskar die Mütze vom Kopf, zog einen Kamm aus der Hosentasche und fuhr damit ein paarmal durchs Haar.

„Ja und?"

„Was heißt ja und? Ihr Sohn ist älter als dieser Baldauf! Das ist doch ..."

Bukowski, die den Kollegen trotz ihrer flachen Schuhe um einen Kopf überragte, musste in die Knie gehen, um ihm in die Augen zu sehen. „Weißt du, was ich mich frage?“ Sie musterte Oskar wie ein soeben entdecktes Insekt, von dem man nicht wusste, wie es zu klassifizieren war: Schädling? Harmlos? Sammlungswürdig oder ein Fall für die Fliegenklatsche? „Ob du dich genauso aufregen würdest, wenn Marianne Fian ein Mann wäre. Stell dir vor, der übergewichtige Besitzer eines Fotostudios treibt es mit seiner dreißig Jahre jüngeren, gertenschlanken Angestellten. Würde dann auch Ekel in deiner Stimme mitschwingen? Oder womöglich Bewunderung? Bewunderung mit einem Schuss Neid?“

Oskar sah sie ratlos an. „Wie jetzt ... was jetzt?“ Es dauerte, bis der Groschen fiel. „Spinnst du, Carla? Willst du damit sagen, dass ich ein Macho bin?“

Bukowski tätschelte seinen Rücken. „Aber nein, das würde mir nicht im Traum einfallen. Du doch nicht, Ossi! Obwohl ... dein Rollenverständnis ... hm, also das könnte vielleicht ein klitzekleines Update vertragen. Meinst du nicht?“ Sie lächelte ihn an. „Aber zurück zu diesem milchjungen Praktikanten. Hältst du es für möglich, dass Dominik Baldauf ...“

„... unser Mörder ist? Ausgeschlossen. Er war zur Tatzeit in St. Pölten. Ein Familienfest – seine Oma ist siebzig geworden. Nach der Feier haben er und seine zwei Cousins im Wohnzimmer der alten Dame übernachtet. Da wäre er nicht unbemerkt weggekommen.“

„Gut“, sagte Bukowski. „Dann wissen wir das. Danke, mein Lieber.“

Bevor Oskar hinausging, warf er ihr einen vorwurfsvollen Blick zu, spuckte das Wort „Rollenverständnis“ aus, als wäre es Gift, und zog sich die Mütze bis über die Brauen.

Manni kicherte. Dann tranken sie miteinander Kaffee. Zwei Espressolängen später hielt Manni es nicht mehr aus. „Wie lange willst du unsere Verdächtige eigentlich noch schmoren lassen?“

In diesem Moment kam der Anruf von Kriminaltechniker Peter Gruber, genannt Gruber eins. Was er zu berichten hatte, war zwar nur ein Detail, aber ein hochinteressantes.

„Gute Neuigkeiten?“, fragte Manni.

Bukowski reckte den Daumen hoch. „Komm, lass es uns zu Ende bringen.“

Als sie den Befragungsraum betraten, hob Marianne Fian nicht einmal den Kopf. Das Wasserglas stand unberührt am Tisch. Noch immer strahlte sie eine beneidenswerte Ruhe aus. Aber auf den zweiten Blick bemerkte Bukowski, dass die Ruhe aufgesetzt war. Das perfekte Make-up hatte Sprünge bekommen – haarfeine Risse in der porzellanenen Oberfläche.

Bukowski wartete, bis Manni die Kamera aktiviert hatte. Sie trieb ihre Reibeisenstimme in eine höhere Region und schaltete einen rosa Wattefilter dazu. „Frau Fian, bitte entschuldigen Sie die Verzögerung. Sie müssen hungrig sein. Können wir Ihnen etwas bringen? Ein Sandwich vielleicht? Oder mögen Sie lieber Pizza?“

Die Fian schüttelte den Kopf.

„Dann wenigstens einen Kaffee? Unser Espresso ist gar nicht so übel, keine Automatenbrühe wie in den meisten anderen Präsidien, darauf legt unser Chef großen Wert.“

„Danke, ich möchte nichts.“

„Gut, dann lassen Sie mich rekapitulieren. Sie haben geschlafen, mit Ohropax, weshalb Sie nicht mitbekommen haben, dass Ihr Mann gegen halb sechs Uhr morgens erstochen wurde. Mit dreizehn Messerstichen. Erst als zwanzig Minuten später die von ihm alarmierten Polizisten eintrafen und das Schlafzimmer betraten, sind Sie aufgewacht. Zu diesem Zeitpunkt waren Sie allerdings schon angezogen und sogar geschminkt. Tipptopp geschminkt. Finden Sie das nicht merkwürdig?“

„Weil mir nach der Morgentoilette schwindlig geworden ist. Da habe ich mich noch einmal hingelegt und bin eingenickt.“

„Und die ganze Zeit hatten Sie die Wachspfropfen in den Ohren, ja? Nimmt man die nicht raus, wenn man aufsteht?“

„Ja, doch, aber da war der Kampf wohl schon vorbei. Ich habe jedenfalls nichts gehört.“

„Und gesehen auch nicht?“

„Ich bin ja nur kurz ins Bad und wieder zurück ins Schlafzimmer.“

„Im Wohnzimmer und in der Küche waren Sie nicht?“

Marianne Fian schüttelte den Kopf.

„Wie ist dann das Blut auf Ihren Rock gekommen, das die Kollegen von der Kriminaltechnik vor wenigen Minuten als das Blut Ihres Mannes identifiziert haben?“

„Blut? Welches Blut?“

Bukowski schwieg ihr Ich-weiß-was-du-getan-hast-Schweigen.

„Das muss altes Blut sein. Vielleicht weil Herbert ...“ Zum ersten Mal veränderte die Fian ihre Sitzposition. Sie rutschte auf ihrem Stuhl hin und her. „Weil er sich einmal beim Rasieren ... vor zwei Wochen ...“

Bukowski lächelte mild. Sie tätschelte den Handrücken der Fian. Einen weichen, weißen, gut gepolsterten Handrücken, bei dem die Fingerknöchel nicht als Erhebungen sichtbar waren, sondern als Grübchen, wie bei einem Kleinkind. „Sie sehen müde aus, Marianne.

Wollen Sie mir nicht sagen, wie es sich wirklich abgespielt hat? Dann wären wir fertig für heute und Sie könnten sich ein bisschen hinlegen."

Manni hob seine Brauen. Achtung, hieß das. Keine falschen Versprechungen. Die waren nämlich genauso verboten wie Drohungen.

„Ich weiß es nicht", sagte die Fian. „Wirklich nicht."

„Dann lassen Sie uns gemeinsam überlegen, wie es passiert sein könnte. Die Wohnungstür war unversehrt. Das heißt, es gibt genau drei Möglichkeiten. Entweder hat Herbert seinen Mörder selbst hereingelassen, so gegen fünf. Wer kommt da wohl in Frage? Der Bäckerjunge, der die Brötchen bringt? Die Zeitungsfrau? Sollen wir das glauben?" Bukowski pausierte, um die Worte einsickern zu lassen. „Oder der Mörder hatte einen Schlüssel. Wer besitzt einen Schlüssel zu Ihrer Wohnung? Ihr Sohn vielleicht? Ein Nachbar? Ein Freund der Familie? Oder womöglich Ihr junger Lover Dominik Baldauf?"

Marianne Fian öffnete den Mund und schloss ihn wieder, als suche sie nach Worten. Vielleicht schnappte sie auch bloß nach Luft. Zum ersten Mal lag etwas Gehetztes in ihrem Blick und hinter den haarfeinen Sprüngen im Make-up lungerte Angst. Bukowski konnte sie riechen.

„Möglichkeit drei: Der Mörder war schon da. Dann können es wohl nur Sie selbst gewesen sein, Marianne."

„Ich ..."

„Ja? Wollen Sie mir etwas sagen?"

Das Prozedere wiederholte sich: Mundöffnen, Luftschnappen, Mundschließen. Der Augenblick dehnte sich, Sekundenbruchteile fühlten sich an wie Minuten.

Bukowski dachte an Leon, an das bevorstehende Wochenende. Die Vorfreude, die sich von allen Seiten anschlich; die sich nicht mehr lange zurückhalten ließ; die ihr warm über den Rücken rieselte. Reiß dich zusammen, dachte sie. Bring es mit Anstand zu Ende, auch wenn nichts dabei herausschaut. „Wollen Sie eine Pause machen?“ Sie signalisierte Manni, dass er die Kamera ausschalten sollte.

Mannis Zeigefinger bewegte sich zur Stopp-Taste.

„Ich ...“

Der Finger zuckte zurück.

Die Fian würgte ein Wort hervor, das Bukowski nicht verstand.

„Wie bitte?“

„Ich habe ...“

Und dann gestand Marianne Fian. Einfach so. Als könnte sie nicht anders. Als hätte Bukowski endlich den unter dem Make-up versteckten Schalter entdeckt. Wie auswendig gelernt spulte die Fian den Text ab. Sie habe ihren Mann erstochen, weil sie seine ständigen Beleidigungen wegen ihrer Körperfülle nicht mehr ertragen habe. Er selbst habe sie seit Jahren betrogen, habe sie nicht mehr angerührt, habe ihr dauernd zu verstehen gegeben, wie satt er sie habe. Demütigungen ohne Ende. Und gleichzeitig Eifersucht, weil er von ihrer Affäre mit Baldauf erfahren hatte.

Bukowski atmete auf. Manni atmete auf. Ob Marianne Fian ebenfalls aufatmete, war nicht festzustellen. Sie wurde jedenfalls in die Justizanstalt überstellt und Richterin Langer-Knorr vorgeführt, die die U-Haft verhängte.

„Fall abgeschlossen. Den Bericht schreibe ich morgen“, sagte Bukowski, als Manni und sie vor ihrer Lieblings-Würstelbude am Lerchenfelder Gürtel standen, bei Burenwurst und Bier. Die Wolken, die sich im Norden zusammenbrauten, beachteten sie nicht.

„Bravo, Jadis“, sagte Manni und klopfte Bukowski auf die Schultern. „Eins-a-Vernehmungstaktik. Der Chef wird staunen.“

Ja, dachte sie, das wird er bestimmt. Wenn er morgen wieder ins Büro kommt, wird seine Glatze vor Freude leuchten. Ein Mord, der geklärt war, bevor er Major Hanno Nowak, dem Leiter des LKA Außenstelle West, überhaupt zu Ohren kam, zählte bestimmt zu seinen Lieblingsfällen.

Als Manni den Meidlinger Dialekt des Chefs imitierte, lachte sie ganz entspannt. Sie tranken ein zweites Bier.

Die Übelkeit von vorhin war verflogen, mit Appetit biss Bukowski in ihre Wurst. Wie gut es ihr ging! Wie sie sich auf das Wochenende freute! Auf Leon.

Sakradi, ich habe ja versprochen, ihn anzurufen, fiel ihr ein. Sie verabschiedete sich von Manni und nahm die U6. Von der Station Alser Straße aus lief sie nach Hause. Sie setzte sich aufs Fensterbrett in der Küche, weil man von dort am besten telefonieren konnte. In aller Ruhe, mit einer Zigarette in der Hand.

Leon meldete sich nach dem dritten Klingeln.

„Carla, mein Schatz, endlich! Gut, dass du anrufst.“

„Was ist los? Du klingst geknickt. Hast du immer noch Schmerzen?“

„Schmerzen nicht. Aber dafür ein Problem. Ein ziemliches Problem.“ Das zweite „Problem“ wurde von einem Blitzschlag untermalt. Das Gewitter entlud sich genau über Bukowskis Wohnhaus. In kurzer Abfolge zuckten zwei weitere Blitze über der Sensengasse, gefolgt von durchgehendem Donnergrollen.

Passt gar nicht zur Jahreszeit, dachte sie, während Leon ihr das Problem erklärte. Ein Problem, das eigentlich eine Bitte war. Eine große Bitte.

Natürlich hatte es nichts damit zu tun, dass ihr plötzlich übel wurde, sie das Telefonat abbrechen musste und es gerade noch zur Toilette schaffte. Das musste am zu schnell getrunkenen zweiten Bier liegen, an der fetten Burenwurst oder daran, dass sie sich schon gestern Abend den Magen verdorben hatte.

Sie übergab sich. Danach spülte sie sich den Mund aus und stellte fest, dass es ihr wieder gutging. Ein letzter Blitz erhellte das Badezimmer. Bukowski erhaschte einen Blick auf ihr Gesicht im Spiegel. Es lächelte.

Sie dachte an Leons Bitte, dachte, dass es sich um eine Herausforderung handelte. Aber eine lohnende, ach was, eine wundervolle Herausforderung, sagte sie sich, und draußen setzte wie Applaus der Regen ein.

2
Aus dem Buch der Kränkungen
#4 Sandra

Der Regen ist dichter geworden. Schnüre statt Tropfen. Zwischen den Schnüren der Geruch nach nassem Hund. Und ein Vorgeschmack auf Nebel, tote Blätter, weiße Atemluftwolken.

Dir ist das egal. Du willst nicht warten, ob es vielleicht aufhört. Oder das Rad stehenlassen und ein Taxi rufen. Bloß so schnell wie möglich nach Hause, heiß duschen und in Frotteesocken und Flanellpyjama vor dem Fernseher lungern. Millionenshow. Millionenshowschlaf. Gibt's was Besseres nach einem Monstertag wie diesem?

Immerhin hast du schon in aller Früh mit deiner Mutter telefoniert, ohne zu streiten – eine Meisterleistung an Selbstbeherrschung. Du hast es dir nicht nehmen lassen, zur Arbeit zu radeln, hast die vierhundert Höhenmeter auf den Walderberg in einer sportlichen halben Stunde bewältigt. Am Vormittag hast du deine Urlaubsvertreterin eingeschult, an einer Besprechung des Betriebsrats teilgenommen und verschiedene Diätpläne für die nächste Woche erstellt – für deine adipösen Schützlinge, die Diabetiker, die Lactose- und Fructoseintoleranten und die untergewichtige Multiple-Sklerose-Patientin, die an einer unbestätigten Zöliakie leidet. Nachmittags hast du drei persönliche Beratungsgespräche geführt und einen Kochkurs mit Morbus-Parkinson-Patienten abgehalten. Mit den Parkis hast du Kartoffeln geschält, Karotten und Stangensellerie kleingeschnippelt, Petersilie gehackt und eine würzige Suppe zubereitet – alles mit dem ergonomisch geformten Besteck, das extra für diese Klientel entworfen wurde.

Als wäre das nicht genug, hast du deine Kollegin Heidi, die sich an der Achillessehne verletzt hat, beim Nordic-Walking-Kurs der Polyneuropathiker vertreten. Du hast mit deinem neuen Lover im Berggasthof Köll Eierlikörtorte gegessen, mit dem alten in der Cafeteria der Reha-Klinik Tee getrunken, und mit beiden im Pflegeartikellager gevögelt. Natürlich nicht zugleich. Und bestimmt nicht aus rasender Geilheit, sondern bloß, weil dir das Neinsagen so schwerfällt. Dieses kleine Wort, das so hart klingt, so unwiderruflich – du hast dich nie überwinden können, es in deinen Wortschatz aufzunehmen.

Kein Wunder, dass du jetzt müde bist. Du hast es eilig, nach Hause zu kommen. Einmal wegen der dichten Regenschnüre und der schnell heraufziehenden Dämmerung. Zum anderen weil du ahnst, dass hinter deinen Schläfen ein bohrender Kopfschmerz lauert.

Du setzt den Helm auf, schwingst dich auf dein Mountainbike und fährst los. Der Fahrtwind peitscht dir den Regen ins Gesicht, die Schnüre fühlen sich an wie Nadeln. Solange die Straße ansteigt, trittst du kräftig in die Pedale. In der Geraden nimmst du Tempo auf. Dann die Abfahrt.

Die Warntafel, die auf das fünfzehnprozentige Gefälle hinweist, beachtest du nicht, du kennst die Strecke in- und auswendig und preschst bergab. Legst dich in die erste Kurve. Bemerkst, dass dir mulmig ist. Schiebst die plötzliche Übelkeit auf die üppige Eierlikörtorte, weil du dir nichts anderes vorstellen kannst. Wer würde auch so misstrauisch sein und an K.o.-Tropfen denken?

Die Xenonscheinwerfer eines entgegenkommenden Autos blenden dich. Du erschrickst, verreißt den Lenker, hast Mühe, die Balance zu halten, bremst ab und fährst langsamer weiter.

Dann erwacht der Kopfschmerz. Von den Schläfen ausgehend schraubt er sich ins Schädelinnere. Vor der scharfen Linkskurve erfasst dich Schwindel. Der Asphalt scheint sich an den Rändern emporzuwölben.

Du würgst, lässt im Reflex beide Bremshebel los, anstatt sie stärker anzuziehen. Das Rad nimmt Fahrt auf, als hätte es nur auf diesen Augenblick gewartet. Immer schneller rast es auf die Leitschiene zu. Sein Vorderreifen bohrt sich in das Hindernis. Du wirst in hohem Bogen aus dem Sattel katapultiert, gleichzeitig entleert sich dein Magen.

Du fliegst. Fliegst und die Zeit steht still. Wie ein Zelt aus Flicken in verschiedenen Grautönen spannt sich der Himmel über die Szenerie. An einer Seite klafft ein Riss, durch den ein blasser Mond quillt.

Vollmond, denkst du, während du wie in Zeitlupe über die Böschung segelst, und du denkst, dass das Mondgesicht krank aussieht; dass du ihm eine Diät verordnen müsstest: kein Alkohol, dafür Tee aus Mariendistelsamen und Artischockensaft, um die Leber zu stärken. Du fliegst noch immer, fliegst an einem mageren Obstbäumchen vorbei, näherst dich endlich dem Boden. Kannst jeden Grashalm erkennen, Blumen, die einmal gelb geblüht haben müssen, den Scherhaufen einer Wühlmaus. Kurz vor dem Aufprall fällt dir das mit dem Kreis auf: Er schließt sich, denkst du. Denn bei Vollmond hast du das Licht der Welt erblickt und bei Vollmond wird dein Lebenslicht verlöschen.

Mit der Schulter voran schlägst du in der Wiese auf. Es knirscht, der Schmerz explodiert, du tauchst in eine sumpfige Brühe und versinkst.

Aber du versinkst nicht ganz. Es gelingt dir, den Kopf über der morastigen Oberfläche zu halten. Trotz des pulsierenden Schmerzes in der Schulter nimmst du den Geruch wahr: nach Erde, nach nassem Gras, Moos und Regen. Nach etwas Metallischem. Das wird Blut sein, denkst du, mein Blut. Es freut dich, dass dein Kopf funktioniert, dass er riechen und denken kann. Nur der Versuch, um Hilfe zu rufen, misslingt. Über deine Lippen kommt kein Laut, der in der Lage wäre, das Rauschen des Regens zu übertönen.

Und doch wirst du gehört. Es nähern sich Schritte.

Du öffnest die Augen, blinzelst die klebrige Flüssigkeit weg, die von deiner Braue tröpfelt; fokussierst den Blick auf den Mann, der über die Böschung geklettert ist, zu dir herunterrutscht und sich über dich beugt. Er kommt dir bekannt vor, aber es will dir nicht einfallen, wer er ist.

„Hilf mir", hauchst du. Versuchst, dich zu erinnern.

Er nähert sein Gesicht und lächelt. Und jetzt, jetzt erkennst du ihn. Am Lächeln und an der zärtlichen Geste, mit der er seine Linke an deinen Fahrradhelm legt und mit der Rechten dein Kinn umfasst.

Du denkst, dass du Glück im Unglück gehabt hast; dass du nun doch nicht bei Vollmond sterben wirst, zumindest nicht bei diesem Vollmond. Du suchst seinen Blick, in dem etwas Fremdes flackert. Etwas an diesem Blick ist anders, denkst du und bist verwirrt. Aber du hältst dich an die vertrauten Gebärden und trotz der Schmerzen gelingt es dir, ihn anzulächeln.

Als er mit einem plötzlichen Ruck deinen Kopf verdreht, so kraftvoll und effizient, als hätte er sein Leben lang geübt, anderer Menschen Genick zu brechen, bleibt dir keine Zeit mehr, dein Lächeln zu widerrufen. Es begleitet dich in den Tod.

Ein Lächeln wie ein Kuss, der die schwere Süße von Honig atmet und die feine Bitterkeit von Salbei.

Im Namen des Honigs und des Salbeis, Sandra, ich vergebe dir.

Gelöscht am 14. September 2015

3
1. April

Er durchwühlte die oberste Schreibtischschublade und staunte über den Müll, der sich angesammelt hatte – ein angeschnäuztes Taschentuch, ein verbogener USB-Stick, ein Wecker, den ausgelaufene Batteriesäure zerstört hatte, ein mit einem Fettfleck verziertes Ansuchen um Zuerkennung eines Bildungszuschusses; fand nicht, was er suchte; fand es schließlich doch, unter dem Formular. Mit einem Ruck riss er den Beutel auf und saugte ihn aus. Die Suspension schmeckte nach Minze und linderte sein Sodbrennen sofort.

Befreit lehnte Nowak sich zurück. Trotzdem, er würde etwas ändern müssen, wenn er nicht mit Magenkrebs enden wollte wie sein Vater. Weniger Kaffee, dachte er. Oder überhaupt aufhören damit. Vielleicht wäre es angebracht, Kims Rat zu befolgen und es mit Käsepappeltee zu versuchen. Zumindest für ein, zwei Wochen?

Kim, dachte er und rang die Hände. Natürlich war ihm klar, dass nicht so sehr der Kaffee an seinem übersäuerten Magen schuld war, sondern vielmehr der Streit. Der Streit in erster Linie. Warum hatte er sein geliebtes Eheweib provozieren müssen? Weil sie ihre Unabhängigkeit liebte? Ihre eigenen Interessen verfolgte? War er nicht gerade deshalb stolz auf sie? Und sollte er nicht froh sein, dass sie mit seinem Beruf, seinen Überstunden, den Dienstreisen leben konnte? Die erste Frau, die es ihm nicht vorwarf, wenn er später als vereinbart nach Hause kam! Aber er, er hatte den Spieß umgedreht und gezickt, weil sie zu Pfingsten eine Ausbildung zur Reinkarnationstherapeutin machen wollte anstatt mit ihm wegzufahren.

„Na bravo!“, sagte Nowak laut und hieb seine Faust auf den Schreibtisch. Er betrachtete die Umrisse seines Kopfes, der sich im dunklen Computerbildschirm spiegelte. Hatte er sich verändert? Prüfend fuhr er über seine Glatze. Nein, nein. Eigentlich sah er immer noch passabel aus. Klar, er war nicht mehr der coole Hund von vor zehn Jahren, aber so spießig, wie er sich gerade fühlte, war er längst nicht. „Oder?“, fragte er sein Spiegelbild. „Oder?“

Ein dreifaches Klopfen riss ihn aus der kontemplativen Versenkung. Carla Bukowski trat ein, forsch wie immer, aber geschmeidigen Schrittes.

Nowak wischte die grüblerischen Gedanken weg und begrüßte sie mit Applaus. Den Hauch von Pink, der auf ihren Wangen erblühte, registrierte er mit Genuss. Typisch Carla, dachte er. Einerseits freute sie sich über sein Lob, andererseits war ihr diese Freude peinlich.

„Schwein gehabt“, winkte sie ab. „Genauso gut hätte Marianne Fian weiter schweigen können. Oder behaupten, dass sie es nicht war. Das bisschen Blut an ihren Kleidern hätte für eine Inhaftierung nicht ausgereicht.“

„Aber so war es nicht. Und das ist dein Verdienst, Carla. Manni hat deine Befragungstaktik jedenfalls in den höchsten Tönen gelobt.“ Und er, Nowak, hatte nicht schlecht gestaunt, als er heute Morgen ins Büro gekommen war, nach einem viertägigen Führungskräftelehrgang zum Thema „Kommunikation und Konfliktmanagement“, und weder von dem aktuellen Mordfall gewusst hatte, noch davon, dass er ihn bereits abhaken durfte.

Carla antwortete nicht. Sie hatte ihm den Rücken zugekehrt und schaute aus dem Fenster, als gäbe es in der Ottakringer Straße etwas Interessantes zu sehen. Vermutlich wollte sie nur abwarten, bis sich der Flush auf ihren Wangen wieder in die übliche Blässe zurückverwandelt hatte.

„Jedenfalls hast du den Fall in Rekordzeit gelöst."

„Wir", korrigierte sie. „Oskar und Mali haben viel mehr dazu beigetragen als Manni und ich. Das war Teamwork vom Feinsten. Und dass die Vernehmung nach einem zähen Beginn doch noch glatt gelaufen ist, war wie gesagt Glück."

Stur, sturer, Bukowski, dachte er und grinste. Als sie sich zu ihm umdrehte, fiel ihm auf, dass ihre Wangen immer noch rosig schimmerten. Es handelte sich also nicht um eine gefühlsbedingte Gesichtsrötung, sondern um etwas weit Sensationelleres: Gruppeninspektorin Carla Bukowski ging es gut! Es ging ihr besser denn je. Es musste ihr gut gehen, denn seit Jahren hatte sie nicht so gesund ausgesehen.

„Hast du zugenommen?", platzte es aus ihm heraus, bevor er sich klarmachen konnte, dass ihm die Frage in puncto „Courtoisie im Umgang mit MitarbeiterInnen" keinen Stern eintragen würde.

Dementsprechend verwundert starrte sie ihn an. „Seit wann kümmerst du dich um das Gewicht deiner Untertanen?"

„Steht dir", knurrte er und dachte, dass es gern noch ein paar Kilo mehr sein durften. Dass sie immer noch überaus schlank war, aber zumindest nicht mehr so klapperdürr wie nach ihrem Nervenzusammenbruch und den unbefugten Ermittlungen im Burgenland. War das wirklich schon anderthalb Jahre her? „Ich soll dich übrigens von Kim grüßen. Und fragen, ob du am Wochenende zu uns kommen magst. Es gibt Schweinsbraten." Zumindest hatten Kim und er das vor dem heutigen Streit vereinbart. Er konnte nur hoffen, dass sein Honeybunny es sich nicht anders überlegen würde. Aber das würde sie nicht, denn Carla war ihre beste Freundin. Die Chance, sie zu bekochen, würde Kim sich nicht entgehen lassen.

„Mit Kruste?“

„Was denn sonst?“

„Das klingt wirklich verlockend, aber ...“

„Ein Mangalitza-Wollschweinderl von Kims Haus- und Hofmetzger in Pamhagen. Mit viel Kümmel ...“

„Köstlich, aber ich ...“

„... und noch mehr Knoblauch. Liebevoll mit dunklem Ottakringer übergossen.“ Er küsste seine Fingerspitzen.

„Ich wollte aber ...“

„Du kannst deinen Leo gern mitbringen. Höchste Zeit, dass ich ihn auch endlich kennenlerne.“ Er war wirklich neugierig auf Carlas Lover. Den Mann, der offensichtlich schuld an ihrem Wohlbefinden war. Er wusste nur, dass er Journalist war und in Gmunden lebte. Und dass die beiden sich in Eisenstadt kennengelernt hatten, und zwar ausgerechnet bei den Barmherzigen Brüdern. Als Carla nach ihren eigenmächtigen Ermittlungen mit einer gebrochenen Nase, einer Stichwunde und einer Gehirnerschütterung im Krankenhaus gelandet war. Im Sommer 2014, jenem denkwürdigen Sommer, in dem er auch Kim kennen- und lieben gelernt hatte. Damit hatte für ihn eine Phase privaten Glücks begonnen, die er insgeheim seiner widerborstigen, dickköpfigen, aber im Innersten gutherzigen Gruppeninspektorin verdankte. „Also, kommt ihr?“

„Er heißt Leon. Und danke für die Einladung, aber ihr müsst euren grandiosen Schweinsbraten leider ohne uns verdrücken. Weil ich noch heute Abend nach Gmunden fahren wollte. Für vier Wochen. Das heißt natürlich nur, falls du den Urlaub genehmigst.“

Logisch genehmigte er, was denn sonst? Wie hätte er Carla diese Bitte abschlagen können? Zumal er sie wirklich mochte und vor Jahren selbst einmal mit ihr ... Schwamm drüber. Er erbat sich einen schriftlichen Bericht über den Mordfall Fian. Danach sollte sie packen und ihren angesammelten Urlaub aufbrauchen. Er vergönnte es ihr. Und sie hatte ja einen guten Grund. Sie erzählte, dass Leon nach einer Bandscheiben-OP noch immer unter Gangstörungen leide und eine mehrwöchige Rehabilitation antreten müsse. Weil Leons Mutter sich außerstande fühle, so lange auf seinen Sohn aufzupassen, und weil Leons Exfrau Alkoholikerin sei und nicht vertrauenswürdig, habe sie, Carla, versprochen, den Jungen zu betreuen. Den kleinen Noah.

Ein schöner Zug von ihr, dachte Nowak, nachdem sie gegangen war. Und ein Zeichen, dass es ihr ernst war mit diesem Leon. Als ihr Chef und Freund wollte er das nach Kräften unterstützen. Seine Berufsgruppe hatte es in Sachen Beziehung eh so schwer! Die Scheidungsrate war erschreckend hoch. Er selbst war bereits zweimal geschieden, Oskar einmal. Mali hatte sich kürzlich getrennt, Hinnerk kam über dreiwöchige Affären selten hinaus und Manni fand überhaupt keine Partnerin. Umso mehr wünschte er sich, dass Carla und Leon miteinander glücklich werden sollten. So wie er und Kim. Ja, das wünschte er sich. Verdammt, das wünschte er sich wirklich!

Blumen, dachte er. Heute Abend werde ich Kim ein riesiges Gebüsch mitbringen. Dunkelrote, langstielige Rosen natürlich. Und ich werde ihr sagen, wie stolz ich auf sie bin. Und dass sie sich um Himmels willen für dieses Reinkarnationsdings anmelden soll.

Er strich sich ein paarmal über seine Glatze. Ertappte sich dabei, breit zu grinsen. Betrachtete noch einmal sein Gesicht im Bildschirm. Teufel auch, du bist ja ein Romantiker, dachte er. Ein ehemals cooler, unter der Oberfläche erschreckend konservativer Bulle mit Hang zum Kitsch. Und fuhr rasch den Computer hoch, um sich vom Anblick seines gespiegelten Quadratschädels zu befreien.

4
4. April

Die Sonne hatte die Wolkenschicht durchbrochen und tauchte die Esplanade in ein goldenes Licht. Als die Gepiercte den Espresso über die Theke schob, fühlte Bukowski sich wie eine Eidechse, die aus der Winterstarre erwacht war und sich der ersten Fliege gegenübersah. Gierig schnappte sie die Tasse und kippte das schwarze Gebräu hinunter, als wäre es lebensnotwendige Medizin. War es ja auch. Sie bestellte sofort Nachschub. „Aber diesmal einen doppelten, bitte." Dann zündete sie sich eine Zigarette an. Die erste für heute, und das mitten am Nachmittag, dachte sie nicht ohne Stolz.

„Na? Entzug?" Beim Grinsen entblößte die Gepiercte einen blau verfärbten Zahn, der zur Farbe ihrer Fingernägel passte.

Bukowski grinste zurück. „Kann man so sagen." Seit Leon mit dem Rauchen aufgehört hatte, war es in seiner Wohnung strikt verboten. Strikter als strikt. Und weil es keinen Balkon gab, musste sie jedes Mal drei Stockwerke nach unten laufen und vor die Tür gehen, um dem Laster zu frönen. Da es das ganze Wochenende gestürmt und geschüttet hatte, hatte sie nicht einmal halb so viele Zigaretten konsumiert wie sonst, was ihr ohnehin sensibler Kreislauf übelnahm.

Ausreichend Koffein hätte den Nikotinmangel entschärft. Aber Leon war passionierter Grünteetrinker. In seiner Wohnung gab es keine Kaffeemaschine, bloß ein uraltes Glas mit Instantkaffee, der verklumpt war und nach allem Möglichen roch, nur nicht nach Kaffee. Bukowski hatte also das ganze Wochenende über gelitten – stumm gelitten, denn lieber hätte sie sich in den Hintern gebissen, als dem Mann ihres Herzens zu gestehen, wie sehr sie von ihren beiden Lebenselixieren abhängig war.

Was tut man nicht alles für die Liebe, dachte sie verträumt. Sie nahm den doppelten Espresso entgegen, zahlte und stellte sich so an die Schirmbar, dass sie den Spielplatz im Auge behalten konnte. Noah saß auf dem roten Pferd und gab der Federwippe die Sporen. Bukowski winkte ihm zu, er winkte zurück, ohne seinen Schaukelgalopp zu unterbrechen.

Abgesehen vom Lebenselixier-Defizit hatte sie natürlich in keiner Weise gelitten, sondern ein wunderbares Wochenende verbracht. Ein Wahnsinnswochenende. Zwei fabelhafte Tage. Und erst die Nächte, dachte sie. Du darfst auf keinen Fall die Nächte vergessen!

Sie bemerkte, dass sie mit offenem Mund in ihre Kaffeetasse lächelte. Es musste absolut bescheuert aussehen, wie immer, wenn sich Verliebtheit und Glück in einem Antlitz spiegelten.

„Steht Ihnen, wenn Sie lächeln", sagte die Gepiercte und zeigte ihren blauen Zahn. Erschrocken trank Bukowski den Espresso aus und schob die Tasse zurück.

War sie glücklich?

Verliebtheit traf zu, keine Frage. Sie machte sich als innerliches Prickeln bemerkbar, das bereits seit mehreren Monaten anhielt. Genau genommen seit Silvester.

Kennengelernt hatte Bukowski Leon schon im vorletzten Sommer, in Eisenstadt. Damals waren sie beide Krankenhauspatienten gewesen und hatten einander nach einigen Anfangsschwierigkeiten bestenfalls sympathisch gefunden. Nach ihrer Entlassung waren sie in losem Kontakt geblieben, wobei es immer Leon war, der anrief. Er besuchte sie in Wien, sie gingen gemeinsam ins Kino, ins Theater, in Jazzcafés. Es gab gute Gespräche, Gespräche mit Wein, Gespräche ohne Wein, gemeinsames Lachen, gemeinsames Schweigen. Und Punkt. Mehr gab es nie. Mehr wusste Bukowski immer zu verhindern, auf mehr wollte sie sich nie einlassen.

„Feigling", hatte ihre Freundin Kim gestichelt und hatte gefragt, wann sie, Carla, endlich wieder anfangen würde, zu leben. „Merkst du nicht, wie gut er dir tut? Wie lange willst du noch trauern? Sind acht Jahre nicht genug?"

Als Leon Ende Dezember wieder nach Wien gekommen war, waren es schon achteinhalb Trauerjahre gewesen und Bukowski begriff, dass die Mauern und Schutzzäune, die sie um ihr Herz errichtet hatte – mannshoch und obenauf mit Stacheldraht umwickelt – eigentlich nicht mehr nötig waren. Dass ihr das ausgerechnet zu Silvester klar wurde, verdankte sie einerseits einem Übermaß an Sekt. Andererseits der unergründlichen Tiefe von Leons Blick, in den es sich so gut eintauchen ließ – der Traunsee war eine Pfütze dagegen. Vielleicht verdankte sie es auch einer gewissen Sentimentalität, die mit Jahreswechseln zusammenhing, und mit der Sehnsucht, das kommende Jahr möge ein glücklicheres werden; weil auch jemand wie Bukowski – jemand, der Mann und Kind verloren hatte, auf die furchtbarste Weise verloren hatte – ein Recht auf Glück besaß. Oder etwa nicht?

In jener Silvesternacht hatten sie sich zum ersten Mal geliebt. Viel zu schnell und aufgeregt und stürmisch. In den langen Winternächten, die folgten, erkundeten sie einander langsam und gründlich, vorsichtig, wie auf Zehenspitzen. Schritt für Schritt tastete sich Bukowski voran, stets darauf bedacht, zum Rückzug bereit zu sein, falls ein Rückzug nötig wäre. Er war aber nicht nötig, ganz im Gegenteil. Sie lernte wieder, Lust zu empfinden und Lust zu geben, lernte, sich fallen zu lassen, die Kontrolle zu verlieren, zuerst versehentlich, dann absichtlich; sie in die Hände eines anderen zu legen, in Leons Hände. Sie begann, ihm zu vertrauen.

So viel zum Thema Verliebtheit. Aber bedeutete das auch, dass sie Leon liebte? So uneingeschränkt und bis ins Mark, wie sie Gregor geliebt hatte?

„Carla! Schau, was ich kann!“ Noah war von der Wippe zur Kletterpyramide gewechselt. Geschickt hangelte er sich hinauf, dann legte er sich in die Hängematte und ließ die Beine ganz entspannt hinunterhängen. Bukowski genoss die Sonnenstrahlen auf ihrer winterweißen Haut und schloss die Augen.

Als sie sie wieder aufschlug, erschrak sie. Eine dunkel gekleidete Gestalt stand über Noah gebeugt und sprach mit ihm. Eine Frau um die dreißig.

Mit drei Sätzen war Bukowski bei ihr. „Wer sind Sie?“

Erschrocken wich die Fremde zurück. „Ich ...“ Einen Moment lang sah es aus, als wäre sie auf der Flucht und wollte Bukowski um Asyl bitten. Dann versteinerten ihre Gesichtszüge. Sie wandte sich ab und lief weg.

„Mama!“ Noah wollte hinterher. Aber als er aus der Hängematte sprang, verhedderte sich sein rechter Fuß in den Seilen. Er stolperte und fiel hin.

Bukowski half ihm auf die Beine. Vorsichtig krempelte sie das Hosenbein hoch und begutachtete das aufgescheuerte Knie. Es blutete nur ganz wenig. „Tut's weh?“ Sanft strich sie ihm die Haare aus der Stirn.

Noahs Unterlippe zitterte. Aber er weinte erst, als ihn seine Mutter, die sofort umgekehrt war, an ihre Brust drückte.

„Ich heiße Carla“, sagte Bukowski und streckte Leons Exfrau die Hand hin.

„Anne.“

Gemeinsam trockneten sie die Tränen des Kleinen, säuberten sein Knie und klebten ein Donald-Duck-Pflaster auf die Wunde, das die Gepiercte aus dem Erste-Hilfe-Kasten der Schirmbar gezaubert hatte. Dann setzten sie sich in die Sonne. Über einem riesigen Eisbecher vergaß Noah schnell den Schmerz. Bukowski nutzte die Gelegenheit, sich einen weiteren Espresso einzuverleiben und Anne zu mustern, die gedankenversunken in ihrem Cappuccino rührte. Es dauerte eine Weile, bis sie auftaute und zu erzählen begann.

Bukowski staunte. Das Bild, das Leon ihr von seiner Exfrau vermittelt hatte, musste dringend korrigiert werden. Anne war zwar nervös, aber sie machte einen absolut vernünftigen Eindruck. Keine Spur von Niedertracht oder Verwahrlosung. Und nicht der geringste Hauch einer Fahne. Sie wirkt überhaupt nicht wie eine Trinkerin, dachte Bukowski.

„Ich habe viel falsch gemacht“, sagte Anne. „Aber das ist jetzt vorbei.“ Sie erzählte von ihrer erfolgreichen Entziehungskur, von ihrem Freund, der sie in jeder Hinsicht unterstützte, und von dem neuen Job als Verkäuferin im Supermarkt, vorübergehend, bis sie wieder eine Stelle als Kosmetikerin und Fußpflegerin finden würde. „Ich kann Verantwortung übernehmen, Carla.“

„Sicher kannst du das. Warum nicht?“

„Leon bezweifelt es. Er will mir meinen Sohn wegnehmen.“ Tränen traten in ihre Augen. Mit einer ungeduldigen Bewegung wischte sie sie weg.

„Aber nein, das will er bestimmt nicht.“

Anne schnäuzte sich. Sie kramte in ihrer Umhängetasche und zog einen Brief heraus. Ein gerichtliches Schreiben. Bukowski quälte sich durch das Juristendeutsch und schlussfolgerte, dass Leon die alleinige

Obsorge für Noah beantragt hatte. Nach der Scheidung hatten Anne und er sich die Obsorge geteilt. Noah hatte bei Anne gelebt, bis sie es wegen ihrer Alkoholsucht nicht mehr schaffte, auf den Jungen aufzupassen. Seither hatte Leon sich um das Kind gekümmert. Und jetzt legte er es offensichtlich darauf an, künftig allein über alle Fragen zu entscheiden, die Noahs Erziehung betrafen.

Bukowski schluckte. Seltsam. Leon hatte ihr nichts davon erzählt, obwohl sie am Sonntag ausführlich über ihre gemeinsame Zukunft gesprochen hatten. Abends, bei einer Flasche Amarone, als Noah längst schlief. Ein romantischer Abend war es gewesen. Im Nachhinein betrachtet fast kitschig. Leon hatte gekocht, Bukowski hatte sich geschminkt, was bestimmt nicht öfter als dreimal im Jahr vorkam. Sie hatten einander zugeprostet und Leon hatte ihr ein Geschenk in die Hand gedrückt. Einen Ring. Nichts Teures – das konnte Leon sich nun wirklich nicht leisten – dafür schlicht und schön. Und so schmal und leicht er in Bukowskis Hand lag, so schwerwiegend war seine Bedeutung.

„Heirate mich", sagte Leon.

„Wozu? Ich liebe dich auch so", sagte Bukowski und dachte, dass sie einfach nicht für romantische Szenen taugte. Warum konnte sie ihre Freude nicht zeigen? Denn in Wahrheit freute sie sich wie ein Schnitzel. Oder etwa nicht?

Leon nahm es mit Humor, er hatte wohl mit etwas Ähnlichem gerechnet. „Überleg es dir, okay? Nach der Reha frage ich dich noch einmal."

„Ich denke darüber nach", versprach sie und hörte sich seine Pläne an. Im August wollte er nach Wien ziehen. Man hatte ihm eine feste Anstellung beim *Kurier* angeboten, als stellvertretender Leiter des Ressorts Investigative Recherche. Und er hatte zugegriffen. Denn erstens wurden die Zeiten härter, Leon älter und die Sicherheit einer Anstellung verlockender. Zweitens kam Noah im Herbst in die Schule. Leon wollte ihn unbedingt in eine Waldorfschule schicken, aber in Gmunden gab es keine. „Außerdem braucht er eine Mutter", sagte er zu Bukowski. „Eine Mutter, auf die er sich verlassen kann, keine Säuferin. Und dich hat er auf Anhieb ins Herz geschlossen."

Bukowski versicherte, dass sie Noah auch gern hatte, sehr gern sogar. Trotzdem hatte sie die ganze Nacht nicht schlafen können und sich immer wieder gefragt, ob sie eine so große Verantwortung übernehmen konnte. Die Verantwortung für einen Fünfjährigen. Samuel, Bukowskis eigener Sohn, war mit sechs Jahren gestorben. Verbrannt, weil Gregor, Samuels Vater, keinen anderen Ausweg gesehen hatte. Erweiterter Selbstmord. Fast neun Jahre waren seither vergangen, Trauerjahre, in denen Bukowski versucht hatte, zu vergessen und zu verzeihen. Nicht zuletzt sich selbst, denn natürlich fühlte sie sich mitschuldig.

„Nein", murmelte sie, „ich glaube nicht, dass ich das kann."

„Also nicht?", fragte Anne.

Bukowski schreckte aus ihren Gedanken auf. „Was?"

„Du willst mir nicht helfen? Mit Leon reden, wegen Noah?"

„Aber ja. Doch. Natürlich helfe ich dir." Bukowski würde Leon sagen, dass sie ihn liebte. Dass sie Noah zwar eine gute Freundin sein konnte, ein Kumpel, eine Verbündete. Aber keine Mutter. Zumal er ja eine Mutter hatte, die er liebte und vermisste. Die nicht frei von Fehlern war, nein, aber wer war das schon? Anne hatte eine zweite Chance verdient.

Bukowski betrachtete die klebrige Faust, mit der Noah den kleinen Finger seiner Mama umklammerte. Sie versprach, dass alles gut werden und Leon von seinem Antrag auf alleinige Obsorge absehen würde. Ganz bestimmt. So wahr sie Bukowski heiße und Kriminalbeamtin sei.

Zum Abschied umarmte sie Anne und versuchte Noah damit zu trösten, dass er seine Mama bald wiedersehen werde. Großes Indianerehrenwort.

Trotzdem schluchzte der Kleine fast den ganzen Heimweg lang und Bukowski erntete böse Blicke von Esplanaden-Flanierern, die sie wohl für eine Rabenmutter hielten. Noah beruhigte sich erst, als er mitten in einer Blumenrabatte im Franz-Josef-Park eine aufregende Entdeckung machte: ein Tier – klein, weiß, mit rosa Öhrchen und schwarzen Knopfaugen. Es flüchtete sich direkt in Noahs aufgehaltene Hände. Als Bukowski das kleine Meerschwein begutachtete, klopfte sein winziges Herz aufgeregt gegen ihren Zeigefinger.

Die Frage, ob Noah es behalten durfte oder nicht, stellte sich gar nicht. Klar durfte er.

„Wenn es niemand vermisst", wandte Bukowski vorsichtig ein, denn immerhin bestand die Möglichkeit, dass das Tier ausgebüxt war und gesucht wurde. Von einem kleinen Jungen wie Noah vielleicht.

„Und wenn der Junge sie gequält hat und sie deshalb davongelaufen ist?"

„Auf alle Fälle sollten wir ihm ein Haus besorgen." Sie dachte dabei an eine Schuhschachtel.

„Ihr", korrigierte Noah mit unerschütterlicher Selbstverständlichkeit. „Sie heißt Ilse."

Bukowski begriff, dass eine Schuhschachtel keine angemessene Unterkunft für Ilse wäre. Sie beeilte sich, eine Tierhandlung aufzusuchen, und kaufte einen geräumigen Käfig samt meerschweingerechter Inneneinrichtung und eine Großpackung Heu. Außerdem ein Buch über artgerechte Haltung und einen Korb voll Gemüse.

Abends, als Ilse zusammengerollt in ihrem Holzhäuschen schlief und Noah leise schnarchte, atmete Bukowski auf.

Bevor sie Leon vom Familienzuwachs und ihrer Begegnung mit Anne berichtete, trank sie sich mit dem letzten Rest des Amarone Mut an.

Sie rief Leons Nummer auf, öffnete das Wohnzimmerfenster und zündete sich eine Zigarette an. Was er nicht weiß, macht ihn nicht heiß, dachte sie und inhalierte.

In diesem Moment meldete er sich und sie hätte sich fast am Rauch verschluckt.

5

„Was hat er gefunden? Ein Meerschwein?" Leon lachte leise. Dann ließ er sich die Geschichte haarklein erzählen und fragte immer wieder nach, hauptsächlich, um Carlas Stimme zu hören.

Das Wochenende hatte ihm die Augen geöffnet. Endlich war es ihm gelungen, ins Innerste seiner scheinbar so spröden Freundin zu schauen, und er war überrascht gewesen von der Wärme, die er dort vorgefunden hatte. Von der Tiefe ihrer Empfindungen. Der Wunsch, den Rest seines Lebens mit dieser Frau zu verbringen, drängte sich so in den Vordergrund, dass er ihn aussprechen musste. Sein überstürzter Antrag erschreckte sie, aber immerhin versprach sie, darüber nachzudenken. Und er wusste, dass sie Ja sagen würde. Natürlich würde sie.

„Wie hat er das Schwein genannt? Ilse? Dann pass bloß auf, dass er es nicht zu Tode streichelt. So heißt nämlich seine Lieblings-Kindergartentante."

Carla lachte. „Mach dir keine Sorgen, dein Sohn geht sehr sorgsam mit Ilse um. Ich musste das schönste und größte Haus für sie kaufen." Sie hustete.

„Sag einmal, rauchst du? In meiner Wohnung?"

„Aber nein, wie kommst du darauf? Ilse frisst übrigens am liebsten Gurke aus Noahs Hand. Und wenn er mit ihr spricht, himmelt sie ihn mit ihren Knopfaugen an, das solltest du sehen."

Leon nahm seine Brille ab und kaute am Bügel. „Sag, vermisst er mich eigentlich?"

„Dich nicht." Carlas Stimme klang plötzlich ernst.

„Wen denn sonst? Seine Oma wohl kaum!" Während seines Krankenhausaufenthalts hatte Leons Mutter den Kleinen zu sich genommen. Was für eine Katastrophe! Noah war todunglücklich gewesen und die Oma vollkommen überfordert. Sie war zu alt und hatte im Grunde nie was mit Kindern anfangen können.

Vielleicht liegt mir deshalb so viel an einer intakten Beziehung, dachte er. Carla, Noah und ich, die kleine, aber feine Familie Ritter.

„Er vermisst Anne“, sagte Carla. „Wir sind ihr auf der Esplanade begegnet.“

Als er den Namen seiner Exfrau hörte, verflog die Wärme, die der Familiengedanke heraufbeschworen hatte. Alarmiert sprang Leon auf und stürmte hinaus in den Innenhof, wo die Raucher in kleinen Grüppchen zusammensaßen und Karten spielten. Er schritt forsch aus, obwohl seine Physiotherapeutin ihn ermahnt hatte, kleine, behutsame Schritte zu machen. Am anderen Ende des Hofes blickte er auf den Traunsee hinunter und auf die Berge, die sein Ostufer säumten: den Grünberg, den Traunstein und den Erlakogel, der im Volksmund „Schlafende Griechin“ hieß, weil seine Form der Silhouette einer Liegenden mit klassisch-antikem Profil entsprach.

Die Rechnung für seine Unvorsichtigkeit kassierte er in Form eines nadelfeinen Schmerzes, der bis in die kleine Zehe ausstrahlte.

Er ärgerte sich – hatte er Carla nicht eindringlich vor Anne gewarnt? Davor, wie sie es verstand, zu intrigieren, die Verzweifelte zu spielen und sogar Tränen einzusetzen? Es kostete ihn einige Mühe, Carlas Geschichte zu Ende zu hören. Nein, erklärte er anschließend, er denke nicht daran, seinen Antrag auf alleinige Obsorge zurückzuziehen. Natürlich nicht. Zu Noahs Schutz, auch wenn der Kleine das vielleicht erst viel später begreifen werde.

„Aber Leon, Anne ist trocken.“

„Du meinst, sie war es, als sie mit dir gesprochen hat – wann war das? Nachmittags um drei? Inzwischen ist sie garantiert sternhagelvoll."

„Und wenn du dich täuschst? Menschen können sich ändern. Sie verdienen eine zweite Chance."

„Sie hat ihre Chance gehabt!" Carla wollte ihn nicht verstehen. Er musste härtere Geschütze auffahren. Er erzählte, wie Anne von der Polizei aufgegriffen worden war, besoffen, im Salzkammergut Einkaufspark, nachdem sie Kosmetikartikel geklaut hatte. Wie sie abgeführt und in eine Ausnüchterungszelle gesperrt wurde, während Noah mutterseelenallein im Einkaufszentrum herumirrte und schließlich weinend von einem Wachmann gefunden wurde. In der Parkgarage! Er wäre beinahe überfahren worden! Erst am nächsten Morgen war Anne eingefallen, dass sie einen Sohn hatte.

„Schlimm, klar. Aber damals war sie krank. Sie hat ihre Fehler eingesehen und eine Entziehungskur gemacht. Du, sie bemüht sich wirklich, geht arbeiten, hat einen Freund und ..."

„Ihr Freund!", platzte es aus Leon heraus. „Der ist ja der Hauptgrund für meinen Antrag! Weißt du, wer er ist?"

Carla verneinte.

„Gebi Michlmayer! Ein Krimineller! Der hat schon als Teenager mit Drogen gedealt und ist mehrfach vorbestraft. Kannst du dir vorstellen, was für einen Einfluss er auf die labile Anne hat? Glaubst du, so einem möchte ich meinen Sohn anvertrauen?" Während er Details über Michlmayer verriet, merkte er, wie sein Puls nach oben schoss und die Laune in den Keller rutschte.

„Sie will Noah nur öfter sehen und ein Mitspracherecht in Sachen Erziehung. Das ist doch das Mindeste, was jeder Mutter zusteht“, beharrte Carla. Sie bat ihn, den Antrag zurückzuziehen. Noah zuliebe.

Plötzlich fühlte Leon sich furchtbar müde. Dass Carla seiner schlüssigen Argumentation nicht folgte, machte ihn traurig. Er beendete das Gespräch ziemlich abrupt, ohne ihr noch etwas Liebevolles zu sagen. Danach tat es ihm leid und er schrieb ihr eine WhatsApp-Nachricht.

Bitte sei mir nicht böse, aber ich will doch nur das Beste für Noah. Und für uns drei. HDL

Das HDL löschte er wieder und tippte stattdessen: *Ich liebe dich, Carla.* Keine Abkürzungen, wenn es ums Eingemachte ging.

Über eine Stunde ließ sie ihn zappeln. Dann trudelte ihre Antwort ein: *Auch.*

Typisch, dachte Leon und schmunzelte. Romantik war Carlas Sache nicht. Dafür meinte sie immer, was sie sagte, und dieses einsilbige „Auch“ war mehr wert als die schwülstigste aller Liebeserklärungen.

Erleichtert bestellte er ein alkoholfreies Bier und setzte sich damit in die Raucherecke. Am Nachbartisch diskutierte ein Patientengrüppchen hitzig über die bevorstehende Bundespräsidentenwahl.

Zwei Tische weiter ging es ruhiger zu. Da saß die schöne Blasse mit den blutroten Lippen, rauchte Kette und lächelte sardonisch. Angeblich litt sie an einem bösartigen Gehirntumor, dabei war sie höchstens Ende dreißig. Sie war in ein Gespräch mit ihrem Neurologen vertieft, der mit silbernen Schläfen und einem Seidenhemd von Kenzo punktete. Galant beugte er sich über Rotlippchen, um ihr Feuer zu geben. Das Knistern zwischen den beiden war fast greifbar und es hatte nichts mit der brennenden Zigarette zu tun.

„Charmant, die beiden, nicht?“

Leon zuckte zusammen, als sich seine Physiotherapeutin auf den freien Stuhl neben ihn setzte – Nadine Saritzky, eine üppige Blondine mit einem auffallenden Feuermal, das ihre rechte Gesichtshälfte entstellte.

„Der Panther und sein nächstes Opfer“, raunte sie.

„Wieso Panther?“

„Weil Dr. Huber-Marini mit Vornamen Paul heißt und ein Faible für rosa Hemden hat.“

„Aha“, sagte Leon und versuchte, etwas mehr Abstand zwischen seinen und Nadines Oberkörper zu bringen.

„Als Neurologe ist er zwar keine Koryphäe, aber als Mann der ärztlichen Leiterin hat er ziemlich viel Einfluss.“

„Interessant“, log Leon. Mit Klatsch konnte er wenig anfangen. „Dann liegen seine Talente wohl auf einem anderen Gebiet?“

„Absolut.“ Sie klimperte mit den Wimpern. „Die Besetzungscouch steht gewissermaßen in seinem Dienstzimmer“, sagte sie mit einem wehmütigen Unterton, als bedauerte sie, nicht selbst in den Genuss dieser Couch gekommen zu sein.

„Und seine Frau? Wie findet sie das?“

„Dass er sich durch die Reihen des Personals vögelt, sieht Walburga gelassen. Sie liebt ihren Mann.“ Nadine seufzte. „Und wahre Liebe verzeiht eben alles.“

Leon hob verwundert die Brauen. So große Gefühlsregungen hätte er der Chefin gar nicht zugetraut. Beim medizinischen Erstgespräch hatte die Primaria Walburga Marini den Eindruck hinterlassen, blutleer und farblos zu sein – eine durchaus attraktive Fünfzigjährige mit zierlicher Figur und dem Charisma einer Scheibe Knäckebrot. Als er es gewagt hatte, eine ihrer

Fragen mit einem Scherz zu beantworten, hoben sich ihre Mundwinkel um keinen Millimeter. Humor kennt sie nur vom Hörensagen, hatte er gedacht. „Sie verzeiht ihm seine Affären?“

„Solange er seine Finger von den Patientinnen lässt“, schränkte Nadine ein.

Leon warf einen Blick zu Rotlippchen, die den Herrn Doktor hinreißend anlächelte. Huber-Marini lächelte hinreißend zurück. „Sieht aber nicht so aus, als ob er sich dran halten würde.“

„Da hast du allerdings recht.“ Nadine lachte leise. „Es ist doch okay, wenn wir uns duzen?“ Sie prostete ihm mit ihrem Limoglas zu. „Ich bin Nadine.“

„Klar. Leon“, sagte Leon. Er versuchte, weder auf Nadines Feuermal noch auf den spektakulär in Szene gesetzten Busen zu starren. Körbchengröße D, dachte er. Mindestens.

„Und das nach dem ganzen Ärger, den Paulchen Panther sich vor zwei Jahren eingehandelt hat!“

„Welchen Ärger?“

„Ach, da gab's Stunk. Fast so was wie einen Skandal, könnte man sagen. Und in der Ehe der Marinis hat es ziemlich gekriselt. Aber er ist mit einem blauen Auge davongekommen.“

„Jetzt machst du es aber spannend.“ Lauerte da etwa eine gute Geschichte?

Nadine ließ sich nicht lange bitten. Eine Schlaganfallpatientin, die sechs Wochen in der Reha-Klinik Walderberg verbracht hatte, habe Anzeige wegen sexuellen Missbrauchs erstattet, erzählte sie. Die Frau war schwanger geworden und hatte sich an nichts erinnern können, nur an die Avancen ihres Neurologen. Huber-Marini stritt die Affäre ab, von der jedoch alle wussten. Zu seinem Glück brachte ein DNA-Test ans Licht, dass er nicht der Vater des Kindes war. Aber die Geschichte sei durch die Medien gegangen und danach sei Paulchen Panther handzahm gewesen. Eine Zeit lang zumindest.

Leon schaltete innerlich ab. Ein Arzt, der Affären hatte – so what? Alltäglicher Kram, keinen noch so kleinen Artikel wert.

Vermutlich war Nadine selbst auf eine Affäre aus. Schon in der Physiotherapiestunde hatte sie unverhohlen mit ihm geflirtet. Dabei hatte er keinerlei Interesse gezeigt, er war nur nett zu ihr gewesen. Netter als gewöhnlich, weil sie ihm leidtat. Mit einem Stigma wie dem riesigen dunkelroten Fleck auf ihrer Wange hatte Nadine es bestimmt nicht leicht.

Sie muss meine Freundlichkeit missverstanden haben, dachte er und rückte noch ein Stück ab.

Und es half. Zehn Minuten später verabschiedete sich Nadine. Sie sei müde, sagte sie, einen Hauch Enttäuschung in der Stimme.

Auch Rotlippchen und ihr Panther verließen die Raucherecke. Nicht zusammen, sondern mit einer Minute Abstand, was die Sache erst recht auffällig machte.

Es wunderte Leon nicht, als er kurz darauf Lustgestöhn aus einem Zimmer im ersten Stock vernahm, dessen Balkontür offenstand. War das Leben nicht eine Posse? Das Leben in einer Reha-Klinik erst recht.

Mit der Dämmerung kam Wind auf und es wurde frisch. Nach und nach begaben sich alle auf ihre Zimmer oder setzten sich in die Cafeteria. Nur ein Glatzkopf in Therapeutenkluft stand noch unschlüssig herum. In seinem Mundwinkel hing eine Zigarette. Leon gesellte sich zu ihm und wollte ihm Feuer geben, doch der Glatzkopf lehnte ab. *Eugen Pammer, Neuropsychologe*, besagte das Namensschild.

„Danke, aber ich habe aufgehört. Ab und zu nehme ich eine Zigarette in den Mund, ohne sie anzuzünden. Nur fürs Gefühl. Das genügt mir." Pammer lächelte verlegen, als wollte er sich für diese Macke entschuldigen. Als die Geräusche vom Balkon unüberhörbar laut wurden, mischte sich ein gequälter Zug in sein Lächeln.

„Rotlippchen verschlingt den Wolf. Oder besser gesagt den Panther", witzelte Leon. „Wird das der Krankenkasse eigentlich als neurologische Zusatzbehandlung in Rechnung gestellt?"

„Sind Sie immer so zynisch?"

„Ich bin Journalist."

Pammer rückte an seiner Brille herum. „Sie haben ja recht. Ich verstehe Paul auch nicht. Dass er seiner Walburga das antut ..." Er nahm die Zigarette aus dem Mundwinkel und brach sie entzwei. Eine Hälfte zerkrümelte er zwischen den Fingern, bis nur noch Tabakbrösel übrig waren. „Sagen Sie, Sie werden doch nicht ..."

„Keine Angst", beschwichtigte Leon. „Ich bin ausschließlich wegen meiner Bandscheiben hier. Außerdem schreibe ich nicht für die Boulevardpresse. Dafür habe ich zu viel Respekt vor den Menschen und ihrem Privatleben."

Da Pammer sich für seine Arbeit zu interessieren schien, erzählte Leon von seiner Passion für seriösen investigativen Journalismus. Von der Reportage über das Asylantenheim in Altmünster und den anfänglichen Widerstand in der Bevölkerung, der sich durch die Initiative engagierter Privatpersonen in Wohlgefallen aufgelöst hatte – eine Reportage, die ihm den Kurt-Vorhofer-Preis eingetragen hatte.

Pammer ließ die Reste der zerbröselten Zigarette in den Aschenbecher gleiten. „Dann jagen Sie also nicht irgendwelchen Skandälchen hinterher", sagte er.

Leon rieb sich die Hände. Allmählich wurde ihm zu kalt. „Da müsste schon ein handfester Skandal her, damit mein journalistischer Spürsinn erwacht. Ein Skandal, wie er in einer renommierten Reha-Klinik natürlich nicht zu erwarten ist."

„Natürlich nicht." Wieder zeichnete sich ein gequältes Lächeln auf Pammers Lippen ab. Er nahm seine Brille ab und putzte sie mit einem Zipfel seines Hemdes. „Obwohl es da diesen Spruch gibt …", murmelte er mehr zu sich selbst. Dann reichte er Leon die Hand und wandte sich zum Gehen. „War übrigens nett, Sie kennenzulernen. Gute Nacht!"

„Welchen Spruch meinen Sie?"

Pammer drehte sich noch einmal um. „Ach, bloß einen Bibelspruch. *Wer da suchet, der findet*." Er zwinkerte.

In diesem Moment bekam Leon eine Gänsehaut, aber das mochte am Wind liegen, der geradezu eisig geworden war.

6

Sie vollführt eine halbe Drehung nach links und blickt in den Spiegel. Fabelhaft! Es war richtig, sich für das weiße Chanel-Kostüm zu entscheiden, es verleiht ihr Eleganz und ihrem Tun etwas Weihevolles. Und hat nicht Jackie Kennedy dasselbe Modell in Rosa getragen, als ihr Mann ermordet wurde?

„Verliebten genügt zu der geheimen Weihe das Licht der eig'nen Schönheit", sagt Shakespeares Julia. Aber Alice ist schon so lange nicht mehr verliebt gewesen, sie braucht mindestens das Licht der Genialität einer Coco Chanel.

Sie lächelt ihrem Spiegelbild zu und ist bereit. Die Pumps nimmt sie in die Linke. Die Rechte, die die Türklinke umklammert, ist ganz heiß vor Aufregung. Pass auf, Alice, sagt sie sich. Diesmal musst du schlauer sein als die. Diesmal.

Entschlossen öffnet sie die Tür und schaut prüfend in beide Richtungen. Niemand zu sehen. Sie tritt in den Gang hinaus. Wie eine Meerenge liegt er vor ihr, seine gelb gestrichenen Wände schimmern im Nachtlicht. Eine Meerenge, die es mutig zu passieren gilt. An deren Rändern womöglich Ungeheuer lauern. Man weiß es nicht. Genau weiß man es nie.

Alice lächelt, weil sie sich jung fühlt und abenteuerlustig. Sie wagt den ersten Schritt. Auf ihren bestrumpften Füßen gleitet sie dahin wie auf Schlittschuhen, lautlos und geschmeidig.

Diesmal geht alles ganz leicht. Keine Nachtschwester, die sich ihr in den Weg stellt. Kein überambitionierter Pfleger. Ohne Schwierigkeiten bringt sie den langen Gang hinter sich, betritt das Stiegenhaus und schleicht treppab. Vorsichtig, Alice, ermahnt sie sich, die Stufen sind rutschig, wenn man keine Schuhe anhat. Du darfst nicht wieder hinfallen. Diesmal nicht.

Als sie endlich den Treppenabsatz des ersten Stockwerks erreicht hat, braucht sie eine Verschnaufpause. Aufregend ist das alles und anstrengend. Ihr Herz schlägt schon bis zum Hals und sie hat das Gefühl, nicht genug Luft zu bekommen. Sie lehnt sich gegen die Wand und wartet, bis Puls und Atmung sich wieder beruhigt haben.

Plötzlich – ein Schrei! Nicht besonders laut und doch markerschütternd, wie der Todesschrei eines Tieres.

Alice bekommt eine Gänsehaut. Sie dreht den Kopf, lauscht in alle Richtungen.

Aber da ist nichts mehr. Es ist still. So still, dass sie glaubt, das Treppenhaus atmen zu hören. Hat sie sich getäuscht?

Nein, denkt sie. Du hast Ohren wie ein Luchs. Wenn etwas an deinem der Verwesung entgegendriftenden Körper noch immer eins a ist, dann dein Gehör. Jemand hat geschrien. Jemand, der womöglich Hilfe braucht.

Alice muss nachsehen. Es passt ihr nicht – ausgerechnet jetzt, so kurz vor dem Ziel! Sie hadert mit sich selbst, zögert.

Da hört sie noch einen Schrei. Ein Schauder kriecht über ihren Rücken. Jetzt rafft sie sich auf und bewegt sich in die Richtung, aus der der gespenstische Laut gekommen ist. Biegt in den Korridor der ersten Etage ein – auch er ist menschenleer, auch er hat gelbe Wände. Auf halbem Weg steht ein verwaister Putzwagen herum und verströmt einen Hauch von Salmiakgeruch.

Alice schleicht auf das letzte Zimmer zu. Von hier kam der Schrei, da ist sie sicher. Ihr Herz macht einen Satz, als plötzlich die Tür aufschwingt. Mit einer Gewandtheit, die sie sich selbst nicht zugetraut hätte, duckt sie sich hinter den Putzwagen. Kauert sich zusammen wie ein Embryo, schließt die Augen und hält den Atem an. Sie wagt es nicht, zwischen dem unteren und dem mittleren Eimer hindurchzuspähen. Wagt es schließlich doch.

Ein Mann ist aus dem Zimmer getreten, einer, den sie kennt. Der Pauli ist es, ihr ... ihr Dingsda. Na? Wie heißt das Wort? Es will ihr nicht einfallen, egal. Der Pauli ist harmlos, vor ihm muss sie sich nicht fürchten. Entdecken darf er sie natürlich trotzdem nicht!

Zum Glück geht er schnurstracks am Putzwagen vorbei und kommt gar nicht auf die Idee, den Kopf zu drehen. Ein bisschen zerknittert sieht er aus, der Pauli, ein bisschen derangiert, und im Gehen steckt er sich einen Zipfel seines Hemds in die Hose. Alice bemerkt er nicht, vermutlich hat er ganz andere Sorgen. Bis zu seinem Dienstzimmer geht er, der Pauli. Er schließt es auf, verschwindet darin. Alice hört, wie sich der Schlüssel im Schloss dreht.

Sie würde zu gern wissen, was der Pauli um diese Zeit noch hier macht. Obwohl er längst zu Hause sein sollte. Seltsam, denkt sie. Und noch seltsamer, dass er aus einem Raum gekommen ist, in dem jemand geschrien hat. Eine Frau. Wohnt nicht die blasse Schöne in jenem Zimmer, die ein bisschen wie Audrey Hepburn aussieht? Wie die junge Hepburn, denkt Alice, nur mit einem dramatischeren Zug um den Mund.

Sie klopft sich gegen die Stirn. Wie dumm von mir, denkt sie. Natürlich ist es das Zimmer der Hepburn! Und was ihr Dingsda dort gemacht hat – mit der Hepburn gemacht hat! – ist ihr jetzt auch klar. Von wegen Todesschrei, denkt sie.

Und dann fragt sie sich, was Walburga tun würde, wenn sie davon wüsste. Die gute Walburga, die den Pauli so liebt! Würde sie ihm eine Szene machen? Ihn mit stummen Vorwürfen unter Druck setzen? Oder lieber die Augen schließen und den Kopf in den Sand stecken?

„Die Lieb' ist blind, das Dunkel ist ihr recht", murmelt Alice und empfindet eine Winzigkeit Schadenfreude. Geschieht Walburga ganz recht. Weil sie immer alles kontrollieren will, alles gängeln – die Patienten, die Kollegen, den Ehemann, sogar die eigene Mutter! Weil sie gar nicht so gut ist, gar nicht so idealistisch, wie sie immer tut. Hat immer nur die Karriere im Kopf. Nimmt sich viel zu wenig Zeit für den Pauli, da muss sie sich nicht wundern, wenn er seine Fühler anderweitig ausstreckt. Denn der Pauli ist zwar an der Oberfläche ruhig wie ein spiegelglatter See, aber darunter brodelt die Leidenschaft. Ja, ja, leidenschaftlich und schwach ist er, wie die meisten attraktiven Männer.

Inmitten all dieser Gedanken bemerkt Alice plötzlich, dass sie am Boden hockt, hinter einem Putzwagen, der nach Salmiak riecht, und nicht mehr weiß, was sie hier eigentlich will. Konzentrier dich, ermahnt sie sich. Was tust du da? Wie bist du hierhergekommen? Gerade hat sie es noch gewusst. Immer vergisst sie alles. Was für ein Elend!

„Die Zeit trägt einen Ranzen auf dem Rücken, worin sie Brocken wirft für das Vergessen, dies große Scheusal von Undankbarkeit."

Scheusal, denkt Alice. Brocken werfen – da fallen ihr ihre Freunde ein, die Rabenkrähen, für die sie immer den Frühstückskäse aufspart. Ihr Ziel fällt ihr wieder ein. Der Plan. Alles.

Erleichtert steht sie auf, streicht den Rock glatt und schleicht ins Treppenhaus zurück. Weiter, Alice! Hinab!

Im Parterre sieht sie sich um. Die Cafeteria ist leer, nur draußen, in der Raucherecke sitzt noch jemand. Doch er sitzt mit dem Rücken zu ihr – von ihm droht keine Gefahr.

Alice wendet sich nach links. Dort lockt der Ausgang. Eine Schiebetür aus Glas, dahinter die Freiheit. Das Ziel, so nah! Sie wirft einen begehrlichen Blick auf den Mond, der in mildem Gelb durch die Scheibe grüßt. Rasch bückt sie sich und zieht ihre Schuhe an. Als sie sich wieder aufrichtet, hat sie nicht mehr das freundliche Antlitz des Mondes vor sich, sondern die rotfleckigen Gesichter dreier Frauen, die soeben durch die Tür treten.

„Etwas Übles kommt des Weges", murmelt sie. Ausgerechnet die drei Hexen, die beim Mittagessen immer an ihrem Tisch sitzen und mit gnadenloser Penetranz versuchen, sie mit Smalltalk zu Tode zu langweilen! Wie hat sie diese Gefahr übersehen können?

„Guten Abend, meine Liebe", sagt die erste so laut, dass das Blut in Alices Adern gefriert.

„War das nicht ein absoluter Traumtag heute?", fragt die zweite und älteste der drei.

Alice nickt. Sie will keine Aufmerksamkeit erregen. Nur schnell an den Hexen vorbei.

„Gestern die Sintflut und heute diese Hitze! Ich habe mir tatsächlich einen Sonnenbrand geholt, stellen Sie sich vor!" Die dritte und dickste Hexe zeigt auf ihren geröteten Arm.

„Hinweg, grässlicher Schatten! Unkörperliches Blendwerk, fort!", zischt Alice.

„Wie bitte?" Nummer drei tauscht mit den anderen beiden ratlose Blicke. „Versteht ihr, was sie meint?"

Natürlich verstehen sie nichts. Von Shakespeare haben die drei Hexen keine Ahnung.

„Die Arme hatte einen Schlaganfall“, flüstert die erste.

Nummer zwei fragt: „Hat sie nicht Alzheimer?“

„Beides“, raunt Nummer drei und bläst zum Aufbruch. Mit einer Irren wollen sie nichts zu tun haben.

Alice atmet auf. Sie hat es geschafft. Endlich ist der Weg frei. Lautlos gleitet die Tür auf, feierlich schreitet sie hindurch.

Dann geht alles Schlag auf Schlag. Sie spürt eine Hand auf ihrer Schulter, wird gepackt und festgehalten.

„Jö, die Frau Marini! Wo wollen wir denn hin?“, fragt die schneidende Stimme einer jungen Frau, die Alice noch nie gesehen hat. Deren Nase wie ein Geierschnabel aussieht. Das kann nur Hekate sein, denkt sie und überlegt, ob sie sich losreißen soll. Traut sich aber nicht. Gegen die Göttin der Hexerei hat sie keine Chance. Verzweiflung schließt sich um ihr Herz wie eine Faust aus Eis. So viele Gefahren und Untiefen hat sie glücklich umschifft, da muss sie sich so knapp vor dem Ziel von der Drude erwischen lassen!

Hekate zerrt grob an ihrem Arm.

Alice wimmert. Sie fühlt sich klein und verloren. Tränen rollen über ihre Wangen. Draußen verschwimmt der Mond. Wie sie sich nach ihm sehnt! Und nach der Freiheit dahinter.

Zum Glück naht Rettung. Ein Mann befreit sie aus dem Hexengriff. Alice kennt sein Gesicht, die Glatze, die wie ein Kinderpopo schimmert. Sie kennt die Kastanienaugen hinter der Hornbrille. Ist das nicht der Dings, der beste Freund vom Pauli? Sein Name liegt ihr auf der Zunge.

„Was fällt dir ein?“, tadelt der Dings die Göttin der Hexen, die plötzlich gar nicht mehr so oberhexenhaft aussieht, sondern bloß wie eine gewöhnliche junge Pflegekraft. „Weißt du nicht, wen du vor dir hast?“ Mit einer galanten Geste nimmt er Alices Hand, beugt sich hinunter und deutet einen Handkuss an. Formvollendet. „Bitte verzeihen Sie, Frau Kammerschauspielerin. Meine Kollegin ist noch neu hier.“

„Soll ich sie vielleicht ausbüxen lassen, nur weil sie die Mutter der Chefin ist?“, raunzt die Neue. „Wie kommt sie überhaupt hierher? Ich dachte, sie ist zu schwach zum Gehen!“

„Der Liebe leichte Schwingen trugen mich“, murmelt Alice und hakt sich beim Dings unter, der so charmant lächelt.

Widerstandslos lässt sie sich von ihm in ihr Zimmer führen. Sogar beim Auskleiden hilft er ihr, hängt das Chanel-Kostüm sorgfältig auf einen Kleiderbügel und in den Schrank. Dann bringt er Alice ins Bett, deckt sie behutsam zu und fragt, ob sie noch etwas wünscht. Tee vielleicht?

Sie plaudern ein bisschen. Der Dings ist ein guter Zuhörer. Und obwohl sie sich ein wenig wirr fühlt, erzählt Alice ihm von ihren Sorgen. Von den Ungeheuern, die an den Rändern von Meerengen lauern. Von den drei Hexen. Und von der Hepburn. Wie sie geschrien hat und dass man auf sie aufpassen muss, wo sie doch schon so einen dramatischen Zug um den Mund hat. Dass man auch auf den Pauli aufpassen muss, ihren Dingsda, sagt Alice, und der Dings, der Kinderpopo, nickt und lächelt. Er ist ein gebildeter Mann. Und einer der wenigen mit Manieren.

Als er gegangen ist, steht Alice noch einmal auf und geht ans Fenster. Blickt zum Baum auf dem Hügel. Noch ist seine Krone kahl. Dunkle Früchte hängen in den Zweigen, eine bewegt sich im Wind. Nein, keine Früchte. Ihre Freunde, die Rabenkrähen sind's. Die Rabenkrähen, die ihre Schlafplätze einnehmen. Hier und da flattert noch eine mit den Flügeln, dann kehrt Ruhe ein.

Während Alice ihnen zusieht, legt sich etwas Schweres um ihr Herz. Eine Last. Gerade so, als hätte sie eine Pflicht nicht erfüllt, als wäre sie an einer Aufgabe gescheitert, die sie unbedingt zu Ende bringen muss. Aber welche Aufgabe?

Nebel ist in ihrem Kopf aufgezogen, undurchdringlicher Nebel.

Alice hebt die Hand und winkt den schlafenden Krähen zu. Tränen rinnen über ihre Wangen. Sie summt das Lied vom großen schwarzen Vogel.

Morgen werden sie wieder zu ihr kommen und sie wird ihnen Käsestückchen auf den Balkon streuen. Der Nebel wird sich lichten und alles, alles wird ihr wieder einfallen.

7
5. April

Bestimmt der Briefträger, dachte Bukowski, als es klingelte. Auf dem Weg zur Wohnungstür warf sie einen Kontrollblick ins Kinderzimmer.

Ilse wuselte in ihrem Auslauf herum. Noah zeichnete einen Palast für sie, den er aus Legoteilen nachbauen wollte, er zeichnete inbrünstig, mit einigen perspektivischen Freiheiten, aber äußerst liebevoll im Detail. Bukowski nahm sich vor, die Zeichnung zu rahmen und Leon mitzubringen. Für sein Zimmer in der Reha-Klinik. Sie lächelte und öffnete die Tür mit Schwung.

Als sie anstelle des pickeligen Briefträgergesichts ein vertrautes, von hennagefärbter Lockenpracht gerahmtes Antlitz vor sich sah, erschrak sie so, dass sie die Tür wieder ins Schloss fallen ließ. Nicht möglich, dachte sie und fragte sich, ob man von Nikotinmangel Halluzinationen bekommen konnte – immerhin hatte sie heute erst eine Zigarette geraucht. Oder lag es am Koffeinüberschuss der sieben Espressi, die sie trinken hatte müssen, um die neu gekaufte Espressomaschine einzuweihen?

Wütende Klopfgeräusche brachten sie dazu, die Tür zum zweiten Mal zu öffnen, vorsichtiger diesmal. Immer noch das vertraute Gesicht, jetzt zogen aber zornrote Gewitterwolken in ihm auf. „Mensch, Carla, die Begrüßung hätte ich mir anders …“

„Du bist es ja wirklich!“, rief Bukowski lachend. Sie schloss ihre beste Freundin in die Arme und drückte sie.

Dann: Auftritt der Espressomaschine. Kim hatte eine Erdbeerroulade mitgebracht, von der sie große Stücke heruntersäbelte und auf drei Teller verteilte.

„Habt ihr euch gestritten?“, fragte Bukowski mit Blick auf Kims überdimensionalen Koffer. Zugegeben, keine besonders feinfühlige Frage, aber sie war auch eher scherzhaft gemeint.

„Er hat eine andere", brach es aus Kim heraus und schon flossen Tränen.

Bukowski erschrak. „Niemals, da täuschst du dich."

Während Kim eine halbe Packung Taschentücher verschnäuzte und ein Stück Roulade niedermetzelte – die aus der Sahnefülle hervorquellenden Erdbeeren erstach sie einzeln mit der Gabel –, versicherte Bukowski ihr, dass Major Hanno Nowak bestimmt einige Fehler hatte. Ja, er brauste manchmal auf, ja, er war manchmal ungerecht, besonders dem Kollegen Hinnerk Knorr gegenüber, mit dem er sich schwertat; und ja, er ließ bisweilen den Macho raushängen, zum Beispiel, wenn er es mit unerfahrenen Kolleginnen zu tun hatte. „Aber eins weiß ich ganz genau: Er liebt dich, wie er noch nie jemanden geliebt hat."

Unter Schluchzen erzählte Kim, dass zu viele Indizien für ihre These sprächen. Weitere Taschentücher und ein weiteres Stück Roulade mussten dran glauben.

„Wie viele?", fragte Bukowski.

Kim zählte auf. Es waren genau zwei Anhaltspunkte, die auf die Existenz einer Liebschaft hindeuteten. Punkt eins, Hanno hatte Kim ohne jeden Anlass einen monströsen Blumenstrauß mitgebracht – dreiunddreißig langstielige, dunkelrote Rosen.

Bukowski blieb der Mund offen stehen. „Ich bitte dich! Gibt es einen romantischeren Liebesbeweis?" Immerhin konnte Nowak weder dichten noch singen, und hätte er Kim Pralinen geschenkt, hätte sie gejammert, dass sie zu dick wurde.

„Als Marks Vater von der Schwangerschaft erfahren hat, hat er mir auch so einen Blumenstrauß geschenkt. Danach habe ich ihn nie wieder gesehen."

„Aber du kannst doch Hanno nicht mit Marks Vater in einen Topf werfen!“, sagte Bukowski, obwohl sie den Vater von Kims mittlerweile erwachsenem Sohn nie kennengelernt hatte.

Kim antwortete mit einem Schluchzen.

„Weiter im Text. Welches Indiz gibt es noch?“

Stockend erzählte Kim vom Hauptgrund ihres Verdachts, dem leidigen Reinkarnationskurs, zu dem sie sich anmelden hatte wollen. Vergangenen Freitag hatte sie mit Hanno deswegen gestritten. Er hatte ihr vorgehalten, dass sie zu wenig Zeit mit ihm verbringe. Dass ihr der Esoterikkram wichtiger sei als eine Reise mit ihm. Das war am Morgen gewesen. Am Abend kam er wie ausgewechselt von der Arbeit nach Hause, überreichte die Rosen und schlug vor, sie solle den Kurs auf alle Fälle buchen. Reisen könnten sie irgendwann, das laufe nicht weg. „Eine 180-Grad-Kehrtwendung“, schlussfolgerte Kim. „Da steckt eindeutig eine andere Frau dahinter, und jetzt sorgt er dafür, dass ich über Pfingsten weg bin und er freie Bahn hat.“ Heulanfall Nummer drei. Zwei Taschentücher und ein halbes Rouladenstück, dessen Erdbeeren diesmal brutal zerquetscht wurden.

Bukowski packte Kim an den Schultern und schüttelte sie sanft. Dann ließ sie eine geharnischte Rede vom Stapel. Dass Hanno der Streit leidgetan habe und er Kim deshalb mit Blumen zeigen habe wollen, wie sehr er sie liebte. Er habe offenbar kapiert, dass er Dinge, die ihr so wichtig waren wie dieser Kurs, widerspruchslos zu akzeptieren hatte. Hanno sei also lernfähig – eine lobenswerte Eigenschaft. Daraus abzuleiten, er gehe fremd, sei vollkommen bescheuert, ja geradezu paranoid, und es passe nicht zu Kim. Nein, im Gegenteil, auch ein Jahr nach der Hochzeit liege auf der Hand, dass Hanno nur eine liebe, nämlich sie, Kim. Kim Nowak-Newrkla – Nowak nicht mit v wie Vertigo, sondern mit w wie Wahnsinnsweib.

Bukowski legte sich ins Zeug und sie merkte, dass ihre Worte wirkten. Kim ließ sich umstimmen, vermutlich hatte sie die eifersüchtigen Anwandlungen, die ihrer unwürdig waren, selbst schon satt. Nach fünf Minuten sah sie ihren Irrtum ein. Nach weiteren fünf Minuten genierte sie sich für ihr Misstrauen Hanno gegenüber. Es folgte Heulanfall Nummer vier, der so schnell verebbte, wie er aufgezogen war. Kim putzte sich die Nase, rief Hanno an und besprach seine Mailbox mit herzzerreißenden Entschuldigungen und Liebeserklärungen, die Bukowski eine neue Dimension des Fremdschämens lehrten.

Danach war sie wieder ganz die Alte. Zusammen mit Noah machte sie sich über die restliche Roulade her. Die Erdbeeren wurden nicht mehr gemetzelt, sondern vom Schlagobers befreit und liebevoll an Ilse verfüttert.

Bukowski, die noch immer an ihrem ersten Rouladenstück mümmelte, wurde ganz plötzlich schlecht. Sie schaffte es aufs Klo und übergab sich.

Um Kims besorgten Fragen zuvorzukommen, erklärte sie, dass sie sich vor ein paar Tagen den Magen verdorben habe. Völlig harmlos. Nur vertrug sie eben noch keine Sahne. Dass sie sich seit einiger Zeit jeden Morgen übergeben musste, bevor sie das Wort Sahne auch nur denken konnte, verschwieg sie nicht absichtlich, sie hatte es verdrängt.

„Aber sonst geht es dir gut? Kehrst du nichts unter den Teppich?“ Kim meinte wohl den Nervenzusammenbruch vor anderthalb Jahren, als Bukowski sich in einem psychisch desolaten Zustand befunden und wochenlang selbst belogen hatte.

Bukowski schüttelte unwirsch den Kopf.

„Und wie läuft's mit Leon?"

Weil heikle Themen besser an der frischen Luft besprochen wurden, unternahmen sie einen Spaziergang zum Hochkogel-Spielplatz. Es roch nach feuchter Erde und frischen Rindenstückchen. Während Noah auf dem Hubschrauber aus Holz herumturnte, erzählte Bukowski von ihrer Begegnung mit Leons Exfrau und seinen Obsorge-Ambitionen. Ambitionen, die sie erschreckten. Wie wütend er gewesen war, sobald sie den Namen Anne erwähnt hatte. Wie hart und kompromisslos. Unfähig, Verständnis aufzubringen. Oder noch schlimmer – nicht willens, es auch nur zu versuchen.

Und dann erzählte sie Kim von seinem Antrag. Von dem romantischen Wochenende und den Zukunftsplänen. Vom anderen Leon, dem zärtlichen, liebevollen. Und dass sie, die ohnehin unsicher war, ob sie diesen Schritt noch einmal wagen sollte, es jetzt erst recht nicht wusste.

„Aber ihr versteht euch doch total gut", wandte Kim ein.

„Schon, ja. Aber was ist in ein paar Jahren? Werden wir einander dann genauso hassen, wie Leon und Anne es jetzt tun?" Bukowski bückte sich, hob ein Stück Rinde auf und sog den würzigen Duft ein. „Das ist ja auch dem Kind gegenüber eine große Verantwortung, die man nicht leichtfertig ..."

„Ein Kind!", platzte es aus Kim heraus. „Das ist es also, du bist schwanger! Mensch, Carla, wie schön! Deshalb siehst du so anders aus, und zugenommen hast du auch!" Sie brüllte fast. Zum Glück war Noah ins Spiel mit einem größeren Jungen vertieft und die einzigen anderen Personen – zwei Hundebesitzer – waren zu weit weg, um etwas mitzubekommen.

„Unsinn, ich rede natürlich von Noah", zischte Bukowski. „Verantwortung ihm gegenüber."

Aber Kim ließ sich nicht ablenken. „Deshalb ist dir vorhin schlecht geworden. Und müde siehst du auch aus, aber du wirst sehen, das vergeht wieder."

„Ich habe dir doch gesagt, dass ich mir den Magen verdorben habe." Bukowski ärgerte sich maßlos über die Sturheit ihrer Freundin. Dabei war das eine Eigenschaft, die Kim ihr immer nachsagte, bloß weil sie gebürtige Tirolerin war. Klischee, Klischee!

„Und diese Stimmungsschwankungen sind auch typisch. Warst du schon beim Arzt?"

„Welche Stimmungsschwankungen? Ich bin total ausgeglichen!", fauchte Bukowski.

„Merkt man", sagte Kim mit nachsichtigem Lächeln. „Wie lange bist du schon überfällig?"

Von einem Moment auf den anderen brach Bukowski der Schweiß aus. Sie konnte sich nicht mehr an ihre letzte Monatsblutung erinnern, hatte schon lange nicht mehr auf ihren Zyklus geachtet. Wozu auch? Mit dem Tod von Gregor und Samuel war das Thema Familie für sie abgeschlossen gewesen. Dass sie sich in Leon verliebt hatte, änderte nichts daran. Seit sie mit ihm schlief, achtete sie darauf, immer genügend Kondome vorrätig zu haben.

„Ich bin nicht überfällig", raunte sie, weil einer der Hundebesitzer jetzt doch herübersah. „Hörst du endlich mit diesem Blödsinn auf?"

„Echt nicht? Schade. Entschuldige bitte, aber ich hätte mich so gefreut!" Kim nahm ihre Hand und tätschelte sie. „Aber was nicht ist, kann ja noch werden." Und dann versuchte Kim, ihr das Ja schmackhaft zu machen, indem sie Leons Qualitäten herausstrich. „Dass er intelligent und sensibel ist, ein liebevoller Vater und beruflich erfolgreich, ist natürlich schön, aber bloß die Grundvoraussetzung. Viel wichtiger finde ich, dass er ein kleines Wunder vollbracht hat. Er hat dich wieder zum Lächeln gebracht. Ich habe dich jedenfalls schon ewig nicht mehr so glücklich gesehen."

„Hat er dich bestochen?"

„Sei nicht kindisch! Was spricht denn gegen eine Heirat? Dass möglicherweise etwas schief gehen könnte? Unter Umständen? In sieben, zehn, dreizehn Jahren? Und selbst wenn! Willst du deshalb darauf verzichten, zu leben?"

Zu Tode gefürchtet ist auch gestorben, dachte Bukowski, da hat Kim natürlich recht. Trotzdem. So einfach war es nicht. „Dass er Noah seiner Mutter entfremden will, ist für mich absolut nicht in Ordnung. Ein No-Go. Anne hat eine zweite Chance verdient."

„Aber du bist ihr doch nur einmal begegnet! Was, wenn Leon recht hat und sie wirklich eine Gefahr für Noah darstellt?"

Bukowski schwieg. Sie sah zu den Kindern hinüber. Der größere Junge trieb seinen Fußball vor sich her, und Noah umdribbelte ihn und versuchte, ihm das Leder abzujagen. Klar, nur weil Anne ihr leidgetan hatte, konnte sie nicht die Hand für sie ins Feuer legen.

„Damit eine Alkoholkranke dauerhaft trocken bleibt, muss sie mental sehr stark sein und ein gutes soziales Umfeld im Hintergrund haben. Wenn Annes neuer Freund wirklich kriminell ist, sind das schlechte Voraussetzungen."

„Ach was, kriminell. Ich habe mich umgehört. Gebhard Michlmayer hat als Jugendlicher Haschisch vertickt und war im Drogenrausch in eine Schlägerei verwickelt. Harmlos, wenn du mich fragst. Er hat eine Jugendstrafe verbüßt und danach ein paar Jahre in einem Indianerreservat am Rio Grande gelebt. Jetzt wohnt er in Traunkirchen und verdient seinen Lebensunterhalt als Schamane und Lebensberater." Beim Wort „Schamane" hoben sich Kims Brauen und ein Leuchten ging über ihr Gesicht.

„Geronimo nennt er sich. Er bietet Seminare an und verkauft Amulette, Regenstäbe und Kräutertees. Ein Scharlatan halt, aber deshalb muss man ihn ja nicht gleich verteufeln." Wind kam auf und es begann zu tröpfeln. Bukowski knöpfte ihre Jacke zu.

„Ein Scharlatan halt", wiederholte Kim pikiert. Das Leuchten verblasste schneller, als man mit dem Finger schnippen konnte. „Schamanen sind bekanntlich durch die Bank Scharlatane. Ist es das, was du sagen willst, Carla? Bloß ein harmloser Verrückter, ein Esoteriker eben. Die darf man natürlich alle über einen Kamm scheren." Kim war außer sich vor Wut. Natürlich, sie hatte ja selbst schamanische Kurse absolviert, war professionelle Klangschalentherapeutin, Aura-Soma-Beraterin und eine gefragte Channeling-Expertin.

Herzlichen Glückwunsch! Sensationell feinfühlig wieder einmal, dachte Bukowski und biss sich auf die Lippen. „Tut mir leid, so war es nicht gemeint. Ich gebe ja zu, ich kann mit dem ganzen Kram nichts anfangen. Aber dass Geronimo ein Scharlatan sein soll, ist nicht meine persönliche Meinung, sondern die eines unzufriedenen Kunden. Oder muss es Patient heißen?"

„So, so", flüsterte Kim und schaute nachdenklich nach oben, ins Grau, aus dem immer größere Tropfen fielen. „So, so."

Bukowski rief Noah und blies zum Abmarsch.

Auf dem Nachhauseweg schwieg Kim. Kein Zweifel, sie brütete etwas aus. Aber so sehr Bukowski auch nachbohrte, Kim verriet nichts von ihren Plänen. Sie verriet auch nicht, wie lange sie bleiben wollte. Sie zog in Leons Gästezimmer und packte ihren Koffer aus. Dann übernahm sie das Regime in der Küche. Ein Glücksfall. Bukowskis Kochkünste reichten gerade für Nudeln mit Fertigsugo oder Tiefkühllasagne. Nicht ideal für einen Fünfjährigen, zumal sie Leon versprochen hatte, auf die gesunde Ernährung seines Sohnes zu achten.

Kim beschloss, Wiener Schnitzel zu machen, Noahs Lieblingsspeise. Mit Kartoffelsalat statt Pommes.

Noah wurde zum Kartoffelschälen eingeteilt, und Bukowski sollte die Schnitzel kaufen. „Kannst du auch Schnittlauch organisieren?“, fragte Kim.

Bukowski konnte. Und weil sie auf dem Rückweg vom Supermarkt bei der Salzkammergut-Apotheke vorbeikam, besorgte sie sich gleich einen Schwangerschaftstest. Den versteckte sie im Apothekerschrank, hinter Leons Rasierwasser. Morgen würde sie sich damit beschäftigen. In Ruhe, wenn die anderen noch schliefen. Beim Gedanken an das mögliche Resultat kribbelten ihre Fingerspitzen. Sakradi. Was für Gefühle waren das? Sorge? Oder womöglich Hoffnung, Wunsch, Vorfreude?

Unsinn! „Nicht schwanger“, lautete das einzig mögliche Ergebnis, und es ärgerte sie, dass es Kim gelungen war, sie dermaßen zu verunsichern.

Plötzlich verspürte sie eine unbändige Sehnsucht nach Leon. Sie musste ihn unbedingt anrufen, um ihm etwas Nettes zu sagen und seine Stimme zu hören.

„Wie geht’s dir? Was gibt es Neues?“

Seine Antwort verstand sie nicht, weil Kim gerade mit den Tellern klapperte.

„Was ist passiert?“

Als er den Satz wiederholte, hörte sie ihn klar und deutlich. Trotzdem dauerte es ein, zwei Sekunden, bis die Bedeutung seiner Worte in ihr Hirn sickerte. Das Begreifen löste einen hohen Ton aus, als hätte jemand dicht neben ihrem Ohr eine Sirene in Gang gesetzt. Reine Einbildung natürlich, aber eine so intensive Einbildung, dass sich die Härchen an ihren Armen aufrichteten.

Später, als alles vorbei war, sollte sie sich an diesen denkwürdigen Augenblick wie an eine Initialzündung erinnern. Als wäre Leons Satz der Stein gewesen, der die Katastrophe überhaupt erst ins Rollen brachte.

8
Aus dem Buch der Kränkungen
#3 Larissa

Etwas in deinem Inneren ist explodiert. Du siehst weiße Lichtblitze, von schmerzhafter Helligkeit. Ein gleißendes Pulsieren zwingt dich, stoßweise in meine Halskuhle zu atmen. Bester Stoff und bester Sex – in Kombination atemberaubender als ein Basejump. Leider verpufft der Adrenalinstoß allzu schnell.

Kaum hast du die Schwäche in den Beinen überwunden, rutschst du vom Schreibtisch. Dein Höschen stopfst du zusammengeknüllt in die Handtasche. Vor dem Nachhausegehen ist immer noch Zeit genug, es anzuziehen. Du streichst dein Kleid glatt und beobachtest mich.

Es amüsiert dich, dass ich länger brauche als du, um in die Realität zurückzufinden. Obwohl ich clean geblieben bin, wie immer. Dass ich mich beim Zuknöpfen meiner Jeans abwende, als wäre es mir peinlich, findest du rührend.

Du willst mich küssen, aber ich mag deinen mitleidigen Gesichtsausdruck nicht und weiche aus.

„Was ist? Was hast du?“

Rhetorische Fragen. In Wahrheit weißt du genau, was ich habe. Dass ich reden will. Schon seit Wochen will ich reden, und du weißt auch, dass ich mich dieses Mal nicht vertrösten lassen werde. Du liest es aus meinem Blick. „Dein Rehaugenblick“, hast du ihn einmal genannt. Ein Blick, als wäre mir eine große Ungerechtigkeit widerfahren.

Plötzlich bist du genervt. „Was erwartest du denn!“, sagst du und denkst in Wahrheit: Wie naiv bist du eigentlich?

„Das weißt du doch, Larissa. Dass du es ihr endlich sagst ...“

„Was soll ich ihr sagen? Dass ich es ab und zu mit einem Studenten treibe? Ja und?“ Du erschrickst selbst, wie kalt und geschäftsmäßig du klingst. Eigentlich verfügst du über ein ausgeprägtes Harmoniebedürfnis. Du willst niemanden verletzen, aber der Zweck heiligt die Mittel. Du nimmst es in Kauf, mich zu kränken, weil dir kein anderer Ausweg einfällt.

Und es wirkt. „Das bin ich also für dich“, sage ich. „Ein gelegentlicher Zeitvertreib. Studentisches Frischfleisch als Abwechslung zum Lesben-Alltag – schön devot, immer zu Diensten und natürlich austauschbar.“

Du umrundest deinen Schreibtisch und setzt dich dahinter. Betrachtest mich von der Vis-à-vis-Seite aus. Von der Seite der Macht – deiner kleinen Macht einer außerordentlichen Universitätsprofessorin. Betrachtest mich wie einen Bittsteller. Was sind Doktoranden anderes?

„Bleib auf dem Teppich“, knurrst du.

„Ich liebe dich, Larissa!“

In deinen Ohren hört es sich nicht wie ein Bekenntnis an, sondern wie ein deklamierter Text.

„Ich lege dir mein Leben zu Füßen. Aber du trampelst darauf herum!“

Wie ein schlecht deklamierter Text. Du schüttelst den Kopf. Du magst kein Pathos. Kommst dir vor wie in einem drittklassigen Liebesdrama. Magst keine Liebesdramen, nicht einmal erstklassige. Du findest, dass ich alles falsch verstanden habe. Zuerst habe ich dir Avancen gemacht. Ich war süß, irgendwie rührend in meiner Schüchternheit. Also hast du den Spieß umgedreht, hast die Initiative ergriffen und mich verführt. Dass ich deshalb ein Anrecht auf große Gefühle ableite, ist lächerlich. Ein Anrecht auf Liebe – Liebe! – denkst du mit gerümpfter Nase, bloß weil wir ein paarmal Sex hatten.

Dabei hast du dieses unglückliche, dieses hochtrabende Wort nie in den Mund genommen, hast immer nur von Begierde gesprochen. Von ganz gewöhnlicher Geilheit. Um nichts anderes ist es dir gegangen. Bloß um das pelzige Frettchen in deinem Unterleib und seine hormonbedingten Heißhungerattacken.

Du erklärst mir, dass du Judith nie verlassen wirst. „Never change a winning team", sagst du. Ihr seid eingespielt, ihr wisst, was ihr aneinander habt, auf deine Art liebst du Judith. Außerdem ist eine dauerhafte Beziehung zwischen dir und mir vollkommen unmöglich. „Das muss dir doch klar sein", sagst du.

„Glasklar."

„Eine geheime Affäre, ja. Aber kein offenes Verhältnis." Weil die Geschichte nicht auffliegen dürfe. Weil du sonst beruflich erledigt wärst und ich, ich könne meine Dissertation in den Wind schreiben. „Capisci?"

„Aber sicher. Danke fürs Augenöffnen."

„Meinetwegen hätte es gern länger dauern dürfen. Aber wenn du unerfüllbare Ansprüche stellst, ist es besser, wir beenden es hier und jetzt."

„Jawohl, Frau Professor Benderjahn. Alles roger, Frau Professor Benderjahn. Hast du schon einen Nachfolger auserkoren? Jan vielleicht, den Assistenten vom alten Böhler?"

Du ärgerst dich über den Zynismus in meiner Stimme wie du dich über den beleidigten Ausdruck in den Rehaugen ärgerst.

„Oder wie wär's zur Abwechslung mit einem Erstsemestrigen? Die sind bestimmt noch devoter als unsereins. Und wieso sollte es eine Professorin nur mit Doktoranden treiben?"

Es eskaliert. Ich nenne dich eine Schlampe und gerade weil ich das Wort leise ausspreche, schmerzt es dich wie ein präzise geführter Nadelstich.

„Halt sofort den Mund!“ Deine Faust knallt auf den Tisch. „Was erlaubst du dir?“ Du drohst mir mit einem Rauswurf. Sagst, ich solle mir einen anderen Betreuer für die Dissertation suchen, wenn ich nicht wisse, wie ich mich zu benehmen habe!

Ich entschuldige mich für den Ausbruch. Beteuere, dass mir die Dissertation unwichtig ist. Dass ich lieber alles tun würde, um mit dir zusammen zu sein.

Du empfindest Mitleid mit meinen schlecht verborgenen Tränen – vielleicht sogar Schuldgefühle. Weil du früher bemerken hättest müssen, wie sehr ich mich in die Geschichte hineinsteigere. Weil du dich an das Prinzip „Never fuck the company“ halten hättest sollen und bei deinen gelegentlichen One-Night-Stands bleiben: ab und zu eine einschlägige Bar besuchen, einen hirnlosen Muskelprotz abschleppen und ihn spätestens am nächsten Morgen wieder vergessen. Einmal Sterne und retour. Keine Erwartungen, keine Probleme.

Wie auch immer. Jetzt musst du den Schaden begrenzen. „Lass uns das Ganze vergessen“, sagst du jovial, jedes Wort ein Schulterklopfen. „Widmen wir uns deiner Arbeit. Professionell und sachlich, wie erwachsene Menschen.“ Du fährst mit den Fingern durch dein Haar und bindest es mit einem Gummi zusammen. Klappst die Professorinnenmaske herunter. „Also, wie ist die Lage? Bist du mit dem letzten Kapitel weitergekommen?“ Du sagst es so nüchtern, als wüsstest du nicht, wie man „Leidenschaft“ buchstabiert.

Ich nehme einen letzten Anlauf. „Und wenn ich ihr von uns erzähle?“

Du begreifst, dass du mich falsch eingeschätzt hast. Und dann spielst du den letzten Trumpf aus: Du lachst.

„Was willst du Judith denn erzählen?“ Aus voller Kehle lachst du. Kannst gar nicht mehr aufhören, zu lachen.

Es klingt, wie wenn man in einen Eimer pinkelt. Nein, wie Hundegebell klingt es. Wie die Dobermänner vom alten Natter, von denen mich einer gebissen hat, als Kind.

„Aber mein kleiner Liebling", sagst du zwischen zwei Lachsalven, „lebst du hinterm Mond? Judith weiß doch längst Bescheid! Wir leben in einer offenen Beziehung und erzählen einander alles." Du stehst auf, trittst hinter mich und legst deine Hände auf meine Schultern. Lässt sie unter meinen Hemdkragen wandern, langsam und zielstrebig, bis deine beiden Zeigefinger meine Brustwarzen ertasten. Deine Finger spielen mit den Brustwarzen, sie umkreisen sie. „Judith törnt das an, weißt du?", hauchst du. „Jedes Detail will sie hören. Sie kennt die Größe deiner Kronjuwelen, deine Vorlieben, deine erogenen Zonen. Es amüsiert sie, wenn ich dich beim Rammeln imitiere. Wir lachen gemeinsam darüber und dann lieben wir uns lang und leidenschaftlich."

Ein Blattschuss. Du hast mitten ins Herz getroffen.

Mitten in mein Herz – und du weidest dich daran.

Beobachtest, wie sich mein Mund krampfhaft öffnet und schließt. In deinem Blick liegt derselbe Ausdruck, den man für einen Fisch übrig hat, der sich auf dem Trockenen zu Tode zappelt: Mitleid und ein Schuss Ekel.

Einen endlos langen Augenblick verharren wir in dieser Position – ich zappelnd, du starrend –, dann stehe ich so abrupt auf, dass der Sessel nach hinten kippt. Ich stürze hinaus.

Du ärgerst dich über meine übertriebene Verletzlichkeit, meinen Narzissmus. Und noch mehr über dich selbst. Darüber, dass du mich falsch eingeschätzt hast. Viel zu spät hast du die Reißleine gezogen. Ausgerechnet du, die jüngste Professorin in der gesamten Fakultät! Und die mit der am steilsten verlaufenden Karrierekurve! Hättest du das nicht besser hinkriegen können?

Vor Ärger zittern deine Finger, obwohl die Wirkung des Koks längst verpufft sein müsste. Du fühlst dich wie eine Pilotin in einem unmanövrierbaren Flugzeug. Wird es die Höhe halten können oder in die nächste Felswand krachen?

Du wartest nicht ab. Kontrollverlust hast du noch nie aushalten können. Und für solche Fälle sind die kleinen blauen Helferlein ja da. Du fischst die Pillendose aus deiner Handtasche. Ein, zwei Valium und es wird dir besser gehen. Irgendwann musst du dir wieder mehr Disziplin im Umgang damit angewöhnen, nimmst du dir vor. Aber nicht jetzt. Nicht gerade an einem Scheißtag wie heute.

Obwohl es schon nach acht ist, gehst du nicht nach Hause. Du musst noch die morgige Vorlesung vorbereiten. Also rufst du Judith an, sagst ihr, dass es leider spät werden wird und sie mit dem Essen nicht auf dich warten soll.

Allmählich beginnt das Diazepam zu wirken. Es holt dich herunter. Müdigkeit beschleicht dich, keine bleierne, sondern eine angenehme Müdigkeit. Du hast einen klaren Kopf dabei. Liest den Artikel eines Kollegen, zerpflückst ihn und tippst die Kritikpunkte stichwortartig in die Tastatur deines PCs.

Du arbeitest so konzentriert, dass du weder das Quietschen der Türklinke mitbekommst, noch die Schritte, die sich von hinten nähern und nichts Gutes bedeuten.

Erst als du seinen Atem in deinem Nacken spürst, drehst du ruckartig den Kopf. Erschrecken und Wütendwerden sind eins.

„Was fällt dir ein?“, schreist du ihn an. „Was ...“

Weiter kommst du nicht, weil er dir die Hand auf die Lippen presst. Seine andere Hand hält ein Messer, dessen Spitze er gegen deine Rippen drückt.

Panik treibt deinen Puls in schwindelnde Höhen, als hätte es kein Valium gegeben. Du starrst in seine Augen, in denen etwas Unbekanntes flackert. Etwas Gefährliches.

Wer ist dieser Mann, den du so gut zu kennen glaubst und der dir auf einmal so fremd vorkommt?

Als er deinen Mund freigibt, sprichst du seinen Namen aus, sprichst ihn aus wie eine Bitte.

Er sagt, so heiße er nicht. Er sei nicht dein devoter Liebhaber-Doktorand, er sei P. Und P befiehlt dir, still zu sein. Mucksmäuschenstill.

Du gehorchst.

Dann befiehlt er dir, die Pillendose zu öffnen und die restlichen Tabletten zu schlucken – acht hellblaue Valium à 10 mg Diazepam. Du zögerst. Aber er muss dich nur ein wenig fester mit der Messerspitze kitzeln, damit du spurst. Insgeheim hoffst du, dass dir schlecht wird und du das Gift erbrechen kannst.

Doch die Zeit verrinnt und dein Magen behält alles. Nur die Müdigkeit nimmt zu. Mit starken Armen greift sie nach dir, umklammert deinen Brustkorb, fährt in deine Beine, legt sich auf deine Lider. Und die Müdigkeit hat die Gleichgültigkeit im Gepäck.

„Mir ist schwindlig", lallst du und lässt dich wie eine Marionette zum Fenster führen.

P öffnet es für dich. Der Wind ist überraschend kalt. Schnee liegt in der Luft und der Gestank nach Abgasen. Deine Zähne klappern, aber du bist zu müde, um dich zu beklagen. Dir ist alles egal, du willst nur endlich deine Aufgabe erledigen und dann in Ruhe gelassen werden.

P hilft dir aufs Fensterbrett. Er hält dich fest, umfasst deine Knie, die so gern nachgeben würden. Mit der freien Hand streicht er über deine Waden, über die schlanken Fesseln.

„Spring“, sagt er plötzlich und lässt los.

Du sackst nach vorn. Fällst.

Und ist es nicht der ultimative Kick, den du immer gesucht hast? Ein Basejump ohne Schirm – einmal Weltall einfach?

Einen Wimpernschlag später explodiert deine Schädeldecke.

Was du wohl als Letztes wahrnimmst? Weiße Lichtblitze von schmerzhafter Helligkeit? Ein gleißendes Pulsieren?

Gelöscht am 30. März 2007

9
6. April

„Na, Mali, wie läuft's?" Nowak warf einen prüfenden Blick auf sein Gegenüber. Inspektorin Amalie Franz war keine Schönheit im landläufigen Sinn, aber er mochte ihr offenes Gesicht und die Art, wie sie lächelte. Obwohl sie erst seit anderthalb Jahren zu seinem Team gehörte, konnte er in ihrem Haar lesen wie Kim im Kaffeesatz. Standen Malis undisziplinierbare Locken wirr in alle Richtungen, war alles in bester Ordnung. Fall gelöst oder auf dem besten Weg dazu. Klebten sie platt am Kopf wie heute, steckte Mali fest. Entweder weil die Beweislage zu dünn war, die Geschichte verworren oder weil Mali den Wald vor lauter Bäumen nicht sah.

„Schwierig", sagte sie. „Der Täter ist ein gewisser Navid, der sich oft in der Nähe des Flüchtlingsheims in der Weißgasse herumgetrieben haben soll und die Trafik gut kannte. Wir haben eine passable Personenbeschreibung, aber bis jetzt ist der Typ unauffindbar."

„Woher kennen wir eigentlich seinen Namen? Hat er sich vorgestellt, bevor er das Mädchen mit dem Messer bedroht hat?"

„Sein Kumpel, der draußen Schmiere stand, hat ihn Navid genannt."

„Schön dumm von dem, findest du nicht?" Nowak schnaubte. „Habt ihr euch schon im Asylheim schlau gemacht?"

„Aktuell gibt es dort einen Navid, auf den aber die Beschreibung nicht passt. Außerdem war er zur Zeit des Überfalls im Deutschkurs. Ein anderer Navid ist vor einem halben Jahr aus dem Heim ausgezogen und lebt jetzt in Schwechat, aber wir haben ihn dort nicht angetroffen. Soll ich ihn zur Fahndung ausschreiben?"

„Warte noch." Nowak kratzte sich am Schädel. Etwas an der Sache gefiel ihm nicht, aber er konnte es nicht greifen. „Sag, was hältst du eigentlich von dem Mädel? So unter uns."

„Die Kleine tut mir leid. Die hat nicht nur einen Schock weg, sie muss sich auch noch die Beschimpfungen ihrer Mutter anhören. Weil sie sofort das Geld ausgehändigt hat, statt den Alarm auszulösen und den Täter hinzuhalten." Mali schüttelte traurig den Kopf.

„Wieso war sie eigentlich allein im Laden? Die ist doch noch ein halbes Kind!"

„Vierzehn ist sie. Hätte lieber die Zeit mit ihrem Freund verbracht, aber sie muss jeden Dienstagnachmittag aushelfen, während die Mutter ins Fitnessstudio geht. Deswegen haben die beiden auch oft gestritten, weil die Mutter ihr zu wenig dafür bezahlt."

„Aha", sagte Nowak. „Interessant." In seinem Kopf wanderten kleine Puzzleteilchen herum und begannen sich zu einem Bild zu formieren. „Kennen wir diesen Freund?"

„Czerny heißt er. Siebzehn ist er, hat aber schon zweimal die Lehre abgebrochen. Sonst ein unbeschriebenes Blatt. Wieso?" Mali sah ihn verwundert an. „Was hat der denn damit zu tun?"

„Pass auf." Nowak beugte sich zu ihr hinunter und senkte seine Stimme zu einem verschwörerischen Raunen. „Wir machen es so." Er bat sie, die Trafikantinnentochter und ihren Freund gemeinsam herzubestellen, sie aber getrennt zu vernehmen. Oskar sollte sich das Mädchen vorknöpfen, Mali den Freund.

„Und dann? Ich meine, worauf willst du eigentlich hinaus?"

Nowak verdrehte die Augen. Mali war klug, keine Frage, aber auch ein bisschen naiv. Na ja, dachte er, es ist das Vorrecht der Jugend, naiv zu sein. Eine gewisse Abgebrühtheit würde sich noch früh genug einstellen, in ihrem Beruf war das gar nicht zu verhindern. „Du verklickerst diesem Czerny, dass er im Falle eines Geständnisses glimpflich davonkommen wird. Wenn er aber leugnet, während seine Freundin ihn verpfeift – was sie vielleicht genau in diesem Augenblick tut – dann sieht es schlecht für ihn aus. Ganz schlecht.“ Er zwinkerte.

„Du glaubst ...“ Malis Augen wurden immer größer. „Meinst du echt, die haben sich das ausgedacht? Diese ... Kinder?“

„Lass uns einfach schauen, was passiert“, sagte er und nickte ihr aufmunternd zu. „Wenn's nicht klappt, so schadet's auch nichts.“ Aber bei sich dachte er: Einen Besen fress' ich, wenn ich mich täusche.

Während Mali mit neuem Elan ans Werk ging, zog sich Nowak in sein Büro zurück. Er schaute angewidert in die Tasse mit dem kalten Käsepappeltee. Mit Todesverachtung näherte er das Gebräu seinem Mund. Wenigstens einen Schluck. Seinem lädierten Magen zuliebe. Doch schon der Geruch nach ungewaschenen Socken sorgte für Übelkeit. Er öffnete das Fenster und kippte die schauerliche Brühe hinaus. Danach ging es seinem Magen schon viel besser, es sprach also nichts dagegen, ihm einen erstklassigen Espresso zu gönnen. Aber zuerst wollte er Kim anrufen.

Sieben Mal hatte sie versucht, ihn zu erreichen und ihm alles Mögliche auf die Mobilbox gesäuselt, jetzt hatte er sie lange genug schmoren lassen.

Das Gespräch war kurz, aber großartig. Zuerst badete er in ihrem schlechten Gewissen und ihren ausführlichen Entschuldigungen, ihn falsch verdächtigt zu haben. Dann verzieh er ihr. In Wahrheit hatte er ihr natürlich längst verziehen und vermisste sie ganz fürchterlich. Als sie ihren Koffer gepackt hatte, war er nahe daran gewesen, zu verzweifeln. Was war nur mit den Frauen los, hatte er gedacht. Vor der Ehe lasen sie einem jeden Wunsch von den Augen ab, bekochten und bezirzten einen und trugen einem die Pantoffeln nach. Kaum hatten sie den Ring am Finger, behielten sie die Pantoffeln selber an und um jeden Kuss musste man betteln. Dabei hatte er sich so bemüht! Vielleicht zu sehr? Vielleicht solltest du sie öfter zappeln lassen?, überlegte er, schmolz aber sofort dahin, als er ihre Stimme hörte.

„Wann kommst du zurück, Honeybunny?"

Sie erklärte ihm, dass das leider im Augenblick unmöglich sei, weil sie dafür sorgen müsse, dass Bukowski und der kleine Noah was Anständiges zwischen die Zähne bekämen. „Und stell dir vor, ermitteln muss ich auch!"

Irgendetwas in ihm gefror, aber Kim schwor einen heiligen Eid, dass es nur um die Frage gehe, ob Carla ihren Leon heiraten solle oder nicht. Sie faselte etwas von Schamanismus und Scharlatanerie und dass es ihre Aufgabe sei, das eine vom anderen zu unterscheiden, weil Carla nun mal keine Ahnung davon habe.

Nowak verstand kein Wort. Was hatte Carlas potentielle Hochzeit mit Schamanismus zu tun? Vielleicht gut, dass du nicht alles weißt, dachte er, stufte die Angelegenheit als durch und durch esoterisch und damit harmlos ein. Kein Kriminalfall. „Tu, was du tun musst, aber pass auf dich auf", sagte er. „Und auf Carla."

„Vielleicht kannst du am Wochenende herkommen? Der Traunsee soll wunderschön sein! Bis jetzt war er vor Nebel und Regenwolken leider nicht zu sehen."

Er versprach es. Abgesehen von dem Überfall auf die Tabaktrafik herrschte ohnehin Flaute, da konnte er ruhig einmal ein paar Tage wegfahren.

Bevor er das Gespräch beendete, musste er natürlich zum Ausdruck bringen, wie sehr er Kim liebte. Mitten im romantischsten Gesülze nahm er aus dem Augenwinkel eine Bewegung wahr.

Er fuhr herum. Als er Manni erblickte, wäre ihm fast das Handy aus der Hand geflutscht. Na bravo! Die Scharlachfarbe von Mannis Pickeln ließ darauf schließen, dass er schon länger mithörte.

„Kannst du nicht anklopfen?", brüllte Nowak.

„Hab ich doch! Und geräuspert hab ich mich auch!"

„Was willst du überhaupt?"

„Tut mir leid, wenn ich dich störe, Chef", sagte Manni mit beleidigtem Unterton. „Aber wir haben ein Problem. Ein Problem namens Fian."

„Wer soll das sein?"

„Marianne Fian. Die Fotografin, die ihren Mann erstochen hat und in U-Haft sitzt."

„Und wo ist das Problem?"

„Sie hat sich letzte Nacht mit einem Stoffstreifen erhängt."

„Tot?"

„Koma. Schaut aber nicht gut aus."

„Scheiße. Aber zum Glück nicht unser Problem."

„Das nicht. Aber der Kutschera Josef behauptet, dass sie es nicht war."

„Wie bitte?"

„Der Kutschera hatte gestern Aufsicht, als die Fian Besuch von ihrem Sohn hatte. Die beiden haben gestritten, sagt der Kutschera. Der Sohn soll geweint und gesagt haben, dass er es nicht länger aushält. Die Schuld nicht und ihr Opfer nicht. Er soll verlangt haben, dass sie widerruft."

„Verdammtes Wirtshaus!"

„Genau."

„Worauf wartest du noch? Knöpft euch den Sohn vor!“

„Jetzt kommt erst das Problem“, sagte Manni. Er trat von einem Bein aufs andere, als müsste er dringend pinkeln. „Oskar ist zum jungen Fian hinausgefahren, um ihn zu befragen. Leider hat der Typ durchgedreht, als er vom Selbstmordversuch seiner Mutter erfahren hat.“

„Wie durchgedreht?“

„Der ist ins Auto gesprungen und los. Und dann ist er mit Vollgas gegen den nächsten Brückenpfeiler ...“

„Verfluchte Hurerei! Ist er tot?“

Manni schüttelte den Kopf. „Liegt jetzt auch im AKH, auf der Intensiv. Quasi direkt neben seiner Mutter und mit ähnlichen Überlebenschancen.“

Na bravo, dachte Nowak. Er schnappte sich seine Jacke. Es half nichts, er musste selbst ins AKH fahren, mit den zuständigen Ärzten sprechen und sich ein Bild von der Lage verschaffen.

„War wohl doch nicht so souverän, Carlas Befragungstaktik“, sagte er zu Manni. „Ist euch denn wirklich nicht aufgefallen, dass die Fian lügt?“

Manni antwortete nicht. Seine Pickel glühten und er schenkte Nowak einen missbilligenden Blick. Wage es nicht, in Carlas Abwesenheit schlecht über sie zu sprechen, sagten Blick und Pickelglühen – sofern es sich nicht um die Nachwirkungen des Fremdschämens handelte, hervorgerufen durch unfreiwillig mitangehörtes Liebesgestammel.

Als Manni gegangen war, verließ auch Nowak sein Büro. Er brauchte dringend frische Luft. Auf dem Gang rannte er in Amalie Franz hinein. Ihr Haar glich jetzt einem verwurstelten Knäuel Draht. Es hätte ihn nicht gewundert, wenn er bei Berührung einen Stromstoß abbekommen hätte. „Entschuldige, Mali", sagte er. „Alles gut bei dir?"

Ihr feines Lächeln wurde immer breiter, bis die Mundwinkel fast die Ohrläppchen berührten. „Bravo, Chef. Du hattest wieder mal recht." Ihr anerkennender Blick war Balsam auf seiner Seele. „Die beiden haben gestanden. Der Überfall war die Idee des Mädchens, stell dir vor. Die ist erst vierzehn! Und ihr Haberer, dieser Czerny, hatte den Einfall, es einem Asylwerber anzuhängen. Den Namen Navid hat er irgendwo aufgeschnappt, und die Beschreibung hätte im Grunde auf jeden gepasst."

„Dann wissen wir das", murmelte Nowak. Er klopfte Mali auf die Schulter und in Gedanken auch sich selbst. Wenigstens eine positive Entwicklung, dachte er und stürmte ins Freie hinaus. Er atmete tief ein. Genoss ein, zwei Minuten lang die Abgase der Kreuzung Ottakringer Straße-Wattgasse und den Gestank nach feuchtem Asphalt, verbranntem Gummi und Hundepisse, bevor er sich auf den Weg ins AKH machte und es mit der desinfektionsflüssigkeitsgesättigten Luft der Intensivstation aufnahm. Und dem Hauch von Todesahnung, der immer darin mitschwang.

10

Der Physiotherapieraum kam ihm wie eine der letzten Bastionen absoluten Friedens vor. Das Licht war gedämpft, tickende Uhren fehlten, und die vibrierende Aufregung, die die übrige Reha-Klinik erfüllte, war noch nicht bis hierher vorgedrungen.

Leon atmete auf. Als Nadine Saritzky ihn überaus herzlich begrüßte, hielt er sich stur an seine Vorsätze: kurzer Händedruck, kühler Blick, sachliche Antworten auf ihre Fragen. Distanz!

Sie forderte ihn auf, sich rücklings auf die Matte zu legen und schob einen Gymnastikball unter seine Beine. Um die Position seiner Oberschenkel zu korrigieren, beugte sie sich über ihn. Da die drei obersten Knöpfe ihres Poloshirts offenstanden, erwartete ihn ein grandioser Einblick in die Saritzky'sche Hügellandschaft.

Nein, so spielen wir nicht, dachte er und schloss die Augen.

„Bei dieser Übung geht's darum, das Becken zu rollen", sagte Nadine mit lustvoll gerolltem R. „Zuerst kippst du es nach hinten und drückst dabei die Lendenwirbelsäule flach auf den Boden."

Gehorsam folgte er den Anweisungen.

„Dann in die Gegenrichtung, bis sich ein leichtes Hohlkreuz bildet."

„Nicht so." Sie legte ihre Rechte auf seine Beckenschaufel und drückte leicht dagegen. „Nur ganz kleine Bewegungen sind gefragt." Ihre Berührung war mehr ein Streicheln. Die Wärme ihrer Finger drang durch den Stoff seiner Trainingshose und breitete sich als feines Kribbeln auf seiner Haut aus. Verdammtes Miststück!

Bevor das Unvermeidliche geschehen würde (und es würde geschehen, es kündigte sich schon an), beschloss er, Nadine in ein Gespräch zu verwickeln.

„Furchtbar, die Sache mit Birgit Ladstätter, was?" Eigentlich hatte er das Thema vermeiden wollen, weil er vom Getuschel seiner Mitpatienten und von den kursierenden Gerüchten genug hatte.

„Schlimm, ja." Endlich nahm sie ihre Finger weg und sah ihm in die Augen. Ihre waren verschleiert.

„War ihre Prognose wirklich so schlecht, dass sie keinen anderen Ausweg gesehen hat?" Er hatte nur einmal mit Rotlippchen gesprochen, über irgendetwas Belangloses. Sie war ihm lebenslustig erschienen, beinahe trotzig. Eine Frau, die nichts verpassen wollte. Die Affäre mit Huber-Marini passte perfekt ins Bild, ihr Freitod nicht. Aber natürlich war sein Bild unvollständig und oberflächlich.

„Gehirntumor ist kein Spaß, und der von Birgit Ladstätter war bösartig", sagte Nadine. „Aber sie war voll Hoffnung. Deshalb hätte ich nie gedacht, dass ..."

„Auf mich hat sie auch wie eine Kämpferin gewirkt." Leon richtete sich auf, um weitere Beckenübungen zu boykottieren. „Traurig, dass es so zu Ende gehen musste."

Nadine seufzte. „Hoffentlich sind die Ermittlungen bald abgeschlossen, damit wieder Ruhe unter den Patienten einkehrt. Heute ist nichts mit ihnen anzufangen."

„Sie sind abgeschlossen, das hat mir die Chefin verraten."

„Du hast mit Walburga gesprochen?" Nadine hob die Brauen. „Seltsam, uns Angestellten gegenüber hat sie sich bedeckt gehalten."

„Sie hat spitzgekriegt, dass ich Journalist bin und von dem Pantscherl zwischen ihrem Mann und Birgit

Ladstätter weiß. Da hat sie wohl befürchtet, ich könnte die Story aufbauschen und das Haus in Verruf bringen. Ganz nervös war sie.“ Gleich nach dem Frühstück hatte die Marini ihn um ein vertrauliches Gespräch gebeten. „Ich habe ihr natürlich versichert, dass das unter meinem Niveau wäre. Daraufhin hat sie mir von sich aus erzählt, dass Birgit Ladstätter an einer Überdosis Schlaftabletten gestorben ist. Laut Kripo soll nichts auf Fremdverschulden hindeuten.“

„Das wird ja dann die Obduktion zeigen.“

„Denkste. Es wird gar keine geben“, sagte Leon. Ein Punkt, der ihn selbst verwundert hatte. Aber aufgrund fehlender Ausbildungsplätze wurden in ganz Österreich immer weniger Obduktionen angeordnet.

„Hat man eigentlich einen Abschiedsbrief gefunden?“

Leon schüttelte den Kopf. „Nicht direkt. Aber einen handgeschriebenen Zettel mit einem Shakespeare-Zitat: *Ist’s denn Sünde, zu stürmen ins geheime Haus des Todes, eh’ Tod zu uns sich wagt?*“

„Wow, ich hätte nicht gedacht, dass Birgit so was Verstaubtes liest.“

„Na ja, ein Klassiker halt. Rotlippchen hat es vermutlich aus einem Band mit Shakespeare-Dramen, den sie sich von der Weißen Frau ausgeborgt hat.“

„Von wem?“

„Alice Marini.“

„Die gute Alice!“ Nadine lächelte. „Na klar, die murmelt ja ständig so Zeug vor sich hin. Sie war einmal eine angesagte Schauspielerin, hast du das gewusst?“

Leon nickte. „Burgschauspielerin, nicht?“

„Seit ihrem zweiten Schlaganfall ist sie leider dement und quasi Dauergast hier am Walderberg. Na ja, als Mutter der Chefin hat sie natürlich einen Sonderstatus. Wie nennst du sie? Weiße Frau?"

„Wie die Sagengestalt. Weil sie so fragil ist, dass sie auf mich fast unkörperlich wirkt. Geisterhaft. Außerdem habe ich sie bisher nur in Weiß erlebt."

„Rotlippchen und die Weiße Frau. Gibst du allen deinen Mitmenschen so kuriose Namen?"

Leon schwieg. Er wollte nicht zugeben, dass er Nadine im Stillen Scandia nannte, weil ihr Feuermal die Form der skandinavischen Halbinsel hatte. Er war froh, dass sie sich friedlich neben ihn auf den Boden setzte und ihn nicht mehr mit zweideutigen Übungen traktierte.

„Schon komisch, dass die Kripo den Fall so schnell zu den Akten legt", sinnierte Nadine. Rotlippchens Tod schien sie sehr zu beschäftigen. „Ob da jemand nachgeholfen hat?"

Leon horchte auf. „Du meinst ..."

„Walburga Marini ist sehr einflussreich."

„Aber wieso sollte sie eine Obduktion verhindern wollen?"

„Um möglichst rasch zur Tagesordnung übergehen zu können? Oder um etwas zu verschleiern? Und wenn es nur die unangenehme Frage ist, woher Birgit die Tabletten hatte ..."

Für einen Moment vergaß Leon seinen Vorsatz, Abstand zu halten, und rückte näher, bis ihre Schultern sich berührten. „Angeblich hat sie das Schlafmittel von ihrem Hausarzt verordnet bekommen und selbst mitgebracht."

„Seltsam." Nadine schüttelte den Kopf. „Mir hat sie erzählt, dass sie bei einem Homöopathen in Behandlung ist und keine herkömmlichen Medikamente nimmt. Nur

Globuli." Sie senkte die Stimme. „Da passt doch etwas ganz und gar nicht zusammen, findest du nicht?"

„Willst du behaupten, Rotlippchen wurde ermordet?" Er wollte lachen, aber es blieb ihm im Hals stecken. „Komm, das ist doch lächerlich!"

„Warum war Walburga dann so nervös?"

„Na ja, ein Suizid in ihrer Reha-Klinik ... Würde es dich da nicht eher wundern, wenn sie als ärztliche Leiterin nicht nervös wäre?" Er drehte den Kopf und versuchte, in Nadines Augen zu lesen, die immer noch umwölkt waren, als verschleierten sie etwas. „Du denkst doch nicht etwa, dass sie Birgit Ladstätter eine tödliche Dosis verpasst hat? Aus Eifersucht? Obwohl ihr Mann sie schon zigmal betrogen hat?"

„Vielleicht gibt es ja noch andere Gründe?"

„Welche denn?" Langsam wurde er ungeduldig.

Aber Nadine dachte nicht daran, näher darauf einzugehen. Mit einem monalisahaften Lächeln warf sie einen Blick auf ihre Armbanduhr und hieß ihn aufstehen. Die Stunde war um.

„Na komm, sag schon. Weißt du etwas oder sind das nur Schüsse ins Blaue?"

„Man hört so manches." Sie zuckte mit den Schultern.

„Was hört man?" Leon stellte sich vor die Tür und versperrte ihr den Weg.

Nadine kam näher. Ganz nah. Er konnte jede einzelne Unregelmäßigkeit ihrer Haut sehen, das skandinavienförmige Feuermal und zwei, drei verstopfte Poren auf dem Nasenrücken, die an der Spitze dunkel waren.

„Dass nicht alles mit rechten Dingen zugeht", flüsterte sie. „Dass die Marinis Dreck am Stecken haben."

Leon spürte ihren Atem an seinem Hals. Obwohl er eine Gänsehaut bekam, hielt er ihrem Blick stand.

„Angenommen du hast recht und die Marinis haben etwas zu verbergen. Warum sollte Rotlippchen ihnen gefährlich werden?“

„Ich weiß es nicht“, sagte Nadine. Ihre Lippen bebten. Sie sahen weich aus, besonders nachdem sie sie mit der Zungenspitze befeuchtet hatte. „Ich weiß nur, dass Birgit Ladstätter Staatsanwältin war, bevor der Gehirntumor diagnostiziert wurde. Spezialgebiet Korruptionsbekämpfung.“

Leon hob die Brauen. Interessant. Das war ihm vollkommen neu.

„Die Zeit ist um“, sagte Nadine. Das kleine Luder wusste ganz genau, dass er an ihrer Angel zappelte. „Aber um sieben hab ich Schluss. Falls du mehr erfahren willst ...“

Ohne nachzudenken sagte er zu. Sie vereinbarten ein gemeinsames Abendessen im Gasthof Köll, auf neutralem Boden, wie Leon hoffte. Ein Geschäftsessen mit einer Informantin, nicht mehr, nicht weniger.

Als Nadines Lippen so nah kamen, dass sie verschwammen, bereute er seine Zusage bereits. Er riss die Tür auf und stürzte hinaus.

Der nächste Patient stand schon in den Startlöchern.

11

„Was machst du denn mit deiner Kindergartentasche?“, fragte Bukowski.

„Die brauch ich“, sagte Noah und hielt die Tasche mit beiden Händen fest.

Bukowski runzelte die Stirn. „Sag mal ...“ Sie beugte sich hinunter und legte ihr Ohr daran. „Was raschelt denn da drin?“

„Mein Bild für den Papa.“

Logisch. Was sollte schon rascheln, wenn nicht Papier? Sie richtete sich wieder auf und musste sich kurz an der Wand im Flur abstützen, weil ihr schwindlig wurde. Mensch Bukowski, dachte sie, sag bloß, du bist nervös! Sie presste ihre Hände gegen die Schläfen. Die Fingerspitzen waren eiskalt und kribbelten, und das seit dem frühen Morgen. Seit sie den Streifen gesehen hatte. Es war nur ein dünner blassrosa Strich auf einem Teststäbchen, aber nicht wegzuinterpretieren und mit einem Gewimmel widerstreitender Gefühle verbunden.

Noah hatte seine Schuhe angezogen und wollte hinausstürmen, aber Bukowski hielt ihn an der Kapuze fest.

„Halt, junger Mann.“ Papier raschelte schließlich nicht von alleine. „Ilse bleibt hier!“

Noah öffnete den Mund, als wollte er für einen Protestschrei Luft holen.

„Du willst doch bestimmt nicht, dass dein armes Schwein sich in der engen Tasche zu Tode fürchtet, was? Womöglich erstickt sie oder sie bekommt einen Herzinfarkt.“

„Wie die Frau Irlinger?“

Bukowski wusste nicht, wer Frau Irlinger war, nickte aber vorsichtshalber. Da hatte Noah ein Einsehen und überließ ihr die Tasche. Vorsichtig hob sie das Meerschwein heraus.

„Schau nur, wie sie zittert." Ilses Herz pochte wild gegen Bukowskis Finger, ihr Fell war zerzaust und sie roch nicht besonders gut. In ihrer Panik hatte sie ein paar Kötel fallen lassen.

„Können wir sie im Käfig mitnehmen?" In Noahs Gesicht zuckte es. „Bitte, Carla!"

Bukowski wusste: Jetzt war Fingerspitzengefühl gefragt. Nicht gerade ihre Stärke. „Das geht leider nicht, großer Häuptling. In der Reha-Klinik gibt es viele alte und kranke Menschen, da würde Ilse sich womöglich eine schlimme Krankheit einfangen. Aber weißt du was? Ich hab eine Idee!" Sie zückte ihr Mobiltelefon und fotografierte Ilse und Noah aus allen möglichen Blickwinkeln. „Der Papa freut sich bestimmt über die Fotos."

Puh, geschafft. Noah setzte sein Meerschwein ins Gehege zurück, ohne zu maulen.

Als sie am Walderberg ankamen, aßen die meisten Patienten zu Abend, nur eine Handvoll Leute saß in der Cafeteria, darunter Leon. Er schien auf etwas zu warten und wirkte irgendwie überrumpelt. „Ihr? Ja was macht ihr denn hier?"

Der Anblick seiner gerunzelten Stirn verunsicherte Bukowski. Kamen sie ungelegen? Freute er sich überhaupt? Sie hätte vorher anrufen sollen! Erst ein inniger Kuss, der von zwei Opas am Nachbartisch beobachtet und kommentiert wurde, zerstreute ihre Zweifel. Nach einem zweiten, noch innigeren Kuss, den die Opas mit Applaus bedachten, drängte es sie, Leon zu sagen, was sie schon seit neuneinhalb Stunden wusste.

„Wir bekommen ein Kind", wollte sie ihm ins Ohr flüstern. Aber sie zögerte zu lang, und schon war der passende Augenblick verflogen. Was erwartete sie überhaupt? Dass er sich freute? Obwohl sie selbst noch nicht wusste, was sie empfinden sollte? Seit sie den ersten Schreck überwunden hatte, schwankte sie zwischen Euphorie, Sorge und der Angst vor der Bürde der Verantwortung. Auf jeden Fall war da eine gigantische Aufregung. So gigantisch, dass Bukowskis Stirn heiß war, ihr rechtes Lid zuckte und die Fingerspitzen sich anfühlten, als hätte sie sie stundenlang in Eiswasser getaucht. Und außerdem natürlich Freude. Eine ganz närrische Freude, die sie so gern willkommen geheißen hätte. Aber durfte sie das? Und konnte sie Leon damit konfrontieren, während er mit dem Gesundwerden beschäftigt war?

Natürlich darfst du, dachte sie, du musst sogar. Aber jetzt war es ungünstig. Noah forderte die hundertprozentige Aufmerksamkeit seines Vaters. Geduldig bewunderte Leon jedes einzelne Ilse-Foto. Noah war glücklich. Haarklein erzählte er, was Carla bisher mit ihm unternommen hatte. Natürlich erwähnte er auch Kim und ihre Kochkünste.

„Sie ist bei einem Indianer, Papa“, platzte es aus ihm heraus. Er tänzelte dabei um den Stuhl, auf dem Leon saß, und schlug mit der flachen Hand gegen seinen Mund wie ein Komantsche auf dem Kriegspfad.

„Pst!“, zischte Leon. „Nicht so laut! Außerdem heißt das nicht Indianer, sondern amerikanischer Urein...“ In diesem Moment zuckte er zusammen und sein Gesichtsausdruck versteinerte. „Was? Wo ist Kim?“

„Ach, Blödsinn, das hat Noah falsch verstanden“, log Bukowski und bekam dabei heiße Ohren. Sakradi. Sie hätte wissen müssen, dass Kinder alles ausplauderten, besonders Dinge, die besser unter dem Teppich blieben, unter den man sie gekehrt hatte. „Sag mal, wie war das eigentlich mit diesem Todesfall, mit dem du mich gestern so erschreckt hast? Ein Suizid in der Reha-Klinik?“ Ablenkung hieß die Parole. Aber Leon hatte den Braten bereits gerochen.

„Deine Freundin Kim ist also nach Traunkirchen gefahren? Zu unserem Meisterschamanen und Lebensberatungsguru?“ Sein Gesicht schimmerte weiß wie Schnee. Zorniger Schnee. „Hast du sie auf Gebi Michlmayer angesetzt? Was willst du damit bezwecken?“

Bukowski schwor, dass er sich täuschte. Dass Kim zwar tatsächlich einen Schamanenkurs besuche, ja gut, und dass der Schamane zufällig Geronimo alias Gebhard Michlmayer heiße, ja sicher, schließlich gebe es nicht so viele Schamanen in der Gegend – aber das sei reiner Zufall und sie, Bukowski, könne nichts dafür. Überhaupt nichts. Und das war noch untertrieben, denn sie hatte ja tatsächlich versucht, Kim davon abzuhalten. Aber die Gute war Feuer und Flamme gewesen, dem neuen Freund von Leons Exfrau auf den Zahn zu fühlen. „Du kennst sie ja“, sagte Bukowski zerknirscht. „Weißt ja, wie stur sie ist. Die lässt sich doch von mir nichts sagen!“

Die Längsfalte auf Leons Stirn sprach Bände. „Ich weiß nur, dass du dickköpfiger bist, als die Polizei erlaubt.“ Er umfasste Bukowskis Oberarme und zog sie ganz nah zu sich heran. „Meine kleine Tirolerin“, nannte er sie liebevoll, obwohl sie ihn stehend wie sitzend um einen halben Kopf überragte. Dann redete er leise auf sie ein. Eindringlich. Sie solle sich bitte nicht in Dinge einmischen, die nur ihn, Anne und das Gericht etwas angingen. Die Obsorge für Noah beispielsweise. Er mische sich schließlich auch nicht in ihre Fälle ein.

Inzwischen beglückte Noah die anwesenden älteren Patientinnen mit den Ilse-Fotos auf Bukowskis Handy. Eine zierliche Frau, die mindestens achtzig sein musste und ein elegantes weißes Kostüm trug, nahm Noah an der Hand und spazierte mit ihm hinaus, an den Rauchern vorbei, in den Innenhof.

„Wer ist das?", fragte Bukowski. „Soll ich den beiden nachgehen?"

„Alice Marini", sagte Leon. „Eine ehemalige Burgschauspielerin, die leider dement ist und nur in unzusammenhängenden Shakespeare-Zitaten spricht." Mit der Rechten simulierte er die Bewegung eines Scheibenwischers, eine beliebte Geste seit dem Präsidentschaftswahlkampf. „Spukt manchmal nachts durch die Gänge wie die Weiße Frau, ist aber harmlos."

Dann erzählte er endlich vom tragischen Tod der Gehirntumorpatientin und vom Stand der Ermittlungen. „Deine oberösterreichischen Kollegen haben den Fall schon abgehakt. Eindeutig Selbstmord, heißt es. Den einen – vor allem der ärztlichen Leiterin – ist das nur recht, den anderen geht es zu schnell. Wilde Gerüchte machen die Runde."

„Gerüchte?"

„Die Primaria und ihr Mann, beide Neurologen, sollen Dreck am Stecken haben. Möglicherweise. Und die Gehirntumorpatientin, eine ehemalige Staatsanwältin, könnte ihnen auf die Schliche gekommen sein. Vielleicht."

„Vielleicht, möglicherweise. Ist denn was dran an dem Gerede?", fragte Bukowski.

„Bis jetzt gibt es nur vage Hinweise. Angeblich geht es um Unregelmäßigkeiten in Sachen Auftragsvergabe, Einstreichen von Schmiergeldern und so weiter."

„Heißt das, du hast Blut geleckt und recherchierst?"

„Sagen wir, ich höre mich um."

„Geht es dir denn schon wieder gut genug? Die Therapien müssen doch ziemlich anstrengend sein."

„Ach was. Es ist unendlich fad hier. Ohne Noah und dich sind die Abende furchtbar lang, mein Schatz." Leon legte seine Arme um sie und küsste sie.

Jetzt, dachte Bukowski. Jetzt sagst du es ihm. Aber als sie für die überwältigende Botschaft Luft holte, fiel ihr auf, dass er verstohlen auf sein Handgelenk starrte. „Hast du eine Verabredung?" Ihre Mitteilungslust schrumpfte schneller als ein angestochener Luftballon. Wieder eine Gelegenheit verpasst. Vielleicht war es besser so. Vielleicht sollte sie zuerst zur Gynäkologin gehen. Dann konnte sie die Neuigkeit mit einem Ultraschallbild untermalen.

In dem Moment kam Noah angetrabt, die Weiße Frau im Schlepptau.

„Papa, Papa, wir haben die Raben gefüttert! Die fressen am liebsten Käse! Darf ich daheim auch Käse aufs Fensterbrett streuen?"

„Pass bloß auf, mein Spatz. Als Nachtisch fressen Raben gern kleine Meerschweine. Vor allem solche, die Ilse heißen."

„Leon!", zischte Bukowski, als Noah in Tränen ausbrach.

„Mensch, Großer, war doch nur ein Witz!" Leon verdrehte die Augen.

„Toller Witz, herzlichen Dank auch!" Bukowski schnaubte.

„Jetzt beruhige dich, Noah, du bist ja kein Baby mehr!", sagte Leon.

„Na prima. Jetzt fehlt nur noch ein markiger Spruch wie ‚Indianer kennen keinen Schmerz'." Bukowski schüttelte den Kopf. Sie war wütend, und sie wusste, dass sie auch ein bisschen ungerecht war.

Ein Wort gab das andere. Sie schenkten sich nichts, wenn sie auch leise stritten. Schließlich hatten die Nachbartische Ohren.

„Willst du sagen, dass ich ein schlechter Vater bin?“, giftete Leon.

Bevor Bukowski antworten konnte, entschuldigte er sich bei Noah und tätschelte seine Wangen. Aber Noah flüchtete sich in Bukowskis Arme und weinte, dass sein kleiner Körper sich nur so schüttelte.

Sie hob ihn hoch. „Papa hat es nicht so gemeint“, flüsterte sie ihm ins Ohr und dachte: Papa ist ein Idiot! Nur gut, dass sie nichts von ihrem Zustand erzählt hatte.

„Das Wort Empathie kennst du höchstens vom Hörensagen“, sagte sie zu Leon. Bisher hatte sie sich selbst für unsensibel gehalten, aber er schlug sie um Längen!

„Ich hab mich entschuldigt. Was soll ich noch machen? Niederknien?“

Noah beruhigte sich erst, als Bukowski ihm hoch und heilig schwor, dass es Ilse gutging und dass sie gern sofort nach Hause fahren und sich vergewissern könnten. „Wir gehen besser, mir kommt schon die ganze Zeit vor, dass wir dich stören.“

„Fahrt nur“, sagte Leon mit beleidigtem Unterton. „Lasst euch nicht aufhalten!“ Er wirkte aber eher erleichtert.

„Du, Carla?“, fragte Noah auf dem Heimweg.

„Ja?“

„Lasst ihr euch jetzt scheiden?“

Bukowski wusste nicht, ob sie lachen oder weinen sollte. „Nein, Häuptling. Das geht nicht, dazu müssten wir erst heiraten.“

„Aber streiten geht?“

„Streiten geht leider immer.“ Sakradi. Sie beobachtete ihn im Rückspiegel. Eine Denkerfalte zog sich über seine Stirn. Sein tiefernster Blick erinnerte sie an Samuel. „So ist das Leben. Es gibt Regen und Sonnenschein. Und Streit ist eigentlich was Gutes, weißt du? Weil am nächsten Tag kann man sich wieder vertragen und dann sind alle noch glücklicher als vorher.“

Noah nickte. Aber in seinen Augen las sie, dass er ihr kein Wort glaubte, und es hätte sie nicht gewundert, wenn er gedacht hätte: „Die spinnen, die Erwachsenen.“

Als Bukowski die Wohnungstür aufsperrte, tauchte sie in eine unbeschreibliche Duftwolke ein: frischer Hefeteig, geschmolzener Käse, gegrillte Paprika und Oregano. Kim war wieder da. Sie hatte Pizza gemacht und eine Flasche Rotwein geköpft.

„Für mich nur einen Schluck zum Anstoßen“, sagte Bukowski, den rosaroten Streifen im Sinn. Auf Kims fragendes Brauenheben erklärte sie, dass ihr Magen noch immer empfindlich sei und wechselte schnell das Thema. „Und? Wie ist er so?“

Sie sei sich nicht sicher, sagte Kim und erzählte von ihrer Begegnung mit Geronimo. „Mein erster Eindruck war: Igitt. Hände weg von diesem geschniegelten Typen. Wie er da anfangs auf mich zugekommen ist und den hippen Mentalcoach raushängen ließ, das war ziemlich daneben. Als Business-Schamanen hat er sich bezeichnet. Das ist jetzt en vogue, besonders bei einer gewissen Klientel. Einer zahlungskräftigen Klientel, versteht sich.“

„Also doch ein Scharlatan? Aber einer, der gut im Geschäft ist?“

Kim wiegte den Kopf. „Der Typ hat zwei Gesichter. Als er bemerkt hat, dass ich vom Fach bin und er mir nicht mit diesem zeitgeistigen Einheitsgesülze kommen muss, war er wie ausgewechselt. Wie weit seine schamanischen Kräfte gehen, kann ich noch nicht sagen, aber es steht fest, dass er sich intensiv mit der Materie befasst hat und er dürfte wohl wirklich zwei Jahre am Rio Grande gelebt haben. Bei einem Apachenstamm."

Howgh, dachte Bukowski, doch Kim erzählte schon weiter.

Als Erstes habe sie sich in die Reinigung begeben. Bukowski dachte an eine Wäscherei, gemeint war aber eine Reinigung in heiligem Rauch, um den Körper von allem Anhaftenden zu befreien. Dann habe Geronimo die schamanische Trommel sprechen lassen, gesungen und schließlich die Geister gerufen. Sie hätten sich beide in Trance getanzt. Auf ihrer schamanischen Reise sei Kim durch einen Wald gekommen und habe eine dunkle Höhle voller Gespinst erforscht. Nicht einmal von einer riesigen Giftspinne habe sie sich abhalten lassen. „Da bin ich meiner Urangst begegnet und habe sie besiegt, verstehst du, Carla?"

Bukowski verstand nur Bahnhof, nickte aber vorsorglich.

„Geholfen hat mir mein Krafttier." Kim hielt mit dem Erzählen inne, vielleicht, weil sie Luft holen musste, oder auch, weil es sich um den dramatischen Höhepunkt handelte und sie einen Kommentar erwartete.

Bukowski grübelte. Krafttier? Sie dachte an das Lieblingshausmittel ihrer Oma im Fall von Erkältungen – die sogenannte „Kraftbrühe". „Ein Huhn?", fragte sie. Als sie Kims entsetzten Gesichtsausdruck bemerkte, korrigierte sie sich. „Nein, warte, ein Pferd natürlich. Oder ein Wolf?"

„Stell dir vor, es ist ein Feuersalamander! Ist das nicht fantastisch?"

Bukowski dachte, dass sie ihrer besten Freundin ein imposanteres Krafttier gewünscht hätte als einen vom Aussterben bedrohten Schwanzlurch. „Großartig", log sie. Hauptsache, Kim war glücklich. „Und dieser Trancezustand? Wie hat Geronimo den erreicht?"

„Nicht wie du denkst." Kim blinzelte verschwörerisch. Immerhin hatten sie schon den ein oder anderen Joint zusammen geraucht – biodynamischer Eigenbau natürlich, etwas anderes wäre für Kim nie in die Tüte gekommen. „Es waren keine bewusstseinsverändernden Substanzen im Spiel, nur Gesang und Tanz. Ehrenwort, Carla. Eine Trance ganz aus sich heraus!"

„Ganz aus sich heraus", echote Bukowski. „Also kein Junkie, kein Krimineller, nicht einmal ein Scharlatan." Das wird Leon nicht freuen, dachte sie, aber er wird sich damit auseinandersetzen müssen. „Hast du Anne kennengelernt?"

Kim nickte. „Eine nette Person, ein bisschen unsicher. Aber die beiden haben sich gern, und ich glaube, sie tun einander gut."

Bukowski freute sich. Noch ein Grund weniger, Anne ihren Sohn vorzuenthalten.

Die Pizza war fertig. Sie schmeckte sagenhaft knusprig, und Bukowski war froh, dass ihr nicht mehr schlecht war. Sie aß sogar zwei Stück und sämtliche scharfen Peperoni, die Kim und Noah nicht mochten.

Danach beschloss sie, Leon anzurufen. Sie wollte ihm zeigen, dass sie nicht nachtragend war. Dass Noah sich wieder beruhigt hatte. Dass jeder einen schlechten Tag haben oder einmal was Dummes sagen konnte. Aber wo war ihr Handy? Sie tastete ihre Jacke ab, durchsuchte ihre Umhängetasche. Nichts. Ihr fiel ein, dass sie es Noah geliehen hatte, damit er den alten Damen die Ilse-Fotos zeigen konnte.

Noah zuckte mit den Schultern. Alice habe es genommen, während er den Raben Käsestückchen zugeworfen habe.

Die Weiße Frau also, dachte Bukowski. Hoffentlich hatte sie das Handy in ihrer Umnachtung nicht weggeworfen.

Während Kim Noah ins Bett brachte und ihm eine Geschichte von sprechenden Feuersalamandern erzählte, blieb Bukowski nichts anderes übrig, als sich noch einmal auf den Weg zu machen.

Es war schon dunkel, als sie ins Auto stieg. Der Regen prasselte so heftig gegen die Windschutzscheibe, dass die Scheibenwischer die Wassermengen kaum bewältigen konnten. Bukowski fror in ihrer dünnen Jeansjacke, außerdem war sie müde. Wie gern hätte sie sich zu Kim aufs Sofa gesetzt und die Füße hochgelegt.

Aber vielleicht war es ganz gut, dass es sie noch einmal auf den Walderberg trieb. Vielleicht konnte sie jetzt mit Leon sprechen. Unter vier Augen. Harsche Worte waren gefallen, vieles war ungesagt geblieben und beides belastete sie.

Für die Fahrt wählte sie eine CD aus. Weberns Symphonie, ein Zwölftonwerk, von dessen klanglicher Transparenz und Symmetrie sie sich Klarheit für ihre Gedanken erhoffte. Schon mit dem ersten aufsteigenden Intervall der Hörner spürte sie, wie ihre Haut zu prickeln begann und sich ein Gefühl von Wärme wie eine Decke um ihre Schultern legte.

Bukowski kuschelte sich in diese Decke und fuhr los.

12

„Also?“, fragte Leon und legte sein Besteck beiseite. „Wie ist das jetzt mit dem Dreck, den die Marinis angeblich am Stecken haben?“

Nadine war mit ihrem Schnitzel längst fertig, während er erst die Hälfte geschafft hatte. Sie nahm einen Schluck Wein und legte los. Erzählte von einer Firma, der Walburga Aufträge verschafft hatte, obwohl von der Konkurrenz günstigere Angebote eingereicht worden waren. Dafür sei sie garantiert mit einer fetten Prämie belohnt worden.

„Sie allein? Oder ist auch ihr Mann darin verwickelt?“

„Worauf du einen lassen kannst“, sagte Nadine und rückte so nah an Leon heran, dass er die Wärme ihres Beckens durch den Stoff seiner Hose spürte. „Walburga macht die Aufträge klar, Paulchen kümmert sich um den Papierkram.“

„Beweise?“ Leon rutschte ein Stück von ihr weg.

„Wer ist hier der Journalist?“, fragte sie provokant zurück. „Beweisen musst du es schon selbst. Aber ich kann dir Zugang zum Marini’schen Dienstzimmer verschaffen.“

Die Kellnerin servierte die Teller ab, und Leon bat um die Rechnung.

„Du hast einen Schlüssel?“, fragte er.

„Natürlich nicht. Aber ich weiß, wo ein Universalschlüssel für Notfälle aufbewahrt wird.“ Nadines Wangen leuchteten in abenteuerlustigstem Rot, in dem sogar das Feuermal unterging.

Während Leon bezahlte, fühlte er plötzlich eine Hand auf seinem Knie.

Er brachte mit Anstand den Smalltalk mit der Kellnerin zu Ende, die wissen wollte, ob das Schnitzel geschmeckt habe und was er zu diesem scheußlichen Regenwetter sage. Nadines Hand wanderte inzwischen zu einer empfindlichen Stelle weiter.

Als die Kellnerin endlich gegangen war, drehte Leon den Kopf.

„Was soll das?“, wollte er fragen, aber Nadines Lippen verschlossen seinen Mund. Ihre Zunge schmeckte nach Preiselbeeren und erregte ihn mehr, als er sich eingestehen wollte.

„Komm mit“, murmelte Nadine. „Du willst es doch auch.“

Nein, dachte er. Ich will bloß den Schlüssel. Den Schlüssel zu einer vielversprechenden Geschichte. Den wollte er allerdings so dringend, dass er seiner Physiotherapeutin wie ein Hündchen folgte.

Es war dunkel und es schüttete. Bis sie den Parkplatz der Reha-Klinik erreichten, waren sie nass bis auf die Haut. Nadines Wagen, ein Hyundai Kombi, hatte zum Glück eine geräumige Ladefläche. Geräumig genug, um ihr zu zeigen, wo Barthel den Most holte, ohne dabei die Bandscheiben zu sehr zu strapazieren.

Was ist schon dabei?, beruhigte Leon sein Gewissen. Die Befriedigung einer wichtigen Informantin fiel unter „erweiterte Recherche“. Ein notwendiger Schritt auf dem Weg zu einer vielversprechenden Story. Dass er dabei Lust empfand, verdrängte er.

Der Regen trommelte auf das Blechdach, als müsste er Leon anfeuern. Nadine stöhnte, ihr Feuermal schien aufzulodern, als sie zum Höhepunkt kam. Sie schrie auf und riss Leon mit.

„Scheiße“, fluchte sie kurz darauf und stieß ihn von sich.

„Was ist?“

Anstelle einer Antwort versuchte sie nur, möglichst schnell in ihre nassen Kleider zu schlüpfen.

Da begriff er und drehte den Kopf. Erblickte durch die regennasse Seitenscheibe ein Gesicht. Schreckgeweitete Augen.

„Scheiße", fluchte auch er. Das Ausmaß seines Bedauerns kannte keine Grenzen, als er die Heckklappe aufdrückte und ins Freie stolperte, hinter der großen, dünnen Gestalt her, die eilig im Inneren der Reha-Klinik verschwand.

Ein schneidender Schmerz fuhr ihm ins Kreuz. Leon presste seine Faust auf die Stelle, atmete dagegen an und humpelte über den Parkplatz. Je näher er der Tür kam, hinter der Carla verschwunden war, umso klarer sah er die Scherben des kostbaren Porzellans vor sich, das er soeben zerschlagen hatte.

Schnitt, dachte Bukowski und wünschte sich einen Schleudersitz, der sie auf Knopfdruck aus dieser erniedrigenden Situation katapultiert hätte. Obwohl ihre Knie sich so wabbelig anfühlten, als würden sie beim ersten Schritt nachgeben, gelang ihr die Flucht in die Reha-Klinik. Kurioserweise fühlte sie sich schuldig. Warum hatte sie ihrem Helfersyndrom nachgeben und nachsehen müssen?

Nachdem sie eingeparkt hatte und ausgestiegen war, hatte sie durch das Rauschen des Regens hindurch einen Schrei gehört. Den Schrei einer Frau. Er war von schräg gegenüber gekommen, aus dem Inneren eines blauen Kombis, und hatte ihren Bulleninstinkt geweckt. Eine Frau, die Hilfe braucht, hatte sie gedacht und war hingelaufen. Durch die Seitenscheibe sah sie zwei Körper aufeinander, das leuchtend rote, in Ekstase verzerrte Gesicht einer Frau und die Rückenansicht eines Mannes, der sie gefühlvoll vögelte. Es sah nicht nach Vergewaltigung aus, sondern nach beiderseitigem Genuss. Bukowski begriff, dass sie sich in der Hilfsbedürftigkeit der Frau getäuscht hatte, und wollte sich dezent abwenden. Da fiel ihr Blick auf den nackten Hintern des Mannes. Ein muskulöser Hintern, den sie unter Hunderten erkannt hätte, wie sie das halblange Haar erkannte, das tropfnass war und sich deshalb im Nacken lockte; durch das sie schon so oft ihre Finger gezogen hatte.

Es war, als hätte man sie ins Innere eines überdimensionalen Eiswürfels gesperrt. Sie konnte sich nicht bewegen, konnte nicht einmal Luft holen, so eng lag der Eispanzer um ihre Brust. Nur ihre Augen funktionierten. Die Augen und das Herz, das bis zum Zerspringen schlug.

Als Leon seinen Kopf drehte und ihre Blicke aufeinandertrafen, war das Eis zersprungen, und Bukowski war losgelaufen, zum Haupteingang, wabbelige Knie hin oder her.

Die Glastüren glitten auseinander. Sie stolperte hindurch und fand sich vor der Rezeption wieder, die um diese Zeit unbesetzt war.

Einen Wimpernschlag später tauchte wie aus dem Nichts ein Mann auf. Markante Gesichtszüge, Pfeffer-und-Salz-Schläfen, Augen, die auffallend klar, auffallend wach blickten. Unter seiner Regenjacke erkannte Bukowski das Namensschild, das ihn als Angestellten der Reha-Klinik auswies. *P. Unterhu*, las sie, der Rest des Namens verschwand unter dem Kragen der Jacke.

„Kann ich Ihnen helfen?“, fragte der Pfeffer-und-Salz-Mann freundlich.

Sie schaffte es, die Geschichte des vergessenen Handys abzuspulen.

„Und Sie glauben, Alice Marini könnte es versehentlich eingesteckt haben? Die Frau Kammerschauspielerin?“

Bukowski nickte.

„Jessasmaria, Sie zittern ja. Ist Ihnen kalt?“

Erst jetzt bemerkte sie, dass ihre Zähne aufeinanderschlugen. Kälte spürte sie nicht. Sie spürte gar nichts, nicht einmal, dass jemand, der von draußen hereingehumpelt war, sie am Arm packte.

„Carla!“ Der Jemand suchte ihren Blick. „Bitte schau mich an!“

Um das Zittern zu vertreiben, ballte sie ihre Hände zu Fäusten. „Fass mich nicht an“, flüsterte sie. Die vier Worte kosteten so viel Kraft, dass sie sich hilfesuchend an die Pfeffer-und-Salz-Schläfen wandte.

„Bitte, lass mich erklären“, sagte der Jemand. „Es ist alles ganz anders, als du denkst. Ich ...“

In diesem Augenblick spuckten die Eingangstüren drei dicke Seniorinnen aus, die in ein Gespräch vertieft waren.

Der Jemand legte seine Hand unter Bukowskis Kinn, um ihren Kopf zu sich zu drehen.

Das war zu viel. Ihre Rechte schnellte vor und klatschte auf seine Wange. „Scher dich zum Teufel!“

Er wich zurück, schnappte nach Luft und befühlte den roten Abdruck, den ihre Handfläche in seinem Gesicht hinterlassen hatte. Die drei Damen aber beobachteten die Szene, als säßen sie im Theater und wüssten nicht, ob sie schon applaudieren durften oder ob das Stück weiterging.

Es ging nicht weiter. P. Unterhu erbarmte sich Bukowskis. Er hakte sie unter. „Kommen Sie“, sagte er ruhig. „Ich bringe Sie zu Frau Marini.“

„Ist es nicht zu spät?“, fragte Bukowski. „Sie schläft bestimmt schon. Ich kann ja morgen wiederkommen.“

Sie wollte nur noch weg, an einen menschenleeren Ort, an dem sie sich verkriechen konnte.

Doch P. Unterhu zog sie sanft zu den Aufzügen und drückte zweimal ihren Arm, als wäre er ihr Komplize bei einem Banküberfall. „Ältere Menschen brauchen nicht mehr so viel Schlaf", sagte er. „Frau Marini freut sich immer über Besuch. Außerdem ist es fraglich, ob sie sich morgen noch an irgendwas erinnern kann." Damit schob er Bukowski in den Lift und fuhr mit ihr in den zweiten Stock.

Die Situation war ihr peinlich. Sie hatte das Gefühl, etwas erklären zu müssen. Die Ohrfeige, Leons Auftritt, ihren derangierten Zustand. Aber sie konnte nicht. Was hätte sie auch sagen sollen?

Er schien ihre Gedanken zu erraten. „Keine Angst, ich werde Sie nichts fragen. Ich werde mir auch nichts zusammenreimen. Es geht mich nämlich absolut nichts an."

Sie konnte nur dankbar nicken.

Kurz darauf klopfte er an die Tür der Weißen Frau, öffnete sie und trat ein.

Alice Marini stand bewegungslos am Fenster. Sie starrte auf einen Punkt in der Ferne, an dem es nichts zu sehen gab außer einen Vorhang aus Nacht und Regen. Doch die alte Frau sah dort etwas, das ein Lächeln auf ihr Gesicht zauberte. Auf ihre Besucher reagierte sie nicht.

Bukowski warf ihrem Begleiter einen fragenden Blick zu.

„Gehen Sie zu ihr", raunte er. „Berühren Sie sie sanft am Arm. Wenn Sie ihr Zeit lassen, können Sie sich normal mit ihr unterhalten. Sie ist nicht dement, wie alle denken. Manchmal gibt es Chaos in ihrem Hirn, wirre Momente. Aber das geht vorbei und dann ist sie vollkommen klar." Damit zog er sich zurück.

Als Bukowski ihre Hand auf Alices Arm legte, hatte sie den Eindruck, eine Marmorstatue anzufassen. Erst nach einer gefühlten Ewigkeit bewegte sich die Weiße Frau. Ihr Blick fokussierte auf Bukowskis Gesicht – ein durchaus klarer Blick aus auffallend blauen Augen, in denen ein Funke glimmte. Spott vielleicht? Oder Galgenhumor?

Bukowski brachte ihr Anliegen vor. Sie erzählte von ihrem Besuch in der Cafeteria, vom kleinen Noah, der die Fotos seines Meerschweinchens herumgezeigt hatte – auch ihr, Alice Marini, habe er sie gezeigt – und dass sie das Handy seither vermisse, ein Smartphone von Samsung, nicht ganz neu, nicht besonders teuer, das Display etwas zerkratzt. Aber sie brauche es dringend. Sie sprach wie mit einem vernunftbegabten Menschen, obwohl nicht zu erkennen war, ob sie verstanden wurde. Sie dachte an die Worte des Pfeffer-und-Salz-Mannes und ließ der alten Frau Zeit. Berührte dabei weiterhin ihren Arm, ohne ihn zu tätscheln. Stellte sich das Chaos in Alice Marinis Gehirn als Wirrwarr ineinander verschlungener Kabel vor und wie helfende Hände den Kabelsalat aufdröselten, Schnur für Schnur, und allmählich wieder Ordnung einkehrte.

Alice Marini nickte und lächelte. Endlich löste sie sich aus Bukowskis Berührung und trat vom Fenster weg. Langsam, beinahe hypnotisch, drehte sie sich um und ging zu ihrem Nachttisch. Sie zog die Schublade auf und suchte etwas. Fand es schließlich und nahm es heraus.

Ehrfürchtig betrachtete Bukowski die unzähligen Altersflecke auf der ausgezehrten Hand, die sich ihr entgegenstreckte.

„Danke, Frau Marini", sagte sie, und wollte das Handy an sich nehmen.

Aber Alice hielt es fest. Mit erstaunlicher Kraft hielt sie es fest und zwang Bukowski, ihr in die Augen zu sehen. „Die Lieb' ist tief wie das Meer", sagte sie mit einer Stimme, die viel jünger klang als der faltige Schildkrötenhals erwarten ließ. Zwanzig Jahre jünger und geschult. „Je mehr sie gibt, je mehr auch hat sie noch."

„Ist das so?", fragte Bukowski hilflos. Was sollte sie antworten? Wurde überhaupt eine Antwort erwartet? Oder rezitierte die Frau Kammerschauspielerin nur Bruchstücke aus ihrer Theatervergangenheit? Unzusammenhängend und ohne Sinn?

Mit sanftem Druck versuchte sie, das Handy aus der knochigen Hand zu befreien. „Darf ich? Ich glaube, ich sollte jetzt gehen. Sie sind bestimmt müde."

Aber Alice ließ nicht los.

„Der bösen Zeitung Gift macht krank den Boten."

Also doch eine Botschaft? „Was wollen Sie damit sagen?" Wusste die alte Frau, dass Leon Journalist war?

Bukowski ließ das Handy los. In diesem Augenblick löste auch Alice ihren Griff und es fiel zu Boden.

„Wer lebt, der nicht gekränkt ist oder kränkt? Wer stirbt und nimmt nicht eine Wund' ins Grab von Freundeshand?"

Bukowski bückte sich und hob es auf.

„Mord ist der Wollust nah wie Rauch dem Feuer", flüsterte Alice. In ihren Augen stand blanker Wahnsinn.

Bukowski reichte es. So schnell ihre Beine sie trugen, verließ sie die Reha-Klinik, froh, dass sie weder Leon noch dem Pfeffer-und-Salz-Mann begegnen musste.

Noah schlief längst, Kim leider noch nicht. Sie erwartete Bukowski mit viel zu vielen Fragen.

„Hast du dein Handy gefunden? Mensch, Carla, wie siehst du denn aus? Habt ihr gebadet? Und warum bist du so bleich?“

Bukowski konnte nicht reden. Nicht jetzt. Mit der Entschuldigung, dass sie unendlich müde sei, verschwand sie im Bad und ließ heißes Wasser in die Wanne. Sie tauchte ein, hüllte sich in Schaum und schrubbte ihren Körper mit einem Sisalhandschuh. Schrubbte, bis die Haut brannte, und dachte, dass es ihre Haut war, aber Leons Badewanne, Leons Schaumbad und sein Kind, das da in ihrem Bauch heranwuchs. Sein Kind und meine Tränen, dachte sie, als sie die salzige Flüssigkeit auf ihren Lippen schmeckte.

Sie wusste nicht, was sie tun, welche Entscheidungen sie treffen sollte. Nur dass ihr schlecht war, fürchterlich schlecht, und dass sie zum ersten Mal seit Langem Angst hatte. Vage wie die Zukunft war diese Angst, die in Bukowskis Nacken saß und sich auch im heißesten Schaumbad nicht auflösen wollte.

13
7. April

Zwei Minuten nach Mitternacht. Geisterstunde, dachte Leon und stellte fest, dass er schwitzte und sein Herz schneller schlug als normal. Die Zacken des Schlüsselbarts schnitten in seine Haut, so fest hatte er die Hand darum geschlossen.

In Filzpantoffeln pirschte er durch den verwaisten Korridor und lauschte auf herannahende Gefahren. Aber bis auf ein schwaches Brummen, das vom Patientenkühlschrank kam, und gedämpfte Schnarchgeräusche aus einzelnen Zimmern war es absolut still.

Vor dem Dienstzimmer der Chefin blieb er stehen. Dem Namensschild zufolge wurde es ausschließlich von Primaria Dr. Walburga Marini, der ärztlichen Leiterin der Reha-Klinik, und Dr. Paul Huber-Marini, ihrem Ehemann, benutzt. Leon lächelte, als er das Lebkuchenherz näher betrachtete, das unter dem Namensschild hing. Der weiße Zuckerguss-Schriftzug war schon etwas vergilbt: *Schön, dass es euch gibt.*

Als er den Schlüssel ins Schloss steckte, wäre er ihm fast entglitten, weil er vor Aufregung zittrige Finger hatte. Er atmete durch. Reiß dich zusammen, dachte er. Das metallische Klicken ging ihm durch Mark und Bein, obwohl es nicht halb so laut gewesen sein konnte, wie es ihm vorkam. Er drückte die Klinke hinunter und trat ein.

Von seiner Erstbesprechung mit der Primaria hatte er den Raum als nichtssagend in Erinnerung. Bei schwachem Mondlicht wirkte er ganz anders. Der kompakte Schreibtisch, in dessen Mitte ein Computerbildschirm thronte, glich einem versteinerten Zentauren, der jederzeit zum Leben erwachen konnte. Im Regal dahinter waren seltsame Gegenstände der Größe nach aufgereiht, die lange Schatten warfen und alles sein konnten: mittelalterliche Folterinstrumente, liturgische Geräte oder harmlose Pokale. An der Wand lauerte pythongleich das Sofa – vermutlich die von Nadine erwähnte „Besetzungscouch“ – und schien nach potentiellen Opfern zu züngeln. Davor ein Teppich, der womöglich eine Falltür verbarg. Leon wagte es nicht, das Licht einzuschalten und der Szenerie das Gespenstische zu nehmen. Er begnügte sich mit der Taschenlampe seines Handys und fuhr den PC hoch. Von Nadine hatte er den Tipp bekommen, dass Huber-Marini, dieser hoffnungslose Chaot, seine Passwörter bestimmt aufschrieb und vermutlich in der Schreibtischschublade aufbewahrte. Und tatsächlich. Inmitten eines Sammelsuriums von Stiften, Büroklammern und anderem Krimskrams fand er unter einer leeren Medikamentenpackung einen Notizblock, auf dessen erster Seite sechs verschiedene Begriffe standen:

üpoil234
dominik93
madeleine91
Rotwildbekämpfung
sexistgeil
GunthervonBurgund

Die „Rotwildbekämpfung“ erwies sich als Treffer. Sie eröffnete Leon den Zugang zur umfangreichen Patientendatei der beiden Neurologen, zu ihren Mailaccounts, Ordnern mit Rechnungen, neurologischen Fachartikeln und privaten Fotos.

Nach zwanzig Minuten, in denen ihm zweimal der Schweiß ausbrach, weil draußen Schritte zu hören waren, hatte er die relevanten Daten auf einen USB-Stick kopiert.

Er fuhr den PC herunter, hinterließ den Raum, wie er ihn vorgefunden hatte, und legte den Universalschlüssel zurück in das Geheimversteck. Dann beeilte er sich, in sein Zimmer zu kommen. Erleichterung machte sich breit und äußerte sich in Müdigkeit. Wie gern hätte er sich ins Bett gelegt. Aber nach der unseligen Geschichte mit Nadine hätte er ohnehin nicht schlafen können. Sobald er die Augen schloss, sah er Carlas fassungslosen Blick vor sich. Ihre Enttäuschung, die so viel mehr schmerzte als die Ohrfeige, die sie ihm verpasst hatte. Wieder einmal kontrollierte er sein Handydisplay – nichts. Auf keine seiner gefühlten hundert WhatsApp-Nachrichten hatte sie geantwortet. Er fluchte leise. Was würde er dafür geben, könnte er die letzten Stunden rückgängig machen!

Aber so spielte das Leben nicht. Und weil die Dinge nun einmal so lagen, wie sie lagen, biss er in den sauren Apfel, setzte sich an sein Notebook und begann, die Dateien der Marinis zu durchforsten. Vielleicht würde Carla ihm verzeihen, wenn er einem handfesten Skandal auf die Schliche kam?

Er vertiefte sich in die Arbeit. Wenn die Müdigkeit übermächtig wurde, wankte er zum Getränkeautomaten und dopte sich mit Cola. Nach zweieinhalb Stunden wurde er endlich fündig: Eine Reise der Marinis nach Südafrika und eine weitere nach Sydney waren von Tec-Zin bezahlt worden, einer großen medizinischen Ausstattungsfirma. Sowohl die in der Reha-Klinik verwendeten Rollstühle als auch die Spezialbetten in den Patientenzimmern, sämtliche Massageliegen, Ergometer, Spezialstühle aber auch Kleinigkeiten wie Gymnastikbälle, Aqua-Stepper, Hanteln und vieles mehr waren bei Tec-Zin bestellt worden. Ein fetter Auftrag, der offensichtlich belohnt worden war. Aber bevor Leon sich freuen konnte, entdeckte er, dass es sich primär um Geschäftsreisen gehandelt hatte. Ein Kongressbesuch und ein Fortbildungsseminar, an die die Marinis lediglich zwei Urlaubstage angehängt hatten. Das war weder skandalträchtig noch strafbar.

Als Leon außerdem herausfand, dass nicht Walburga Marini den Großauftrag an die Tec-Zin vergeben hatte, sondern die Betreiberfirma der Reha-Klinik, war seine Enttäuschung perfekt. Gut, die Primaria war hervorragend vernetzt, ihre Kontakte zu ranghohen Politikern und Wirtschaftstreibenden konnten sich sehen lassen. Vermutlich hatte sie also im Hintergrund die Fäden gezogen. Aber selbst wenn – ihre weiße Weste bekam davon nicht einmal einen Dreckspritzer.

Einen Dreiviertelliter Cola später stand Leon noch immer am Anfang und ihm ging endgültig die Energie aus. Daran konnte auch die Zigarette nichts ändern, die er auf dem Balkon rauchte. Die erste Zigarette nach Monaten der Enthaltsamkeit! In der Innentasche seiner alten Lederjacke hatte er eine angebrochene Packung gefunden. Er inhalierte gierig und ließ den Qualm durch die Nase entweichen.

Plötzlich fühlte er sich beobachtet. Er versuchte, den Regenvorhang zu durchdringen und die fremden Augen zu entdecken, die ihn belauerten, musste aber einsehen, dass ihm sein übermüdetes Gehirn einen Streich gespielt hatte.

Angezogen, wie er war, legte er sich aufs Bett und dachte an Carla. Was, wenn er es sich endgültig mit ihr verscherzt hatte?

Und alles nur wegen dieser verflixten Nadine! Einer Frau, die sich ihm aufgedrängt hatte. Für die er nichts empfand außer Mitleid. Die ihn mit einem Skandal gelockt und verführt hatte. Mit einem erstunkenen und erlogenen Skandal noch dazu!

Er drosch seine Faust gegen die Wand. Der Schmerz ließ die Wut allmählich abebben.

Natürlich wusste er, dass es naiv war, Nadine die Schuld in die Schuhe zu schieben. Armselig. Er hatte Carla betrogen, Punkt, aus. Dass nicht Sexsucht dahintersteckte, sondern beruflicher Ehrgeiz, machte die Sache nicht besser.

Er lachte verbittert auf. Der Kreis schließt sich, dachte er. Er würde Carla verlieren, wie er Anne verloren hatte. Auch sie hatte er einmal geliebt, doch die Arbeit war ihm immer wichtiger gewesen – bis Anne begonnen hatte, sich mit Wodka zu trösten. Der Beginn einer ins Abwärts führenden Spirale. Konnte er seine Hände in Unschuld waschen?

Für Noah hatte er versucht, sich zu ändern. Aber auch für seinen Sohn hatte er viel zu wenig Zeit, und je größer sein Bedürfnis war, ihn vor Anne zu schützen, umso mehr fühlte er sich selbst als Versager.

Trotz seiner düsteren Gedanken fielen Leon irgendwann die Augen zu. Ein Geräusch weckte ihn. Schritte? In seinem Zimmer? Er sprang auf, aber da war niemand, natürlich nicht, er hatte nur geträumt.

Es war halb fünf Uhr morgens und seine Blase drückte von den Unmengen an Cola. Auf dem Weg ins Bad sah er etwas Weißes am Boden liegen. Ein Kuvert, unter der Tür durchgeschoben.

Hatte er sich vorhin doch nicht getäuscht?

Er hechtete zur Zimmertür, riss sie auf. Keine Menschenseele war zu sehen. Der Korridor schlummerte friedlich und käsegelb vor sich hin.

Leon widmete sich dem Kuvert. Er fischte einen Zettel heraus und faltete ihn auseinander. Es handelte sich um ein kariertes Blatt Papier, dessen seitlicher Rand ausgefranst war, als wäre es achtlos aus einem Heft gerissen worden. Die Handschrift stand im Gegensatz zu dieser offenkundigen Schlamperei: wohlgeformte, nach rechts geneigte Buchstaben in einer Präzision, wie Leon sie selten gesehen hatte. Die Botschaft bestand aus einem einzigen Satz, den er mit angehaltenem Atem las.

Mord ist der Wollust nah wie Rauch dem Feuer!

Er musste googeln, um herauszufinden, dass es sich um ein Zitat von Shakespeare handelte. Ein Schauer rieselte über seinen Rücken. War nicht auch in Rotlippchens Zimmer ein handgeschriebenes Shakespeare-Zitat gefunden worden, kurz bevor sie …?

Gänsehaut!

Er drehte und wendete den Zettel, ohne neue Erkenntnisse zu gewinnen, legte ihn schließlich auf seinen Nachttisch. Das Kuvert wollte er zerknüllen, als er bemerkte, dass es noch etwas enthielt: zwei leicht verpixelte, auf schlechtem Papier gedruckte Fotos. Das eine zeigte eine leere Medikamentenpackung neben einer Einwegspritze. Auf dem weißen Karton stand *Luminal*, der Name der Pharmafirma lautete *Desitin*. Die kleinere Schrift darunter konnte Leon nur mit Mühe entziffern: *Injektionslösung* und *Phenobarbital-Natrium*. Der Rest war unscharf.

Auf dem zweiten Foto war Birgit Ladstätter zu sehen, wie sie nackt auf einem Bett lag. Das Bild musste in der Reha-Klinik aufgenommen worden sein, denn das Bett glich dem in Leons Zimmer aufs Haar. An den Augen, die weit offen standen und ins Nichts starrten, erkannte Leon, dass Rotlippchen auf dem Foto nicht schlief. Sie war tot.

Er zählte eins und eins zusammen. Birgit Ladstätter hatte nicht mit einer Überdosis Schlaftabletten Selbstmord begangen, wie Walburga Marini behauptet hatte, jemand hatte ihr eine tödliche Spritze verpasst. Also Mord! Zumindest wollte der Informant, der das Kuvert unter der Tür hindurchgeschoben hatte, dass Leon das glaubte.

Das Zitat *Mord ist der Wollust nah* sollte wohl darauf hindeuten, dass Rotlippchens Tod mit ihrer Affäre zusammenhing. Also mit Paul Huber-Marini. Oder hatte es mehrere Liebhaber gegeben?

Wer war eigentlich dieser geheimnisvolle Informant? Auf alle Fälle jemand, der um Leons Journalistentätigkeit wusste – was auf ungefähr drei Dutzend Leute, Angestellte wie Mitpatienten, zutraf.

Als Erstes dachte er an Nadine. Aber wieso sollte sie ein Kuvert in sein Zimmer schmuggeln? Außerdem passten weder die Handschrift noch das Zitat zu ihr, das sie für verstaubt halten würde. Shakespeare, dachte er. Shakespeare? Die Weiße Frau!

Er pfiff leise durch die Zähne. Natürlich. Alice Marini sprach den ganzen Tag so, als wäre sie in einem Shakespeare-Drama gefangen. Auch die Handschrift traute er ihr zu, sie entsprach eher der eines alten Menschen. Leider war die gute Alice dement und damit nie und nimmer zur Dokumentation eines Mordes in der Lage.

Wem verdankte er die Hinweise dann? Und warum war der- oder diejenige nicht zur Polizei gegangen?

Fragen über Fragen. Und dann wie aus heiterem Himmel ein Geistesblitz: Plötzlich fiel Leon ein, wo ihm im Laufe der Nacht der Name der Injektionslösung schon einmal untergekommen war.

Er sprang auf, holte noch einmal den Schlüssel aus seinem Versteck, schlich sich noch einmal ins Dienstzimmer der Marinis. Zog die Schreibtischschublade auf. Er hatte sich nicht getäuscht: Auf dem Notizbuch mit den Passwörtern lag der flach gedrückte Verpackungskarton mit der Aufschrift *Luminal.*

Gänsehaut, die zweite.

Er fotografierte den Inhalt der Schublade. Natürlich taugte das nicht als Beweis. Aufschlussreich war es trotzdem. Sollte die Obduktion ergeben, dass Birgit Ladstätter tatsächlich an diesem Medikament gestorben war, nicht an irgendwelchen Schlaftabletten, dann rückte Huber-Marini soeben zum Hauptverdächtigen auf. Oder seine Frau – die unterkühlte, betrogene Walburga, die denselben Schreibtisch benutzte.

Leider wird es keine Obduktion geben, dachte Leon. Aber vielleicht konnte man das ändern, wenn man dem zuständigen Staatsanwalt einen Hinweis gab?

Der Gedanke beflügelte ihn. Vielleicht ließ sich noch ein Indiz finden? Wenn er schon einen Universalschlüssel in Händen hielt, konnte er genauso gut einen Blick in Rotlippchens Zimmer werfen. Gestern Vormittag war es von den Kripobeamten durchsucht worden. Da anscheinend kein Zweifel an der Selbstmordvariante bestand, hatten Carlas oberösterreichische Kollegen es nicht für nötig befunden, den Raum polizeilich zu versiegeln. In Kürze würde ein neuer Patient einziehen.

Die Reha-Klinik schlief noch immer, aber der Morgen dämmerte bereits herauf. Rasch schloss Leon das Dienstzimmer der Marinis ab und hastete zu dem Raum, in dem Birgit Ladstätter den Tod nicht gesucht, aber gefunden hatte, schräg gegenüber von seinem eigenen. Er sperrte auf und trat ein. Es roch nach Desinfektionslösung und einem großzügig verwendeten Putzmittel mit zitroniger Note. Und so sah es auch aus: glänzend sauber, tipptopp aufgeräumt, blitzblank abgestaubt. Hier hatte jemand ganze Arbeit geleistet. Logisch, dachte Leon. Sollte einer der Marinis die Tat begangen haben, wären sie bestimmt nicht so dumm gewesen, verräterische Beweismittel zurückzulassen. Wenn doch, hätten die Kripoleute sie gefunden und mitgenommen. Trotzdem ließ er den Strahl seiner Handy-Taschenlampe über das frisch bezogene Bett, den geleerten Papierkorb, den auf Hochglanz polierten Nachttisch gleiten. Hier wirst du nichts finden, dachte er noch, da nahm er im Augenwinkel ein metallisches Glitzern wahr. Er kniete nieder und betrachtete das winzige Etwas, das sich halb hinter einem der Füße des Nachttisches verbarg. Eine Kanüle! Heilige Scheiße, er hatte tatsächlich eine Kanüle gefunden!

Ihm wurde heiß vor Aufregung. In seiner Hosentasche fand er ein Taschentuch. Damit hob er das Beweisstück auf und betrachtete es genauer. War der dunkle Fleck an der Spitze der Nadel Blut? Rotlippchens Blut? Plötzlich hatte er es eilig. Er verließ den Raum – das Taschentuch mit dem verräterischen Inhalt balancierte er auf seiner linken Handfläche, als wäre es der Heilige Gral.

Vor Beuteglück und Journalistengier vergaß er, sich umzusehen oder auf nahende Gefahren zu lauschen. Als er die Schritte hörte, war es zu spät. Es gelang ihm gerade noch, den Schlüssel in der Hosentasche verschwinden zu lassen, schon baute *sie* sich vor ihm auf: Walburga Marini.

„Was machen Sie da?“ Die Stimme fräste sich durch seine Gehörgänge, obwohl die Primaria leise gesprochen hatte.

„Ich konnte nicht schlafen“, sagte er, „da bin ich ein bisschen herumspaziert. Die Neugier hat mich dazu verleitet, einen Blick ins Zimmer zu werfen, in dem Birgit ... Dafür muss ich mich natürlich entschuldigen.“

„Woher haben Sie den Schlüssel?“

„Es war offen, liebe Frau Doktor“, log er und musste sich daran hindern, in seine rechte Hosentasche zu fassen und zu kontrollieren, ob der Schlüssel noch an seinem Platz war.

„Ich bin nicht Ihre liebe Frau Doktor“, sagte sie mit offener Feindseligkeit. „Und jetzt geben Sie mir, was Sie sich unter den Nagel reißen wollten. Widerrechtlich.“

„Aber ...“ Das Beweisstück. Erst jetzt wurde ihm bewusst, dass er es wie auf dem Präsentierteller vor sich hertrug. „Das ist nur ein angeschnäuztes Taschentuch von mir. Das ...“

Mit einer einzigen Geste forderte sie die Herausgabe. Und er gehorchte; kam sich dabei vor wie ein Schulbub, der beim Schwindeln erwischt worden war.

Als sie das Taschentuch auseinanderfaltete und die Kanüle entdeckte, wurde sie bleich.

Leon blieb nur die Flucht nach vorn. „Ich glaube, die Polizei wird sich dafür interessieren“, sagte er.

„Das wird sie bestimmt“, sagte die Marini, die Lippen zu einem maliziösen Lächeln verzogen. Ein leicht zu interpretierendes Lächeln: Die Kripo würde die Kanüle nie zu sehen bekommen. „Und Sie sollten besser Ihre Finger von Dingen lassen, die Sie nichts angehen. Sie wollen doch keinen Ärger kriegen?“ Sprach's und ließ ihn stehen. Das Klappern ihrer Absätze hallte lange in seinen Ohren nach.

Was für ein Idiot du bist, dachte er. Wie ein Anfänger hatte er sich erwischen lassen! Ausgerechnet von der Primaria. Futsch war das Beweisstück, und das schmerzte ihn umso mehr, als es *die* Gelegenheit gewesen wäre, mit Carla in Kontakt zu treten. Im Zusammenhang mit einem Mordfall hätte sie sicher nicht abgelehnt, ihn zu sehen. Er hätte ihr die Kanüle übergeben und sie gebeten, sie kriminaltechnisch untersuchen zu lassen. Dabei hätte er natürlich die Gelegenheit wahrgenommen, sich angemessen zu entschuldigen.

Er seufzte. Ging das überhaupt? Was war angemessen? Ach was, er machte sich was vor! Auch das grandioseste Beweisstück konnte keinen Seitensprung ausbügeln. Vermutlich würde Carla es gar nicht annehmen, sondern ihn gleich an die zuständigen Linzer Kollegen verweisen.

Er schlug sich ein paarmal mit den Handflächen auf die Wangen, um den Kreislauf anzukurbeln. Also gut, er hatte Mist gebaut. Aber es gab keinen Grund, deshalb in Selbstmitleid zu zerfließen, im Gegenteil.

Jetzt erst recht. Jetzt wusste er genau, was er zu tun hatte, und auch die Drohungen der Primaria würden ihn nicht davon abbringen. Natürlich nicht!

14
Aus dem Buch der Kränkungen
#0 Abel

Hast du dich manchmal gefragt, wann es begonnen hat, das Zerbrechen des Glücks? Mit dem Tod deiner Frau? Oder viel früher, mit deinem Entschluss, Zimmer an Winterurlauber zu vermieten? Gab es überhaupt je Glück in deiner Familie, oder war das von Anbeginn eine Illusion, wie das Geschenke bringende Christkind?

An jenem zehnten Februar jedenfalls ist Glück weniger als eine geplatzte Seifenblase, es ist ein Wort, das du höchstens vom Hörensagen kennst.

Über Nacht hat es geschneit. Zwanzig Zentimeter, Pulverschnee vom Feinsten. Ganz Damüls steckt unter einer flauschigen Decke. Gegen Mittag kommt zum ersten Mal die Sonne heraus und lässt Millionen und Abermillionen von Schneekristallen aufglitzern. Der erste traumhafte Tag in den Semesterferien, ein perfekter Tag zum Skifahren.

Alle meine Freunde sind auf der Piste, nur ich nicht. Ich muss auf Jakob aufpassen. Seit Mama tot ist, muss ich das oft. Logisch. Du bist den ganzen Tag in der Tischlerwerkstatt, und Elisabeth muss sich als Älteste schon um das Essen kümmern und um das Putzen. Um ihre eigenen Schulaufgaben natürlich auch.

Weil Elisabeth so tüchtig ist und schon vierzehn, hat sie gewisse Vorrechte. An jenem zehnten Februar darf sie mit einer Freundin nach Dornbirn fahren, zum Shoppen.

Die Babysitterei bleibt also an mir hängen. Leider ist Jakob kein Baby mehr. Er ist fünf – ein kleiner Tyrann und eine Nervensäge. Kaum passt ihm etwas nicht, bricht er in Tränen aus und rennt zu dir. Und egal, ob er sich wehgetan hat oder ob etwas kaputtgegangen ist, immer gibst du mir die Schuld. Deinem mittleren Kind, diesem Nichtsnutz, dem Buben mit den zwei linken Händen. Zum Schnitzen habe ich kein Talent, nichts mache ich richtig, nicht einmal auf meinen kleinen Bruder kann ich aufpassen. Manchmal geht es nicht anders, du musst mich anschreien und mir ein, zwei Watschen herunterhauen. Meistens genügt es aber, wenn du mir die kalte Schulter zeigst oder mich auslachst. Das Ausgelachtwerden ist das Schlimmste.

An diesem zehnten Februar wird das aber nicht passieren, habe ich mir vorgenommen. Gar nichts wird passieren, denn diesmal werde ich alles zu deiner Zufriedenheit erledigen.

Geduldig habe ich mit Jakob einen Schneemann gebaut, bis wir beide durchgefroren waren. Danach haben wir Kakao getrunken und Verstecken gespielt, Jakobs Lieblingsspiel.

Der Kleine ist unersättlich. „Noch einmal", bettelt er, und danach noch ein letztes und ein allerletztes Mal.

Nach zwei Stunden bin ich genervt. Ich möchte endlich das Comic-Heft anschauen, das die Gäste von letzter Woche vergessen haben: ein zerfleddertes Micky-Maus-Heft. Ich habe es unter der Bettdecke gefunden und zwischen meinen Schulbüchern versteckt, damit du es nicht findest. Ich will es bloß einmal in Ruhe durchblättern. Allein.

„Du kannst ja deinen Zoo fertig bauen", schlage ich Jakob vor. Aber Jakob hat keinen Bock auf Lego. Entweder ich spiele weiter mit ihm Verstecken, oder er rennt heulend zu dir und petzt, wie gemein ich bin.

„Also gut", sage ich. „Einmal noch. Aber überleg dir diesmal ein besseres Versteck. Nicht dass ich dich wieder in zehn Sekunden finde. Das ist stinklangweilig!"

Jakob schwört, dass ich ihn diesmal überhaupt nicht finden werde, in zehn Stunden nicht und nicht einmal bis übermorgen. Großes Ehrenwort und dreimal übers Kreuz gespuckt!

Ich zähle laut, bis Jakob verschwunden ist. Höre, wie der Kleine die Treppe hinunterläuft, höre die Kellertür quietschen. Wundere mich, dass er sich ganz allein in den Keller traut, und hoffe, dass er sich nicht ausgerechnet im Heizungskeller versteckt. In dem Raum, den ich seit anderthalb Jahren nicht mehr betreten habe – seit der Sache mit Mama.

Ich schlage das Comic-Heft auf. Eigentlich will ich nur die Bilder anschauen, aber kaum habe ich die ersten Sprechblasen gelesen, nimmt mich die Geschichte um Micky und die Juwelen der Gloria Glänzer derart gefangen, dass ich nicht mehr aufhören kann. Und weil es so spannend ist, muss ich nach der ersten auch noch die zweite und dritte Geschichte lesen. Zwischendrin lausche ich ins Treppenhaus und staune, dass Jakob nicht längst wieder aufgetaucht ist. Wahrscheinlich hockt er im Vorratskeller und stibitzt die letzten Weihnachtskekse, die Elisabeth gebacken hat und die so hart geworden sind, dass niemand außer ihm scharf darauf ist.

Die fünfte Geschichte heißt „Geschäfte im Morgenland“. Ich bin so versunken in die Abenteuer der Panzerknacker, dass ich deine polternden Schritte überhöre. Als du die Tür aufreißt, ist es zu spät, das Heft zu verstecken. Natürlich nimmst du es mir weg. Du zerreißt es und wirfst die Fetzen in den Ofen. Dass das Schund ist, schimpfst du, und dass ich nur Unsinn im Kopf habe. Du gibst mir eine Kopfnuss.

„Wo ist Jakob?“, fragst du.

„Ich weiß es nicht“, antworte ich wahrheitsgemäß. Ich erzähle vom Versteckspiel und dass Jakob in den Keller gegangen ist. Wann? Vor einer halben Stunde vielleicht?

Du glaubst mir nicht. Natürlich nicht. Nie und nimmer würde der Kleine ganz allein in den Keller gehen und so lange dort bleiben, sagst du. „Hast du ihn eingesperrt? Damit du deine Ruhe hast?“ Kopfnuss Nummer zwei.

„Nein!“, schreie ich. „Hab ich nicht! Ehrlich nicht!“

Du packst mein Ohr und ziehst mich mit. In den Keller. „Wo ist Jakob?“, brüllst du. „Was hast du mit ihm gemacht?“ Kopfnuss drei, vier und fünf.

Meine Ohrläppchen brennen wie Feuer, mein Schädel dröhnt. Aber ich beiße die Zähne zusammen, um nicht zu heulen. Es würde alles nur noch schlimmer machen. Ich schwöre, dass ich Jakob nichts getan habe. Dass Jakob sich nur irgendwo versteckt.

Du glaubst mir nicht.

Und plötzlich ist die Angst da. Sie hat sich von hinten angeschlichen wie eine Wildkatze und verbeißt sich in mein Genick.

Wir suchen den ganzen Keller ab: die Waschküche, den Vorratsraum, den Skikeller und den Heizraum – beim Anblick der Wäscheleine wird mir schlecht.

Von Jakob keine Spur. Auch im übrigen Haus ist er nicht, nicht in der Garage, dem Stall, der Scheune oder der Tischlerwerkstatt.

Du rufst ihn, bis du heiser bist, aber er antwortet nicht. Der Kleine ist wie vom Erdboden verschluckt.

Deine steingrauen Augen sind schwarz vor Angst, weil du nicht weißt, was du tun oder wo du noch suchen sollst.

Dann kommt Elisabeth nach Hause, und Elisabeth hat die Idee mit der Seemannskiste.

Die Kiste hat früher dem Mellauer Opa gehört, sie steht schon ewig im Skikeller. Bis auf ein paar stockfleckige Bücher übers Bergsteigen, die ebenfalls dem Opa gehört haben, ist sie leer. Unsere Gäste setzen sich gern darauf, wenn sie sich ihre Skischuhe an- oder ausziehen. Die Metallschließen des Deckels sind rostig, eine ist zugeschnappt.

Du hast Mühe, sie aufzubekommen. Nur mit roher Gewalt schaffst du es. Als du den Deckel zurückklappst, ist es, als würde die Welt die Luft anhalten.

Die blonden Locken kleben an Jakobs Kopf und seine Augen starren ins Leere. Seine Fingernägel sind abgebrochen. Unter den Nägeln quillt Blut hervor, das schon eingetrocknet ist. Vermutlich hat er von innen am Deckel seines Gefängnisses gekratzt, bevor er erstickt ist.

Jetzt ist er tot. Jakob ist tot, aber du willst es nicht wahrhaben. Mit einem heiseren Schrei hebst du deinen Liebling aus der Kiste, legst ihn auf den Boden und bearbeitest wie ein Irrer seine Brust. Du drückst so fest auf seinen Brustkorb, dass man die Knochen brechen hört. Du drückst und drückst und zwischendurch presst du deinen Atem in seinen toten Mund.

Schließlich musst auch du einsehen, dass es vergeblich ist. Du kannst Jakob nicht zurückholen, ebenso wenig wie Mama damals. Und wie damals brauchst du einen Schuldigen.

„Du warst das", sagst du leise, fast tonlos zu mir. Mit einer Stimme wie dünnes Eis. „Du hast deinen Bruder umgebracht."

Ich stottere, versuche, meine Unschuld zu beteuern, aber du hast dein Urteil gefällt. Wie hätte der Kleine ganz allein die rostigen Metallschließen öffnen, den schweren Deckel anheben, hineinklettern, den Deckel zufallen und den Verschluss einschnappen lassen können?

„Du Satansbraten hast ihn in die Kiste gesperrt", sagst du. Mit eisernem Griff packst du mich und wirfst mich über deine Schulter wie einen Mehlsack. Schleppst mich aus dem Haus, hinüber, zur Werkstatt.

Ich schreie, schluchze, strample – umsonst.

Elisabeth rennt hinter dir her und fleht – umsonst. „Es war ein Unfall", sagt sie immer wieder, „bestimmt war es ein Unfall." Wie eine Beschwörungsformel sagt sie es. Aber du beachtest sie nicht.

In der Werkstatt lässt du mich auf den Boden fallen und verpasst mir einen Tritt. Elisabeth, die sich an deinen Arm geklammert hat, stößt du weg. Du schubst sie hinaus und sperrst von innen die Tür zu.

Die Wildkatze Angst ist wieder da. Diesmal schließt sie ihre Zähne um meine Gurgel und ich versteinere. Obwohl ich weiß, dass es längst nicht mehr um eine Strafe geht, sondern um Leben oder Tod, bin ich zur Bewegungslosigkeit verdammt. Ich schaffe es nicht, wegzurobben. Es wenigstens zu versuchen. Ich presse nur die Hände vors Gesicht und lasse deine Schläge und Tritte auf mich niederprasseln.

Wo mich deine Fäuste und Füße treffen, flammt Schmerz auf, weißglühend, zuerst an einzelnen Punkten, die sich verbinden, bis mein Körper ein einziger Ball aus Schmerz ist. Bis das Glühen so heftig wird, dass ich das Bewusstsein verliere.

Als ich wieder zu mir komme, riecht es wie auf einer Tankstelle. Es gelingt mir, den Kopf zu heben. Du bist damit beschäftigt, den Inhalt eines Benzinkanisters gleichmäßig über den Boden zu verteilen. „Fahr zur Hölle", murmelst du dabei.

Ich versuche, zur Tür zu kriechen, aber bei jeder Bewegung fährt ein Messer zwischen meine Rippen. Ich weiß: Wenn ich es nicht schaffe, verbrenne ich. Und ich schaffe es nicht.

Im Augenblick der größten Verzweiflung gelingt es mir, mich aus meinem Körper hinaus- und in den eines anderen zu beamen. Den Körper eines Erwachsenen, eines Superhelden, der keine Schmerzen und keine Furcht kennt.

Der Held steht auf. Er geht. Setzt Schritt vor Schritt. Kurz bevor er die Tür erreicht, hört er noch das Klicken des Feuerzeugs, das Prasseln der Flammen und deine schauerlichen Schreie, als du zur lebenden Fackel wirst. Dann wird es warm, angenehm warm. Etwas Rotglühendes kriecht auf ihn zu. Doch bevor es ihn einholt, schlägt ein riesiger schwarzer Falter seine Flügel schützend um ihn und fliegt mit ihm davon.

Als ich aufwache, ist alles weiß und still und es riecht nach Zahnarzt. Elisabeth sitzt an meinem Bett. Sie hält meine Hand und ist dabei eingeschlafen. Im Schlaf sieht sie wunderschön aus, wie eine Madonna.

Dass alles wie immer ist, denke ich. Dass ich bloß wieder schlimm geträumt habe. Erst nach einiger Zeit fällt mir auf, dass ich in einem fremden Bett liege. Das ganze Zimmer ist fremd. Ich begreife, ich bin im Krankenhaus.

Kein Albtraum, sondern Wahrheit, erfahre ich von Elisabeth, als sie aufwacht. Jakob ist tot, Vater auch. Die Werkstatt und das Haus sind abgebrannt. Wie es weitergehen soll? Elisabeth weiß es nicht. Mit viel Glück kommen wir vielleicht zu Tante Anneli, mit weniger Glück zu einer wildfremden Pflegefamilie. Oder ins Heim, wenn das Glück uns ganz und gar verlassen haben sollte.

Ich höre Elisabeths Worte wie durch Watte. Rosa Watte, die in flüssiger Form aus einem Kunststoffbehälter in meinen Arm tröpfelt. Alles halb so schlimm, denke ich. In diesem Augenblick bin ich nur froh, dass Elisabeth da ist. Meine große Schwester, meine Lebensretterin. Sie hat die Nachbarn geholt, die mich aus der brennenden Werkstatt gezerrt haben.

„Wenn Tante Anneli uns nicht nimmt ..."

„Werden sie uns dann trennen?", falle ich ihr ins Wort.

„Nein", sagt sie. „Das dürfen sie nicht. Wir werden immer zusammenbleiben." Und sie schwört. Großes Ehrenwort und dreimal übers Kreuz gespuckt.

In der Nacht träume ich von unserer glücklichen Familie, von Elisabeth, Jakob, Mama und mir. Nur du bist in diesem rosaroten Wattetraum nicht dabei.

Dafür wirst du später in den meisten meiner Albträume mit von der Partie sein, wirst mich beschimpfen, ohrfeigen, verhöhnen. Wirst mich auslachen. Mit deinem blechernen, metallischen Dobermannlachen wirst du mir noch Jahre nach deinem Tod vermitteln, dass ich nichts wert bin – ein Loser, eine Niete, ein Nichtsnutz.

Hast du dich einmal gefragt, warum du mich so gehasst hast? Weil ich das Pech hatte, Mama zu finden?

Ich war erst acht! Und du hast sie in den Tod getrieben. Du ganz allein, Papa.

Papa?

Gelöscht am 10. Februar 1992

15
7. April

Leon krempelte die Ärmel auf. Er versuchte, seine Ermittlungen systematisch voranzubringen, indem er von den bisherigen Fakten ausging und sie durch akribische Recherchen ergänzte.

Viel hatte er leider nicht. Eigentlich nur die Fotos vom toten Rotlippchen und von der Injektionsverpackung – *Luminal.*

Er durchforstete das Internet. Das Medikament enthielt den Wirkstoff Phenobarbital, ein Barbiturat, das früher als Beruhigungs- und Schlafmittel in Gebrauch gewesen war. Gegenwärtig wurde es zur Narkoseeinleitung aber auch zur Behandlung von Epilepsien bei Mensch und Tier verwendet.

Mit angehaltenem Atem las er, dass die Nazis Luminal zur systematischen Tötung chronisch Kranker und Behinderter benutzt hatten. Prof. Dr. Hermann Paul Nitsche, Direktor der Heil- und Pflegeanstalt Leipzig-Dösen, hatte 1940 das sogenannte „Luminal-Schema" entwickelt: Den Patienten – darunter zahlreichen Kindern – wurde mehrmals eine leichte Überdosis Phenobarbital verabreicht, gleichzeitig ließ man sie hungern. Ihr Sterben dauerte mehrere Tage und es unterschied sich nicht von natürlichen Todesfällen durch Kreislaufversagen oder Lungenentzündung. Da Luminal damals ein gängiges Beruhigungsmittel war, fiel diese Form der Euthanasie nicht auf.

Ein Wirkstoff mit Geschichte, dachte Leon. Ihn fröstelte. Er war so von der Materie gefangen, dass er das Frühstück und die erste Therapie verpasste, die Unterwassergymnastik. Kursleiterin Anita, eine füllige Frohnatur, fragte nach seinem Verbleib.

Leon meldete sich krank und sagte gleich die übrigen Therapien des Tages ab. „Nein, nichts Schlimmes, bloß ein verdorbener Magen“, erklärte er, woraufhin die fürsorgliche Anita ihm eine Kanne mit Schwarztee und etwas Zwieback bringen ließ.

Das bittere Gebräu tat seine Wirkung. Nach der zweiten Tasse war Leon so klar im Kopf wie schon lange nicht mehr, und er hatte eine Idee!

Er recherchierte, dass der für den Fall Ladstätter zuständige Staatsanwalt Dr. Alex Ungnad von Weißenwolff hieß und erst seit wenigen Wochen in Amt und Würden war. Ein Neuer also! Leon rief an. Zu seiner Überraschung entpuppte sich der Neue als Frau. Alexandra Ungnad von Weißenwolff, deren Stimme übrigens nicht hochadelig, sondern ziemlich handfest klang, machte einen ambitionierten Eindruck. Leon hängte den investigativen Journalisten heraus. Ihm sei zu Ohren gekommen, dass keine Obduktion angeordnet worden sei, obwohl begründete Zweifel an der Suizid-Theorie bestünden. Das wisse er von verlässlicher Quelle. Er erzählte die Geschichte von der gefundenen und durch die Primaria beschlagnahmten Kanüle und behauptete, sie sei seinem Informanten passiert, einem Mitarbeiter der Reha-Klinik, dessen Namen er natürlich nicht preisgebe.

„Hochinteressant“, sagte die Staatsanwältin. Aber Leons Sorge sei ganz unbegründet, denn sie habe schon gestern Nachmittag eine Autopsie veranlasst.

„Was? Ich dachte ...“

„Wissen Sie, ich mag zwar grün hinter den Ohren sein, aber ich habe eine empfindliche Nase. Wenn man versucht, mich zu manipulieren, stinkt es mir, und in diesem Fall stinkt es ganz gewaltig.“

Aha, dachte Leon, Walburga Marini hatte versucht, ihre Kontakte auszuspielen, und war dabei zu weit gegangen. „Darf ich fragen, ob ..."

„Noch habe ich keinen gerichtsmedizinischen Bericht erhalten, aber ich denke, Dr. Eisenstein wird seine Ergebnisse bald bekanntgeben."

Leon rieb sich die Hände. Hervorragend! Eine ehrgeizige, unbestechliche Staatsanwältin und der erfahrene Eisenstein. Die Marini würde sich noch wundern!

Als nächstes rief er im Linzer Department des Salzburger Instituts für Gerichtsmedizin an und verlangte Dr. Eisenstein zu sprechen. Und weil Frechheit siegte, gab er sich als Hans Meier aus. Er sei der neue Praktikant des LKA und sein Chef brauche Details. „Dringend! Sonst reißt er mir den Kopf ab, Herr Professor", sagte Leon mit verstellter Stimme, die fünfzehn Jahre jünger wirken sollte als seine eigene.

„Himmel, was will der Himmler denn noch? Ich habe doch erst vor einer Stunde mit ihm telefoniert. Ich kann die Laborergebnisse auch nicht herzaubern! Die sind frühestens am Freitag zu erwarten. Wenn wir Pech haben erst am Montag in der Früh." Eisenstein klang verschnupft – im wörtlichen und im übertragenen Sinn. „Und Professor gibt's kan!"

„Ja, aber die Todesursache ..." stammelte Leon.

„Um die geht's ja!", fauchte Eisenstein. „Ob der Atemstillstand aufgrund einer Überdosis Diazepam eingetreten ist, wie die leeren Stesolidpackungen nahelegen, oder nicht, wird erst die chemische Analyse der Körperflüssigkeiten erweisen. Darüber zu spekulieren ist sinnlos!"

Leon gab sich zerknirscht und entschuldigte sich. Es sei ihm sehr unangenehm, aber sein Chef habe ihm dezidiert aufgetragen, sich noch einmal nach dem Einstichloch zu erkundigen.

„Welches Einstichloch? Kann er nicht lesen, der Himmler? In meinem Obduktionsbericht steht doch schwarz auf weiß, dass die Tote sich selbst ein Mistelpräparat injiziert hat. Das machen immer mehr Krebspatienten, die schulmedizinisch austherapiert sind und sich an irgendwelche Alternativen klammern." Eisenstein hustete. „Dieses Mistelzeug wird subkutan verabreicht, meines Wissens täglich, über Wochen und Monate. Sie können sich vorstellen, wie viele Einstichlöcher wir da gefunden haben!"

„Ist das nicht seltsam?", warf Leon alias Hans Meier ein.

„Was soll daran seltsam sein?"

„Dass sich jemand, der Selbstmord begehen will, täglich eine Spritze verpasst, um den Krebs zu besiegen?"

„Für die Schlussfolgerungen seid ihr Kripoleute zuständig. Ich bin nur der forensische Spezialist, der euch zuarbeitet!"

Leon zuckte zusammen, als sich der Gerichtsmediziner mit lautem Trompeten quasi direkt in sein Ohr hineinschnäuzte. „Noch eine Sache soll ich fragen", säuselte er. „Was ist, wenn das Labor kein Diazepam im Blut feststellt, sondern eine Überdosis Phenobarbital?"

„Was dann ist? Dann sollte Ihr Chef schleunigst in die Gänge kommen und auf Hochdruck ermitteln, auch wenn ihm die Marini noch so sehr die Hölle heiß macht! Wie kommen Sie eigentlich auf Phenobarbital?"

Leon antwortete nicht.

„Hallo? Wer sind Sie überhaupt?“ Eisensteins Stimme überschlug sich. „Ein Praktikant? Wie war noch Ihr Name?“

Leon beendete das Gespräch. Er hatte zwar keine neuen Informationen erhalten, dafür jedoch einen Stein losgetreten. Ein Steinchen nur, aber auch bei kleinen Steinen bestand die Chance, dass sie sich zu Gerölllawinen auswuchsen.

Als nächstes beschloss er, der Frage nach dem Motiv nachzugehen. Warum musste Rotlippchen sterben? Wem war sie auf den Schlips getreten?

Hatten die beiden Marinis Dreck am Stecken, wie Nadine es angedeutet hatte, und Birgit Ladstätter war ihnen auf die Schliche gekommen? Wenn es so war, hatten sie ihre Verfehlungen gut getarnt, denn bisher hatte er nichts gefunden, was diese Theorie erhärten könnte.

Oder steckte doch eine Beziehungsgeschichte hinter dem Mord? Immerhin war Eifersucht das häufigste Mordmotiv, und die Täter kamen in den meisten Fällen aus dem Bekanntenkreis des Opfers. Vielleicht sollte er noch einmal die dem Dienst-PC der Marinis abgerungenen Daten durchsehen? Vor allem die Mails, die er bisher nur überflogen hatte ...

Wie erwartet ging es fast ausschließlich um Berufliches, Patientenbezogenes und Verwaltungskram. Kurz bevor er Paul Huber-Marinis Mailordner schließen wollte, stach ihm der Absender mail@biggilad.at ins Auge.

Leon blieb die Spucke weg. Es handelte sich tatsächlich um eine private, sogar eine ausgesprochen private Mail von Birgit Ladstätter an Paul Huber-Marini. Als er das Absendedatum überprüfte, vergaß er kurz, zu atmen: Die Mail war an Rotlippchens Todestag versandt worden.

Mein lieber Paul,
hast du schon mit ihr gesprochen? Und wenn nicht, warum?
Um sie zu schonen? Aber du kannst sie doch nicht bis an dein Lebensende mit Glacéhandschuhen anfassen und weiter in dieser toten Beziehung vor dich hinmodern!
Wenn du willst, rede ich mit ihr.
Bis später!
Kuss, B

„Wenn das kein Motiv ist", murmelte Leon. Er rieb sich übers Kinn und dachte nach. Rotlippchen war es also keineswegs nur um schnellen Sex gegangen. Sie hatte mehr von Paul gewollt. Hatte der Schwerenöter ihr Hoffnungen gemacht? Auf eine gemeinsame Zukunft? Hatte er ihr versprochen, mit Walburga über eine Scheidung zu sprechen?

Wenn ja, dann hatte er sein Versprechen nicht eingelöst. Entweder weil er es nie vorgehabt oder weil er nachträglich kalte Füße bekommen hatte. Birgit Ladstätter war darüber unzufrieden gewesen und hatte gedroht, die Sache selbst in die Hand zu nehmen.

Daraus ergeben sich zwei Möglichkeiten, dachte Leon. Erstens, Paul hat es mit der Angst bekommen und die Notbremse gezogen. Die Notbremse in Form von Luminal. Um das Gespräch zwischen Birgit und Walburga zu verhindern. Vielleicht weil er sich eine Scheidung weder finanziell noch karrieremäßig leisten konnte.

Zweitens, Walburga hat die Mail entdeckt, Lunte gerochen und die Nebenbuhlerin beseitigt. Weil sie ihren Paul all seinen Affären zum Trotz liebte und nicht ohne ihn leben wollte.

Leon rieb sich die Hände. Er hatte das Gefühl, der Sache nähergekommen zu sein. Einen großen Schritt nähergekommen.

Er öffnete ein neues Dokument, das er rotlippchens_tod.doc nannte, und notierte alles, was er bisher herausgefunden hatte. Zwei Stunden arbeitete er daran, unterbrochen nur durch einen Anruf von Anne.

Offensichtlich hatte seine Exfrau kapiert, dass der Versuch, Carla für ihre Belange einzuspannen, nicht von Erfolg gekrönt gewesen war. Deshalb probierte sie es jetzt selbst. Zuerst machte sie ihm Vorwürfe, dann verlegte sie sich aufs Bitten und schließlich setzte sie Tränen ein, ihre zuverlässigste Waffe. Und ein zuverlässiges Brechmittel, dachte Leon, dem tatsächlich übel geworden war. Bei ihm wirkten ihre Tränen jedenfalls nicht. Er konnte von seinem Standpunkt nicht abweichen. Natürlich nicht. Noahs Wohl musste an oberster Stelle stehen, unabhängig von Emotionen, sentimentalen Stimmungen, guten oder schlechten Tagen.

Mit großer Selbstbeherrschung gelang es ihm, vollkommen sachlich mit Anne zu sprechen. Auch nach dem Telefonat regte er sich nicht auf. Er schob einfach alles beiseite, die Tränen wie die Drohungen, die sie ihm zum Abschied an den Kopf geworfen hatte. Konzentriert arbeitete er weiter an seinen Aufzeichnungen. Anschließend mailte er das Dokument an Carla. Es war ein wunderbarer Vorwand, um einen neuerlichen Kontaktversuch zu unternehmen. Außerdem konnte er ihr so zeigen, von welchem Kaliber die Geschichte war, deretwegen er sich den ganzen Ärger eingehandelt hatte.

Natürlich diente die Mail auch der Sicherheit. Man wusste ja nie.

Wie heißt es so schön? Der Teufel schläft nicht, dachte Leon und ihn fröstelte. Wahrscheinlich hatte er sich bei dem gestrigen Regenguss erkältet. Oder war es ein innerliches Frösteln, weil ihm der Teufel schon über die Schulter schaute?

Bei dem Gedanken musste er lachen. Aber es schmeckte schal, mit einem bitteren Abgang.

16

„Muss sie sterben?“ Noahs Augen waren auf Bukowski gerichtet – zwei tiefblaue Scheinwerfer auf der Suche nach der Wahrheit. Unmöglich, ihnen zu entrinnen.

Sie hätte am liebsten „Niemals“ gesagt. „Auf gar keinen Fall!“ Aber im Licht der Scheinwerfer konnte sie nicht lügen. Und Ilse sah wirklich besorgniserregend aus. Sie hatte abgenommen, das Fell war struppig, einzelne Büschel lagen im Käfig herum. Außerdem war sie die halbe Nacht im Kreis gerannt, anstatt zu schlafen, und hatte Unmengen an Wasser getrunken.

Auch jetzt konnte Ilse nicht stillhalten. Ununterbrochen bewegten sich ihre Beinchen, zwanghaft, als würden sie von einem Chip gesteuert, auf-ab, auf-ab. Ilses Beinchen würden laufen, bis die Batterie leer war, und der Motor stotterte schon.

Am vergangenen Abend hatte es begonnen. Kein Wunder, dachte Bukowski finster, der gestrige Abend ist ja in mehrfacher Hinsicht verhängnisvoll gewesen. Der Verdacht, dass das Meerschwein den kurzen Aufenthalt in Noahs Kindergartentasche psychisch nicht verkraftet hatte, drängte sich auf, Bukowski sprach ihn aber nicht aus. Schuldgefühle konnte Noah jetzt am wenigsten gebrauchen.

„Kann Kim ihr nicht helfen?“, fragte er. Aber Kim war schon in aller Früh nach Traunkirchen gefahren, um an Geronimos Vortrag *Schamanische Kräfte und Leadership* teilzunehmen. „Sie soll einen Zaubertrank für Ilse machen!“

Der „Zaubertrank“ war nichts anderes als Fencheltee mit Honig, mit dem Kim Noahs Bauchschmerzen behandelt hatte. Erfolgreich behandelt, weil Noah sich von der Magie des Wortes blenden hatte lassen. Gewöhnlichen Fencheltee hätte er nicht angerührt.

Dass ein blähungstreibender Tee einem hyperaktiven Meerschweinchen helfen würde, bezweifelte Bukowski. „Weißt du was? Wir fahren zum Tierarzt!", sagte sie. „Der weiß bestimmt, was ihr fehlt." Und wenn er es nicht wusste, war es zumindest etwas, das sie tun konnten. Eine Aktion, die vom Warten, Grübeln und Trübsalblasen ablenkte.

Der Tierarzt sah aus wie Bud Spencer in seinen besten Tagen, und Bukowski befürchtete das Schlimmste, als Ilse von seiner haarigen Pranke gepackt wurde, in der sie fast verschwand. Umso erstaunlicher war, wie behutsam er das Meerschwein untersuchte.

„Kannst du sie gesund machen?", fragte Noah.

„Nein", brummte der Doc. „Sie nicht."

Noahs Lippen bebten.

Doch Doktor Bud zwinkerte fröhlich. „Aber ihn. Ilse ist nämlich ein Kerl." Sein dicker Zeigefinger deutete auf einen winzigen rosafarbenen Knubbel, offensichtlich ein Meerschweinchenpenis. Er erklärte, dass die Hyperaktivität mit ziemlicher Sicherheit auf einer Schilddrüsenüberfunktion beruhe. Das sei bei Meerschweinchen recht häufig. Um seine Diagnose abzusichern, rasierte er Ilses Hinterlauf und entnahm eine Blutprobe aus einer Oberschenkelvene. „Das kommt ins Labor. Nächste Woche wissen wir Bescheid."

„Kriegt Ilse dann einen Zaubertrank?", fragte Noah.

Der Doc fuhr sich durch den Rauschebart. „Viel besser", sagte er. „Ich habe nämlich Zauberpillen. Und eine halbe kriegt er gleich, dann ist er bald wieder der Alte." Er zeigte Noah, wie er dem Schwein das Wundermittel verabreichen sollte: Tablette halbieren, in ein kleines Stück Salatgurke stecken und ein paar Minuten warten, bis sie sich aufgelöst hat. Ilse liebte Gurke und fraß den präparierten Leckerbissen mit großer Begeisterung.

Von Bukowskis Vorschlag, einen passenderen Namen für Ilse zu finden, hielt Noah gar nichts. Dafür begeisterte er sich für den Vorschlag des Docs, ein zweites Schwein anzuschaffen. Weil eines allein zu halten, das sei Tierquälerei. Und so ein besonderes Wesen wie Ilse verdiene erst recht einen Artgenossen zum Freund.

Bukowski spitzte die Lippen, aber ein Einwand kam natürlich nicht in Frage. Danach ging alles sehr schnell. Ganz zufällig kannte der Tierarzt jemanden, der junge Meerschweine zu vergeben hatte. Ganz zufällig war unter den Jungen noch ein Bock zu haben. Er war rotbraun, mit weißem Po und weißem Gesicht, wenige Wochen alt und zum Fressen niedlich. Noch zufälliger akzeptierte Ilse den Kleinen nicht nur, nein, es war Liebe auf den ersten Blick.

Noah nannte den Roten Wa-gusch, nach seinem liebsten Kinderbuchhelden. Sie fuhren nach Hause – mit einer Ilse, der, nein, dem es schon viel besser ging, einer Dose Schilddrüsenhormontabletten, einem neuen, doppelt so großen Käfig und einem Korb voll Gemüse, hauptsächlich Salatgurken. Und mit Wa-gusch natürlich.

Bukowski war froh, dass alles so glimpflich abgegangen war, und überließ Noah ihr Smartphone, damit er seinem Papa die unglaublichen Neuigkeiten erzählen konnte. Routiniert wischte er über das Display.

Sie flüchtete in die Küche, um nichts von dem Telefonat mitzubekommen. Leons Stimme zu hören hätte sie nicht ertragen. Sie riss das Fenster auf und zündete sich in alter Gewohnheit eine Zigarette an. Zuckte nach dem ersten Zug zusammen, tötete die Zigarette ab, zerbrach sie zwischen den Fingern und zerknüllte die ganze Schachtel. Dann presste sie entschuldigend die Hände auf den Bauch.

„Also doch!“, sagte eine bekannte Stimme hinter ihr.

Als sie herumwirbelte, kam Kim schon mit ausgebreiteten Armen auf sie zu. Es war ein Gefühl wie nach langer Irrfahrt nach Hause kommen. Bukowski ließ sich in die molligen Arme ihrer Freundin fallen. Am vergangenen Abend hatte sie noch das Bedürfnis gehabt, sich einzuigeln, den Kummer in der Badewanne zu ertränken, und was sich nicht ertränken ließ, in ihrem Inneren zu verschließen. Jetzt sprudelte alles heraus – vom positiven Schwangerschaftstest bis zu ihrer unfreiwilligen Beobachtung am nächtlichen Parkplatz der Reha-Klinik.

Kim war entsetzt. „Bist du sicher, dass es Leon war?“

Bukowski erklärte, dass es keinen Zweifel an den nackten Tatsachen von Leons Hintern zwischen den gespreizten Schenkeln einer Unbekannten gab.

„Was wirst du jetzt tun?“

Sie löste sich aus der Umarmung, straffte ihre Schultern und atmete tief durch. Dann sagte sie, dass sie ihr Versprechen, bis zum Ende von Leons Reha-Aufenthalt auf seinen Sohn aufzupassen, auf alle Fälle einhalten würde. Schließlich konnte Noah nichts für den Fehltritt seines Vaters, und sie würde sich hüten, den Konflikt über ein Kind auszutragen.

„Und dein ... ich meine euer Kind? Wirst du ...“

„Ich werde es bekommen“, sagte Bukowski stolz. Gestern in der Badewanne hatte sie lange darüber nachgedacht. Das Gefühl der Verbundenheit mit dem winzigen Lebewesen, das da in ihr heranreifte, hatte wie ein warmes Rieseln von ihr Besitz ergriffen. Es stärkte sie, es gab ihr Mut.

„Was sagt Leon dazu?"

„Er weiß nichts davon", sagte Bukowski und sah Kim eindringlich an. „Und das soll auch so bleiben, hörst du?"

Kim nickte. „Hat er sich wenigstens entschuldigt?"

Bukowski lachte bitter auf. Sie erzählte von seinen zweiundzwanzig WhatsApp-Nachrichten, den siebzehn Anrufen und drei Mails. „Er kann natürlich nichts dafür", sagte sie mit unverhohlenem Spott. „Diese Physiotherapeutin hat sich ihm an den Hals geworfen. Er war praktisch gezwungen, sie zu vögeln."

Kim lachte – ein wissendes Frauen-Lachen, bei dem das verächtlich ausgesprochene Wort „Männer!" im Geiste mitschwang.

Bukowski fiel in das Gelächter ein, und obwohl es ihr Herz nicht wärmte, war es natürlich besser als Tränen zu vergießen.

„Lass ihn nur schmoren", sagte Kim. „Aber brich nichts vom Zaun. In ein paar Tagen wirst du schon wissen, ob du ihm verzeihen kannst."

„Verzeihen?", schnappte Bukowski. „Dass er mich betrogen hat? Mit der Erstbesten? Nur vier Tage nach seinem Heiratsantrag?"

„Verzeihen", sagte Kim. „So wie ich vor zwanzig Jahren Marks Vater verziehen habe. Er hatte auch eine andere. Wir haben uns ausgesprochen und es ein zweites Mal versucht."

Bukowski starrte ihre Freundin fragend an. „Aber ..."

„Du hast recht, letztlich hat es auch mit dem zweiten Anlauf nicht geklappt. Trotzdem war ich froh, dass ich das mit dem Verzeihen hingekriegt habe." Kim lächelte versonnen. „Sonst hätte ich mir das Nichtverzeihenkönnen womöglich ein Leben lang nicht verzeihen können."

Bukowski zuckte mit den Schultern. Das Kapitel Leon sei für sie erledigt, sagte sie zu Kim. Ein für alle Mal. Und sie sei froh darüber, dass ihr die Augen in diesem frühen Stadium geöffnet wurden, nicht erst nach Jahren.

Für sich dachte sie, dass sie Leon vielleicht doch nicht genug liebte. Nicht mit der Höchstpunktezahl zehn, mit der sie Gregor geliebt hatte, sondern höchstens mit acht. Achteinhalb? Und dass man vielleicht nur im Fall einer Zehnerliebe verzeihen konnte.

„Und wenn er sich ändert?“, fragte Kim. Aus der Art, wie sie eine ihrer widerspenstigen Locken um den Finger zwirbelte, schloss Bukowski, dass sie ihre Nase zu gern in die Angelegenheit hineinstecken würde. „Weißt du, ich könnte ...“

„Untersteh dich und rede mit ihm darüber!“, sagte Bukowski scharf. Sie warf Kim einen drohenden Blick zu und schnaubte. Mitgefühl war etwas Wunderbares. Tröstende Arme und die Ohren eines Menschen, der zuhörte. Dafür war sie ihrer Freundin dankbar. Aber es gab eine Grenze, die gewahrt werden musste. Niemand wurde gern überrollt. Auch nicht, wenn es gut gemeint war. Am allerwenigsten, wenn es gut gemeint war! „Einmischungen aller Art verbitte ich mir, ist das klar?“

Kim hob abwehrend ihre Hände. „Keine Angst, ich werde Leon nicht den Kopf waschen.“ Sie lächelte hintergründig. „Das besorgt ohnehin schon jemand anderes.“

Bukowski hob fragend die Brauen. Aber sie musste sich gedulden, bis Noah seinen Mittagsschlaf hielt und Kim Fencheltee zubereitet hatte, für Bukowski und das winzige Wesen in ihrem Bauch. Sie selbst trank Kaffee.

Nach der zweiten Tasse legte Kim los. Bei ihrem heutigen Besuch bei Geronimo war es um einen Vortrag zum Thema *Schamanische Kräfte und Leadership* gegangen, mit dem Untertitel *Schamanisches Business-Coaching für Führungskräfte und Unternehmer*. Zwei Stunden hatten Geronimos Ausführungen gedauert, danach hatte er den acht Teilnehmern Übungen gezeigt, die ihre persönliche Komfortzone aufzeigen sollten.

„Aha“, sagte Bukowski.

„Die Komfortzone eines Menschen ist das Feld der einzementierten Gewohnheiten in seinem Denken und Tun“, erklärte Kim. „Geronimo hat uns verschiedene Möglichkeiten gezeigt, sie zu verlassen und mit Hilfe von Zahlen in den Hyperraum zu gelangen, also in die neunte bis zwölfte Dimension.“

Bukowski runzelte die Stirn und schluckte ihr zweites Aha hinunter.

„In diesem Raum ohne Absicht und Information, der quasi einem Null-Punkt-Feld entspricht, kann alles entstehen, von utopischen Unternehmenszielen wie dem Weg zur ersten Umsatz-Milliarde bis zu persönlichen Zielsetzungen wie der Verdreifachung des eigenen Gehalts.“

Bukowski schwieg. Sie dachte an eine Begegnung im Zug von Wien nach Innsbruck vor vielen Jahren. Ein alter Mann hatte in einer slawisch klingenden Sprache eine halbe Stunde lang auf sie eingeredet, als wollte er ihr seine Lebensgeschichte erzählen. Damals hatte sie genauso viel verstanden wie jetzt.

„Mit Hilfe eines erfahrenen Business-Schamanen wie Geronimo und seines Quantenpanorama-Coachings kann jeder Seminarteilnehmer sein persönliches Ziel schrittweise umsetzen“, fuhr Kim fort.

„Interessant", sagte Bukowski. „Wieso gibt es eigentlich noch Konkurse, wenn das so einfach ist? Und so viele Schlechtverdiener?"

Kim lachte. Dann setzte sie eine ernste Miene auf. „Das Ganze ist sinnfreies Blabla, gespickt mit zeitgeistigen Vokabeln. Es geht einzig und allein darum, den Verkauf von Geronimos DVDs anzuheizen und den Seminarteilnehmern Einzelcoaching-Sitzungen schmackhaft zu machen."

„Also ist der Typ doch ein Scharlatan?"

Kim seufzte. „Ganz so einfach ist es nicht. Geronimo kann ja was, wenn er will." Sie nahm einen Schluck Wein. „Auf alle Fälle ist er ein guter Geschäftsmann. Und er kassiert nur Leute ab, die es sich leisten können. Denen er damit nicht schadet und die ihm einen angenehmen Lebensstil ermöglichen."

„Tja", sagte Bukowski. „Scharlatan oder nicht, mir kann das jetzt vollkommen egal sein." Wenn sie mit Leon fertig war, dann erst recht mit den Problemen, die seine Exfrau betrafen.

Kim nickte. „Aber vielleicht interessiert dich, was nach dem Seminar passiert ist?" Sie erzählte, dass sehr viel Grüntee getrunken worden sei. So viel, dass sie dringend aufs Klo musste, bevor sie sich auf den Heimweg machte. „Das Klo ist im ersten Stock des Michlmayer-Hauses. Und weil es ein großes Haus ist und ich einen schlechten Orientierungssinn habe, habe ich mich auf dem Rückweg verlaufen. Da habe ich Geronimo und seine Freundin zufällig miteinander reden hören."

„Du meinst, du hast sie belauscht? Gebhard Michlmayer und Anne?"

„Belauscht!", schnaubte Kim. „Wie das klingt! Ich habe mitbekommen, dass jemand weint, und da bin ich eben hellhörig geworden. Anne war vollkommen aufgelöst, angeblich weil sie kurz vorher mit Leon telefoniert hat. Und dann habe ich Geronimo sagen hören, dass er es diesem Saukerl schon zeigen wird. Dabei hat er die Fäuste geballt. So ungefähr." Kim nahm eine aggressive Pose ein.

„Bist du sicher?"

„Hundertprozentig sicher. Geronimo wird Leon zur Rede stellen, das hat er Anne versprochen. So wie er es gesagt hat, glaube ich aber eher, dass er ihm die Fresse polieren will."

„So, so." Bukowski zuckte mit den Schultern. Sie hätte wetten mögen, dass Gebhard Michlmayer das nur so dahingesagt hatte. Die meisten Drohungen blieben reine Verbalattacken. Nichts als heiße Luft. Und sollte es tatsächlich zu einer Ohrfeige kommen, dann war das eben Pech für Leon. Mitleid konnte sie jedenfalls keines aufbringen.

„Findest du, dass wir ihn warnen sollten?"

Bukowski schüttelte den Kopf.

„Kann ich verstehen", murmelte Kim. „Verdient hat er es."

Noah, der seinen Mittagsschlaf für beendet erklärte, kam angetapert, seine beiden Schweinchen im Schlepptau. Er war erst zufrieden, als Kim den niedlichen Wa-gusch ausgiebig gestreichelt und bewundert hatte. „Und wie geht's Ilse?", fragte sie.

„Schon viel besser", sagte Noah.

Und wirklich. Die Tablette und die Anwesenheit eines Gefährten hatten Wunder bewirkt.

„Die zwei Schweinchen mögen sich", flüsterte Bukowski erleichtert, als sie die beiden beim Austausch von Zärtlichkeiten beobachtete.

„Du untertreibst", sagte Kim. „Wenn du mich fragst, sind sie schwul."

„Ist doch egal", sagte Bukowski. „Hauptsache es geht ihnen gut und Noah hat seine Freude mit ihnen."

„Von wegen egal. Weißt du, was die beiden für Glück haben?" Kim grinste hinterhältig. „Die können es hemmungslos miteinander treiben und müssen nicht aufpassen."

Bukowski lachte leise. Dann umarmte sie Kim und drückte ihr einen Kuss auf die Wange. „Danke!"

Mochte ihr Leben auch drunter und drüber gehen, sie hatte bestimmt die beste Freundin der Welt. Immer da, wenn es darauf ankam. Immer bereit, mitanzupacken oder einfach zuzuhören. Darüberhinaus der verlässlichste Stimmungsaufheller, den man sich vorstellen konnte. Ein nebenwirkungsfreier Stimmungsaufheller, dachte Bukowski – froh, dass sie schon seit Monaten kein Antidepressivum mehr nehmen hatte müssen, und voll Hoffnung, dass sie auch diese Krise ohne Chemie durchstehen würde.

17

Weiter im Text, dachte Leon. Er saß auf dem winzigen Balkon seines Patientenzimmers, verdrängte die Lust, eine zweite Zigarette zu rauchen, und bemühte sich, mehr über Birgit Ladstätter herauszufinden. Das Dumme war, dass er am Walderberg festsaß und sich auf das Internet beziehungsweise auf Telefonate beschränken musste. Und das war nun einmal nicht dasselbe wie Vor-Ort-Recherche.

So wäre das Gespräch mit Rotlippchens Eltern bestimmt ergiebiger gewesen, wenn er deren Mimik und Gestik sehen hätte können.

Birgits Mutter, eine Deutschlehrerin, zeichnete sich nicht gerade durch Redseligkeit aus. Nur eines konnte Leon aus Sissi Ladstätter herauskitzeln: dass sie zwar mit dem Schlimmsten – dem baldigen Tod ihres einzigen Kindes – gerechnet hatte, nicht aber damit, dass Birgit diesen Tod selbst in die Hand nehmen würde. Aber welche Mutter rechnete schon mit so was?

Mit Mord vermutlich noch weniger, dachte Leon und hütete sich, seinen Verdacht zu äußern.

Anders als seine Frau hörte sich Birgits Vater, ein pensionierter Rundfunktechniker, überaus gern reden. Leon versuchte, aus dem detailverliebten Geschwafel irgendetwas Bedeutsames herauszufiltern. Erfolglos. Was seine Tochter wirklich interessiert hatte, wie ihre Hoffnungen aussahen, ihre Sorgen oder Ängste – dazu konnte Rudi Ladstätter herzlich wenig beitragen. Immerhin erfuhr Leon, dass Birgits Beziehung kurz nach ihrer Krebsdiagnose auseinandergegangen war und sie seither allein gelebt hatte. Und er erhielt die Telefonnummer ihres ehemaligen Lebensgefährten, eines gewissen Peter Keller.

Keller, der Betriebswirtschaft und Psychologie studiert hatte, war Human Resource Manager bei Novartis. Birgit hatte er bei einem Tanzturnier kennengelernt. Fünfzehn Jahre hatten sie zusammengelebt. Eine gute, nein, eine besondere Beziehung sei es gewesen, sagte Keller, auch wenn sie sich geeinigt hätten, nie zu heiraten und keine Kinder zu bekommen.

„Wir waren beide beruflich ziemlich eingespannt, müssen Sie wissen. Und die spärliche Freizeit wollten wir miteinander genießen, ohne Familienstress und Kindergeschrei. Wir hatten einige gemeinsame Interessen – das Tanzen vor allem, aber auch gute Weine und gehobene Küche. Es waren wunderbare Jahre", schwärmte Keller. „Birgit war die Liebe meines Lebens."

„Warum dann die Trennung?", fragte Leon. Warum hast du die Liebe deines Lebens fallen lassen wie eine heiße Kartoffel, als sie dich mit ihrer Krankheit konfrontierte?, dachte er bei sich.

„Ehrlich gesagt verstehe ich das bis heute nicht ganz." Kellers Stimme klang abgehackt, und Leon begriff, dass der Mann weinte. „Nach der Diagnose Glioblastom Klasse III hat Birgit gegoogelt, wie groß ihre Überlebenschancen sind. Durchschnittlich siebzehn Monate, hieß es bei Wikipedia. Aber Birgit wusste auch, dass es Ausnahmen gibt. Wunder. Sie sah eine Chance, die Winzigkeit einer Chance, im Falle eines Neustarts. Wenn sie es schaffen würde, ein völlig neues Leben zu beginnen, würde vielleicht das Wunder geschehen. So hat sie es mir erklärt." Keller atmete schwer. „Ich wäre gern bis zum Schluss mit ihr gegangen. Aber für mich war leider kein Platz mehr in ihrem neuen Leben."

„Sie hat Schluss gemacht?" Von wegen heiße Kartoffel! Leon schämte sich für seine Vorurteile.

„Wahrscheinlich hat sie diesen Rundumschlag gebraucht, um mit der Diagnose fertig zu werden", fuhr Keller fort. „Sie hat nicht nur mich abserviert, auch ihre Freundinnen. Sie hat gekündigt, ist aus unserer gemeinsamen Wohnung ausgezogen, hat ihren Hausarzt gewechselt und die Ernährung auf makrobiotisch umgestellt. Hat mit Yoga begonnen und Bücher über Buddhismus gelesen, obwohl Religion vorher kein Thema für sie war. Und so weiter – da ist kein Stein auf dem anderen geblieben."

„Hat es ihr geholfen?"

„Wie man es nimmt. Immerhin hat sie fast vier Jahre geschafft. Das kann man schon als kleineres Wunder betrachten."

„Standen Sie noch in Kontakt mit ihr?"

Keller bejahte. Sie hätten regelmäßig miteinander telefoniert. Nach einer Phase des Stillschweigens sei es ihnen gelungen, Freunde zu bleiben. Vertraute. Auch während ihres Reha-Aufenthaltes habe Birgit ihn zwei-, dreimal angerufen.

„Dann wissen Sie vielleicht, ob es einen neuen Mann in ihrem Leben gab?"

„Wenn Sie eine feste Beziehung meinen, nein. Bestimmt nicht. Kurze Affären gab es sicher. Birgit war eine ausgesprochen attraktive Frau, und seit ihrer Erkrankung brauchte sie wohl auch die Bestätigung, dass sie noch begehrenswert war. Sexy. Lebendig." Obwohl Keller ihr Verhalten nicht bewertete, klang seine Stimme doch verletzt. Sie erinnerte Leon schmerzhaft an Carlas Blick durch das Autofenster, diesen Blick eines tödlich getroffenen Schwans. Nein, Keller hatte Rotlippchen nicht vergeben, die Trennung nicht und die anderen Männer erst recht nicht.

„Und in letzter Zeit?"

„Sie meinen, ob sie einen Lover in der Reha-Klinik hatte?“ Stille kehrte ein. Entweder dachte Keller darüber nach, was er wusste, oder wie viel er preisgeben sollte. „Ich glaube, es gab zwei oder drei Männer, mit denen sie geflirtet hat. Einer soll besonders galant gewesen sein und ihr kleine Geschenke gemacht haben. Ein Verehrer der altmodischen Sorte.“

„Ihr Neurologe? Dr. Huber-Marini?“

„Keine Ahnung, den Namen hat sie nicht erwähnt.“ Keller seufzte. „Vielleicht hat sie ihn auch erwähnt und ich habe ihn verdrängt. Sie müssen verstehen, dass ich nicht besonders scharf auf ihre Bettgeschichten war.“ Er lachte bitter auf. „Jedenfalls soll sich dieser altmodische Typ ernsthaft in sie verliebt haben. Daraufhin hat sie ihn eiskalt abserviert, wie mich damals.“

„Und hat sich lieber einem anderen Flirtpartner zugewandt?“, fragte Leon. „Einem, mit dem sie unkomplizierten Sex haben konnte?“

„Was weiß ich“, sagte Keller ungehalten. „Schon möglich.“

Das restliche Gespräch verlief mühsam. Leon musste dem HR-Manager jedes einzelne Wort aus der Nase ziehen.

Nein, Birgit habe nichts von Unregelmäßigkeiten in der Reha-Klinik erzählt. Schon gar nicht von Skandalen.

Ja, sie sei als Staatsanwältin mit Betrugsgeschichten, Bestechungen, Geschenkannahme und Ähnlichem konfrontiert gewesen. Aber seit sie den Job an den Nagel gehängt habe, sei bei ihr jedes Interesse an juristischen Fragen erloschen.

Und schließlich: Ja, dass es Suizid war, könne er sich durchaus vorstellen. Nicht dass die frühere Birgit das getan hätte, die Birgit, mit der er zusammengelebt hatte. Doch seit der Diagnose habe sie sich grundlegend geändert. Zur neuen Birgit hätte ein Suizid gepasst.

Leon bedankte sich und beendete das Gespräch. Er massierte sein Ohrläppchen, das heiß geworden war. Es kam ihm so vor, als sei er einen winzigen Schritt vorwärtsgekommen und zwei Schritte zurückgefallen. Irgendetwas passte nicht zusammen. Wenn Peter Keller die Wahrheit gesagt hatte, wie war dann die Mail an Huber-Marini zu verstehen? Hatte Rotlippchen ihre Meinung geändert und beschlossen, mit Paulchen Panther einen Neustart zu wagen? Und hatte sie das ihrem Expartner verschwiegen, um ihn nicht noch mehr zu kränken?

Oder Keller war der Lügner. Vielleicht hatte sie es ihm erzählt und er war eifersüchtig geworden?

„Vielleicht hat *er* sie ...", murmelte Leon. War das überhaupt machbar? Konnte jemand von außerhalb in der Reha-Klinik eingedrungen sein? Am helllichten Nachmittag?

Ja. Natürlich. Gerade am Nachmittag.

Aber woher hätte ein Nicht-Mediziner wie er die Medikamente nehmen sollen?

Novartis, dachte Leon. Peter Keller war HR-Manager in einem großen Pharmaunternehmen! Wenn jemand mit links an Medikamente kommen konnte, dann er.

Mensch! Der Typ hatte sowohl ein Motiv als auch die Möglichkeit gehabt, den Mord zu begehen! Und damit nicht genug. Um seine Rache perfekt zu machen, schob er die Tat seinem Kontrahenten Huber-Marini in die Schuhe, indem er die leere Infusionsverpackung in dessen Dienstzimmer deponierte.

Leons Finger trommelten aufgeregt auf der Tischplatte. Dann tippte er alle Fakten in sein Notebook, fügte seine Interpretation dazu und auch die Schwachpunkte seiner Theorie.

Denn auch die gab es: Warum sollte Peter Keller seine große Liebe ermorden? Weil er nicht wollte, dass jemand anders die Frau bekam, die er nicht mehr haben konnte? Das war zwar denkbar, aber ein furchtbar melodramatisches Motiv. Hätte er im Fall von Eifersucht nicht besser Paul Huber-Marini um die Ecke gebracht?

Leon speicherte seine Notizen und schickte sie an Carla. Die dazugehörige Mail geriet zu einer herzzerreißenden Entschuldigung, in der er sich als Scheißkerl bezeichnete, der einen schweren Fehler gemacht hatte. Einen Fehler, den er zutiefst bereute. Als er den Text nochmals überflog, hatte er Tränen in den Augen. Sie musste ihm einfach verzeihen, wenn sie das las.

Wenn. Sie es las.

Aber weil Carla neugierig war, hoffte er darauf. Natürlich würde sie ihn noch ein, zwei Tage schmoren lassen. Er hatte es nicht anders verdient.

Noch während er darüber nachdachte, vibrierte das Handy in seiner Hosentasche. Er zog es heraus und las den Namen am Display. Ein warmer Schauer lief über seinen Rücken. Carla. Gott sei Dank. Also ließ sie ihn doch nicht schmoren!

„Carla! Schatz!“ rief er so enthusiastisch, als hätte er den Lottojackpot geknackt.

„Hallo Papa!“

„Ach du bist es, mein Großer!“, sagte er. Als ihm auffiel, wie enttäuscht seine Stimme klang, hätte er sich ohrfeigen mögen. War er wirklich so ein miserabler Vater?

Zum Ausgleich hörte er sich geduldig an, was Noah alles erlebt hatte. Vom Besuch beim Tierarzt bis zum

Kauf von Wa-gusch. Er erfuhr, dass es Tierquälerei sei, wenn man nur ein Meerschwein halte, dass Ilse seine Zauberpillen am liebsten mit Gurke fresse und dass es ihm jetzt schon viel besser gehe.

„Ihm?"

„Ja, stell dir vor", Noah senkte die Stimme zu einem Flüstern, „Ilse hat einen Pimpi! Der ist rosa und ganz winzig, aber er wächst bestimmt noch, sagt der Doc."

„Bestimmt. Und die beiden Schweinchen haben sich lieb?"

„Und wie! Ganz ohne Streit!"

Dass Noah Liebhaben und Streiten in einen Zusammenhang brachte, versetzte Leon einen Stich. Unglaublich, was Kinder alles mitbekamen.

Er bat ihn, Ilse und Wa-gusch zu fotografieren und ihm die Fotos zu schicken. „Carla leiht dir doch bestimmt ihr Handy, wenn du sie ganz lieb bittest." Er senkte die Stimme. „Glaubst du, du kannst sie mir mal geben, mein Großer?"

„Nein, Carla tut nicht mit dir reden. Du hast sie sauer gemacht."

„Ja, das war wirklich blöd von mir! Gestern war kein guter Tag. Dich habe ich auch erschreckt, als ich das mit den Raben gesagt habe. Dabei war das nur ein dummer Witz. Und es tut mir sehr leid, dass ich dich damit zum Weinen gebracht habe."

„Schon gut, Papa. Ich hab dich auch lieb."

„Ach, Noah. Du fehlst mir so sehr!" Eine feuchte Salzigkeit sammelte sich in Leons Augenwinkeln. Teufel nochmal, dachte er. Du bist ein miserabler Vater, aber gefühlsduselig wie eine alte Jungfer unterm Weihnachtsbaum.

„Du, Papa?"

„Ja, mein Großer?"

„Wenn es bei Meerschweinen Tierquälerei ist, wie heißt es dann bei mir? Menschquälerei?“

„Was meinst du? Heißt das ...“ Leon schluckte. „Heißt das, du wünschst dir ein Geschwisterchen?“

„Lieber einen Bruder!“, sagte Noah bestimmt.

„Ja, also mal schauen, was Carla dazu sagt. Ich meine, wenn sie wieder mit mir spricht.“

„Ihr müsst ja nicht reden. Nur küssen.“ Zum Abschied schickte Noah einen lauten Schmatz durchs Telefon.

Kaum hatte Leon das Handy in der Hosentasche verstaut, war es mit seiner Beherrschung vorbei. Er weinte und konnte lange nicht damit aufhören. Selbstmitleid – das volle Programm.

Zum Glück riss ihn lautes Knurren aus diesem See der Larmoyanz. Sein Magen rief ihn zur Ordnung. Kein Wunder, er hatte seit gestern Abend nichts mehr gegessen. Zehn vor zwei, sagte ein Blick auf die Uhr. Inzwischen hatte er auch das Mittagessen verpasst. Vielleicht konnte er in der Cafeteria einen kleinen Snack ergattern?

Er konnte, wurde aber von der dicken Anita gesichtet. Sie schielte auf seinen Toast und fragte augenzwinkernd, was sein verdorbener Magen mache? Es blieb ihm also nichts anderes übrig, als zu lächeln und zu sagen, dass der Schwarztee wahre Wunder bewirkt habe. Es gehe ihm wieder so gut, dass er sogar Appetit habe und ab sofort wieder alle Therapien absolvieren werde.

Nachmittags standen nur ein Gehtraining mit Grit und eine Physiotherapiestunde mit Nadine auf dem Programm. Ausgerechnet Nadine! Er wäre ihr liebend gern aus dem Weg gegangen, aus Feigheit, wie er sich eingestehen musste.

Nein, das tust du nicht, dachte er. Du gehst hin und sagst ihr, wie die Dinge stehen. Klartext – nicht mehr, nicht weniger.

Es war dann halb so schlimm. Nadine war die Angelegenheit mindestens so peinlich wie ihm selbst. „Tut mir leid, wenn ich dir was verpatzt habe. Das wollte ich nicht", sagte sie und in ihrer Stimme schwang aufrichtiges Bedauern mit. Sie hatte Leons Freundlichkeit als erotisches Interesse fehlinterpretiert. Da sie sich nach einer schwierigen Trennung jahrelang völlig abgekapselt hatte, wollte sie endlich wieder aus ihrem Schneckenhaus herauskrabbeln und sich verlieben. Auf Teufel komm raus flirten. Etwas riskieren. Zu diesem Zweck hatte sie sogar die Geschichte mit dem Skandal erfunden, als sie erfuhr, dass Leon Journalist war. Ein Köder, der ihr den ersehnten Fisch ins Netz treiben sollte.

Es hatte geklappt, und jetzt hätte sie es gern rückgängig gemacht. Sie war keine Frau, die sich in bestehende Beziehungen drängte.

Auch Leon entschuldigte sich. Er hatte es verabsäumt, eine Grenze zu ziehen, und war daher mindestens genauso schuldig an allem, was passiert war.

Als er feststellte, dass die Hürde genommen war, überkam ihn eine ungeheure Erleichterung. Den Rest der Stunde bemühte er sich, alle Übungen zu Nadines Zufriedenheit auszuführen. Auch sie bemühte sich. Es gab keine Dekolleté-Peinlichkeiten, keine feurigen Blicke oder zweideutigen Anspielungen.

Kurz vor Schluss berührte Nadine ihn am Arm. „Der Schlüssel – hast du ihn ..."

„Wieder zurückgelegt. Gefunden habe ich auf den ersten Blick nichts Aufregendes. Aber das weißt du ja."

Nadine errötete.

„Dafür waren die Fotos umso aufschlussreicher." Er warf ihr einen prüfenden Blick zu. „Danke dafür!"

„Welche Fotos?" Wenn ihre Ahnungslosigkeit gespielt war, verdiente sie einen Oscar für diese Leistung. Aber nein, sie spielte nicht. Sie hatte wirklich keinen blassen Schimmer, wovon er sprach.

Er erzählte ihr von dem Kuvert, das jemand unter seiner Tür durchgeschoben hatte. Und von der Kanüle in Rotlippchens Zimmer – der leider von Walburga Marini konfiszierten Kanüle.

„Meine Güte", flüsterte Nadine. „Das heißt ja, dass es Mord war. Und dass sowohl Paul als auch Walburga dafür in Frage kommen."

Leon nickte. „Oder beide zusammen. Oder ..." Er berichtete von seinem Gespräch mit Peter Keller, Rotlippchens ehemaligem Lebensgefährten. „Ihm zufolge hatte die gute Birgit mindestens zwei Liebschaften hier im Haus. Und sie war nicht an einer dauerhaften Beziehung interessiert, ganz im Gegenteil zu dem, was sie in dieser Mail behauptet, die ich in Pauls Mailfach gefunden habe. Das heißt ..."

„Warte!", funkte Nadine dazwischen. „Lass mich raten!" Sie legte ihre Handflächen an die Wangen, als würde sie ihr Feuermal zum Krafttanken benutzen. „Irgendjemand hat gelogen. Wir müssen nur herausfinden, wer. Wenn Birgits Ex gelogen hat, und Birgit sehr wohl an einer Beziehung interessiert war, ist er selbst verdächtig."

„Vielleicht hat er ja nicht gelogen, sondern bloß nicht alles gewusst. Oder sie hat ihre Meinung geändert."

„Auch eine Möglichkeit, aber viel weniger prickelnd", konterte Nadine. „Noch interessanter wäre aber, wenn er recht hätte. Wenn es tatsächlich noch einen Liebhaber gab. Einen eifersüchtigen Liebhaber vielleicht?"

„Bravo." Leon applaudierte. „An dir ist ja eine Detektivin verloren gegangen."

Aber so sehr sie auch rätselten, sie hatten beide keine Idee, um wen es sich bei Rotlippchens zweitem Verehrer handeln könnte.

Das Gehtraining wurde von Grit geleitet, einem Energiebündel mit niederländischen Wurzeln. Sie war Anfang dreißig, hatte ihr weißblondes Haar zu zwei Zöpfen à la Pippi Langstrumpf geflochten und die Ärmel ihres karierten Flanellhemdes unternehmungslustig hochgekrempelt. Da der Regen ausnahmsweise eine Pause eingelegt hatte, lotste Grit ihre Gruppe ins Freie. Ihrem überschäumenden Temperament zum Trotz war „langsam" Grits Lieblingswort, und das von ihr angeschlagene Gehtempo war noch langsamer. Da die Gruppe zur Hälfte aus Parkinson- und MS-Patienten in fortgeschrittenen Krankheitsstadien bestand, hatte das auch seine Berechtigung.

„Gehen ist nicht nur das Beste für unsere allgemeine Gesundheit, es fördert auch die Kreativität", sagte Grit. Sie hielt den dicken Ferdinand Bär, der mit Riesenschritten an ihr vorbeieilen wollte, an seinen Hosenträgern zurück. „Und zwar langsames Gehen!", sagte sie.

„Aber ich muss doch die Gunst der Stunde nutzen, wenn der Parki mich ausnahmsweise lässt", maulte Bär zurück.

„Langsam und kontrolliert", wiederholte sie, grinste ihn an und ließ ihre Walkingstöcke rhythmisch auf den Asphalt klackern. Unter ihrer Jogginghose zeichneten sich stramme Waden ab, die auf häufiges Bergwandern, Joggen und Schlimmeres schließen ließen. „Eine amerikanische Studie hat bewiesen, dass Leute nach einem Spaziergang an der frischen Luft doppelt so kreativ waren wie die Testgruppe, die zu Hause geblieben ist." Sie sah sich um, registrierte ungläubige Gesichter und lachte. „Na? Hat schon jemand einen Geistesblitz gehabt?"

„Nein, aber einen Mordshunger hab ich", nuschelte Bär und drückte eine Hand in seinen Kugelbauch, der ihm tatsächlich die Freude machte und laut knurrte.

Leon lachte. Er mochte den Dicken, der bei den Mahlzeiten neben ihm am Tisch saß und mit seinem Humor und seiner Schlagfertigkeit für Unterhaltung sorgte. Bevor er ihn daran erinnern konnte, dass er erst kürzlich eine halbe Packung Schwedenbomben verdrückt hatte, fiel ihm etwas ein. Vielleicht kein Geistesblitz, aber zumindest eine Antwort.

Die ganze Zeit hatte er sich den Kopf zerbrochen, was er bei seinen bisherigen Recherchen übersehen hatte. Und jetzt wusste er es: Nicht das *Über*sehene war das Problem, sondern das *Ge*sehene: die Kanüle auf einem frisch gereinigten Boden in einem akribisch aufgeräumten Zimmer; die Medikamentenverpackung in einer Schreibtischschublade, die im Übrigen keinerlei Medikamente enthielt; die so private, so verräterische Mail in einem Postfach, das eigentlich nur für Geschäftliches gedacht war.

Eine Inszenierung, dachte er. Nichts war, wie es schien.

Er musste herausfinden, wer Rotlippchens anderer Verehrer gewesen war. Ein Mann, den sie verschmäht und der sie aus Eifersucht umgebracht hatte, um es seinem Nebenbuhler in die Schuhe zu schieben? War es vielleicht derselbe, der ihm das Kuvert zukommen hatte lassen?

Als Grit zum Rückweg blies, meldete Leon sich ab. Er wolle den geistesblitzmäßig so ergiebigen Spaziergang ausdehnen, sagte er. Grit quittierte es mit einem begeisterten Lächeln.

Er ging eine große Runde, in seinem gewohnten Tempo und zu seiner Freude ganz ohne Schmerzen. Auf dem Rückweg gönnte er sich zur Belohnung ein Weizenbier im Köll. Als er zur Reha-Klinik aufbrach, war es längst dunkel.

Der SUV kam von vorn. Leon maß dem heranrasenden Wagen keine Bedeutung bei. Erst als er scharf abbremste, fiel ihm auf, dass etwas nicht stimmte. Ein mulmiges Gefühl machte sich in seinem Magen breit, ein Gefühl, das er nicht näher benennen konnte.

Das Gesicht des Fahrers erkannte Leon sofort. Er erschrak. Verspürte den dringenden Impuls, wegzurennen, aber seine Beine gehorchten nicht. Sie hatten sich in eine gallertartige Masse verwandelt, eine unkontrollierbare Masse. Sein ganzer Körper schien sich verflüssigt zu haben, und Leon spürte ihn nicht. Er spürte nur, dass er schwitzte.

Hilflos wie eine gestrandete Qualle musste er mitansehen, wie der SUV-Fahrer ausstieg; wie er mit großen Schritten auf ihn zukam; wie seine rechte Faust auf Leons Nase zuflog. Der faszinierendste Anblick war die Explosion in seinem Kopf: weißglühend mit roten Rändern, eine Supernova, schön und schrecklich zugleich.

18
8. April

Heute Nacht wird es klappen, denkt Alice und schaut auf die Uhr. Zwanzig nach drei. Sie fühlt sich wach und fit, weil sie ihre Pillen nicht genommen hat. Kaum war die Schwester wieder draußen, hat sie sie ausgespuckt und in der mittleren Schublade des Kleiderschranks versteckt. Dort lagern auch die Injektionen, die sie im Fall eines epileptischen Anfalls braucht. Besser gesagt, sie lagerten dort. Jetzt sind sie nicht mehr da, irgendjemand muss sie gestohlen haben. Oder hat Alice selbst sie verlegt?

Aber sie hat keine Zeit, sich darüber den Kopf zu zerbrechen. Sie muss jetzt los.

Als sie wenig später in Strümpfen durch die fahlgelbe Meerenge gleitet, ist sie froh, dass sie nicht den Bleistiftrock angezogen hat. Die Marlenehose lässt ihr viel mehr Beinfreiheit. Und Beinfreiheit wird sie brauchen, wenn sie sämtliche dräuenden Gefahren glücklich umschiffen will.

„Es gibt Gezeiten im Geschick der Menschen, die, wird die Flut genutzt, zum Glück hinführen, wird sie verfehlt, so bleibt des Lebens Reise in Untiefen und Widrigkeiten stecken“, flüstert Alice. Sie ist fest entschlossen, auf der hohen Woge zu schwimmen; die Strömung zu nutzen, wenn sie naht; nicht zu scheitern! Diesmal nicht.

Einen Moment ist sie versucht, mit dem Aufzug zu fahren. Aber das Geräusch des Liftes könnte Hekate auf den Plan rufen, die ungeliebte Nachtschwester mit der Hakennase einer Oberhexe, die nichts lieber täte, als Alice zu packen und zu fressen. Unsinn, denkt sie.

Nicht fressen. Aber ins Bett stecken und angurten, was viel demütigender ist.

Also doch den Flur entlang zum Treppenhaus. Alice segelt glücklich fort, niemand hält sie auf, weder Hekate noch ihr Galan, dieser bocksbärtige Incubus, der die Göttin der Hexerei jede Nacht heimsucht.

Vielleicht erbebt sie schon in seinen Armen und ist deshalb blind und taub für eventuelle Fluchtbewegungen, denkt Alice und unterdrückt ein Kichern.

Ein kühles Lüftchen weht im Treppenhaus, beschwingt gleitet sie hinab, bis sich ihr plötzlich eine Bestie in den Weg stellt: eine Harpyie!

Alices Herz schlägt bis zum Hals. Sie hebt die Stilettos, die sie in den Händen trägt, wie Dolche über ihren Kopf, bereit sich zu verteidigen, sobald das unheimliche Vogelwesen seinen Hals nach ihr ausstreckt.

Einen Wimpernschlag später erkennt sie, dass es nur der Putzwagen ist! Kein mythologisches Ungeheuer und erst recht kein als mythologisches Ungeheuer verkleideter Luftgeist. Ob die Salmiakwolke, die den Wagen umhüllt, ihr Gehirn vernebelt hat?

Alice schüttelt den Kopf über ihre wirren Fantasien. Sie umrundet das Hindernis, will ihre Reise ins Parterre fortsetzen, da entdeckt sie den Putzmann. Er kommt die Treppe herauf, leise pfeifend und mit einem Lappen den Handlauf polierend. Wie Omar Sharif in jungen Jahren sieht er aus, ein schnurrbartloser Omar Sharif, den Blick hält er zum Glück gesenkt. Den Bruchteil einer Sekunde fragt sie sich, ob es wirklich Omar ist und sie sich mitten in einem Dreh befindet? Dann fällt ihr die Mission ein, das Ziel, und wieselflink weicht sie in den Korridor des ersten Stockwerks aus, bevor er sie entdeckt.

Er wirkt zwar so vertrauenerweckend wie Doktor Schiwago höchstpersönlich, aber wer weiß, was ihm einfällt, wenn sie ihm in die Arme läuft? Vielleicht leidet er an einem Helfersyndrom und bringt sie in ihr Zimmer zurück? Oder er ruft Hekate auf den Plan? Besser sie wartet an einem sicheren Ort, bis er mit seinem Putzwagen weitergezogen ist.

Die Meerenge duftet nach Zitrone, das Gelb schimmert eine Nuance freundlicher als im zweiten Stock. Niemand ist zu sehen, hinter den geschlossenen Türen scheint alles zu schlafen. Nur die Tür zum Pflegeartikellager steht einen Spalt offen. Ohne lang zu überlegen schlüpft Alice hinein.

Sie wartet fünf Minuten, zehn. Ob Omar schon weitergezogen und die Treppe ins Erdgeschoß jetzt frei ist? Vielleicht sollte sie doch lieber zu Plan B wechseln und es mit dem Lift versuchen?

Gerade will sie ihr Versteck verlassen, als sie das leise Quietschen einer Türklinke vernimmt, die langsam heruntergedrückt wird. Alice bleibt, wo sie ist, und spitzt die Ohren. Nach einer kleinen Pause hört sie die gedämpften Schritte eines Menschen. Ein Mann mit grobem Schuhwerk, der versucht, wie ein Indianer zu schleichen. Aber da ist noch etwas. Ein schleifendes Geräusch, das sie nicht einordnen kann.

Vorsichtig lugt sie durch den Türspalt.

Mit dem ersten Teil ihrer Vermutung hat sie recht: Der Mann schleicht, so gut es geht. Er trägt einen schwarzen Regenmantel, dessen Kragen hochgeklappt ist, außerdem einen Schal, der Mund und Kinn verbirgt, und einen Hut, den er tief in die Stirn gezogen hat. Seine Augen- und Nasenpartie liegt im Schatten der Krempe, weshalb Alice nicht erkennen kann, wer er ist. Er müht sich mit einer schweren Last, einem zusammengerollten, mit einem Gürtel verschnürten Teppich. Er scheint es eilig zu haben und schleift die Teppichrolle in Richtung Aufzug. Als er ihr Versteck passiert hat, bleibt Alice fast das Herz stehen. Am hinteren Ende klafft die Rolle etwas auseinander. Ein dunkler Gegenstand ragt heraus. Eindeutig ein Schuh. Ein Schuh, der sich noch an einem Fuß befindet.

Alice schlägt rasch die Hand vor den Mund, um ein Aufkeuchen zu unterdrücken. Im Teppich ist eine Leiche! Ein Zischen ist ihr dennoch entschlüpft, leise zwar, aber der Mann muss es gehört haben. Er dreht sich um, lauscht, scannt den Korridor.

Aber das ist doch der Pauli, denkt Alice und will schon nach ihm rufen. „Was machst du denn mit einem Toten im Teppich, Pauli?“, will sie fragen. Zum Glück gehorcht ihr Körper nicht. Eine Art Schockstarre hat sich Alices bemächtigt.

Der Pauli, der nichts Verdächtiges entdecken kann, geht inzwischen weiter. Vor dem Aufzug bleibt er stehen, blickt sich ein letztes Mal um, dann öffnet sich die Tür und er verschwindet mitsamt Teppich und Leiche im Lift.

Der Pauli, ein Mörder?, denkt Alice und bemerkt, dass ihre Zähne klappern. Auf wackligen Knien geht sie nachschauen, aus welchem Zimmer er gekommen ist.

Dienstzimmer Ärzte steht auf dem frisch polierten Plexiglasschild. Ein Lebkuchenherz mit der Aufschrift *Schön, dass es euch gibt* ist daran befestigt. Siedendheiße Angst steigt in Alice auf. Er wird doch nicht ... wird doch nicht die gute Walburga ...? Sie rauft sich das Haar. Schreckliche Fragen quälen sie. War es wirklich der Pauli, ihr Dingsda, den sie mit dem Teppich gesehen hat? Und hat sie sich mit dem Schuh und dem Fuß nicht getäuscht?

Plötzlich ist ihr schlecht. So schlecht und schwindlig, dass sie sich auf den Boden setzen muss. Aber der Boden ist eiskalt. Nebel ist aufgezogen, überall Nebel, vor allem in ihrem Kopf, und es regnet. Oder ist das nur in ihrem Gesicht?

Was macht sie hier eigentlich? Ein Mörder geht um. Sie muss wegrennen, bevor er zurückkommt.

In diesem Moment fällt es ihr wie Schuppen von den Augen. Natürlich, der Dreh! Sie drehen einen Thriller. Der Mann mit Hut ist Humphrey Bogart, der diesmal einen Schurken spielt, und Omar Sharif ist der verdeckte Ermittler. Vor Erleichterung muss Alice lachen. Laut lacht sie, lacht und lacht, bis ihr der Bauch wehtut. Einen kurzen Moment hält sie inne, fragt sich, welche Rolle sie eigentlich in diesem Film spielt? Das Mordopfer zum Glück nicht, denkt sie und lacht weiter, bis jemand sie grob an den Schultern packt und schüttelt.

„Frau Marini!", kreischt eine unangenehme Stimme. „Was machen Sie hier?"

Alice schüttelt die Hände der Regieassistentin ab und steht auf. „Ich warte auf meinen Auftritt, was sonst?" Schließlich ist sie die weibliche Hauptdarstellerin. Muss sie nicht noch geschminkt werden? „Können Sie mir mit dem Haar helfen?"

„Verrücktes Weib!" Der Mund der Assistentin ist ganz verzerrt, plötzlich bröckelt ihre Maske und Alice erkennt das Böse dahinter.

Hekate ist es, die Göttin der Hexen. Wieder einmal hat sie Alice überlistet! Sie packt sie und führt sie in ihr Zimmer, kleidet sie aus und steckt sie ins Bett. Dann löscht sie das Licht und geht.

Alice wartet eine Weile. Erst als sie sich sicher ist, dass Hekate nicht zurückkommt, steht sie auf und geht ins Bad. Sie gönnt sich einen Schluck aus dem Parfumflakon, den sie mit ihrem Lieblingswhisky, einem achtzehnjährigen Laphroaig gefüllt hat.

Wenig später – man mag es glauben oder nicht – fühlt sie sich wie ein schottischer Loch, über dem sich endlich die dicken Nebelschwaden auflösen: freier Blick auf den Himmel und die Bergkulisse rundherum!

Alice seufzt. Sie muss geträumt haben, den wirrsten aller Träume, und ist froh, erwacht zu sein. Gleichzeitig tut es ihr leid, dass sie wieder versagt hat. Wieder hat sie sich erwischen lassen, so ein Mist!

Nachdenklich tritt sie ans Fenster. Noch herrscht dunkle Nacht, obwohl sich in ersten hellvioletten Spitzen bereits die Dämmerung ankündigt. Wie ein versteinerter Gigant ragt der Schlafbaum der Raben ins Nachtblau. Seine Bewohner rühren sich nicht, vielleicht träumen auch sie gerade seltsame Dinge?

Als Alices Blick auf den Parkplatz fällt, sieht sie den Mann mit Hut wieder. Den hat sie also nicht geträumt. Von wegen Humphrey Bogart! Natürlich ist es der Pauli. Und natürlich trägt er keine Leiche im Teppich mit sich herum. Das war nur ein Trugbild, das ihr der Nebel in ihrem Gehirn vorgegaukelt hat!

Er sieht sich um, bevor er ins Auto steigt.

Das Mondlicht ist nicht besonders hell, aber hell genug, dass Alice Paulis Gesicht erkennen kann. Müde sieht es aus, und besorgt. Und obwohl er sich nicht mit einer Leiche abschleppt, ist sein Rücken gekrümmt und der Nacken vorgebeugt, als trüge er die Last der ganzen Welt auf seinen Schultern.

Armer Pauli, denkt Alice. Quält Walburga dich so? Die gute Walburga? Plötzlich empfindet sie große Trauer und eine bleierne Müdigkeit. Was hat das alles bloß für einen Sinn? Dass die Menschen sich abkämpfen und vor ihren innersten Ängsten flüchten – die einen, indem sie in Arbeit und Alltagsroutine versinken, die anderen, indem sie sich mit Drogen, Sport oder Sex betäuben. Anstatt sich um das Wesentliche zu kümmern! Und irgendwann, wenn alles zu spät ist, tragen sie wieder Windeln wie Säuglinge und können nichts mehr tun, als dem Aufziehen des Nebels zuzuschauen.

Alice seufzt. Die Müdigkeit zwingt sie ins Bett. Sie schafft es noch, unter die Decke zu schlüpfen, bevor der Schlaf sie in seine Fänge bekommt.

Sie wehrt sich nur kurz, dann lässt sie sich fallen. Wie viel lieber läge sie jetzt in den weit stärkeren, weit tröstlicheren Armen seines großen Bruders, denkt sie.

Aber da träumt sie schon.

19

Endlich Sonne, nach Tagen des Dauerregens. Bukowskis Nase juckte. Vielleicht waren die Birkenpollen daran schuld. Oder eine Vorahnung, dass heute etwas Entscheidendes passieren würde? Eine Überraschung? Etwas Erfreuliches? Ihr fiel ein, dass sie von Leon geträumt hatte. Vielleicht stand doch eine Versöhnung ins Haus?

Dass so ein Gedanke überhaupt aufkommen konnte, war bestimmt Kims Einfluss zuzuschreiben. Bukowski schenkte ihrer Freundin ein Lächeln. „Bist du sicher, dass du auf Noah aufpassen kannst?"

„Zweifelst du an meinen Babysitter-Qualitäten?"

„Um Himmels willen, nein. Ich dachte nur, dass du die Zeit lieber mit deinem Mann verbringst. Kommt er nicht heute?"

„Erst gegen fünf. Dann ziehe ich mit ihm nach nebenan, in den Goldenen Brunnen. So lange werden sie dich wohl nicht warten lassen, oder?"

„Hoffentlich nicht." Bukowski hatte relativ kurzfristig einen Termin bei einer Gmundner Gynäkologin bekommen und der Sprechstundenhelfer hatte dazugesagt, dass sie sich auf ein, zwei Stunden Wartezeit einstellen müsse.

Sie kontrollierte, ob die e-card in ihrer Geldbörse steckte, hängte sich die Tasche über die Schulter und griff nach der Türschnalle.

Im selben Augenblick läutete es, und sie zuckte zurück, als hätte ihr die Klinke einen elektrischen Schlag verpasst.

Das Nasenjucken verstärkte sich. Nicht Birkenpollen, dachte sie, Vorahnung. Also doch. Plötzlich war ihr schlecht.

Sie öffnete. Ihr Blick fiel zuerst auf die weiße Tellerkappe, wanderte weiter zum Polizeiabzeichen auf dem dunkelblauen Ärmel und schließlich zu den Augen des Polizisten – graue Augen, in denen sich Müdigkeit abzeichnete und ein gewisser Ausdruck der Hilflosigkeit, den sie gut kannte. In diesem Moment wusste sie Bescheid. Eine Welle unbeschreiblicher Angst überrollte sie und spülte die Übelkeit weg.

Den Rest erlebte Bukowski wie von außerhalb. Als säße sie im Kino und alles liefe auf einer Leinwand ab. Lebensgroß, lebensecht, aber mit einigen Metern Abstand. Der Film, der sich vor ihr abspulte, war auf Zeitlupe gestellt, der Ton gedämpft und leicht verzerrt, als sprächen alle Beteiligten durch eine Filzdecke.

„Ist etwas passiert?“, hörte Bukowski sich fragen.

„Darf ich hereinkommen?“, fragte der Polizist – ein viel zu junger Polizist – zurück. Einer, der noch nicht oft in einer vergleichbaren Situation gewesen war und alles richtig machen wollte.

Und wirklich, er hielt sich vorbildlich an die Regeln.

Erstens stellte er sich vor, nannte Namen und Dienstgrad.

Zweitens vergewisserte er sich, mit wem er es zu tun hatte, klopfte das Verhältnis ab, in dem Bukowski, Noah und Kim zum Mieter der Wohnung, Leon Ritter, standen.

Drittens bestand er darauf, dass Noah in seinem Zimmer blieb und Bukowski und Kim sich zu ihm ins Wohnzimmer setzten.

Viertens bereitete er sie auf eine „schlimme Nachricht“ vor, während er ihnen abwechselnd in die Augen sah, zuerst Bukowski, dann Kim, dann wieder Bukowski.

Als er die schlimme Nachricht endlich vorbrachte, beobachtete Bukowski mit Staunen, wie gefasst sie reagierte. Wie kühl. Wie sie das Zittern ihrer Knie im Griff hatte und darüberhinaus Kim tröstete, die immer wieder „Nein!“ schrie und schließlich in Tränen ausbrach.

Wie sie am liebsten auch den Polizisten getröstet hätte, ihm versichert hätte, dass er alles richtig gemacht hatte, dass man eine Todesnachricht nicht besser überbringen konnte.

„War es ein Unfall?“, fragte sie.

„Kein Unfall“, sagte der Polizist. „Wir müssen leider von einem Mord ausgehen.“

Bukowski nickte. Und mit noch größerem Staunen stellte sie fest, dass sie erleichtert war. Diesmal also nur ein Mord. Kein Suizid, an dem sie sich mitschuldig fühlen musste, wie bei ihrer ersten großen Liebe. Und schon gar kein erweiterter Suizid!

Dass es in der Sache keinen Unterschied machte, weil Leon in jedem Fall tot war, unwiederbringlich tot, wusste sie natürlich. Aber sie konnte dieses Wissen zusammenfalten, in ein Kästchen stecken – in die Schatulle mit Leons Ring – und im hintersten Winkel der untersten Schublade der unscheinbarsten Kommode von Leons Wohnung verstecken.

Bukowski funktionierte. Sie spulte Handlungen ab, die das auf Automatik gestellte Gehirn ihr diktierte: Sie sagte den Termin bei der Gynäkologin ab. Sie informierte Anne und bat sie, Noah abzuholen, weil er hier nicht bleiben konnte. Die Wohnung musste polizeilich versiegelt werden. Sie klingelte bei der Nachbarin Lizzi Cramer, einer siebzigjährigen Frau mit wachem Blick, glaubwürdigen Falten und einer weinroten Dauerwelle, die versprach, sich bis zum Eintreffen von Hanno Nowak um Kim zu kümmern.

Zuletzt wandte sie sich an den Polizisten. „Ich will mit dem zuständigen Chefermittler sprechen. Am besten sofort.“

Erleichtert, etwas tun zu können, geleitete der besorgte Polizist sie zu seinem Wagen und brachte sie zur Reha-Klinik, wo sich Oberleutnant Korbinian Himmler gerade einen Überblick verschaffte.

Der Schauplatz glich einem Ameisenhaufen, in dem jemand herumgestochert hatte. Vor dem Haus standen alte Männer in Grüppchen zusammen und tuschelten hinter vorgehaltener Hand. In der Cafeteria waren zwei Kripobeamte damit beschäftigt, die Patienten zu befragen, die Leon zuletzt gesehen hatten. Es waren Dutzende. Bukowski vermutete, dass die meisten aus Langeweile, Einsamkeit oder Neugier mit den Beamten sprachen und Leon nicht einmal gekannt hatten.

„Das ist sie!“, rief eine dicke Wienerin und zeigte so stürmisch in Bukowskis Richtung, dass ihre Armreifen klirrten. „Die hat ihm die Watschn runterghaut!“

Ihre beiden Freundinnen bestätigten die Anschuldigung mit einem Nicken.

„Sie hatten also Streit?“, fragte Himmler später in einem der Behandlungszimmer, das ihm vorübergehend als Befragungsraum zur Verfügung gestellt worden war.

Bukowski gab es zu. Sie erzählte, was sie auf dem Parkplatz beobachtet hatte. Warum sie ausgesprochen enttäuscht und wütend gewesen war. Das bedeute natürlich nicht, dass sie Leon ermordet hatte. „Wie ist er gestorben?“, fragte sie. „Gibt es schon Anhaltspunkte?“

Himmler antwortete nicht.

Sie bot ihm ihre Mitarbeit an.

Himmler lachte sie aus.

Bukowski erzählte, dass Leon an einer Geschichte gearbeitet hatte. Worum es dabei ging, wisse sie nicht, weil sie seine Mails ungesehen gelöscht hatte. Aus Trotz.

Wofür sie sich nachträglich verfluchte. „Vielleicht hat er mit seinen Recherchen in ein Wespennest gestochen und ...“

„Aber Frau Kollegin!“ Himmler betonte die „Kollegin“ auf theatralische Weise. „Wir wissen doch beide, dass die meisten Morde Beziehungstaten sind. Und Eifersucht ist das häufigste Motiv.“

In der folgenden anderthalbstündigen Befragung kitzelte er aus Bukowski heraus, dass sie schwanger war, ungewollt schwanger. Dass womöglich auch Leon dieses Kind nicht gewollt hatte, zumal er schon Vater eines Kindes war. Über den erweiterten Suizid ihres Mannes Gregor vor neun Jahren hatte Himmler sich bereits informiert. Auch von ihrem Nervenzusammenbruch im August 2014, ihrer Amokfahrt durch Wien und der monatelangen psychiatrischen Behandlung wusste er, woher auch immer.

„Die Therapie haben Sie irgendwann abgebrochen und die Medikamente abgesetzt. Wenn ich Sie mir so ansehe ...“, er blickte auf ihre Hände, die zitterten, „vielleicht keine so gute Entscheidung?“

Dass Bukowski in der Folge schwieg, verbesserte ihre Situation auch nicht gerade. Im Gegenteil. Himmler erklärte sie zur Hauptverdächtigen und riet ihr, einen Rechtsbeistand hinzuzuziehen. Da Fluchtgefahr bestehe, müsse er sie einstweilen festnehmen und nach Linz bringen lassen.

Bukowski verzichtete auf einen Anwalt, sie wollte bloß telefonieren. Sie rief Kim an, um herauszufinden, ob es ihr und Noah gutging.

„Weiß der Kleine Bescheid?“, fragte Bukowski.

„Anne und ich wollten ihn eigentlich damit verschonen, aber Lizzi hat es ihm gesagt.“

„Welche Lizzi?“

„Frau Cramer, Leons Nachbarin. Eine coole Person, das sag ich dir. Kinder verdienen die Wahrheit, hat Lizzi gemeint. So schlimm sie auch sein mag, Lügen sind auf alle Fälle schlimmer."

„Und wie hat er es aufgenommen?"

„Er hat getrauert, aber nach einiger Zeit war es ihm zu viel, und dann hat er fröhlich gespielt. Kinder können das, sie können von einem Moment auf den anderen einfach umschalten, ist das nicht fantastisch?"

„Kinder sind insgesamt ziemlich fantastisch", sagte Bukowski und legte die freie Hand auf ihren Bauch. Ihre Hoffnung, ihre Liebe, alles, was sie mit dem Begriff Zukunft verband, konzentrierte sich jetzt auf das Wunder in ihrem Inneren. Das Wunder in Erbsengröße.

Sie vergewisserte sich, dass Noah bei Anne gut aufgehoben war. Dann sagte sie, dass man sie für tatverdächtig halte und nach Linz bringe. Dass womöglich U-Haft über sie verhängt würde, aber Kim solle sich deswegen keine Sorgen machen. Irgendwann würde sich schon alles aufklären. Bald.

Nach Beendigung des Gesprächs dachte sie, dass Leon sich im Grab umdrehen würde, wenn er Noah bei Anne wüsste. Und dann dachte sie, dass er das nicht konnte, weil er in keinem Grab lag, sondern vermutlich auf einem Obduktionstisch. Sie stellte sich vor, wie die Gerichtsmediziner seinen Körper mit einem Y-Schnitt öffneten. Wie sie die Organe entnahmen und den Schädel aufsägten. Sie sah sein halblanges Haar vor sich, durch das sie so gern ihre Finger gleiten hatte lassen – sah, wie es wirr und starr von getrocknetem Blut am Metalltisch lag.

In diesem Moment zerriss der Wattevorhang, der sie eingehüllt hatte, seit der besorgte Polizist vor der Tür gestanden war. Sie begriff, was ihr Kopf schon lange wusste: dass sie Leon verloren hatte. Begriff es mit dem Herzen. Und die Fassade bröckelte, das Kartenhaus stürzte ein.

Ein Weinkrampf schüttelte Bukowski, ein Weinkrampf ohne Tränen. Ihr Herz raste, sie hyperventilierte. In ihrem Kopf spulten sich immer wieder Szenen aus ihrer letzten Begegnung mit Leon ab: die Autoszene, der Streit, die Ohrfeige, ihre Weigerung, seine Anrufe entgegenzunehmen.

Die Übelkeit kam plötzlich. Bukowski übergab sich, beschmutzte unabsichtlich Himmlers Uniform.

Erst danach verebbten die quälenden Flashbacks und sie verfiel in Apathie. Sie ließ alles mit sich geschehen, konnte nicht klar denken, sich nicht wehren. Der Raum, in dem sie sich befand, ohne zu wissen, wie sie hineingelangt war, erschien ihr wie ein lichtloser Schlauch ohne Anfang und Ende. Ein unendlicher Schlauch, aus dem es kein Entrinnen gab. Sie verlor jedes Zeitgefühl und dämmerte vor sich hin.

Der Klang einer allzu bekannten Stimme weckte sie, einer tiefen, wütenden Stimme, die von nebenan kam. Es war die Stimme eines Mannes, der gewohnt war, Befehle zu erteilen. Eines Mannes, der versuchte, Hochdeutsch zu sprechen, dessen Wiener Wurzeln sich aber nicht verleugnen ließen. Vor allem das L wollte nicht leicht und locker über seine Lippen, es hörte sich an, als müsste die Zunge ein Hindernis überwinden. Ein Meidlinger L, dachte Bukowski und sah am Ende des Schlauchs ein Licht aufglimmen.

20

Nowak tobte. Je bleicher das Gesicht seines Gegenübers wurde, umso mehr kam er in Fahrt. Oberleutnant Korbinian Himmler – das wusste er von seiner ehemaligen Schulkollegin Inge, die im Innenministerium aus und ein ging – war nicht aufgrund seiner Verdienste mit der Leitung des oberösterreichischen Landeskriminalamts betraut worden, sondern einzig wegen des Sexappeals seiner Gattin. Die attraktive Geli Himmler hatte vor zwanzig Jahren ein Pantscherl mit dem damaligen Innenminister Plaschek gehabt. Sogar Himmlers Sohn sollte in Wahrheit ein Plaschek-Bankert sein, so wurde gemunkelt. Jedenfalls wurde Gelis Gatte zum Dank auf den Chefsessel des LKA gehievt, wo er sich trotz mehrfacher Ministerwechsel gehalten hatte und vor sich hin tachinierte. Seine Inkompetenz kompensierte er mit vordergründigem Charme – hinterrücks entpuppte er sich als ausgemachter Ungustl.

Sein Ansehen im Innenministerium war aber in den letzten Jahren rapide gesunken. Vor allem seit ein ehemaliger Kollege Himmler der Korruption bezichtigt hatte. Zwar konnte dem Oberleutnant nichts nachgewiesen werden und die Anklage wurde fallengelassen. Es blieb aber etwas zurück, was man im Volksmund als „Grüchl" bezeichnete. Seither stand Himmler auf der Abschussliste.

Nowak wusste das. Und Himmler wusste, dass er es wusste.

Zwar wusste Nowak auch, dass der Chef des LKA Wien West dem Chef des LKA Oberösterreich nichts zu sagen hatte. Das nicht. Aber ein Major stand nun einmal weit über einem Oberleutnant. Ein Sechzehnender ist ja auch kapitaler als ein Zwölfender, dachte er.

Vielleicht war das der Grund, dass er sich dazu hinreißen ließ, Himmler als „Hirsch" zu bezeichnen. Nur ein Hirsch könne in Gruppeninspektorin Carla Bukowski eine Mörderin sehen.

„Ausgerechnet meine beste Kraft!", schrie er. „Hat erst kürzlich einen Mordfall in Rekordzeit zum Abschluss gebracht." Dass der Fall Fian inzwischen Fragen über Fragen aufwarf und neu aufgerollt werden musste, ging Himmler gar nichts an. „Hat vor anderthalb Jahren während ihres Urlaubs drei Menschenleben gerettet, im Alleingang, während die Eisenstädter Kollegen geschlafen haben." Dass sie sich ungefragt eingemischt hatte und dabei selbst fast draufgegangen wäre, ließ er unter den Tisch fallen. „Von wegen psychisch labil!"

Himmler, der Nowak um einen halben Kopf überragte, war mindestens um einen ganzen Kopf geschrumpft. Er hatte seine Handflächen, die schweißnass glänzten, beschwichtigend erhoben. „Aber ihr Zusammenbruch deutet doch daraufhin, dass ..."

„Dass eine Frau zusammenbricht, wenn ihr Verlobter ermordet wurde, ist wohl normal! Noch dazu, wenn sie guter Hoffnung ist!"

„Verlobt? Das wusste ich nicht. Eine Zeugin hat von einem Streit erzählt, und Gruppeninspektorin Bukowski wurde wenige Stunden vor dem Mord in der Nähe des Tatorts ge..."

„Ich bitte Sie!" Nowak schlug sich auf den Schenkel und lachte dröhnend. „Haben Sie noch nie mit Ihrer Frau gestritten?"

In Sekundenschnelle nahm Himmlers teigiges Gesicht ein ungesundes Purpurrot an. Er hatte die Anspielung verstanden: Ich weiß, wer deine Frau gevögelt hat und wie du zu diesem Posten gekommen bist, lautete die versteckte Botschaft und tat ihre Wirkung.

„Die beiden wollten im Mai heiraten“, log Nowak ungeniert. „Außerdem mag Gruppeninspektorin Bukowski wenige Stunden vor dem Mord am Walderberg gewesen sein, zur Tatzeit selbst hat sie ein Alibi! Meine Frau war mit ihr zusammen. Sie konnten beide nicht schlafen und haben bis spät in die Nacht hinein miteinander geplaudert.“ Genau gesagt bis halb vier Uhr morgens, und der Mord war zwischen halb drei und drei passiert. Frauen! In diesem Fall natürlich ein Glück. Er verstand nur nicht, warum Carla es bei der Befragung nicht erwähnt hatte. Sie musste wirklich vollkommen durch den Wind sein. Aber nach den tragischen Ereignissen war das auch kein Wunder.

„Das höre ich jetzt zum ersten Mal.“ Himmler ruderte zurück. Er wand sich. Wollte Bukowski sofort gehen lassen. Die Sache war gegessen, Gott sei Dank.

Um ihm nach der Pleite einen versöhnlichen Finger zu reichen, bot Nowak seine Mithilfe im Mordfall Leon Ritter an. Er hatte ein paar Tage Urlaub genommen, die er mit Kim am Traunsee verbringen wollte. Seine Lust auf Ermittlungen ging gegen null. Trotzdem zögerte er nicht, den Hilfsbereiten zu spielen. Er war ja sicher, auf dankende Ablehnung zu stoßen. Kein Leiter eines Landeskriminalamts war scharf auf die Einmischung eines Kollegen, schon gar nicht eines Kollegen aus der Bundeshauptstadt!

Doch wie hieß es so schön? Dass der Teufel nicht schlief?

Wider Erwarten nahm Himmler das Angebot an. Verdammtes Wirtshaus! Er gewährte Nowak nicht nur Einsicht in die Akten, er wies sogar seine Sekretärin an, die bisherigen Erkenntnisse zu einem Dossier zusammenzustellen und Nowak auszuhändigen.

Du Idiot, dachte Nowak und meinte sich selbst. Er lächelte zwischen zusammengebissenen Zähnen, nahm das Dossier entgegen und bedankte sich. Die Teilnahme an der abendlichen Besprechung konnte er gerade noch abwimmeln.

Wie erschrak er, als er kurz darauf Carla gegenüberstand. Ein Blick auf ihre rotgeäderten Augäpfel und die eingefallenen Wangen, und er hätte sie am liebsten ins nächste Krankenhaus gebracht.

„Es tut mir so leid", murmelte er und drückte unbeholfen ihren Arm.

Immerhin brachte sie ein halbes Lächeln zustande. „Wie hast du mich herausbekommen? Mit deiner Glock im Anschlag?"

„Ach was", er grinste, „es gibt potentere Waffen."

Als sie das Landeskriminalamt verließen, hatte er den Eindruck, ihre Knie könnten jeden Moment nachgeben, und er wollte sie stützen.

„Lass das", sagte sie. „Noch kann ich allein gehen."

„Aber in deinem Zustand ..."

„Eine Schwangerschaft ist keine Krankheit." Der Wortlaut war typisch Bukowski, aber die Stimme klang fahl. Fast ein bisschen aufgeweicht. Man brauchte Fantasie, um die toughe Rebellin herauszuhören, als die er sie kannte.

Einen Arztbesuch mit Aussicht auf eine Beruhigungsspritze lehnte sie ab, dem Kind zuliebe.

Also fuhr er mit ihr nach Gmunden, ins Keramikhotel Goldener Brunnen, das nur einen Steinwurf von Leons Wohnung entfernt war. Anlässlich seines Besuches hatte Kim dort ein Doppelzimmer reserviert. Während Carla von Himmler befragt wurde, hatte sie sich darum gekümmert, im selben Hotel ein Einzelzimmer für Carla zu organisieren und Carlas Gepäck hinzubringen.

Es war spät, als sie ankamen. Kim erwartete sie mit offenen Armen und mit verschiedenen Gerichten vom Chinesen. Carla behauptete, nichts hinunterzubringen, aber Kim bestand darauf, dass sie wenigstens eine Frühlingsrolle aß.

Carla stocherte in den Bambussprossen und bestand ihrerseits darauf, dass er endlich mit der Sprache herausrückte. „Was hast du herausgefunden?“, fragte sie. „Wie ist Leon gestorben?“

Nowak räusperte sich. Er hätte sie gern mit den Einzelheiten verschont, begriff aber, dass Carla Bukowski nicht Carla Bukowski wäre, wenn es sie nicht nach der Wahrheit verlangte. Also zeigte er ihr das Dossier und sie gingen es gemeinsam durch. Darin stand, dass Leons Leiche mehrere Verletzungen aufwies, zum Beispiel eine aufgeplatzte Lippe, eine gebrochene Nase und einige Blutergüsse. Dass er also offensichtlich zusammengeschlagen worden war. Tödlich sei aber nur die Kopfwunde gewesen, eine tiefe Wunde, die von einem stumpfen Gegenstand stamme. „Gefunden hat man ihn hinter der Reha-Klinik, in einer Mülltonne“, las Nowak laut. „Die Leiche war in einen Teppich eingewickelt.“

„Wer hat ihn gefunden?“, fragte Carla.

„Ein junger Syrer. Er ist als Aushilfe für eine Raumpflegerin engagiert worden, die sich in Mutterschutz befindet. Weil er im Zuge eines Werte- und Orientierungskurses für Flüchtlinge gelernt hat, dass ein Teppich nicht in die Restmülltonne, sondern zum Sperrmüll gehört, wollte er ihn aus der Tonne ziehen und dabei ...“

„Steht da auch was über die Tatwaffe?“

Nowak überflog die betreffende Seite. „Nur, dass sie bisher nicht gefunden wurde."

„Gibt es irgendwelche Zeugen?"

„Es gibt mehrere Leute, die dich am späten Abend auf dem Parkplatz der Reha-Klinik gesehen haben."

„Stimmt, ich war da", sagte Carla. „Ich wollte mit Leon sprechen. Über ..." Sie winkte ab. „Ach, egal." Aber Nowak wusste schon von Leons Seitensprung. Kim hatte ihn eingeweiht, bevor er nach Linz gefahren war.

„Wie ist das Gespräch verlaufen?"

„Es hat nicht stattgefunden", sagte Carla und sah ihm in die Augen. Er hätte ihr aber auch so geglaubt. „Ich habe es mir anders überlegt, bin noch im Foyer der Reha-Klinik umgedreht und zurückgefahren." Sie blinzelte eine Träne weg. „Ich konnte einfach nicht über meinen Schatten springen."

Verständlich, dachte Nowak. Und jetzt war es zu spät für Gespräche, Entschuldigungen oder Erklärungen, und sie würde sich womöglich ihr Leben lang Vorwürfe machen!

„Es gibt einen Zeugen, der gesehen haben will, wie Leon zusammengeschlagen wurde", sagte er und zeigte mit dem Finger auf die betreffende Stelle im Dossier. „Von einem großen, athletischen Mann mit langen schwarzen Haaren, der danach mit seinem Wagen davongebraust sei." Er rieb sich übers Kinn. „Die Sache hat nur einen Haken: Der Zeuge ist dement. Er behauptet, der Mann sei ein Indianer gewesen, er habe ein Stirnband getragen und zwei Zöpfe."

„Von wegen dement!" Kim ließ ihre Essstäbchen fallen. „Das ist eine perfekte Beschreibung von Geronimo." Sie erzählte vom Schamanen Gebhard Michlmayer, dem neuen Freund von Leons Exfrau, und von der Drohung, deren Ohrenzeugin sie geworden war.

„Na bravo, damit hat Himmler einen neuen Verdächtigen“, sagte Nowak und las die letzte Seite des Dossiers. „Obwohl es da auch noch diese Physiotherapeutin gibt ...“ Er druckste herum. „Eine gewisse Nadine Saritzky, die ... also Leon und sie sollen ...“ Er vermied es, die nackten Tatsachen auszusprechen. „Na ja, sie behauptet jedenfalls, Leon habe irgendetwas herausgefunden, was diese Patientin betrifft, die kürzlich Suizid begangen hat. Eine gewisse Frau Ladstätter.“

„Stimmt, er war wirklich an einer Geschichte dran“, sagte Carla. „Er hat mir einige Word-Dokumente gemailt, ich habe sie aber ungesehen gelöscht. Weil ich so wahnsinnig sauer war.“

„Weißt du eigentlich, wo Leon seinen Computer aufbewahrt?“, fragte Kim. „Die Polizisten haben nämlich die ganze Wohnung abgesucht und nichts gefunden.“

„Er besaß nur ein Notebook“, sagte Carla, „und das hat er natürlich zur Reha mitgenommen. Es müsste in seinem Zimmer am Walderberg sein.“

„Dort haben sie nichts gefunden, soviel ich weiß“, warf Nowak ein. „Sein Mobiltelefon wird auch vermisst.“

Carla starrte ihn an, besser gesagt durch ihn hindurch. Sie verfiel in brütendes Schweigen, das sich wie eine Kältedecke über den Raum legte.

„Warum hast du eigentlich nicht erwähnt, dass du bis halb vier mit Kim gequatscht hast?“, fragte Nowak, während er sich über eine zweite Portion Huhn süßsauer hermachte. „Dann wäre dir die ganze Misere erspart geblieben!“

Carla zuckte zusammen. „Wie bitte? Was habe ich?“

„Kim hat mir erzählt, dass ihr Rotwein getrunken und euch unterhalten ...“ Der Satz blieb ihm im Hals stecken, als er die pinkfarbenen Flecken auf Kims Wangen bemerkte. „Nein!" Etwas Eisiges rieselte über seinen Rücken. „Bitte sag, dass das nicht wahr ist!", flehte er und fügte im Geiste ein „Honeybunny" hinzu.

Kim gab ihre Lüge unumwunden zu. Was er denn erwarte? Ob sie vielleicht zusehen solle, wie ihre beste Freundin verdächtigt werde? „Das ist bloß eine Notlüge. Für einen guten Zweck. Du hast doch selbst gesagt, dass dieser Himmler ein Trottel ist!"

Ein Streit entspann sich, ein Wort gab das andere. Nowak hatte Mühe, nicht zu schreien. „Weißt du, was das heißt? Für dich? Und weißt du, wie ich dastehe, wenn das rauskommt?"

„Dann kommt es eben nicht raus!", sagte Kim trotzig.

Nowak versuchte ihr in aller Ruhe zu erklären, dass sie ihre Aussage gleich morgen widerrufen müsse.

„Fällt mir gar nicht ein!"

Er präzisierte, dass eine Falschaussage einem Meineid gleichkäme und strafbar sei.

„Das riskier ich!", sagte sie. „Die müssen mir erst das Gegenteil beweisen!"

Carla, die den Streit bisher beobachtet hatte, ohne sich einzumischen, legte ihre Hand auf Kims Unterarm. Sie erklärte, dass sie auf keinen Fall dabei zusehen werde, wie ihre beste Freundin wegen eines Meineids ins Gefängnis wandere und außerdem die Karriere ihres Ehemannes aufs Spiel setze.

Und ob es nun daran lag, dass Frauen eher auf ihre beste Freundin hörten als auf ihren Ehemann, oder daran, dass Carla mit den dunklen Ringen unter den Augen, dem zuckenden Lid und den in Blässe ertrunkenen Sommersprossen so bemitleidenswert aussah – er wusste es nicht und es war ja auch egal. Nur das Ergebnis zählte: Kim versprach, das Missverständnis aufzuklären. Gleich morgen früh wollte sie nach Linz fahren und zugeben, dass sie sich in der Zeit geirrt hatte und ihre Unterhaltung mit Carla schon vor Mitternacht zu Ende gewesen sei. Quasi zum Ausgleich würde sie die Drohung des Gebi Michlmayer zu Protokoll geben.

„Dafür versprichst du mir, zu einem Arzt zu gehen", sagte Kim.

Nowak verstand ihre Sorge gut. Er teilte sie, wenn er Carlas zitternde Finger sah.

Die stritt natürlich alles ab. „Mir fehlt nichts", behauptete sie. „Das Zittern kommt nur vom Nikotinentzug."

Dagegen ließ sich schwer argumentieren.

Carla gähnte, Kim umarmte sie, Carla verschwand in ihr Einzelzimmer.

„Schlaf gut!", rief Nowak ihr hinterher. Natürlich wusste er, dass sie nicht ins Bett gehen würde. Vorwürfe würde sie sich machen, Vorwürfe wegen der gelöschten Mails.

Verdammt, sie tat ihm leid.

Ihr da oben seid schon verflucht ungerecht, dachte er, als er unter der Dusche stand. Was hat sie euch bloß getan, dass ihr sie so strafen müsst? Reicht es nicht, dass ihr erster Mann sich und den Sohn umgebracht hat? Acht Jahre hat sie gebraucht, um sich wieder aufzurappeln – oder waren es neun? Und jetzt, kaum hat sie es gewagt, wieder zu lieben und zu lachen, jetzt müsst ihr wieder zuschlagen? Und gleich so hart?

Zorn erfüllte ihn. So großer Zorn, dass seine Augen tränten. Erst Kims barocken Rundungen und ihren geschickten Händen gelang es, den Zorn positiv zu nutzen und damit letztlich zum Verrauchen zu bringen.

21
9. April

Es war fünf Uhr dreißig. Bukowski war erschöpft, aber sie funktionierte. Sie hatte Schostakowitschs letztes Streichquartett gehört, diese auskomponierte Eiswüste, hätte zwischendurch fast weinen können und war irgendwann vor Erschöpfung eingeschlafen. Kurz vor zwei wachte sie ruckartig auf. Was war sie doch für eine Nuss! Sie hatte die gelöschten Mails von Leon für unwiderruflich verloren gehalten. Schließlich fand sich weder auf ihrem Smartphone noch auf dem Tablet ein Papierkorb, aus dem man Gelöschtes bequem wieder hervorholen hätte können. Aber natürlich gab es andere Wege, Dateien wiederherzustellen. Eine kurze Internet-Recherche zeigte: Es war aufwändig, aber es ging.

Trotz der späten Stunde konnte sie den Hotelier zur Mithilfe bewegen. Sie durfte ihr Tablet an den hoteleigenen PC anschließen. Mit einer speziellen Wiederherstellungssoftware, die sie erst herunterladen musste, gelang es ihr, Leons Mails samt Anhang aus dem Dateienwust herauszufiltern. Sie speicherte sie und druckte sie aus. Vor Erleichterung las sie alles gleich zweimal hintereinander und – schüttelte den Kopf.

Denn es bestätigte sich bloß, was sie schon vermutet hatte: dass Leon – von Nadine Saritzky angestachelt – hinter einer vermeintlichen Betrugsgeschichte her gewesen war, aber nichts Relevantes finden hatte können. Schließlich wandte er sich dem Suizid von Birgit Ladstätter zu. Er ließ sich hinreißen, nachts in versperrte Räume einzudringen, entdeckte ein fragwürdiges Beweisstück und ließ es sich wieder abjagen. Alles nur, um nicht mit leeren Händen dazustehen, vermutete Bukowski. Jedenfalls kam er zu dem Schluss, dass

Birgit Ladstätter alias Rotlippchen, die Patientin mit dem Gehirntumor, nicht Selbstmord begangen hatte. Er sah sie als Mordopfer. Und er verdächtigte Walburga Marini, die ärztliche Leiterin der Reha-Klinik, Birgit aus Eifersucht ermordet zu haben. Angeblich wegen einer seltsamen Mail, die darauf schließen ließ, dass Walburgas Mann Scheidungsgedanken wälzte und mit Birgit einen Neubeginn wagen wollte. Aber war das glaubhaft? Würde ein Don Juan wie Paul Huber-Marini ausgerechnet mit einer Todgeweihten eine dauerhafte Beziehung eingehen wollen? Und selbst wenn – warum sollte Walburga, die von den ständigen Affären ihres Mannes wusste, ausgerechnet diesmal eifersüchtig reagieren?

Nein, dachte Bukowski, da passt zu viel nicht zusammen. In seiner letzten Mail hatte Leon selbst zu zweifeln begonnen und anstelle von Walburga Marini den ehemaligen Lebensgefährten von Birgit Ladstätter als potentiellen Mörder angeführt: Peter Keller. Er habe die Trennung nicht verkraftet und kenne sich als Mitarbeiter eines Pharmaunternehmens mit Medikamenten aller Art bestens aus.

„Aber warum hätte er so lange warten sollen? Sie haben sich doch vor fast vier Jahren getrennt“, murmelte Bukowski.

Nein. Was Leon auch akribisch zusammengetragen hatte, das Ergebnis erschien ihr dünner als dünn. Es kam ihr fast so vor, als hätte er die ganze Geschichte an den Haaren herbeigezogen, weil er eine Entschuldigung für seinen Seitensprung suchte. Diese Nadine hatte sich an ihn herangemacht, und er hatte sie nicht zurückgewiesen. Aus Neugier auf einen vermeintlichen Skandal. Leon Ritter, der Aufdecker-Journalist, hatte Blut geleckt.

Die Enttäuschung, dass alles nur eine Luftblase war, muss groß gewesen sein, dachte Bukowski. Dass du mich für nichts und wieder nichts so verletzt hast, hat dir leidgetan. Du hattest Angst, dass du mich für immer verloren hast. Da hast du dich an eine Geschichte geklammert, die du erst erfinden musstest. Nicht wahr, Leon? War es so?

Dabei wäre das nicht nötig gewesen, dachte sie. Sie hatte ihn doch geliebt! Anders als sie Gregor geliebt hatte, logisch, aber auch mit Haut und Haaren. Klar, sie war zutiefst gekränkt und wahnsinnig enttäuscht gewesen. Aber ja, sie hätte ihm trotzdem vergeben. Natürlich hätte sie. Nicht heute, nicht morgen. Aber bald.

Sie drückte ihre Hände auf den Bauch und fragte sich, wie groß das kleine Wesen sein mochte. Wie eine Erbse, eine Brombeere oder eine zusammengerollte Kaulquappe? Ob es womöglich schon menschlich aussah und die Wärme ihrer Hände durch die Bauchdecke spüren konnte? Teilte es ihre Trauer, weil Trauer chemisch war?

Ihr fiel auf, dass sie sich schon länger nicht mehr übergeben hatte. Als sie mit Samuel schwanger war, hatte sie in den ersten drei Monaten dreimal täglich gekotzt.

„Wenn du ein Mädchen bist, werde ich dich Leonie nennen", sagte sie zu der Brombeere in ihrem Bauch.

Es fiel ihr leicht, auf die Zigarette zu verzichten. Dafür machte sie sich am Wasserkocher zu schaffen, mit dem das Zimmer ausgestattet war. Sie schüttete den Inhalt aller verfügbaren Nescafégebinde in eine Tasse und braute einen Kaffee, der Tote geweckt hätte.

„Du liebst Kaffee, Leonie", sagte Bukowski und dachte, dass die Kleine ihr einfach einen Tritt verpassen sollte, wenn nicht. „Okay?" Natürlich war ihr klar, dass Brombeeren oder Kaulquappen sich mit dem Treten nicht ganz leicht taten, und sie nahm sich fest vor, ihren Kaffeekonsum nicht ausarten zu lassen.

Sie duschte ausgiebig, zog sich an und machte sich voll Tatendrang auf den Weg zur Reha-Klinik.

Auf der B 120 im Bereich des Gmundner Strandbads hatte sich ein Erpel auf die Straße verirrt, eine junge Frau hatte abgebremst, der Porschefahrer hinter ihr war ins Heck ihres Mitsubishi gekracht. Die Folge: ein beleidigter Erpel, eine den Tränen nahe junge Frau mit zerbeultem Kleinwagen, ein gestikulierender Porschefahrer, der sich in seiner klischeehaften Vorstellung von der Frau am Steuer bestätigt fühlte – und ein Stau.

Bukowski nutzte den Stillstand zum Nachdenken. Wer hatte Leon ermordet und warum? Dass es mit seinen Recherchen in Sachen Birgit Ladstätter zu tun hatte, konnte sie sich nicht vorstellen. Es musste eine andere Geschichte dahinterstecken. Jemand, den er sich zum Feind gemacht hatte. Natürlich kam der neue Freund seiner Exfrau in Frage, dieser undurchsichtige Gebhard Michlmayer alias Geronimo, den sogar Kim mit ihrer tadellosen Menschenkenntnis nur schwer einschätzen konnte. War Michlmayer nun ein Könner auf dem Gebiet des Schamanismus oder ein Schmierenkomödiant, der seine reiche Klientel abzockte? Hatte er die von Kim belauschte Drohung wahr gemacht und Leon erschlagen, damit Anne wieder mit Noah zusammensein konnte?

„Wenn er es war, dann hat er jedenfalls sein Ziel erreicht“, murmelte Bukowski und nahm sich vor, Anne und Noah zu besuchen und dem indianischen Scharlatan dabei auf den Zahn zu fühlen. Aber zuerst musste sie sich dort umsehen, wo Leon umgekommen war. In der Reha-Klinik.

Endlich löste sich der Stau auf. Bukowski fuhr durch Altmünster. Sie drehte den Kopf weg, als ihr Blick auf die Tabaktrafik fiel, schaltete zurück und jagte ihre alte Toyota-Mühle den Walderberg hinauf.

Sie musste mit Nadine sprechen. Und natürlich mit dem Neurologen-Ehepaar Marini.

An der Rezeption erfuhr sie, dass Dr. Paul Huber-Marini sich heute krankgemeldet hatte. „Grippe“, sagte die toupierte Empfangsdame und lächelte bedauernd.

„Wenn's bloß keine Vögelgrippe ist“, ertönte eine Bassstimme hinter Bukowski. Sie drehte sich um. Ein korpulenter Mann undefinierbaren Alters schlurfte vorbei. Seine gestreifte Trainingshose erinnerte ein bisschen an Obelix, die eingefrorene Mimik an Ottfried Fischer. Auf Bukowskis Blick reagierte er mit einem Lächeln: Ein Ruck ging durch die starren Gesichtszüge, zwei Lachgrübchen blitzten auf und verschwanden ebenso schnell wieder.

Da Nadine gerade mitten in einer Behandlung steckte und erst in einer halben Stunde Pause hatte, wartete Bukowski so lange in der Cafeteria.

„Ein Espresso geht noch, was, Leonie?“, fragte sie ihren Bauch. Leonie schwieg und Bukowski bestellte.

Obelix setzte sich an ihren Tisch. Er stellte sich als Ferdinand Bär vor und entpuppte sich als Tiroler Kollege. Vor seiner Parkinsonerkrankung hatte er am Tiroler Landeskriminalamt als Kriminaltechniker gearbeitet. Er war noch keine vierzig, aber schon seit zwei Jahren in Berufsunfähigkeitspension. Die magere Rente besserte er sich mit gelegentlichen Jobs als Privatdetektiv auf.

Bukowski hatte Mühe, ihn zu verstehen, weil er nuschelte. Während sie ihren Espresso in winzigen Schlucken schlürfte, um länger etwas davon zu haben, verschlang er zwei Schaumrollen. „Die setzen mich hier auf Diät“, sagte er entschuldigend. „Und damit ich nicht zu schnell abnehme, muss ich ein bisschen gegensteuern.“

Bukowski erzählte, warum sie hier war.

Bär legte seine Pranke auf ihre Hand und drückte sie. Er war mittags immer an Leons Tisch gesessen und hatte ihn gemocht. „Arbeitest du mit den Linzer Kollegen zusammen?“, fragte er. „Ein chaotischer Haufen. Mir scheint, die könnten Unterstützung gebrauchen.“

„Schon möglich“, sagte Bukowski, „allerdings nicht von mir. Gestern war ich für Himmler noch die Hauptverdächtige.“

Bär musterte sie ausführlich. Seine Nase zuckte auf dieselbe Art und Weise, wie Bukowskis Augenlid das manchmal tat. Als er sie genug geprüft hatte, fischte er einen Bleistiftstummel aus seiner Brusttasche und schrieb seine Handynummer auf eine Serviette. „Ich werde mich umhören“, sagte er. „Ruf mich an, wenn du Hilfe brauchst.“

Für den Anfang gab er ihr den Tipp, sich nachts in der Reha-Klinik umzuschauen. „Da schwirren erstaunlich viele Leute herum, die an Schlaflosigkeit leiden. Diese verhuschte Schauspielerin, zum Beispiel.“

„Alice Marini?“, fragte Bukowski. „Die Weiße Frau?“

Bär nickte. „Das reinste Nachtgespenst. Vielleicht hat sie was gesehen? Oder der putzende Syrer, der den Toten gefunden hat?“

Gute Idee, dachte Bukowski. Von Alice erwartete sie sich zwar keine verwertbaren Hinweise, aber der Putzmann war ein heißer Tipp.

Bär hatte seinen hochkalorischen Imbiss verschlungen und musste zur nächsten Therapie. „Logopädie“, nuschelte er. „Damit ich nicht so nuschle.“

Bukowski wappnete sich für ihre Begegnung mit Nadine Saritzky. Die Frau, die Leon verführt hatte. Meine Nebenbuhlerin, dachte sie und ärgerte sich, dass so altmodische Begriffe in ihrem Kopf steckten. Vielleicht war es ja umgekehrt. Vielleicht hatte Leon Nadine verführt, wollte es aber nicht zugeben. Oder das Schicksal hatte Schicksal gespielt und es war passiert, weil es passieren hatte müssen – weil die Beteiligten zur richtigen Zeit am falschen Ort waren, weil sie sich einsam fühlten, weil ... Ach was! Sinnlos, darüber nachzugrübeln.

Bukowski erinnerte sich noch gut an ihre eigene Ehekrise. Sie hatte nie die Absicht gehabt, Gregor zu betrügen, schon gar nicht mit Hanno Nowak, ihrem Chef. Aber die Wogen des Alltags waren damals hochgegangen, sie hatte sich einsam gefühlt, aufgerieben zwischen ihrer Rolle als Mutter und der als Polizistin. Gregor hatte nie Zeit gehabt, und auf einmal war da Nowaks starke Schulter gewesen und Bukowski hatte sich angelehnt.

Es ist leicht, andere zu verurteilen, dachte sie.

Als sie Nadine gegenüberstand, bröckelten auch die letzten Vorurteile. Sie hatte sich eine selbstbewusste Sirene erwartet und sah nur eine schüchterne junge Frau mit einem unschönen Fleck im Gesicht. Eine Frau, der Leons Tod naheging und die an ihrem schlechten Gewissen zu kauen hatte.

Noch bevor Bukowski etwas sagen konnte, begann Nadine, sich zu entschuldigen. Sie erzählte von ihrer großen Liebe und der Trennung, die so schlimm für sie war, dass sie monatelang alle sozialen Kontakte eingefroren hatte. Ein guter Freund hatte ihr geraten, dem Leben und der Liebe doch eine zweite Chance zu geben. Kurz darauf habe sie Leon getroffen, der äußerst charmant war, und sich in ihn verliebt.

„Die meisten Männer haben ein Problem mit meinem Gesicht", sagte sie und zeichnete mit dem Zeigefinger den Umriss des Feuermals nach. „Er war anders. Und ich wusste nicht, dass er ..."

„Schon gut", schnappte Bukowski. „Das ist nicht der Grund, warum ich mit dir reden wollte." Sie erklärte, dass sie unbedingt Leons Mörder finden musste. Weil man sie selbst verdächtigt hatte. Weil sie den Linzer Kollegen nicht traute. Und natürlich, weil das Ungeborene in ihrem Bauch ein Anrecht auf die Wahrheit hatte.

Nadine lächelte zum ersten Mal. Sie versprach ihre Unterstützung.

„Wie war das jetzt mit diesem angeblichen Skandal?", fragte Bukowski. „Sind die Marinis korrupt?"

Nadine gab zu, dass sie Leon den Floh ins Ohr gesetzt hatte, damit er sich abends mit ihr verabredete. Dabei seien die Marinis schon in Ordnung, mit all den Macken, die sie zweifellos hätten. Und Walburga Marini sei zwar die ärztliche Leiterin, es liege aber gar nicht in ihrer Kompetenz, Geschäfte abzuschließen. Dafür sei die Betreiberfirma der Reha-Klinik Walderberg zuständig. Gut, Walburga habe beste Verbindungen zu Politik und Wirtschaft und sei eine Jagdfreundin von dessen Aufsichtsratsvorsitzenden.

„Sie geht auf die Jagd?", fragte Bukowski.

„Nach dem Reiten ihr zweitliebstes Hobby", sagte Nadine. „Und wie man weiß, werden in diesen Kreisen die lukrativsten Geschäfte abgeschlossen."

„Aber Leon hat nichts gefunden, was auf illegale Geschäfte hindeutet."

„Nein. Deshalb war ich baff, als er mir von seiner Mordtheorie erzählt hat. Und von dem Beweisstück, das Walburga einkassiert hat."

Bukowski nickte. „Leider ist an seiner Theorie nicht viel dran."

„Nicht?", fragte Nadine. „Aber warum sollte er sonst ermordet worden sein?"

„Das hängt wohl eher mit seiner Exfrau zusammen. Leon hat vor Kurzem die alleinige Obsorge für seinen Sohn beantragt. Und der neue Freund seiner Ex hat ihn deshalb zusammengeschlagen, dafür gibt es Zeugen."

„Stimmt." Nadine senkte ihre Stimme. „Ich habe Leon kurz danach gesehen. Lippen und Nase sahen zwar schlimm aus, aber im Übrigen war er ziemlich fit. Und er hatte eine zündende Idee. Jedenfalls wollte er noch einmal den Generalschlüssel aus dem Versteck holen, um etwas zu überprüfen."

„Hat er gesagt, worum es ging?"

Nadine runzelte die Stirn. „Es hatte wohl mit Birgit Ladstätters Verehrern zu tun, genau erinnere ich mich leider nicht."

„Aber du glaubst, dass er bei dieser Überprüfung seinem Mörder in die Quere gekommen ist?"

Nadine nickte.

Bukowski legte ihren Finger in die kleine Delle an ihrer Nase und dachte nach. „Ich muss mit Paul Huber-Marini sprechen."

„Wenn es jemand von den Marinis war, dann bestimmt nicht Paul", sagte Nadine. „Der könnte niemanden umbringen. Höchstens, wenn Walburga ihm das Messer hält."

„Leon wurde erschlagen", sagte Bukowski und fragte sich, ob Nadines vergangener Liebeskummer mit dem sexuell hyperaktiven Neurologen zu tun hatte. „Mit einem stumpfen Gegenstand. Meine Linzer Kripokollegen haben die Mordwaffe leider noch nicht gefunden."

„Vielleicht sollten sie im Dienstzimmer der Marinis nachsehen? Da gibt's haufenweise stumpfe Gegenstände." Nadine lächelte schief.

„Du verdächtigst Walburga?"

„Nein, nein", ruderte sie zurück. „Ich verdächtige niemanden." Sie begleitete Bukowski zur Tür. „Aber manchmal denke ich, dass Walburga in Wahrheit ein Mann ist. Ein grimmiger, unbeugsamer Ritter, der sich den Körper eines zierlichen Burgfräuleins ausgeliehen hat, um die Welt zu täuschen", sagte sie und hob zum Abschied die Hand.

Als Bukowski wenig später Walburga Marini in ihrem Dienstzimmer gegenübersaß, konnte sie nichts Männliches an der Primaria entdecken. Aber als ihr Blick auf das Regal mit den Pokalen fiel, wusste sie sofort, was Nadine mit „haufenweise stumpfe Gegenstände" gemeint hatte. Sieben Stück waren es, jeder einzelne klobig und massiv genug, um einen Menschen ins Jenseits zu befördern – sofern man ihn mit Kraft auf dessen Schädeldach krachen ließ. Auf dem Deckel des größten Pokals prangte ein dreidimensionaler Pferdekopf. Bukowski schloss daraus, dass es sich um Trophäen handelte, die mit Walburgas liebstem Hobby zu tun hatten.

Leider konnte sie der ärztlichen Leiterin nichts entlocken, was sie nur einen Millimeter weitergebracht hätte. Aber es entging ihr nicht, dass die Gute hochnervös war. Übervorsichtig. Wie eine Gottesanbeterin auf der Lauer hatte sie die Ellbogen auf der Schreibtischplatte aufgestützt und die Hände ineinander verschränkt. Bei jeder Antwort, die sie sich abrang, rieb sie die Handflächen gegeneinander. Ein Indiz für Unsicherheit im Allgemeinen und für eine konkrete Lüge im Speziellen. Eine Lüge, von deren Schuld sich die Händereiberin zugleich weißwaschen wollte – so viel wusste Bukowski noch von den Körpersprache-Seminaren, die sie bisher besucht hatte.

Zugleich schützte die Primaria Betroffenheit vor. Eine Betroffenheit, die so wenig ihre Augen erreichte wie das halbe Lächeln, zu dem sich ihre Mundwinkel aufrafften. Es tue ihr unendlich leid, dass ausgerechnet in ihrem Haus so etwas Grauenhaftes passiert sei, noch dazu einem ihrer jüngsten, sympathischsten und hoffnungsvollsten Patienten. „Eine Katastrophe", sagte die Marini und suchte Bukowskis Blick, hielt ihm aber nicht lange stand.

Sie selbst habe nur ein Patientengespräch mit Leon geführt, wie es zu Beginn einer jeden Therapie üblich sei. Von seinem Privatleben, seinen Sorgen und Nöten habe sie nichts gewusst. Ebenso wenig wisse sie, ob er sich während seines Aufenthalts am Walderberg Freunde oder Feinde gemacht habe. Aber sie sei überzeugt, dass Oberleutnant Himmler und sein Team den Fall in Rekordzeit aufklären werden. Sie hoffe es zumindest. „Von der menschlichen Tragik einmal abgesehen ist so ein Mord nicht gerade förderlich für das Betriebsklima", sagte die Marini. „Und er schadet natürlich unserem Ruf." Zum ersten Mal hielt sie mitten in der Waschbewegung inne, klopfte stattdessen mit der Rechten auf den Schreibtisch, als tätschle sie die Kruppe eines ihrer preisverdächtigen Pferde. „Aber wie ich aus verlässlicher Quelle weiß, haben Ihre Linzer Kollegen vor einer halben Stunde einen Verdächtigen festgenommen." Sie lächelte eisig.

Bukowski blieb die Spucke weg.

Nachdem die Marini sie hinauskomplimentiert hatte, hörte sie ihre Mailbox ab. Drei neue Nachrichten, alle drei von Leons Exfrau. Anne war so aufgelöst, dass sie drei Anläufe gebraucht hatte, um von Geronimos Verhaftung zu berichten und Bukowski um Hilfe zu bitten. Denn ihr Gebi könne zwar alles Mögliche, aber ganz bestimmt keinen Mord begehen.

Bukowski rief zurück. Unter Tränen erzählte Anne, dass ihr Leons Tod sehr, sehr leidtue. Sie fühle sich schuldig, weil sie ihm in ihrer Verzweiflung alles Schlechte an den Hals gewünscht habe. Dabei sei es ihr doch nur um Noah gegangen.

„Jetzt hast du ja dein Ziel erreicht." Kaum war die Bemerkung über Bukowskis Lippen geschlüpft, hätte sie sie gern zurückgenommen. Sie kam sich unmöglich vor.

Anne heulte auf. „Aber doch nicht um diesen Preis! Doch nicht so!" Sie schnäuzte sich. „Ich hoffe, dieses Monster wird rasch gefunden. Gebi hat es nicht getan. Dafür lege ich meine Hand ins Feuer. Der kann nicht einmal einer Mücke ..."

„Ach so?", sagte Bukowski kühl. „Wie seltsam. Es gibt nämlich Zeugen, die gesehen haben, wie er Leon verprügelt hat."

Wieder schluchzte Anne. „Ja, das hat er, das hat er wirklich. Dabei wollte er ihn nur zur Rede stellen. Aber Leon hat ihn provoziert, und da muss er wohl ... da hat er die Beherrschung verloren." Sie war so aufgewühlt, dass sie erst nach einer längeren Pause weitersprechen konnte. „Aber als er weggefahren ist, war Leon am Leben. Er hat sich aufgerappelt und ist weitergegangen, als wäre nichts gewesen. Und Gebi hat so sehr bereut, dass ihm die Faust ausgekommen ist. Bitte, Carla, das musst du mir glauben!" Anne flehte Bukowski an. „Du bist doch auch von der Kripo. Da kann dir die Wahrheit doch nicht egal sein!"

„Nein“, sagte Bukowski. „Natürlich nicht.“ Sie wechselte das Thema und erkundigte sich nach Noah.

Anne versicherte, dass es ihm gutging. Dass sie nächste Woche mit ihm zu einem professionellen Trauerbegleiter gehe.

„Du kannst uns jederzeit besuchen kommen, Carla“, sagte sie zum Schluss. „Aber du musst Gebi helfen. Du musst den richtigen Mörder finden.“ Den letzten Satz hatte Anne geflüstert, aber er hallte so lange in Bukowskis Kopf nach, als wäre er in Metall gemeißelt worden.

Es war Mittag. Der Geruch nach Curry und gebratenem Fisch kroch in ihre Nase. Ihr Magen knurrte. Klar, sie hatte gestern kaum etwas und heute noch gar nichts gegessen. Trotzdem kam es ihr unanständig vor. Warum war das so? Warum starb jemand, den man liebte, und der eigene Körper verriet einen mit seinen banalen Bedürfnissen. Essen. Trinken. Wärme. Schlaf.

Sie schüttelte den Kopf. Aber sie kam dem Bedürfnis nach. Leonie zuliebe und damit sie bei Kräften blieb. Die Suche nach der Wahrheit könnte sich energieraubend gestalten.

Gegen ein geringes Entgelt durfte sie im Speisesaal mit den anderen Patienten essen. Sie entdeckte Bär, neben dem ein Platz frei war. Die Erkenntnis, dass es sich um Leons Stammplatz handeln musste, versetzte ihr einen Stich. Sie schaffte es nicht, sich auf diesen Stuhl zu setzen, und peilte den letzten Tisch an. Dort hatte gerade Nadine mit zwei Kollegen Platz genommen. Bukowski setzte sich dazu und aß mechanisch, ohne zu beachten, was sie in sich hineinschaufelte.

Nadines Kollegen – ein kahlköpfiger Psychologe namens Eugen und ein pickelgesichtiger Ergotherapeut namens Oliver – unterhielten sich angeregt miteinander.

„Irgendwas stimmt nicht mit der Marini", raunte Bukowski Nadine zu, ohne dass die Männer es mitbekamen. „Ich würde mich gern in ihrem Dienstzimmer umsehen." Sie signalisierte, dass sie sich für das Versteck des Schlüssels interessierte.

Nadine ließ den halben Fisch übrig und forderte Bukowski auf, mit ihr zu kommen. Sie führte sie in die kleine Teeküche im ersten Stock. Ein Rückzugsraum für das Personal, hier konnte man sich Tee oder Filterkaffee machen. Es gab auch einen Kühlschrank, in dem jeder seine persönliche Jause deponieren konnte. Allerdings aßen die meisten im Speisesaal, deshalb war die Teeküche während der Mittagspause verwaist.

Bukowskis Blick fiel auf die Fotos an der Wand, Fotos von allen Mitarbeitern, den Ärzten, Therapeuten, Pflegern, dem Küchen- und Reinigungspersonal. Zwei Fotos waren am Rand mit Trauerflor verziert.

„Wer ist das?" Bukowski zeigte auf das Porträt eines Grauhaarigen.

„Ein Neurologe, der vor drei oder vier Jahren verstorben ist. Bauchspeicheldrüsenkrebs, glaube ich. Ich kannte ihn nicht, das war vor meiner Zeit."

„Und die hübsche junge Frau? Ist das nicht die Gehirntumorpatientin? Birgit Ladstätter?"

„Nein, das ist Sandra. Sandra Lehner. Sie war Diätologin – eine sehr nette, engagierte Kollegin. Aber ..." Nadine betrachtete das Foto von weiter weg. „Stimmt, jetzt sehe ich es auch. Die Ähnlichkeit mit Birgit sticht wirklich ins Auge. Komisch, dass mir das noch nie aufgefallen ist."

„Woran ist Sandra gestorben?"

„Eine tragische Geschichte", sagte Nadine. „Sandra war sehr sportlich. Ist oft mit dem Rad in die Arbeit gefahren. Im letzten Herbst ist sie auf dem Nachhauseweg tödlich verunglückt.“ Sie wischte über ihr Feuermal. „Ewig schade. Sandra war so humorvoll und lebenslustig. Ich hab sie sehr gemocht. Ach was. Es erwischt eben immer die Falschen, nicht?“

Bukowskis Blick glitt vom Foto der lachenden Sandra nach unten, zu einer Porzellanvase mit gelben Narzissen. „Und wer bringt Sandra Blumen?“ Denn so sah es eindeutig aus.

„Keine Ahnung.“

Jemand, der sie geliebt haben muss, dachte Bukowski. Und sie fragte sich, ob sie auch einmal Blumen unter Leons Foto stellen würde.

Nadine öffnete einen Schrank und nahm eine Blechdose heraus. Lauter einzeln verpackte Süßstofftabletten waren drin. Am Boden der Dose befand sich ein Schlüssel.

„Der sperrt jeden Raum.“

„Haben alle Angestellten Universalschlüssel?“, fragte Bukowski.

„Nein, nur die Marinis. Und das Reinigungspersonal natürlich. Den hat Paul hier deponiert, weil er seinen eigenen Schlüssel öfter vergisst, chaotisch, wie er ist.“

„Wer kennt das Versteck noch?“

„Keine Ahnung, aber bestimmt einige. Bloß Walburga nicht, sonst hätte sie sicher einen Aufstand gemacht. Sie hasst solche Schlampereien.“ Nadine grinste. „Und Süßstoff hasst sie auch, deshalb ist das Versteck vor ihr sicher.“

Bukowski wollte den Schlüssel an sich nehmen, aber Nadine legte ihn zurück. „Nicht! Wenn das jemand mitbekommt ...“ Sie stellte die Blechdose zurück an ihren Platz. „Am besten du kommst am Abend wieder. So gegen halb neun, da ist noch genug los, dass du als Besucherin nicht auffällst. Du kannst dich im Putzmittellager verstecken. Geputzt wird meines Wissens erst am frühen Morgen. Durch den Türspalt kannst du beobachten, ob jemand in der Teeküche ist oder nicht. Ab halb zehn, zehn hast du bestimmt freie Bahn."

„Okay", sagte Bukowski. Sie bedankte sich und wollte gehen.

Nadine hielt sie an der Schulter zurück. „Bist du sicher, dass es eine gute Idee ist?" Ihr Blick verursachte Bukowski eine Gänsehaut. Nadine hatte die Augen aufgerissen, und in ihren geweiteten Pupillen spiegelte sich Entsetzen. Als sähe sie Bukowski bereits als Leiche vor sich.

„Wird schon schiefgehen", sagte Bukowski mit rauer Stimme.

Sie sagte es halb zu Nadine, halb zu sich selbst. Zu ihren schweißnassen Händen und dem seltsamen Gefühl im Bauch – ein Gefühl, als ob sie eine tiefgefrorene Brombeere verschluckt hätte.

22
Aus dem Buch der Kränkungen
#2 Elisabeth

Es ist später Vormittag, als ich in Innsbruck ankomme. Du bist nicht zu Hause, zumindest machst du auf mein Klingeln die Tür nicht auf. Natürlich, denke ich, du arbeitest bestimmt. Ich fahre mit dem Bus zum Krankenhaus. Aber in der Kinderklinik bist du auch nicht. Nicht weil du an dem Tag keinen Dienst hast, sondern weil du überhaupt nie dort gewesen bist. Keine Schwester Elisabeth in der Neonatologischen Intensivstation, keine in der Nachsorge- oder der Neugeborenenstation. Weit und breit keine Schwester Elisabeth. Elisabeth Marie Winsauer?

Unbekannt.

Da begreife ich, dass alles eine Lüge ist.

Schon als Kind hast du eine blühende Fantasie gehabt und dir gern Geschichten ausgedacht. Damals waren es Märchen mit Einhörnern, bösen Zauberern, die Kinder fraßen, und lieblichen Feen, die die Gefressenen retteten, und immer ging alles gut aus. Ich habe deine Märchen geliebt, obwohl ich danach kaum einschlafen konnte, vor Aufregung. Jetzt denke ich, dass du nie aufgehört hast mit der Märchenerzählerei. Die lieblichen Feen sind zu Krankenschwestern geworden – aber ob am Ende alles gut ausgehen wird?

Den ganzen Tag warte ich vor deiner Wohnung, doch du kommst nicht. Als die Dunkelheit hereinbricht, mache ich mich auf die Suche nach einer Unterkunft. Beim Überqueren der Leopoldstraße sehe ich dich.

Gegenüber dem Glockenmuseum Grassmayr gehst du auf und ab. Immer genau sieben Schritte vor und sieben zurück. Ich erkenne dich sofort, trotz deines Babydoll-Kleidchens und dieser Stiefel, die nicht nach Stiefeln aussehen, sondern nach Folterinstrumenten.

Du dagegen ahnst nicht, wen du vor dir hast. „Na, Schnuggi", sagst du, „Lust auf einen Quickie?"

Ich stehe nur stumm da und versuche, die bittere Erkenntnis zu verarbeiten.

„Für dich nur dreißig Euro."

Ich schnappe nach Luft. Suche nach einem Zeichen, dass ich mich getäuscht habe. Dass du es doch nicht bist. Nicht du, sondern bloß irgendeine verdammte Nutte. Aber es gibt kein solches Zeichen. Ohne Zweifel stehe ich meiner Schwester gegenüber, nicht einmal die zentimeterdicke Schminkeschicht kann das verbergen, die du dir ins Gesicht gekleistert hast.

„Französisch für einen Zwanziger. Und ..." Endlich bemerkst du, dass etwas nicht stimmt. Du kneifst die Augen zusammen. Dann nennst du mich beim Namen, bei dem alten, verhassten Namen, den ich längst abgelegt habe. Kurz blitzt Freude in deinen Augen auf, aber sie hält sich nicht lang. Schlägt um in Scham. In Wut. „Verdammt, was machst du hier? Wieso hast du nicht angerufen?"

Wie denn? Du stehst nicht im Telefonbuch. Es war schon eine Meisterleistung, deine Adresse herauszufinden. In deinen Briefen, diesen wundervollen, poetischen Briefen, hast du immer nur ein Postfach angegeben.

„Was gaffst du so? Hast du noch nie eine Nutte gesehen?"

Mir fehlen die Worte. Gibt es Worte für so eine Situation?

„Ja, ich gehe auf den Strich. Jetzt weißt du's. Zufrieden?"

Ich öffne den Mund, aber es kommt nur Luft heraus.

„Ob du zufrieden bist, hab ich dich gefragt!", keifst du.

Endlich erwache ich aus meiner Schockstarre. Ich gehe auf dich zu und umarme dich. Küsse deine Wangen, lasse meinen Gefühlen freien Lauf. Wie lange wir uns nicht gesehen haben! Wie sehr ich dich vermisst habe!

Du machst dich los und lotst mich in deine Wohnung. Es ist ja nur ums Eck.

„Soll ich uns was kochen? Nudeln oder Spiegeleier?", frage ich auf der Suche nach einer Küche. „Ich kann sogar Omelette. Hast du keinen Herd?"

„Wozu? Ich koche nie."

Logisch. Du brauchst nur ein Bett, um deinen Job zu machen. Und Drogen, um ihn auszuhalten. Außer Chips hast du nichts Essbares zu Hause, aber sechs Flaschen Discountersekt, mehrere Dosen Red Bull, einen billigen Gin und ein Päckchen mit weißem Pulver, in Plastik verschweißt. Koks? Speed? Crack?

Du lenkst ab. Fragst mich, wie's mir geht. Ob ich noch zu Hause wohne. Wie es in der Schule läuft.

„Hab Matura gemacht", sage ich. „Im Herbst gehe ich nach Wien."

Du fragst nicht nach, also erzähle ich dir nicht, dass ich mit Auszeichnung maturiert habe, dass meine Adoptiveltern stolz auf mich sind, dass sie mir das Studium finanzieren.

Ich fühle mich schuldig.

Ich, der Glückspilz.

Du, die große Schwester – eine gescheiterte Existenz. Pflegeeltern eins – zurückgegeben worden, Heim eins – weggelaufen, Heim zwei – wieder weggelaufen, Pflegeeltern zwei – auch ein kurzes Gastspiel, von vornherein zum Scheitern verurteilt; danach Diebstähle, Drogendelikte, Jugendstrafanstalt. Eine Spirale nach unten. Und jetzt also der Straßenstrich. Nicht die große Wende, wie du mir geschrieben hast, die Berufung, die Krankenpfle-

geschule, der Chirurgenfreund und Mentor. In Wahrheit bist du längst ganz unten angekommen.

„Ich kann dich da rausholen", sage ich.

Du lachst. Es klingt unschuldig und silberhell, wie ich es von früher kenne. So hast du mit elf, zwölf gelacht, als Mama noch lebte. Als die Welt zwar längst nicht mehr in Ordnung war, aber als wir es noch nicht wussten.

„Komm mit nach Wien", sage ich. „Niemand braucht es zu erfahren." Meine Adoptiveltern dürfen es nicht erfahren, weil sie dir nie verziehen haben. Für sie bist du der Teufel. Sie würden alles tun, um dich von mir fernzuhalten. „Die Wohnung ist klein, bloß ein Zimmer, aber für den Anfang wird es reichen", sage ich. „Ich studiere tagsüber und abends kellnere ich. Und du, du machst die Krankenpflegeschule."

Wieder lachst du. „Mein kleiner Bruder", sagst du und siehst zu mir auf. „Mein großer kleiner Bruder will mich retten. Wie romantisch! Wir werden aus einem Tellerchen essen und in einem Bettchen schlafen. Wie früher, als unsere Eltern unsere Kinderzimmer an die Touristen vermietet haben und wir am Dachboden schlafen mussten, im Ehebett der Großeltern. Hast du das vermisst?" Du ziehst mich so jäh in eine Umarmung, dass ich das Gleichgewicht verliere und wir beide auf dein Bett fallen. „Hast du unsere Doktorspiele vermisst?"

Ich versuche, mich aufzurappeln, aber mein Fuß verheddert sich im Bettzeug.

Du knöpfst meine Jeans auf und holst meinen Penis heraus.

„Lass das!", fauche ich.

Du lässt dich nicht beirren. Pfeifst anerkennend. „Wie groß er geworden ist!"

Ich winde mich, aber du hast erstaunlich viel Kraft. Du legst dich mit deinem ganzen lächerlichen Gewicht auf mich und beginnst, ihn zu streicheln.

„Schau nur, wie er das mag. Genau wie früher!“, sagst du und lachst so silberhell und unschuldig wie damals. Als du mir all die Dinge beigebracht hast, die Beckmann mit dir angestellt hat. Unser Stammgast Jochen Beckmann, auf dessen Schoß du jeden Abend gesessen bist – du warst erst sieben oder acht – in unserem Wohnzimmer, neben Papa und Mama und Beckmanns Frau, ohne dass irgendjemand geahnt hätte, was sich dabei in Beckmanns Hose abspielte. Oder haben sie es geahnt und trotzdem geschwiegen?

„Hör auf!“, brülle ich und du lässt los, aber nur, um mit deinem Mund weiterzumachen.

Ich fühle deine Lippen und plötzlich will ich nicht mehr, dass du aufhörst. Ich will mit dir schlafen. Ich will mit meiner Schwester schlafen, denke ich, und der Gedanke macht mich so wütend, dass sich meine Kraft verdoppelt. Mit einem Tritt fliegst du vom Bett, krachst gegen die Wand und schreist auf.

Als ich es endlich schaffe, aufzustehen und meine Hose zuzuknöpfen, weine ich.

„Stell dich nicht so an“, sagst du und wischst dir Blut von einer Schramme am Arm. „Früher hat es dir auch Spaß gemacht.“

„Spaß?“, frage ich. Ich war acht, als du mit den Doktorspielen begonnen hast. Elf, als meine Adoptiveltern uns dabei erwischt haben. „Spaß?“

„Willst du behaupten, ich hätte dich gezwungen?“

Nein, zwingen musstest du mich nicht. Ich habe mitgemacht. Stillgehalten. Schließlich wollte ich es mir nicht mit dir verscherzen. Mit der einzigen Person, die mir Zuneigung entgegengebracht hat. Die ich geliebt und bewundert habe.

Aber es hat sich falsch angefühlt.

„Es war Missbrauch", sage ich. „Du bist vier Jahre älter als ich und hättest es wissen müssen."

„Missbrauch?" Du lachst laut auf. Es klingt nicht mehr unschuldig und silberhell, sondern verlebt, versoffen und verhurt. Wie wertloses Blech. „Was heißt denn Missbrauch? Das tun doch alle Geschwister! Nur unsere Scheiß-Pflegemutti musste ein Drama draus machen, weil sie prüde ist. Und dich hat sie zu demselben prüden Spießer erzogen!" Du spuckst in meine Richtung, triffst aber nicht. „Oder glaubst du immer noch, sie haben mich zurückgeschickt, weil wir an uns herumgespielt haben?" Du lachst schon wieder. Bösartig jetzt. „Haben sie dir das erzählt? Ja?"

Ja. Haben sie. Es gebe leider keinen Ausweg, haben sie gesagt. Dass Elisabeth ein verdorbenes Mädchen sei, das professionelle Hilfe brauche, und dass sie mich vor ihr beschützen müssen.

„Willst du wissen, was der wahre Grund war?" Du kommst ganz nahe und flüsterst es mir ins Ohr. „Eifersucht. Weil Papi von Mutti dabei erwischt wurde, wie er mich durchgefickt hat. Richtig schön durchgefickt. Immer freitags, während sie Derrick geschaut hat und du schon im Bett warst. Sie hat ihn ja nicht mehr rangelassen."

„Das ist nicht wahr!", brülle ich. „Du verdammte Lügnerin, sei still!"

Aber du bist nicht still. Du hast erst angefangen. Jetzt lachst du. Lachst dein blechernes, bösartiges Lachen, das wie Hundegebell klingt. Lachst und lachst.

Natürlich will er dir nichts tun. Er will bloß, dass dieses Lachen aufhört. Es scheppert in seinen Ohren, es tut weh, es beleidigt sein Trommelfell, und er will, dass es aufhört.

Woher er die Strumpfhose hat, weiß er selbst nicht. Sie muss wohl herumgelegen sein, und zufällig hat er sie in die Finger bekommen.

Er packt dich an den Oberarmen und wirft dich aufs Bett. „Hör auf! Hör auf zu lachen!“

Aber du denkst nicht dran. Du lachst, bellst, geiferst noch, als die Strumpfhose sich längst um deinen Hals schlängelt. Erst als er sie zusammenzieht und dir die Luft abschnürt, kriegst du es mit der Angst. Deine Lippen formen seinen Namen, aber er hört nichts. Nur das Lachen.

Sogar, als du reglos und mit hervorgequollenen Augen vor ihm liegst, hört er es noch. Er hört es, während er ziellos durch Innsbruck irrt. Bis auf die Universitätsbrücke begleitet ihn dein Lachen. Dort verharrt er minutenlang und starrt in den Hochwasser führenden Inn. Er will sich in die Fluten stürzen, nur damit dieses blecherne Bellen in seinem Ohr endlich aufhört.

Der Wind zerrt an seinen Kleidern, als er aufs Geländer klettert. Er reißt an seinen Haaren und –

Plötzlich ist das Gebell weg. Es ist verebbt, verklungen. Wie weggeblasen ist es, und ich springe doch nicht. Es gibt keinen Grund mehr, denn mit dem Gebell ist auch mein Hass verblasst. Ich klettere vom Geländer, zitternd, aber nicht mehr verzweifelt. Nicht mehr aufgewühlt. Ich verlasse Innsbruck, werde nie mehr hierherkommen.

Aber ich werde oft an dich denken, Elisabeth, und mich dabei an die guten Zeiten erinnern, als die Winter noch schneereich waren und dein Lachen unschuldig und silberhell klang.

Gelöscht am 2. Juli 2002

23
9. April

Sie schreckte hoch. Jemand hatte sie an der Wange berührt! Ihr Puls raste, aber da war niemand – nur Besen. Sie musste vor Erschöpfung eingeschlafen sein, trotz des Geruchs nach muffigen Putzfetzen und ihrer unbequemen Hockstellung. Im Schlaf war ihr Oberkörper zur Seite gesunken, bis sie fast den Kehrwisch geküsst hätte.

Bukowski stand auf, streckte sich und bekam prompt einen Wadenkrampf. Sie unterdrückte einen Fluch. Als der Schmerz abgeklungen war, warf sie einen Blick auf ihr Handydisplay. Schon halb elf! Sie hatte fast eine Dreiviertelstunde verschlafen. Ein prüfender Blick durch den Türspalt zeigte, dass die Teeküche leer war.

Die Tür stand offen, es brannte kein Licht, alles war ruhig. Ran an den Speck, dachte Bukowski.

Sie huschte hinein, holte die Blechdose aus dem Schrank und kramte nach dem Schlüssel. Sekunden später hatte sie ihn in ihrer Hosentasche verstaut und schlich auf leisen Sohlen zum Dienstzimmer der Marinis.

Obwohl es riskant war, machte sie Licht und scannte den Raum mit Argusaugen. Sie suchte nach Hinweisen, die auf Leons Anwesenheit deuteten, und mochten sie noch so unbedeutend sein, in erster Linie aber nach Kampfspuren und Blutspritzern auf dem Boden, den Wänden, an Walburgas Pokalen.

Schon während ihres Gesprächs mit der Primaria war ihr aufgefallen, dass der Raum wie geleckt aussah. Aufgeräumt der Schreibtisch, geputzt und poliert der Parkettboden, abgestaubt die Regale. Bei näherem Betrachten verstärkte sich dieser Eindruck noch. Nicht einmal auf den Pokalen in der obersten Regalreihe war das winzigste Staubflöckchen zu entdecken. Blutspritzer natürlich erst recht nicht, nicht mit freiem Auge, und leider hatte Bukowski kein Luminol-Spray, um geringste Blutspuren sichtbar zu machen. Sie stellte die Pokale zurück und widmete sich dem Boden.

Und siehe da. Bei Kunstlicht bemerkte sie, was ihr am Nachmittag entgangen war. Der gesamte Parkettboden leuchtete rötlichbraun – bis auf ein Rechteck vor dem Schreibtisch, das sich bis zum Sofa erstreckte. Dort war die Farbe heller, gelblicher.

Als hätte dort ein Teppich gelegen, dachte Bukowski und dachte auch, dass Leons Leiche in einem zusammengerollten Teppich gefunden worden war.

Sie bückte sich, um die Bodenbeschaffenheit genauer zu untersuchen, als sie Schritte hörte. Ein Klackern von hohen Absätzen, das rasch näher kam.

Hektisch sah sie sich um. Ein Königreich für ein Versteck!

Sie warf sich flach auf den Boden. Einen Wimpernschlag später hielt das Klackern inne. Ein metallisches Geräusch kündigte an, dass von außen ein Schlüssel ins Schloss gesteckt wurde.

Bukowski zwängte sich unter das Kanapee. Es war furchtbar eng und ihr Hüftknochen hing fest. Ein scharfer Ruck und ...

Mit leisem Knarren schwang die Tür auf, die Absätze klackerten herein.

Bukowski hielt den Atem an. Sie konnte nur hoffen, dass sie ihre langen Beine rechtzeitig eingezogen hatte.

Ihr Gesichtsfeld war eingeschränkt, das Einzige, was sie vom feindlichen Eindringling zu sehen bekam, waren schlanke Fesseln und dunkelblaue Wildlederpumps.

„Wieso brennt Licht?“

Bukowski erschrak. Im ersten Moment dachte sie, Walburga Marini, deren Stimme sie erkannt hatte, hätte die Frage an sie gerichtet. Sie fühlte sich ertappt und war drauf und dran, hervorzukriechen und zuzugeben, dass sie leider nicht mehr dazu gekommen war, das Licht zu löschen.

„Und warum war nicht abgesperrt?“

In diesem Moment trat ein zweites Paar Schuhe – braune Sneakers, an der Spitze ein wenig abgewetzt – in ihren Blickwinkel, und Bukowski erkannte ihren Irrtum.

„Woher soll ich das wissen?“, antwortete eine sanfte Männerstimme, die Bukowski schon einmal gehört hatte. Aber es wollte ihr nicht einfallen, wo.

„Glaubst du, dass Pauli hier war?“

„Keine Ahnung, Walburga, aber es würde mich wundern. Wenn deine Vermutungen zutreffen, wird er sich wohl kaum in die Höhle des Löwen wagen.“

„Das ist ja das Problem. Ich weiß eben nicht, ob sie zutreffen. Ich kann und will es mir nicht vorstellen. Pauli ist doch kein ...“ Die Primaria schluchzte auf. „Das ist alles so absurd! Als wäre ich in meinem schlimmsten Albtraum gefangen. Aber die Indizien sind so eindeutig, dass ich keine andere Erklärung finde!“ Wieder das Schluchzen. „Ehrlich gesagt habe ich gehofft, dass du eine finden wirst.“ Sie schnäuzte sich. „Ach, Eugen, ich weiß nicht, was ich machen soll.“

Bukowski ging ein Licht auf, wer in den abgewetzten Schuhen steckte: Eugen Pammer, der kahlköpfige Psychologe, der im Speisesaal neben Nadine gesessen war.

Pammer schwieg. Es war so still, dass Bukowski ihr eigenes Blut rauschen hörte.

„Warum sagst du nichts?“ Walburgas Stimme schraubte sich in die Höhe. „Du bist schließlich Paulis bester Freund. Bitte sag, dass es nicht wahr ist. Dass Pauli unschuldig ...“ Ein Heulanfall folgte.

Bukowski staunte. Sie hatte die Primaria für eiskalt und berechnend gehalten. Entweder die Gute war wirklich vollkommen verzweifelt oder eine begabte Schauspielerin.

Bei Pammer taten die Tränen jedenfalls ihre Wirkung. Seine Sneakers näherten sich den Pumps, vermutlich umarmte der Psychologe die Primaria. „Beruhige dich, Walburga. Natürlich bin ich Pauls Freund, aber auch deiner. Lass uns in Ruhe nachdenken, dann finden wir schon eine Lösung.“

Das Schluchzen wurde leiser und verebbte allmählich.

„Erzähl mir noch einmal, wie das mit Birgit Ladstätter gewesen ist. Hab ich dich recht verstanden – sie hat keine Schlaftabletten geschluckt?“

„Ihr wurde eine Überdosis Luminal gespritzt. Es sah nur deshalb nach Suizid mit Schlaftabletten aus, weil Pauli leere Blister auf ihr Nachtkästchen gelegt hat.“ Von einem Moment auf den anderen wirkte Walburgas Stimme wieder sachlich. Beinahe geschäftsmäßig.

„Er hat das also arrangiert. Und woher weißt du, dass er es war?“

„Ich wusste doch, dass er was mit ihr hat. Also habe ich ihn zur Rede gestellt. Er war vollkommen aufgelöst. Hatte sich mit irgendwelchen Pillen zugedröhnt und behauptet, sie sei schon tot gewesen, als er sie besuchen wollte. Da hat er es mit der Angst bekommen und die leeren Injektionspackungen weggeworfen. Als ihr behandelnder Neurologe wusste er, welche Schlaftabletten ihr der Hausarzt verschrieben hat. Er hat eine Packung aus dem Medikamentendepot genommen, die Tabletten ins Klo gespült und die leeren Blister auf dem Nachttisch arrangiert. Dazu noch das Shakespeare-Zitat anstelle eines Abschiedsbriefs. Nicht Birgit hat es geschrieben, sondern meine Mutter. Pauli hat es einige Tage vorher in Mutters Schrank gefunden."

„Aber warum sollte er Spuren verwischen, wenn er sie nicht getötet hat?"

„Das habe ich ihn auch gefragt. Die Antwort ist so lächerlich, dass ich ..." Sie lachte auf, es klang gekünstelt. „Stell dir vor, er hat behauptet, er wollte *mir* damit helfen. Weil er gedacht hat, ich hätte ... aus Eifersucht ..."

Pammer begann, im Zimmer auf und ab zu gehen. „Das sieht nicht gut aus, Walburga", sagte er. „Das sieht gar nicht gut aus."

Auf einmal blieb er genau vor Bukowskis Versteck stehen. Einen irrwitzigen Augenblick lang befürchtete sie, er würde sich bücken und unter das Sofa schauen. Stattdessen plumpste es über ihr, und Stahlfedern bohrten sich in Schulter und Hüfte. Scheiße, jetzt werden sie dich doch noch entdecken, dachte sie. Es konnte ja nicht sein, dass Eugen Pammer sich aufs Sofa setzte, ohne den knöchernen Widerstand zu bemerken.

Aber er bemerkte nichts. Offensichtlich forderte Walburga seine gesamte Aufmerksamkeit.

Sie erzählte, dass sie zunächst mitgeholfen hatte, jedes noch so kleine Indiz aus dem Weg zu räumen, das auf Pauli als Täter hindeuten könnte. Sie hatte eine verfängliche Mail von Birgit Ladstätter gelöscht, hatte dem schnüffelnden Journalisten Leon Ritter die Kanüle abgenommen, die er im Zimmer der Ladstätter gefunden hatte, und versucht, Druck auf Himmler auszuüben, damit der seine Leute zurückpfiff. Eindeutiger Suizid, keine Notwendigkeit für ausführlichere Untersuchungen. Der Hohlkopf Himmler spielte gerne mit. Leider machte ihr die blutjunge Staatsanwältin einen Strich durch die Rechnung. Eine Newcomerin, klein, blond und noch grün hinter den Ohren, aber ehrgeizig wie Napoleon. „Alter Adel, verarmt, aber unbestechlich", sagte Walburga bitter. „Hat auf einer Obduktion bestanden. Spätestens am Montag wird also herauskommen, dass die Ladstätter am Luminal gestorben ist. Und dann ist da noch der Mord an diesem Journalisten und die Sache mit dem Teppich ..."

Bukowski spitzte die Ohren, so gut das in ihrer Lage möglich war. Ihre linke Wange wurde durch Pammers Gewicht auf den Boden gedrückt, und sie bekam eine Staubfluse in die Nase. Sakradi! Es gelang ihr, den Zeigefinger in die Mitte zwischen Nase und Oberlippe zu drücken, ein Akupressurpunkt, den Kim ihr einmal gezeigt hatte, um akuten Niesreiz zu unterdrücken. Es funktionierte. Aber die Anstrengung, nicht zu niesen, kostete so viel Kraft, dass es Bukowski schwerfiel, dem Gespräch zu folgen.

Immerhin bekam sie mit, dass der Teppich, in dem Leons Leiche gefunden worden war, aus dem Dienstzimmer der Marinis stammte. Sie hatte also richtig vermutet! Und Walburga Marini hatte das sofort erkannt, aber tunlichst verschwiegen. Jetzt befürchtete die Gute, dass es aufkommen würde. Irgendjemand vom Personal würde es bemerken, und dann würde der Verdacht erst recht auf Pauli fallen – und sie würde sich mitschuldig machen.

„Was soll ich nur tun?", fragte sie.

„Über kurz oder lang wirst du der Polizei die Wahrheit sagen müssen, Walburga. Das ist dir doch klar?"

„Aber ich liebe Pauli, ich kann ihn doch nicht anzeigen!"

„Das musst du auch nicht. Es genügt, wenn du die Arbeit der Polizei nicht behinderst oder sie in die Irre führst. Erzähl ihnen einfach von dem Teppich und lass sie selber ihre Schlüsse ziehen", sagte Pammer mit seiner ruhigen Psychologenstimme.

Bukowski unterdrückte einen Seufzer, als er endlich aufstand und der Druck der Stahlfedern nachließ. Pammers Sneakers näherten sich wieder den Pumps, und es hörte sich so an, als ob Walburga an seiner Schulter leise weinte.

„Überleg es dir gut. Weißt du, Solidarität ist eine Sache. Eine wunderschöne Sache übrigens. Du liebst Paul und stehst zu ihm – daraus kann dir niemand einen Strick drehen. Aber ich bitte dich als dein Freund, mach nichts Illegales. Lüg die Polizei nicht an. Früher oder später finden sie die Wahrheit heraus, und dann verdächtigen sie womöglich dich." Er senkte die Stimme zu einem Flüstern. „Und da hat niemand was davon, am wenigsten dein Pauli."

Sie sagte nichts darauf, sondern weinte leise weiter.

„Sag einmal, wo ist er überhaupt? Die Darmgrippe ist doch nur eine Ausrede, oder?"

Unter Schluchzen verriet Walburga, dass sie es nicht wusste, dass Pauli seit dem Mord an dem Journalisten verschwunden und auch telefonisch nicht erreichbar sei. Deshalb habe sie ihn krankgemeldet.

„Glaubst du wirklich, dass er zwei Menschen auf dem Gewissen hat?", fragte Pammer auf einmal.

Walburga keuchte.

„Nicht dass ich an deinen Worten zweifle! Es fällt mir nur so schwer, ihn mir als Mörder vorzustellen. Als Psychologe weiß ich, dass er Züge einer narzisstischen

Persönlichkeitsstörung aufweist. Und als Freund weiß ich, dass er tablettensüchtig ist – ich habe schon oft versucht, ihn darauf anzusprechen, leider vergeblich. Aber ein Mörder ...?"

„Er muss sich stellen", sagte Walburga. „Das ist die einzige Lösung, bevor alles noch schlimmer wird."

Pammer stimmte ihr zu. Und auf Walburgas inständige Bitte versprach er, Paul anzurufen und an seine Vernunft zu appellieren. Vielleicht würde er eher auf einen Freund hören als auf seine Frau.

Stille kehrte ein.

Endlich verabschiedeten sich die beiden. Pammer ging zuerst und nach einer Weile, in der Bukowski wieder heftig gegen den Niesreiz ankämpfte, verließ auch die Primaria ihr Dienstzimmer.

Das Licht wurde ausgeschaltet, die Tür geschlossen, der Schlüssel im Schloss gedreht. Bukowski schaffte es noch, bis zehn zu zählen – länger ließ sich das Niesen nicht zurückhalten. Dann kroch sie unter dem Sofa hervor und verließ den unheimlichen Ort auf schnellstem Weg. Den Ort, an dem mit immer größerer Wahrscheinlichkeit Leon umgebracht worden war.

Sie deponierte den Schlüssel in seinem angestammten Versteck in der Teeküche. Durchgeschwitzt war sie und dachte, dass sie doppelt Glück gehabt hatte. Sie war nicht nur der Entdeckung entgangen, sondern hatte außerdem etwas Aufschlussreiches erfahren.

Um ihr Glück nicht überzustrapazieren, beschloss sie, nicht den Hauptausgang zu benutzen. Auch zu nachtschlafener Zeit war erstaunlich viel los in einer Rehabilitationseinrichtung, und Bukowski wollte das Risiko, jemandem über den Weg zu laufen, minimieren.

Sie verließ die Teeküche und folgte dem grünen Pfeil zum Notausgang. Als sie um die Ecke bog, bekam sie völlig unerwartet einen Schlag vor die Brust. Sie verlor das Gleichgewicht, taumelte und versuchte, sich an der Wand abzustützen. Aber die Wand war zu weit weg, und Bukowski fiel ungebremst hintenüber.

24

Der Nebel in ihrem Kopf ist dicht, beinahe zähflüssig. Sie weiß nicht, wo sie ist. Nicht, wie sie hierhergelangt ist. Auf ihren Strümpfen gleitet sie wie auf Schlittschuhen durch die fahlgelbe Meerenge, so flott, dass sie mit einer Hand den Hut festhalten muss. In der anderen hält sie die Slingbacks an ihren Riemchen.

Dann krümmt sich die Meerenge, und bevor Alice ihre Fahrt bremsen kann, saust sie mit voller Wucht gegen ein Hindernis.

Ihre Stirn stößt gegen etwas Hartes, der Hut flattert davon, die Schuhe fallen polternd zu Boden. Giftgrün züngelt der Schreck, und Alice entfährt ein Schrei.

Das Hindernis entpuppt sich als Frau – als große, knochige Frau, die durch die Wucht des Aufpralls auf den Po gefallen ist. Stöhnend rappelt sie sich auf und reibt sich mit schmerzverzerrtem Gesicht das Steißbein. Dabei mustert sie Alice.

„Frau Marini“, sagt sie. „Haben Sie sich verletzt?“

Frau Marini?, denkt Alice, das bin ich. Verletzt?

„Mir geht's gut“, antwortet sie. Verwirrt ist sie, aber das möchte sie der Fremden nicht auf die Nase binden. Außerdem kommt ihr vor, als habe das Erschrecken über den Zusammenstoß einen Teil des Nebels in ihrem Hirn dazu gebracht, sich aufzulösen. Ja, kein Zweifel, die Sicht klärt sich zunehmend.

Wenn sie nur wüsste, wen sie vor sich hat. Wo hat sie dieses rotblonde Wesen mit den Storchenbeinen und dem schmalen Gesicht schon gesehen? Diese Sommersprossen, die hellen Augen, von denen man nicht sagen kann, ob sie grau sind oder grün?

„Wo wollen Sie denn hin?“, fragt die Frau und plötzlich fällt es Alice wie Schuppen von den Augen. Eine

Schauspielkollegin ist es. Natürlich! Nicht von der Burg, sondern eine vom Film.

Ob sie ihr vertrauen kann? Soll sie zugeben, dass sie weder weiß, wohin sie will, noch, woher sie gekommen ist? Die Nebel lichten sich weiter und ihr fällt ein, dass die hochgewachsene Kollegin eine Hexe gespielt hat, in diesem amerikanischen Fantasyepos. Eine böse, bleiche Hexe namens ... Judy? Jeannie? Janis?

Alice zuckt mit den Schultern. Hekate jedenfalls nicht, und das ist die Hauptsache.

„Haben Sie sich verirrt?"

Verirrungen zuzugeben wäre der Anfang vom Ende, denkt Alice, vor allem, wenn man es mit einer Hexe zu tun hat. Sie verneint.

„Soll ich Sie vielleicht in Ihr Zimmer begleiten?"

Auf keinen Fall will Alice in ihr Zimmer. Sie hebt abwehrend die Hand. „Habt Geduld mit mir. Mein alter Kopf ist schwindlicht. Seid wegen meiner Schwäche nicht besorgt."

„Den Fehler, Sie zu unterschätzen, mache ich nicht noch einmal, Frau Marini", sagt die Kollegin. Sie bückt sich, hebt Alices Hut und ihre Schuhe auf. Den Hut setzt sie ihr vorsichtig auf den Kopf, die Schuhe drückt sie ihr in die Hand. Als sie dabei Alices Finger berührt, lächelt sie.

Ein warmes Lächeln, das in den Augen beginnt, die dabei unendlich traurig aussehen. Alice weiß nicht, ob es an diesem traurigen Lächeln liegt – jedenfalls ist der Nebel in ihrem Kopf auf einmal wie weggeblasen. Ihr fällt ein, weshalb sie hier ist, und sie ahnt, dass die Erreichung ihres Zieles wieder einmal auf der Kippe steht. Außerdem erinnert sie sich, dass die Storchenbeinige keine Schauspielerin ist, sondern die Frau dieses Journalisten, der so tragisch ums Leben gekommen ist: der Tote im Teppich.

Und diese Frau gefährdet ihre Pläne. Sie muss sie abwimmeln.

Alice strafft ihren Körper. Sie versichert glaubhaft, dass sie sich nur die Beine vertreten will. Weil so eine Nacht furchtbar lang sei und alte Leute nicht mehr so viel Schlaf bräuchten. Dass sie jederzeit in ihr Zimmer zurückfinde, sobald sie genug herumspaziert sei.

Die Storchenfrau glaubt ihr und verabschiedet sich. Sie geht aber nicht zum Treppenhaus oder zum Lift, sondern ans andere Ende des Korridors. Dort öffnet sie die Tür zur Fluchtstiege und verschwindet im Handumdrehen über die Feuertreppe.

Alice schaut ihr staunend nach.

Tatsächlich, es klappt. Der Storchenfrau gelingt es, die Reha-Klinik zu verlassen, ohne dass Alarm ausgelöst wird. Obwohl ein Schild an der Wand das Gegenteil behauptet. Keine Sirene ertönt, niemand kommt, keiner holt sie zurück.

Vor Ehrfurcht wird Alice ganz starr. Bisher wurde sie jedes Mal erwischt, egal, ob sie den Lift oder das Treppenhaus genommen hat. So oft hat sie es schon versucht. Immer wurde ihr Plan im letzten Augenblick vereitelt. Warum hat sie es nicht längst einmal auf diesem Weg probiert?

Sehnsüchtig lugt sie durch die Glasscheibe der Fluchttür, die sich längst wieder geschlossen hat.

Dann probierst du es eben jetzt, denkt sie. Die Nacht ist noch jung, und nichts hält die wahre Hoffnung auf. Sie fliegt mit Schwalbenflügeln.

Bevor Alice den Spuren der Storchenfrau folgt, bemerkt sie, dass die Treppe aus einem Stahlgitter besteht. Auf Strümpfen kann sie es nicht betreten. Sie muss in ihre Slingbacks schlüpfen und hoffen, dass die Absätze nicht im Gitterrost hängenbleiben. Warum hat sie sich nicht für flache Pumps oder Ballerinas entschieden?

„Diesmal wird es klappen", sagt sie sich immer wieder vor, während sie die Schuhe anzieht. Doch das Mantra hilft nichts. Kaum hat Alice sich aufgerichtet, hört sie Schritte nahen. Eine Gefahr, der sie nicht mehr ausweichen kann.

Es ist ausgerechnet Walburga! Und natürlich lässt die gute Walburga sich nicht abwimmeln. Sie besteht darauf, Alice auf ihr Zimmer zu begleiten, sie auszuziehen und ins Bett zu bringen. Sie hängt die Kleider auf, legt den Hut auf die Ablage und stellt die Schuhe schön ordentlich in die Garderobe. Zum Schluss kontrolliert sie noch die Schubladen, sowohl die des Nachtkästchens als die des Kleiderschranks, dabei hat sie doch erst kürzlich hineingeschaut und sich über die Sammlung nicht geschluckter Schlaftabletten aufgeregt.

Jetzt wird Walburga plötzlich ernst. Sie nimmt Alices Gesicht in beide Hände und streichelt über ihre Wangen.

„Kannst du mir sagen, wer deine Spritzen genommen hat, Mama?", fragt sie. „Du weißt schon, die Spritzen, die du im Fall eines epileptischen Anfalls benötigst. Die wir für den Notfall im Schrank aufbewahrt haben."

Alice erschrickt. Sie hat nicht gewusst, dass ihre herrische Tochter so weich und verletzlich wirken kann. Jetzt bemerkt sie auch die roten Augen. Walburga hat geweint!

„Hat Pauli sie genommen?"

Leider hat sie keine Geduld, die gute Walburga. Bevor Alice ihr antworten kann, gibt sie sich die Antwort selbst. „Entschuldige, Mama, wie dumm von mir. Natürlich hast du nichts mitbekommen. Vergiss einfach, dass ich dich gefragt habe."

Ein Hauch von Traurigkeit weht Alice an. Warum traut sie mir nichts zu?, denkt sie. Warum behandelt sie mich wie eine Närrin, nur weil es in meinem Kopf manchmal Nebelperioden gibt?

Stumm schüttelt sie den Kopf. Wenn Walburga so engstirnig ist, verdient sie keine Hilfe. Trotzdem kramt Alice in ihrer Nachttischschublade nach dem Zettel, auf den sie unlängst einen Namen gekritzelt hat. Sie hat sich aufgeschrieben, wer ihre Medikamente genommen hat, weil sie verwundert darüber war. Und weil ihr klar war, dass der Name nicht im Nebel versinken durfte.

Sie steckt Walburga den Zettel zu. Wenn sie verstehen will, wird sie verstehen.

Aber Walburga versteht nicht. „Was soll das?", fragt sie und nimmt das Stück Papier an sich, ohne es eines Blickes zu würdigen. Sie zerknüllt es und wirft es in den Papierkorb.

Als sie endlich gegangen ist, fühlt Alice sich plötzlich mutlos. Sie hat keine Kraft mehr, aufzustehen und ihren Plan zu Ende zu bringen. Obwohl sie nicht müde ist und ihr Gehirn nicht umwölkt, bleibt sie liegen und weint in ihr Kissen. Sie weint so lange, bis sie vor Erschöpfung einschläft.

25
10. April

Er parkte den Wagen zwischen Buschwerk und Bäumen, damit ihn weder Walburga noch einer der Nachbarn sehen konnte, und lief die letzten hundert Meter zu Fuß. Der Regen hatte zugelegt und ging mit verschwörerischem Zischeln auf den Asphalt, die Hortensienbüsche in den Vorgärten und seinen Burberry-Mantel nieder.

Seine Beine waren aus Blei. Jeder Schritt kostete ihn Überwindung. Als er endlich in die Emmerich-Kalman-Straße einbog, drang die Nässe schon durch den Stoff seines Mantels.

Er schloss die Tür auf, trat ein und wäre fast über Gunther gestolpert, der im Schatten des Schirmständers in der Diele lag. Mit einem Winseln sprang der betagte Münsterländer auf und wollte in den Garten.

„Na? Musst du Gassi? Mitten in der Nacht?"

Gunther humpelte zur nächsten Thuje, hob sein Bein, fiel dabei fast um und erledigte den Rest seines kleinen Geschäfts schließlich im Hocken, wie eine Hündin.

„Armer Kerl." Die Hüftgelenksdysplasie schränkte nicht nur seine Beweglichkeit ein, sie verursachte ihm offensichtlich Schmerzen. Paul bedauerte, dass er mit Walli nicht längst über Gunther und das Unausweichliche gesprochen hatte. Er wollte es ihr überlassen, aber sie hing so an dem Hund, dass sie es von Tag zu Tag, von Woche zu Woche hinauszögerte, obwohl sie doch sehen musste, dass es nur noch Quälerei war. Jetzt war erst recht nicht der richtige Zeitpunkt für so ein Gespräch, weil es gravierendere Probleme gab. Katastrophal gravierende Probleme, über die zu sprechen ihm der Mut fehlte.

Auf dem Weg in die Küche wurde ihm schwindlig, obwohl er nur drei, höchstens vier Gläser Whisky getrunken hatte. Seine Zunge fühlte sich pelzig an. Er nahm ein Glas aus dem Hängeschrank, füllte es mit Leitungswasser und trank es in einem Zug leer.

Danach fühlte er sich etwas wacher, dafür überrollte ihn eine Welle der Niedergeschlagenheit. Die dramatischen Ereignisse der letzten Tage lagen wie ein zu enger Panzer um seine Brust und hinderten ihn am freien Atmen.

Er fragte sich, in welches Spiel er geraten war und welche Spielfigur man ihm zugedacht hatte. Einen Bauern? Wertlos, ersetzbar und immer für ein Opfer gut?

Er kramte in seiner Hosentasche und fischte den Fluctine-Blister heraus; drückte zwei Kapseln aus der Verpackung.

Natürlich wusste er, dass er seinen Medikamentenkonsum dringend einschränken musste. Bald. Momentan schaffte er es einfach nicht. Nicht, solange dieser Realität gewordene Albtraum anhielt und er nicht wusste, wem er noch trauen konnte.

Ganz falsch, sagte eine Stimme in seinem Kopf. Gerade jetzt brauchst du einen klaren Kopf. Du musst sofort damit aufhören.

Die Stimme hatte recht. Stesolid und Fluctine vertrugen sich nicht miteinander, vor allem nicht in den Mengen, in denen er sie seit Birgits Tod konsumierte, und nicht in Kombination mit Alkohol. Seit er sich jeden Abend zudröhnte, litt er an stundenlangen Blackouts. Halbe Nächte waren einfach weg, er konnte sich nicht mehr konzentrieren und brachte die Namen seiner Patienten durcheinander. Aber du wirst schon nicht dran krepieren, dachte er und schluckte die beiden Kapseln trotzdem.

Hatte Walli ihn eigentlich krankgemeldet? Er erinnerte sich nicht, war aber überzeugt, dass sie es getan hatte.

Kurz vor Mitternacht hatte sie ihn angerufen, zum siebzigsten Mal, seit er abgetaucht war. Weil er gerade auf einer euphorischen Welle schwamm, hatte er den Anruf angenommen. Aber bevor er dazu gekommen war, Luft zu holen, prasselten Vorwürfe auf ihn ein. Die Hälfte verstand er gar nicht, so atemlos würgte Walli ihre Anschuldigungen hervor. Völlig bizarre, hirnrissige Anschuldigungen.

Nach wenigen Minuten hatte er aufgelegt und ihre harschen Worte verdrängt. Jetzt fiel es ihm wieder ein: dass sie von ihm verlangt hatte, er solle sich stellen. Sonst müsse sie ihn anzeigen. Scheiden würde sie sich auch lassen und dann würde er sich anschauen.

„Ohne mich bist du nichts!“, hatte sie gesagt, daran erinnerte er sich noch genau.

Lächerlich. Klar, ohne Walburga hätte er keinen Porsche, kein Haus und vermutlich nicht so einen angenehmen Job, der bei vergleichsweise geringer Verantwortung viel Sicherheit und eine anständige Bezahlung bot. Ohne sie hätte er wahrscheinlich nicht einmal sein Medizinstudium abgeschlossen.

Trotzdem musste sie es ihm nicht ständig unter die Nase reiben! Für sie zählten nur Erfolge, die man in Zahlen messen konnte. Vielleicht wäre er ohne sie glücklicher? Ihre krankhafte Geltungssucht war letztlich auch der Grund dafür, dass er sich immer wieder in neue Affären stürzte. Da sie eine offene Beziehung führten, wusste Walli über jeden seiner Seitensprünge Bescheid. Man war schließlich modern, man lebte im einundzwanzigsten Jahrhundert, man war tolerant. Und gerade ihren Freundinnen gegenüber brüstete

Walli sich gern mit dieser Toleranz. Sie liebte es, die Generöse zu spielen, die über seine Bettgeschichten mit einem Lächeln hinwegsah. Elegant und souverän.

Jahrelang hatte er sich selbst von diesem Lächeln täuschen lassen. Hatte geglaubt, dass es ihr wirklich nichts ausmachte. Aber das Lächeln war aufgesetzt, und Walburgas wahres Gesicht hinter der Maske hatte Löcher bekommen. Löcher von den Nadeln, die sich in all den Jahren in ihr Fleisch gebohrt hatten – jede Frau, mit der er sie betrogen hatte, ein Nadelstich. Arme Walli, ihre Haut musste schon ganz dünn sein von den unzähligen Perforationen.

Sie tat ihm leid. Aber was setzte sie ihn auch ständig mit ihrem Leistungsdenken unter Druck? Was rieb sie ihm unter die Nase, dass er für ihre Ansprüche zu wenig klug, fleißig, tüchtig, erfolgreich war – kurz, eine Enttäuschung? War es da ein Wunder, dass er sein Heil in fremden Betten suchte?

Es war seine Form der Weltflucht. Sich einmal aufblähen und hoch hinauffliegen, um schließlich wieder im selben Morast zu landen, aus dem man sich mit Hilfe der körpereigenen Chemie und einer schönen Frau katapultiert hatte.

Wobei Schönheit keine Rolle spielte. Chrissi zum Beispiel, die neue Küchenhilfe in der Reha-Klinik, sah ausgesprochen durchschnittlich aus. Aber sie war erst neunzehn, besaß den Intelligenzquotienten ihres pinkfarbenen Glitzernagellacks und war anspruchslos. Ihr musste er nichts beweisen, durfte einfach nur daliegen, sich fallen lassen und die Welt vergessen, während sie ihn mit ihrem Mund verwöhnte.

Außerdem wohnte sie auch in Bad Ischl und hatte ihm Asyl gewährt. Nachdem er die Leiche des Journalisten in einen Teppich gerollt und in die Mülltonne verfrachtet hatte, war er vollkommen verzweifelt bei Chrissi aufgetaucht. Ohne ihn mit Fragen zu nerven, hatte sie ihn auf unbestimmte Zeit in ihrer Wohnung untertauchen lassen.

Natürlich würde das nicht ewig so weitergehen, aber ein, zwei Tage wollte er diese neutrale Zuflucht noch in Anspruch nehmen. Er war nur hergekommen, um ein paar Kleinigkeiten zusammenzupacken: frische Wäsche, Hemden, Rasierapparat, Zahnbürste. Zu einer Uhrzeit, zu der Walburga garantiert fest schlief.

Strumpfsockig schlich er nach oben, dem leisen Schnarchen entgegen. Er vergaß, die vierte Stufe auszulassen, die unter seinem Gewicht schaurig knarzte.

Mist. Er lauschte, konnte aber keine Veränderung in Walburgas Atemgeräuschen erkennen. Rasch huschte er weiter, an ihrem Schlafzimmer vorbei, in sein eigenes Zimmer. Er warf Kleidungsstücke und Toilettartikel in eine Sporttasche und dachte auch daran, Tablettennachschub aus dem Apothekerschrank zu holen.

Auf dem Rückweg konnte er es nicht lassen, die Tür von Wallis Zimmer aufzudrücken, die nur angelehnt war. Mit angehaltenem Atem schlich er näher.

Auf dem Nachttisch lag eine Packung Somnubene, daneben stand ein Wasserglas. Walli lag auf dem Rücken, hatte aber den Kopf zur Seite gedreht. Der Mund stand offen, ein dünner Speichelfaden hing an ihrer Unterlippe, und auf dem Kissen breitete sich ein nasser Fleck aus.

Ihre Gesichtszüge waren vollkommen erschlafft. So entspannt hatte er sie schon lange nicht mehr gesehen. Im Schlaf wirkte sie jünger, und trotz der grauen Haarsträhnen und der Augenfältchen war sie immer noch eine sehr schöne Frau.

Plötzlich zuckten ihre Finger, die über den Bettrand hingen, als würde sie im Traum Klavier spielen. Der Wunsch, sie zu berühren, seine Hand an ihre Wange zu legen, wurde übermächtig. Er musste sich gewaltsam von dem Anblick losreißen. Entschlossen packte er die Tasche und schlich treppab. Diesmal ließ er die knarrende Stufe aus.

Als er das Wohnzimmer passierte, fiel sein Blick durch die Glastür auf die verschwommenen Umrisse des Waffenschranks. Zum Unterschied von Walburga hatte Paul nicht viel für Waffen übrig, doch heute zog der Schrank ihn magisch an, er wusste selbst nicht warum. Er angelte den Schlüssel aus dem Zinnkrug und sperrte auf. Wallis neueste Errungenschaft, eine Steyr Mannlicher SM12, stach ihm ins Auge. Er nahm sie heraus, wog sie in der Hand, strich über das kühle Metall des Laufs, das polierte Walnussholz des Schafts und die raue Schuppenfischhaut am Griff.

Auf einmal war die Idee da – vielleicht hatte der Geruch nach Waffenöl und Holzpolitur sie entstehen lassen oder die ästhetische Klarheit der Form. Jedenfalls wusste er jetzt, wo es ihn hinzog. Nicht zu Chrissi und auch zu keiner anderen Frau, sondern in die Jagdhütte am Vorderen Langbathsee. Wie das Gewehr, der Hund, die Pferde und das Haus gehörte sie zwar Walli, aber dorthin kam seine Frau nur im Herbst, und dort würde sie ihn am allerwenigsten vermuten. Er hatte also freie Bahn.

Zum ersten Mal seit Tagen empfand er so was wie Zuversicht. Er würde Speck und Brot besorgen, etwas Feines zum Trinken und Rauchen. Edle Zigarren, einen alten Whisky. Keine Tabletten mehr. Mit den Tabletten würde er ein für alle Mal aufhören.

Spazierengehen würde er. Er würde Zeit zum Nachdenken haben und die erforderliche Ruhe, um seine Situation zu analysieren. Keine kreischenden Frauenstimmen, keine überflüssigen Ratschläge oder auf ihn einprasselnden Vorwürfe. Höchstens Vogelgesang, Waldesrauschen und der trockene Knall eines schönen, schlanken Gewehrs, dachte er. Lächelnd packte er die Steyr Mannlicher in die dazugehörige Tasche, steckte zwei Packungen Munition ein und machte sich auf den Weg.

26

Bukowski erwachte vom Rauschen des Regens. Dämmriges Licht schien durch die dünnen Vorhänge. Sie fragte sich, ob Noah noch schlief, und wunderte sich, dass das Bettzeug weiß war und nicht blau.

Als sie sich aufsetzte, fuhr ein heftiger Schmerz in ihr Steißbein. Kurz darauf fiel ihr alles wieder ein: der gestrige Zusammenstoß mit Alice Marini und ihr Sturz auf den Hintern; dass Noah bei Anne war, sie selbst in einem weiß bezogenen Bett im Keramikhotel Goldener Brunnen. Und Leon? Leon war tot.

„Tot“, flüsterte sie, weil sie es immer noch nicht glauben konnte. Sie stand so schnell auf, dass ihr schwindlig wurde. Sie musste sich am Schrank abstützen, bis das Drehen aufhörte und das Zimmer wieder seine Originalposition einnahm – Boden unten, Wände senkrecht. Erst jetzt fiel ihr auf, dass sie in ihren Kleidern geschlafen hatte. Sie war gestern spät nach Hause gekommen und zu erschöpft gewesen, um sich auszuziehen.

Schon halb elf, zeigte ein Blick auf ihr Handy. Sakradi! Was sie für Dämmerlicht gehalten hatte, war nur der Düsternis eines gewöhnlichen Schlechtwettertages zuzuschreiben.

Sie stellte sich unter die Dusche und drehte den Temperaturregler so weit in den blauen Bereich, wie sie es gerade noch aushalten konnte.

Danach war sie wach und in der Lage, die Erkenntnisse ihrer gestrigen Lauschaktion zusammenzufassen und zu analysieren.

In einem Satz: Paul Huber-Marini war in den Rang eines Kardinalverdächtigen aufgestiegen – sofern seine Frau Walburga gestern nicht eine Maskerade veranstaltet hatte, um Eugen Pammer zu täuschen.

Wenn es Theater war, dann liegt ihr das Schauspielern im Blut, dachte Bukowski. Und immerhin hatte die Gute ja eine Burgschauspielerin zur Mutter.

Bukowski brauchte einen Plan. Leider konnte sie sich mit nüchternem Magen schlecht konzentrieren – ihre beiden Lebenselixiere mussten her. Doch der Vorrat an Nescafé war erschöpft, und Zigaretten hatte sie auch keine mehr.

Zigaretten? Ihr fiel ein, dass sie nicht mehr rauchte. Natürlich nicht, sie bewohnte ihren Körper ja nicht mehr allein! Da gab es das Früchtchen in ihrem Inneren, die Brombeere, an der ihre ganze Hoffnung hing. Als sie die Rechte auf ihren Bauch presste, meinte sie, ein Pulsieren zu spüren und einen Strom von Wärme, der von ihrem Kind ausging.

„Guten Morgen, Leonie", sagte sie. „Na? Wie gehen wir die Mörderjagd heute an?"

Einen Wimpernschlag später kristallisierte sich ein Plan aus dem undurchsichtigen Gewaber in Bukowskis Hirn heraus, als hätte Leonie geantwortet.

Reiner Zufall, klar. Sie war ja nicht Kim, die darin bestimmt ein Zeichen gesehen hätte. Das Zeichen eines höheren Geistwesens! Trotzdem hob sich Bukowskis Laune wie durch Zauberhand, in ihrem Kopf ratterte es, sie funktionierte.

Sie nahm sich zwei Bögen vom hoteleigenen Briefpapier. Auf dem ersten fasste sie den bisherigen Ermittlungsstand stichwortartig zusammen.

Punkt eins: Gebhard Michlmayer alias Geronimo, Himmlers Hauptverdächtiger. Wegen Anne und der Obsorgefrage hatte er Leon zur Rede gestellt. Die Sache war eskaliert, Michlmayer hatte zugeschlagen. Zwar gab es zwei Menschen, die Leon danach lebend gesehen hatten – einen dementen Patienten und Nadine, die eine durchaus glaubwürdige Zeugin war. Aber vielleicht war Michlmayer noch einmal zurückgekommen, und zwar mit einer Waffe? Und vielleicht hatte er beim zweiten Anlauf fester zugeschlagen?

Ein Knackpunkt war die Frage, wie Michlmayer ins Dienstzimmer der Marinis gekommen war und warum er den toten Leon in deren Teppich eingewickelt hatte. Kannte er das Neurologen-Ehepaar? Hatte er mit ihnen eine Rechnung offen? Bukowski malte zwei dicke rote Fragezeichen dahinter.

Punkt zwei: Paul Huber-Marini. Der Unterhaltung zwischen Walburga Marini und Eugen Pammer zufolge hatte Paul seine Geliebte Birgit Ladstätter mit einer Überdosis Luminal um die Ecke gebracht und versucht, einen Suizid vorzutäuschen. Als Leon ihm auf die Schliche kam, musste er auch ihn beseitigen. Er rollte seine Leiche in den Teppich und entsorgte sie in der Mülltonne. Seither war er untergetaucht. Hatte es sich so abgespielt? War der Mann, den Leon in seinen Aufzeichnungen Paulchen Panther genannt hatte, tatsächlich ein Doppelmörder?

Als Schwachpunkt dieser Theorie notierte Bukowski den Begriff „Motiv“: Warum hätte Huber-Marini seine Geliebte umbringen sollen, anstatt sie einfach zu verlassen wie alle ihre Vorgängerinnen auch? Und warum hätte er Leons Leiche auf so dämliche Art entsorgen sollen, anstatt sie zum Beispiel im Traunsee zu versenken, mit Gewichten an den Füßen?

Punkt drei: Weitere Verdächtige. Hier notierte Bukowski Walburga Marini selbst. In diesem Fall wäre Eifersucht das Motiv. Aber war die Primaria nicht schon zigmal betrogen worden? Warum hätte sie ausgerechnet auf Birgit Ladstätter, eine Todgeweihte, eifersüchtig reagieren sollen? Außerdem wäre die zierliche Primaria spätestens am Abtransport der Leiche gescheitert. Wenn sie es war, musste ihr jemand geholfen haben. Der syrische Putzmann vielleicht?

Allerdings durfte man nicht vergessen, dass ein Universalschlüssel in der Teeküche auflag. Zugänglich für alle, die davon wussten. Das erweiterte den potentiellen Täterkreis beachtlich. Sogar ein Außenstehender wie Gebi Michlmayer hätte davon Gebrauch machen können.

Womit wir wieder bei Punkt eins wären, dachte Bukowski und seufzte.

Auf den zweiten Briefpapierbogen notierte sie die wichtigsten Dinge, die sie heute erledigen musste.

Punkt eins: Obelix alias Ferdinand Bär anrufen.

Punkt zwei: Paul Huber-Marini und den syrischen Putzmann ausfindig machen und mit beiden sprechen.

Punkt drei: Nowak bezirzen, damit er Himmler aushorchte. Bukowski wollte unbedingt den offiziellen Ermittlungsstand kennen.

So weit, so gut.

„Servus Bukowski. Gibt's was Neues?", meldete sich Bär, der ehemalige Tiroler Kriminaltechniker. Er schnaufte, als hätte man ihn den Walderberg hinunter und wieder hinauf gehetzt. Dabei war er bloß ein paar Schritte gegangen. Aber so sei Morbus Parkinson eben, sagte er, bei jeder Bewegung müsse er gegen den Widerstand eines Halbwüchsigen ankämpfen, den er unfreiwillig huckepack trug und der seine Arme und Beine umklammerte, so fest er konnte.

Bukowski erzählte ihm in Kurzform, was sie gestern erlauscht hatte. „Jetzt wüsste ich gern, ob das Dienstzimmer der Marinis der Tatort ist. Könntest du es auf Blutspuren untersuchen? Speziell die Pokale?"

„Freilich. Könnte ich." Bär lachte leise. „Wenn ich die notwendigen Utensilien dabeihätte."

„Sakradi", sagte Bukowski. „Heißt das, du hast nicht einmal ein klitzekleines Fläschchen Luminol-Spray eingepackt?"

„Nimmst du deine Dienstwaffe mit, wenn du auf Urlaub fährst?", fragte er zurück.

„Schon klar." Bukowski entschuldigte sich. „Dumm von mir. Dann wünsch ich dir einen schönen Sonntag. Tschüss!"

„Jetzt wart halt. Kann ich dir sonst irgendwie helfen?"

„Du kannst für mich herausfinden, wo ich Paul Huber-Marini finde. Und den Syrer, der Leons Leiche gefunden hat", sagte sie wie aus der Pistole geschossen. Natürlich war es nicht ernst gemeint.

„Gar kein Problem", sagte Bär zu ihrem Erstaunen. „Der Huber-Marini ist noch immer krankgemeldet, der sollte eigentlich zu Hause sein. Die Marinis wohnen in Bad Ischl, die genaue Adresse kennt Tante Google. Und der Syrer ist anscheinend seit seinem Fund nicht mehr zur Arbeit erschienen. Wo der wohnt, recherchier ich für dich. Ich schick dir dann eine SMS. Gut?"

Bukowski war sprachlos. Nicht gut, das war fabelhaft. Ferdinand Bär erwies sich als echter Schatz. Nur sein „Pfiat di" ließ sie zusammenzucken. Es weckte heimatliche Gefühle, die im Abgang bitter schmeckten.

Bukowski fuhr nach Bad Ischl und parkte in der Emmerich-Kalman-Straße, schräg gegenüber der Marini'schen Hauseinfahrt. Zwei Fenster standen offen, also musste jemand zu Hause sein. Sie hätte gern geklingelt, wollte aber Walburga nicht in die Arme laufen. Ihr ging es ja um ein Vier-Augen-Gespräch mit Paul. Also beobachtete sie die Villa.

Nach einer halben Stunde trat Walburga auf den Balkon und hielt sich ein Handy ans Ohr. Sie gestikulierte heftig und wirkte insgesamt ziemlich aufgeregt. Dann verschwand sie im Inneren des Hauses. Eine weitere halbe Stunde später wurden die Fenster geschlossen. Walburga verließ das Haus und ging in die Garage. Kurz darauf rollte ein Audi zum Tor hinaus. Bukowski duckte sich in ihren Autositz und wartete ein paar Minuten, bis der Wagen verschwunden war.

Dann stieg sie aus und läutete.

Aber entweder war Paul nicht zu Hause oder er hatte keine Lust, die Tür aufzumachen.

Oder er kann es nicht, dachte Bukowski. Vielleicht ist er tot?

Fluchend stieg sie wieder in ihren Wagen. Vergeudete Zeit! Sie hätte Walburga folgen sollen, vielleicht hätte die sie zu Pauls Versteck geführt. Jetzt war der Audi längst über alle Berge, und Bukowski blieb nichts übrig, als zurückzufahren.

Der einzige Stimmungsaufheller war eine SMS von Bär:

Abd-en-Nur al Atassi, Reindlmühl 117f, Altmünster, hatte er geschrieben.

Bukowski gab das Ziel in ihr Navi ein. Leider half das wenig.

Im Ortsteil Reindlmühl passierte sie eine Kirche, eine Volksschule, eine Bäckerei, ein Feuerwehrhaus und eine Kleintierpraxis, und zwar mehrmals, weil das Navi die Hausnummer 117f nicht kannte. Zum Glück fand sich ein Spaziergänger, der ihr weiterhalf. Das gesuchte Haus lag am Waldrand. Es war ein altes Bauernhaus, das ein bisschen verfallen wirkte, ein bisschen abgeblättert. Liebevoll abgeblättert.

So sah auch die Hausbesitzerin selbst aus, eine gewisse Kathi Hubinger. Sie war klein, bucklig und trug eine ausgebleichte Kittelschürze. Die Ärmel ihres Leibchens hatte sie aufgekrempelt, darunter kam von Falten und Altersflecken übersäte Haut zum Vorschein, die wie neunzig aussah.

„Grüß Gott“, sagte Bukowski und stellte sich vor.

„So, so“, sagte die alte Frau. „Von der Polizei sind S' also.“ Ihre Stimme klang resolut und höchstens wie siebzig.

Bukowski fragte nach Abd-en-Nur al Atassi.

„Zum Nur wollen S'? Ja, ja, der wohnt hier“, gab Kathi Hubinger zu und versuchte, mit ihrem schmächtigen Körper die Haustür zu verbarrikadieren. „Da oben hat er sein Zimmer.“ Sie zeigte auf ein Fenster im ersten Stock. „Der ist aber krank.“

„Ich müsste trotzdem dringend mit ihm sprechen. Es dauert auch nicht lang.“

Die alte Frau rückte keinen Millimeter zur Seite. „Was will die Polizei nachert von ihm?“, fragte sie barsch. „Weil der Nur hat garantiert nichts ausgfressn.“

Bukowski bereute, dass sie sich als Kriminalbeamtin ausgegeben hatte. Ein schwerer Fehler, leider nicht mehr rückgängig zu machen. Sie erklärte, dass es bloß um eine Zeugenaussage gehe. In der Reha-Klinik sei ein Mord passiert, und sie wolle wissen, ob Herr Atassi etwas gesehen habe. „Er kommt ja beim Putzen im ganzen Haus herum und da schnappt man bestimmt so manches auf.“

„So, so“, sagte Kathi Hubinger und machte immer noch keine Anstalten, Bukowski ins Haus zu lassen. „Nur heißt Licht“, sagte sie stattdessen. „Ham S' das gwusst?“

„Nein", gestand Bukowski.

„Und Abd heißt so viel wie Diener. Diener des Lichts."

„Schöner Name", sagte Bukowski und machte einen Schritt nach vorn.

„Ja, gell? Und so ist der auch als Mensch. Hell und freundlich. Bescheiden. Hilfsbereit. Und dankbar für jede noch so kleine Hilfe, die er bekommt." Jetzt machte Kathi Hubinger einen Schritt nach vorn. Bukowski konnte den Atem der Frau an ihrer Halskuhle spüren und trat erschrocken zurück.

„Aber innen", fuhr die alte Frau fort und klopfte mit dem Zeigefinger auf ihr Brustbein, „da innen drin möcht ich nicht wissen, wie's bei dem ausschaut. Weil das kann sich von uns keiner vorstellen, der den Krieg nicht mehr erlebt hat und den Hunger und das ganze Elend."

„Ich will bloß mit Nur reden", versuchte Bukowski es noch einmal, „weil er vielleicht Licht in die Angelegenheit bringen kann. Es ist wirklich wichtig!"

„Wichtig", wiederholte Kathi Hubinger. Sie hatte den Kopf in den Nacken gelegt, um Bukowski in die Augen schauen zu können. In wenigen Sätzen erzählte sie, dass Nur aus Homs stamme, dass er im Bürgerkrieg seine Eltern und zwei Geschwister verloren habe, dass er auf der Flucht von seiner Frau und seinem kleinen Sohn getrennt wurde, mehrmals in Lebensgefahr gewesen sei und vor zwei Jahren krank, erschöpft und traumatisiert in Österreich angekommen sei. Allein. Dass er seither täglich auf Nachrichten von seiner Frau und seinem Sohn hoffe und sich gleichzeitig davor fürchte, weil natürlich anzunehmen sei, dass die beiden nicht mehr lebten. Trotzdem lerne er nebenbei Deutsch und mache alle möglichen Arbeiten, um Geld zu verdienen und sich etwas aufzubauen.

Bukowski schluckte.

„Und jetzt kommen Sie daher und finden es wichtig, ihn in einen Mord hineinzuziehen? Wichtig für wen?“

Bukowski entschuldigte sich, wenn sie einen falschen Eindruck vermittelt habe, aber sie müsse den Mord nun einmal aufklären und Herr Atassi könne ihr dabei helfen. Er sei keinesfalls verdächtig und sie wolle ihn auch nirgendwo hineinziehen, sondern nur befragen. „Alles freiwillig“, sagte sie und folgte einer Eingebung: „Und außerdem muss ich aufs Klo, Frau Hubinger. Dringend.“

Endlich gab die Alte nach. Sie ließ Bukowski ins Haus, zeigte ihr die Toilette und verschwand brummelnd in der Küche.

Bukowski setzte sich nur kurz auf die Klomuschel. Sobald sie Klappern von Geschirr vernahm, schlich sie sich so schnell wie möglich treppauf und klopfte an die Tür, die ihrer Einschätzung zufolge in Atassis Zimmer führen musste.

Niemand antwortete.

Sie drückte die Klinke hinunter und trat ein. Der Raum war eng und leicht zu überschauen. Ein Bett, ein Schrank, ein kleiner Schreibtisch, ein Bürostuhl.

Auf dem Schreibtisch lagen Hefte, Stifte und ein Wörterbuch Deutsch-Arabisch. Neben einer Thermoskanne stand ein Becher, in dem der Tee noch dampfte.

Abd-en-Nur, der Diener des Lichts, lag weder im noch unter dem Bett. Er war auch nicht im Schrank zu finden, obwohl der heiße Tee besagte, dass er vor Kurzem noch im Zimmer gewesen sein musste. Als Bukowski einen Blick aus dem offenen Fenster warf, sah sie einen jungen Mann ohne Schuhe durch den Garten laufen, über den Zaun steigen und im angrenzenden Wald verschwinden.

Sie fluchte leise. Dann nahm sie eines der Hefte zur Hand und schrieb eine Nachricht. Sie begann in

Deutsch, überlegte sich aber, dass er wie die meisten Syrer bestimmt besser Englisch konnte, und schrieb:

„Dear Mr. Atassi!"

Sie erklärte, wer sie war, und dass sie nicht als Polizistin hierhergekommen sei, sondern als Ehefrau eines Ermordeten. Gelogen, aber ihr fiel das Wort für Lebensgefährtin nicht ein. Partner? Companion? Lover? Der Tote im Teppich sei jedenfalls ihr Mann gewesen und weil sie dem Embryo in ihrem Bauch versprochen habe, den Mörder seines Vaters zu finden, bitte sie ihn, Abd-en-Nur al Atassi, um ein Gespräch.

Sie hinterließ ihre Telefonnummer und ging zu Kathi Hubinger in die Küche.

Die alte Frau rührte in einem Topf mit Suppe. Sie versuchte gar nicht, ihr hämisches Grinsen zu verbergen.

„Hoffentlich erkältet er sich nicht, bei dem Regen. Und ohne Schuhe!", sagte Bukowski.

„Kennen S' den?", fragte Kathi Hubinger unvermittelt. „Welches Tier hat sein Arschloch am Rücken?"

Bukowski verdrehte die Augen. „Der Witz stinkt schon, so alt ist der." Dann trat sie ganz nahe an die komische Alte heran und zischte ihr ins Ohr. „Auf die Dauer wird sich Ihr Licht nicht verstecken können. Meine Linzer Kollegen werden nach ihm fahnden. Sie werden sich nicht so nett mit ihm unterhalten wie ich." Damit ließ sie Kathi Hubinger stehen und fuhr unverrichteter Dinge nach Gmunden zurück.

Was für ein Scheiß-Tag, dachte sie und hätte viel für eine Zigarette gegeben.

„Hoffentlich weißt du das zu schätzen", sagte sie zur Brombeere in ihrem Bauch, die vielleicht schon eine Kaulquappe war.

27

Mit provozierender Langsamkeit bahnte sich der Schweißtropfen seinen Weg über Himmlers Stirn, wurde für Momente von der linken Braue gestoppt und drohte von den borstigen Brauenhaaren aufgesogen zu werden, fand dann mit einem Schlenker schläfenwärts doch noch einen Ausweg und hätte es fast bis zum Kinn geschafft, hätte ihn der Oberleutnant nicht mit dem Handrücken abgewischt.

Nowak konnte nicht anders, er freute sich darüber, dass Himmler schwitzte, dass er nervös war. Ein schwacher Ausgleich zu seinem Ärger über den vergeudeten Sonntag. Anstatt seine Freizeit mit Kim zu genießen, musste er einer Befragung beiwohnen, und er hatte es sich selbst eingebrockt!

„Kaffee?“ Zum x-ten Mal strich Himmler über sein Haar, obwohl es bei seinem millimeterkurzen Bürstenschnitt nicht viel zu ordnen gab.

Nowak lehnte dankend ab. Die Automatenplörre, die das oberösterreichische Landeskriminalamt zu bieten hatte, hatte er noch vom Freitag in Erinnerung.

Seine Laune war im Keller. Wie hatte er nur so dumm sein können, dem lahmarschigen Kollegen seine Unterstützung anzubieten! Nur weil er sich nicht vorstellen konnte, dass Himmler diese Unterstützung tatsächlich in Anspruch nehmen würde. Aber der Kerl hatte keinen Funken Stolz im Leib!

Als gegen neun das Handy getobt hatte und der Name Himmler am Display aufgeleuchtet war, hatte er sich schon denken können, was ihn erwartete. Deshalb ignorierte er den Anruf und widmete sich weiter seinem Frühstücksei.

Doch er hatte die Rechnung ohne Kim gemacht. „Versprochen ist versprochen", sagte sie.

„Aber Honeybunny! Wir wollten doch wandern gehen!" Wozu hatte er Urlaub genommen?

„Hast du schon einen Blick aus dem Fenster geworfen?"

Na bravo. Es regnete nicht, es schüttete. Zwar gab es kein falsches Wetter, nur falsche Kleidung, aber diesen Spruch hatte er noch nie gemocht, und er war froh, dass Kim es ähnlich sah.

„Da müssen wir wohl umdisponieren", sagte er. „Aber so ein Tag im Hotelzimmer ist ja auch was Feines." Statt Hotelzimmer hatte er natürlich „Bett" gedacht. Es war nämlich ein luxuriöses Boxspringbett, das sie schon ausgiebig getestet hatten. Und er bekam sofort wieder Lust, die Sprungkraft der Federung zu überprüfen.

Leider verstand Kim nicht, was er meinte, oder sie wollte es nicht verstehen. Sie strich sich Butter aufs Brot und sagte, dass er es Carla schuldig sei. „Immerhin hat dieser Himmler sie verdächtigt und im hintersten Winkel seines bornierten Hirns verdächtigt er sie wahrscheinlich noch immer. Er traut sich nur nicht, es dir gegenüber zuzugeben. Deshalb wäre es wichtig, dass du ihm ein bisschen auf die Finger schaust. Meinst du nicht?"

Gegen ihre rollenden Kastanienaugen kam er nicht an. Also hatte er Himmler zurückgerufen und war prompt eingeladen worden, der Befragung von Gebhard Michlmayer beizuwohnen.

Da saß Nowak nun und überflog die Akte. Bis jetzt hatte der Schamane zu allen Vorwürfen geschwiegen, weshalb Himmler ihn über Nacht in Gewahrsam genommen hatte. Aber dem Oberleutnant lief die Zeit davon. Bis zum Abend musste er Michlmayer laufen lassen oder dem Richter vorführen, der die U-Haft verhängen würde. Oder eben nicht.

„Fangen wir an?“, fragte Nowak und versuchte, einen unauffälligen Blick auf seine Armbanduhr zu werfen. Hoffentlich war es bald ausgestanden.

Die Nacht im Gefängnis hatte Michlmayer nicht gutgetan, seine blauschwarze Haarpracht war fettig, er hatte seine Fingernägel abgekaut und Ringe unter den Augen.

Nowak lehnte sich zurück, fest entschlossen, sich nicht einzumischen. Er musste anerkennen, dass Himmler gut vorbereitet war, nur ein- oder zweimal musste er in seine Unterlagen schauen.

„Geben Sie zu, dass Sie Leon Ritter wenige Stunden vor seinem Tod getroffen haben?“, fragte Himmler nach dem einleitenden Brimborium.

„Ich wollte mit ihm reden, ja. Es muss gegen neun gewesen sein, ganz genau weiß ich es nicht mehr. Ich war zuerst in der Reha-Klinik, aber da war er nicht. Die Kellnerin in der Cafeteria hat gemeint, ich soll es im Gasthof Köll versuchen. Auf dem Weg dorthin bin ich ihm begegnet.“

„Worum ging es in dem Gespräch? Oder haben Sie gleich zugeschlagen?“

„Ich ... nein, ich wollte das doch überhaupt nicht ...“ Er stützte sein Gesicht in die Hände und atmete schwer. Gespielt, dachte Nowak verächtlich. Aber nicht schlecht gespielt.

„Ich bin ein friedliebender Mensch, Herr Oberleutnant. Ein Schamane. Schamanen sind Mittler zwischen den Welten, wissen Sie? Reisende zwischen verschiedenen Dimensionen, spirituell begabte Menschen, die versuchen, verirrte Seelen wieder auf den ...“

„Das ist keine Werbeveranstaltung! Behalten Sie Ihren Schmafu für sich“, sagte Himmler scharf.

„Ich wollte nur sagen, dass ich niemanden schlage. Normalerweise. Aber Leon hat mich provoziert. Er hat ein Talent, Salz in die Wunden anderer Menschen zu streuen."

„Worum ging es in Ihrer Auseinandersetzung?" Himmler versuchte, sachlich zu bleiben, obwohl ihn sein Gegenüber offensichtlich nervte. Nur schade, dass er es nicht ruhiger anging. Er wollte es schnell zu Ende bringen, und das sah man ihm an.

„Um Anne, meine Lebensgefährtin. Leons Exfrau. Und um ihren Sohn Noah. Leon hat vor Kurzem die alleinige Obsorge beantragt mit der Begründung, Anne sei Alkoholikerin und unfähig, Verantwortung für ein Kind zu übernehmen. Aber das stimmt nicht!" Michlmayer erzählte von der erfolgreichen Entziehungskur, von Annes neuem Job, von dem Versuch, neu durchzustarten, in dem er sie nach Kräften unterstütze. Finanziell und natürlich mental. Anne sei verzweifelt gewesen. Sie wollte Noah öfter sehen und bei seiner Erziehung ein Wörtchen mitreden. „Da hab ich gedacht, Leon und ich könnten es ausreden", sagte Michlmayer. „Immerhin war er ein alter Schulfreund von mir."

„Ach? Ein Schulfreund also?" Himmler grinste dreckig. „Nennen Sie alle, denen Sie als Schüler die Fresse poliert haben, Schulfreunde?"

„Ich ..." Michlmayer sah verblüfft aus. Er hatte offensichtlich nicht damit gerechnet, dass Altlasten ausgegraben würden. Ziemlich naiv, dachte Nowak, dabei hatte Kim den Schamanen als erfolgreichen Geschäftsmann bezeichnet.

„Nur weil es lange her ist, heißt das nicht, dass wir es vergessen haben. Und Leon Ritter konnte sich vermutlich auch noch ganz gut daran erinnern."

„Das war vor einundzwanzig Jahren. Ich war siebzehn, damals. Eine jugendliche Dummheit, die ich bereut und gebüßt habe."

„Dummheit nennen Sie das? Nach meinen Informationen hat Ritter Ihnen damals die Freundin ausgespannt und Sie haben ihn in einem Eifersuchtsanfall schwer verletzt. So schwer, dass Sie dafür eine mehrmonatige Jugendstrafe ausgefasst haben. Oder irre ich mich?"

„Sie irren sich nicht", gab Michlmayer zu. „Aber die Strafe habe ich bekommen, weil ich mit verschiedenen Suchtmitteln gedealt habe. Ich war selbst abhängig. Die Körperverletzung dagegen war ..."

„Schwer", fiel Himmler ihm ins Wort. „Eine Gehirnerschütterung und eine Augenverletzung, die Ritters Sehvermögen dauerhaft beeinträchtigt hat. Er trug seither eine Brille."

„Das stimmt so nicht!" Michlmayer sprang vom Stuhl auf, wurde aber sofort von der jungen Polizistin hinter ihm wieder hinuntergedrückt. „Ich meine, das mit den Verletzungen stimmt schon, aber sie waren die Folge von Leons Sturz. Leider ist er so unglücklich gefallen, dass ..."

„Aber ja, so ein Pech!" Himmler lachte und entblößte dabei seine zu langen Vorderzähne. „Sie haben nur ein bisschen hingehauen. Dass der Idiot so blöd auf seinen Kopf fallen musste, war natürlich keinesfalls Ihre Schuld!" Er zwinkerte Nowak zu. „Ist es diesmal auch so gewesen? Ist er auch unglücklich gefallen, nachdem Sie ihm das Nasenbein gebrochen haben?"

„Er hat mich provoziert! Wie damals hat er mich mit seinem losen Mundwerk ... Trotzdem wollte ich nicht ... Ich habe nicht ..." Plötzlich kam Blut aus Michlmayers Mund, er musste sich auf die Zunge gebissen haben. „Ich wollte ihn nicht schlagen, das schwöre ich, mir ist nur die Hand ausgerutscht. Aber ich habe ihn nicht umgebracht! Als ich weggefahren bin, ist er schon wieder aufgestanden."

Nowak machte Himmler auf Michlmayers blutige Lippen aufmerksam. Das Gespräch wurde zehn Minuten unterbrochen und ein Polizeiarzt angefordert. In Ermangelung von etwas Besserem trank Nowak nun doch von der koffeinhältigen Automatenplörre. Kurz bevor die Vernehmung weitergehen sollte, platzte die Sekretärin herein.

„Liesl?" Himmler runzelte die Stirn. „Keine Störung war ausgemacht." Er beugte sich vor, als wollte er der molligen jungen Frau einen Klaps auf den Po verpassen, ließ es dann aber bleiben.

„Die Frau Primaria hat angerufen", sagte Liesl knapp. „Sie hat gesagt, dass in ihrem Dienstzimmer ein Teppich fehlt."

„Und was in drei Teufels Namen geht uns das ..."

Nowak hob beschwichtigend die Hände. „*Der* Teppich?"

Liesl nickte. „Derselbe. Sie sagte, dass sie in der ersten Aufregung nicht gleich erkennen konnte, dass es ihr Teppich war, erst gestern Abend ist es ihr aufgefallen." Sie warf ihrem Chef einen abschätzigen Blick zu. „Ist das wichtig genug?", fragte sie und stolzierte hinaus.

Himmler rieb sich die Hände, als wüsche er sie. „Auweia", sagte er, schüttete beim Aufstehen den letzten Rest seines Kaffees aus und begann, im Büro auf und ab zu gehen. „Verflucht noch eins. Das ändert natürlich einiges."

„Haben Ihre Leute den Raum kriminaltechnisch untersucht?"

„Das Dienstzimmer der Frau Primaria? Bis jetzt nicht“, murmelte Himmler, der blass geworden war. „Es gab ja keinen Anhaltspunkt.“

Endlich kommt Bewegung in die Geschichte, dachte Nowak erfreut. Himmler holte sein Versäumnis nach und schickte alle verfügbaren Kriminaltechniker zum Walderberg, um das Marini’sche Dienstzimmer nach allen Regeln der Kunst auseinanderzunehmen und jedes Hautschüppchen, das dort herumlag, einzusammeln. Dann rief er Walburga zurück und erkundigte sich, wer außer ihr noch Zutritt hatte.

Nowak wunderte sich, dass sein Kollege die Neurologin duzte und mit ihr sprach, als wären sie alte Bekannte.

„Wir teilen die Leidenschaft zur Jagd“, erklärte Himmler ihm anschließend. „Vor einigen Jahren haben wir uns bei der Niederwildjagd kennengelernt, zu der ein gemeinsamer Bekannter geladen hat.“

Nowak verkniff sich die Frage, ob es sich bei dem Bekannten um einen blaublütigen Ostösterreicher mit einem Händchen in Sachen Lobbyismus handelte. „Und?“, fragte er stattdessen. „Wie ist es mit dem Zutritt?“

„Offiziell haben nur Walburga und ihr Mann einen Schlüssel. Und das Reinigungspersonal natürlich – im Augenblick eine Aushilfe. Aber inoffiziell soll in der Reha-Klinik ein Universalschlüssel kursieren, der alle Räume aufschließt.“

Nowak pfiff leise. „Das heißt, jeder, der von diesem Reserveschlüssel weiß, könnte den Teppich entwendet haben?“

Himmler nahm einen Radiergummi vom Schreibtisch und pfefferte ihn gegen die Wand. „Genau das heißt es“, murmelte er. „Und es heißt leider auch, dass wir diesen Bastard von Michlmayer laufen lassen müssen. Weil ein Außenstehender natürlich keine Ahnung von der Existenz dieses Schlüssels haben kann."

„Na, na. Schütten Sie nicht das Kind mit dem Bad aus!"

Himmler sah Nowak fragend an. „Welches Kind?"

„Vielleicht gibt es ja eine Verbindung zwischen Michlmayer und der Reha-Klinik?"

„Sie meinen ...?"

„Vielleicht hat er dort einmal einen seiner Schamanenkurse gehalten und kennt die Örtlichkeiten? Das müssen Sie herausfinden", sagte Nowak und betonte das „Sie", weil er selbst nichts damit zu tun haben wollte. Er stand auf, um sich elegant aus dem Staub zu machen. Er hatte seine Schuldigkeit getan.

Aber Himmler packte ihn jovial am Arm. „Sie haben recht, mein lieber Nowak", sagte er und beauftragte zwei seiner erfahrensten Ermittler, in dieser Sache zu recherchieren.

Und schon fand Nowak sich mit ihm im Befragungsraum wieder. Gebhard Michlmayer bestritt, je im Inneren der Reha-Klinik gewesen zu sein. Weder als Patient noch als Besucher. Auch nicht als Schamane. Nein, er habe nie Kurse oder Vorträge dort abgehalten, sagte er.

Nach einer Dreiviertelstunde Fragerei, die keine neuen Erkenntnisse brachte, verordnete der frustrierte Himmler allen eine Pause. Und er lud „seinen lieben Nowak" zum Essen ein.

Sie fuhren zur Unteren Donaulände und aßen Steaks.

Nach einem doppelten Espresso gelang Nowak endlich der Absprung. Er müsse leider nach Wien zurück, auch dort werde fleißig gemordet, log er. Er wünschte seinem Kollegen viel Glück für die weiteren Ermittlungen, Himmler bedankte sich für die Unterstützung und sie trennten sich äußerst kollegial.

Nowak fuhr keineswegs nach Wien, denn außer dem leidigen Fall Fian gab es nichts zu tun, und er hatte vor, noch den ganzen Montag in Gmunden zu bleiben. Zum Glück schüttete es immer noch, und sein restliches Sonntagsprogramm beinhaltete nichts als die Punkte Hotelzimmer, sprich Bett, und Honeybunny, sprich Honeybunnys magische Rundungen.

„Ich habe übrigens auch ermittelt“, erzählte Kim stolz, als sie nach ausgiebigen Boxspringtests erhitzt nebeneinander lagen.

„*Was* hast du?“ Er musste sich verhört haben!

„Na ja, ich habe Noah besucht und seinen Meerschweinchen Gemüse mitgebracht.“ Ohne Luft zu holen sprach sie weiter. „Dem Kleinen geht's erstaunlich gut. Anne macht das wirklich großartig, obwohl sie selbst vollkommen fertig ist vor Angst.“

„Wovor hat sie denn Angst?“

„Um ihren Gebi natürlich! Dass er in der Scheiße steckt und nicht mehr rauskommt, obwohl er unschuldig ist.“

„*Wenn* er unschuldig ist!“, warf Nowak ein.

„Das ist natürlich ihre größte Angst!“, sagte Kim. „Dass ihr neuer Lebensmensch in Wahrheit schuldig sein könnte. Dass er ihren Exmann erschlagen haben könnte, ohne Absicht zwar, vielleicht durch eine Verkettung unglücklicher Umstände.“

„Ja, ja, die unglücklichen Umstände ...“, murmelte Nowak vor sich hin. Man wusste nie, wann wo welcher Stein im Weg lag, auf den man dumm fallen konnte. Deshalb war es klug, seine Aggressionen stets im Griff zu haben.

„Natürlich macht sie sich selbst Vorwürfe, weil sie ihn dazu angestiftet hat.“ Kim strich mit ihrem Zeigefinger über seinen Arm. „Sie tut mir leid. Sie hat es nicht leicht gehabt und versucht, sich aufzurappeln, Beruf und Familie im zweiten Anlauf unter einen Hut zu bringen und eine gute Mutter zu sein. Und dann passiert so was!“

„Sie muss keine Angst haben. Wie es aussieht, ist ihr Schamane bald wieder zu Hause.“ Er erklärte die Sache mit dem Universalschlüssel. „Die Wahrscheinlichkeit, dass Geronimo davon wusste, geht gegen null. Und wieso hätte er sich auch diese Mühe mit dem Teppich machen sollen? Um es den Marinis anzuhängen?“

Kim richtete sich auf und sah ihn an, als hätte sie eine Erscheinung. „Aber an diesen Schlüssel hätte er doch ganz leicht kommen können“, sagte sie. „Er hat ja eine Nichte, die in der Reha-Klinik arbeitet. Sie heißt Gerlinde, und ich glaube, sie ist Ergotherapeutin.“

„Was? Woher weißt du das?“

„Von Anne natürlich. Wir haben uns fast drei Stunden unterhalten. Sie hat mir auch erzählt, dass diese Gerlinde Gebis Patenkind ist. Und dass er sie schamanisch behandelt hat, weil sie Depressionen hatte. Sogar einen Selbstmordversuch soll sie unternommen haben.“ Kim senkte die Stimme. „Sie hatte nämlich ein Gspusi mit einem Neurologen vom Walderberg. Hat es für die große Liebe gehalten. Aber der hat sie schon bald abserviert, dieser ...“

„Huber-Marini?“, fragte Nowak aufgeregt. „Meinst du Paul Huber-Marini?“

Kim nickte. „Paul, genau. Paul heißt der Windbeutel.“

Na bravo. Das schlug ja dem Fass den Boden aus! Da hatte dieser selbsternannte Wunderheiler mit der Winnetou-Frisur womöglich gleich zwei Fliegen mit einer Klappe geschlagen – hatte zuerst den lästigen Exmann seiner neuen Flamme beseitigt und die Tat dann dem treulosen Exlover des Patenkindes in die Schuhe geschoben. Er betrachtete Kim zärtlich und voller Stolz. Was für ein Teufelsweib! Kaum ließ man sie allein, fand sie den Knackpunkt in einem komplizierten Mordfall. Den sogenannten „missing link“ – und zwar quasi im Vorbeispazieren. Oder besser gesagt im Vorbeiplaudern.

Er lächelte still in sich hinein. Nein, er würde das Wesen Frau nie verstehen, aber im Moment war er einfach nur dankbar, dass es dieses Wesen gab und dass es an seiner Seite war – so wunderbar weich, kurvig, neugierig und geschwätzig.

Er riss sich vom Anblick einer hennagefärbten Locke los, die sich verführerisch über Kims Schulter ringelte, schnappte sich das Handy und rief Himmler an. Zwar konnte er seinen Linzer Kollegen noch immer nicht leiden, aber das Steak war delikat gewesen. Und eine Hand wusch die andere. Außerdem tat es nicht weh, wenn er einem Oberleutnant mit angepatztem Ruf ein bisschen unter die Arme griff und ihm einen Tipp gab. Womöglich einen fallentscheidenden Tipp!

28

„Du täuschst dich, Paul. Das würde sie nie tun."

„Ich bin mir sicher, dass sie es tun wird – wenn sie es nicht schon getan hat. Sie hat es angekündigt. Am Telefon. Und du weißt ja, wie verlässlich sie ist. Hundertprozentig verlässlich."

„Ja, das ist sie. Aber sie liebt dich. Und du kannst dich zweihundertprozentig darauf verlassen, dass sie dich nicht verraten wird."

„Verraten? Was heißt denn verraten? Hinhängen wird sie mich! Für etwas, das sie selbst getan haben muss. Je länger ich darüber nachdenke, umso mehr kristallisiert es sich heraus."

„Aber geh, ich bitte dich! Was für einen Grund sollte Walburga haben, einen Journalisten zu ermorden? Noch dazu in *ihrer* Reha-Klinik! Wo ihr doch schon der Suizid von Birgit Ladstätter so zugesetzt hat."

„Weil er zu viel wusste!", platzte es aus Paul heraus. „Weil das mit Birgit eben kein Selbstmord war und dieser Zeitungsfritze ..." Er konnte Eugens bekümmerten Gesichtsausdruck nicht mehr ertragen und wandte sich ab. Mitleid. Er wurde von seinem besten Freund bemitleidet! Da schaute er lieber in die Glasaugen des ausgestopften Auerhahns an der Wand. „Der Typ hat angefangen, rumzuschnüffeln. Hat Blut geleckt, wollte wahrscheinlich mit irgendeiner Sensationsgeschichte Geld machen. Ich sehe den Titel schon vor mir: *Mord in der Reha-Klinik!* Und dann muss er Walli bei seinen Recherchen in die Quere gekommen sein. Vielleicht hat sie ihn beim Spionieren ertappt, oder er hat sie mit irgendeinem belastenden Indiz konfrontiert – was weiß ich! Jedenfalls hat sie vermutlich keinen anderen Ausweg gesehen, als ihn zu erschlagen. Und jetzt will sie es mir in die Schuhe schieben!"

„Das traust du ihr zu? *Deiner* zierlichen Frau?"

„Zierlich heißt nicht zimperlich", erwiderte Paul barsch. Er deutete an die Wand. „Siehst du die ausgestopften Tiere hier?" Neben dem Auerhahn hingen die Trophäen von sieben Rehböcken, drei Hirschen, einem Murmeltier und sogar einer Blauracke! Mit dem Zeigefinger tippte er auf die türkisblaue Brust des Vogels. „Nicht einmal dieser wunderhübsche, vom Aussterben bedrohte Piepmatz hat Gnade vor ihr gefunden." Er schüttelte sich. „Von wegen zierlich!" Er konnte nicht leugnen, dass er enttäuscht war. Er wusste auch nicht, was er sich von dem Treffen mit Eugen erwartet hatte. Auf alle Fälle mehr Verständnis für seine verzweifelte Lage. „Sie ist grausam!", schrie er.

„Paul, Paul." Eugen legte ihm beschwichtigend die Hand auf die Schulter. „Das glaubst du doch selbst nicht." Vielleicht war es Eugens ruhige Stimme oder die Wärme seiner Hand, die durch das Flanellhemd drang. Oder der Kummer darüber, dass es Paul nicht einmal gelang, seinen besten Freund auf seine Seite zu ziehen. Jedenfalls traten ihm Tränen in die Augen. Er versuchte, es zu verbergen, aber Eugen war ein erfahrener Psychologe, dem machte man so schnell nichts vor.

„Wein nur", murmelte er. „Ist doch keine Schande." Eugen ging zum Glasschrank, nahm die Flasche mit dem Zirbenschnaps heraus und zwei Gläser. Er schenkte ein und stellte die Gläser auf den Tisch. Sie setzten sich. „Lass uns auf Walburga trinken. Und auf die Liebe."

Paul lachte auf. „Warum nicht auf Birgit und den Tod?" Er wusste, dass er sich kindisch benahm.

Eugen seufzte, sie stießen an. Während Eugen nur an seinem Glas nippte, kippte Paul den Schnaps auf einmal hinunter.

„Ich glaube, ich brauche jetzt eine Zigarette", sagte Eugen und ging vor die Tür. Es schüttete noch immer unvermindert, und man musste sich hart an die Hüttenwand stellen, um nicht nass zu werden.

„Warum gehst du hinaus? Du rauchst doch eh nicht richtig."

„Die Macht der Gewohnheit", nuschelte Eugen und die Zigarette tänzelte in seinem Mundwinkel, unangezündet. „Weißt du, Walburga und ich, wir haben uns gestern getroffen und geredet."

„Aha?"

„Sie hat geweint, mein Lieber. Sie macht sich natürlich Sorgen um den Ruf des Hauses, aber in erster Linie macht sie sich Sorgen um dich."

Paul wunderte sich. Immerhin war Eugen *sein* Freund, und Walburga hatte doch ein, zwei Freundinnen, bei denen sie sich ausweinen konnte. Und sie hatte ihre Mutter. Warum musste sie ausgerechnet Eugen zu ihrem Vertrauten machen?

„Sie hat mir von der Mail erzählt, die Birgit Ladstätter dir am Tag ihres Todes geschickt hat", sagte Eugen.

„Was? Welche Mail?"

„Komm, tu nicht so, als wüsstest du nicht Bescheid. Eine Mail, in der Birgit dich unter Druck gesetzt hat. Sie wollte mit Walburga über eure Scheidung reden, wenn du es nicht wie versprochen auf die Reihe kriegen würdest."

„Wie bitte? Was soll ich versprochen haben? Spinnst du?" Paul schlug sich mehrmals gegen die Stirn. Ihm war heiß, er spürte den Alkohol, der sich nicht mit den Tabletten vertrug. „Habt ihr jetzt alle einen Knall?", schrie er.

„Reg dich nicht so auf. Bei dem Tempo, in dem du deine Betthäschen gewechselt hast, musste das ja einmal passieren. Dass eine sich verarscht fühlt und dir das Messer ansetzt, meine ich."

„Aber doch nicht Birgit! Sie hatte nur noch ein paar Monate zu leben!"

„Das stimmt nicht. Sie hat ihre prognostizierte Lebenserwartung schon ums Dreifache überschritten. Kein Mensch weiß, ob sie nicht noch einige Jahre vor sich gehabt hätte. Erfüllte Jahre."

„Birgit wusste genau, dass ihre Zeit begrenzt war. Sie wollte sie nützen und sich bis zum Schluss möglichst lebendig fühlen. Basta. Für eine feste Beziehung hatte sie überhaupt keinen Sinn!"

„Täusch dich nicht, mein Lieber. Gerade wenn die Zeit begrenzt ist, haben viele Menschen das Bedürfnis, ihr Leben umzukrempeln und ihm möglichst viel Sinn zu geben. Und was könnte mehr Sinn haben, als eine große Liebe zu leben?"

Paul schnaubte abfällig. Eugen hatte keine Ahnung von Frauen! Nicht umsonst war er mit Mitte dreißig noch immer unbeweibt.

„Ja, ich weiß. Mit großen Gefühlen kannst du wenig anfangen. Dir geht es nur um Sex", sagte Eugen. „Das ist für dich eine Art Ausgleichssport geworden, so wie andere Tennis spielen." Er lächelte milde, nahm endlich die Zigarette aus dem Mund und drehte sie zwischen seinen Fingern. „Jedenfalls hat Walburga Birgits Mail in deiner Mailbox entdeckt, nachdem sie Leon Ritter beim Spionieren überrascht hat, wie du es nennst. Er hatte eine Kanüle in Birgits Zimmer gefunden. Walburga hat die Mail gelöscht und die Kanüle konfisziert. Zu dem Zeitpunkt war sie bereits hellhörig geworden. Als sie entdeckt hat, dass die Luminal-Injektionen ihrer

Mutter nicht mehr da sind, wo sie sein sollten, und dass die Leiche des Journalisten in den Teppich aus eurem Dienstzimmer eingewickelt war, verfiel sie in Panik. Dazu kommt, dass du einfach untergetaucht bist, anstatt mit ihr zu reden. Und da wundert es dich, wenn sie dich verdächtigt? Was würdest du denn daraus für Schlüsse ziehen?"

„Was?" Ein Zittern überfiel Paul und er konnte nichts dagegen tun. „Das wird ja immer abenteuerlicher! Behauptet sie tatsächlich, *ich* hätte Birgit mit dem Epilepsie-Medikament meiner Schwiegermutter zu Tode gespritzt?"

„Ich fürchte, ja", gab Eugen zu.

„Und du? Was glaubst du? Was glaubt mein bester Freund – hält er mich auch für einen Mörder? Einer der fähigsten Psychologen, die ich kenne?" Etwas Eisiges rann über Pauls Rücken. Was er da zu hören bekommen hatte, war grauenvoll. Schlimmer als seine schlimmsten Albträume. Er umfasste Eugens Schultern und schüttelte ihn.

Doch Eugen schwieg. Und das war das Allerschlimmste.

„Also gut. Angenommen es war so. Warum hätte ich dann die Luminal-Verpackung nicht einfach liegen lassen sollen? Wozu dieses dumme Arrangement mit den leeren Schlaftablettenblistern? Die Obduktion wird das doch zweifelsfrei ans Licht bringen!"

„So dumm ist dieses Arrangement nicht. Ein Selbstmord mit Luminal wäre unglaubhaft gewesen, schließlich hatte Birgit keine medizinischen Kenntnisse. Und wie hätte sie an das Medikament kommen sollen? Nein, Paul, Walburga glaubt, dass du es so arrangiert hast, weil du gehofft hast, der Fall werde rasch abgeschlossen. Ohne Obduktion. Und es hätte ja fast geklappt.

Wenn nicht die junge, überenthusiastische Staatsanwältin den Gerichtsmediziner beauftragt hätte, wäre der Selbstmord längst abgehakt."

Paul nahm sich eine Zigarette aus Eugens Packung und suchte in seiner Hosentasche nach einem Feuerzeug. „Wie dumm von mir. Ich habe gehofft, dass du auf meiner Seite bist", sagte er bitter und rauchte die Zigarette an, während Eugen seine zwischen den Fingern zerkrümelte. „Walli lügt. Die Mail von Birgit Ladstätter gibt es nur in ihrer Fantasie. Wenn jemand die Luminal-Spritzen gestohlen hat, dann sie selbst. Schließlich ist Alice *ihre* Mutter. Und das Motiv ist das älteste der Welt: Eifersucht." Er nahm einen tiefen Zug und ließ den Rauch langsam aus der Nase entweichen. „Sie war außer sich, als sie erfahren hat, dass ich wieder mit einer Patientin schlafe. Nach der Affäre mit der schwangeren Schlaganfallpatientin vor zwei Jahren hatten wir nämlich eine Abmachung, die ..."

„Die du gebrochen hast", sagte Eugen. „Ich weiß."

„Sie hat mich angeschrien, dass ihr das alles auf die Nerven geht, dass sie meine Seitensprünge ein für alle Mal satt hat. Ich habe versprochen, mit Birgit Schluss zu machen." Paul sah auf das überlange Aschestück an seiner Zigarette. In dem Moment brach es ab und fiel auf den Steinboden. Er verrieb es mit der Schuhspitze. „Aber ich konnte nicht. Ich weiß auch nicht, wieso. Birgit war so wahnsinnig leidenschaftlich! So verführerisch. Sie brauchte den Sex, um sich zu spüren, und ich brauchte ihn, um mich zu betäuben. Irgendwie ist das dasselbe, nur mit anderen Vorzeichen." Er sah einem Rauchkringel nach. „Weißt du, Birgit kannte kein Schamgefühl, keine Tabus. Sie wollte alles ausprobieren, was Gott verboten hat, sie war so ..."

„Bitte keine Details", sagte Eugen trocken. „Darauf kann ich wirklich verzichten."

Was für ein Spießer! Eugen hatte keinen Sinn für Humor, und er war prüde. Dabei täte ihm das auch mal wieder gut, eine Frau zu bumsen. Völlig tabulos zu bumsen, dachte Paul, hütete sich aber, eine dementsprechende Bemerkung fallen zu lassen.

Ihn fröstelte. Sie gingen wieder hinein, und weil Eugen keinen Schnaps mehr trinken wollte, Paul aber schon eingeschenkt hatte, leerte er beide Gläser.

Eugen verabschiedete sich. Er wollte noch nach Linz, zu irgendeiner Feier seiner Eltern. „Bleibst du hier?"

Paul nickte und begleitete Eugen zum Wagen.

„Es tut mir leid, dass du enttäuscht von mir bist", sagte Eugen. „Aber du musst mich verstehen. Ich sitze zwischen den Stühlen. Da ist Walburgas Version von der Geschichte, und für mich klingt sie glaubhaft. Sie bittet mich, mit dir zu reden. Ich soll dich davon überzeugen, dass du dich stellen musst. Dass es das Beste für dich wäre, weil früher oder später doch alles ans Licht kommt."

„Dann komme ich und streite alles ab. Meinung steht gegen Meinung. Und du vertraust nicht mir, sondern Walburga!"

„Das stimmt nicht. Ich spüre aber, dass du nicht die Wahrheit sagst, und natürlich frage ich mich, warum. Wenn du nichts zu verbergen hast ..."

„Du hast recht, ich habe dir was verschwiegen. Den Grund, warum ich so kopflos untergetaucht bin und nicht mit Walli sprechen konnte." Paul sah Eugen nicht an, er wandte sich Eugens Auto zu. „Ich habe die Leiche des Journalisten gefunden, habe sie in den Teppich eingerollt, nach unten geschleppt und in die Mülltonne geworfen. Weißt du, wie schwer das war? Und natürlich war es ein Irrsinn! Aber ich war in Panik."

„Warum? Was ist denn passiert?"

„Glaub es oder glaub es nicht – ich habe keine Ahnung! Ich weiß nur, dass ich im Dienstzimmer war und mit Chrissi geschlafen habe, der neuen Küchenhilfe. Vorher hatte ich einiges eingeworfen, zwei, drei Fluctine, glaube ich, und wir haben was getrunken. Irgendwann ist Chrissi gegangen, und ich muss eingeschlafen sein. Ich habe geschlafen wie ein Stein. Und als ich aufwache, liegt der Typ da. Tot! Er liegt auf unserem Teppich, unter seinem Kopf ist Blut, und einer von Wallis Pokalen liegt daneben und ..." Paul schlägt ein paarmal gegen seine Schläfen. „Was hätte ich denn tun sollen? Was hättest du denn an meiner Stelle getan?"

„Die Polizei rufen?", fragte Eugen. In seinen Augen stand – ja was? Mitleid? Verständnislosigkeit? Misstrauen? Oder von allem etwas?

„Dann wäre der Verdacht doch sofort auf Walli gefallen! Ich dachte, ich muss ihr helfen. Die Leiche muss weg." Paul schüttelte den Kopf. „Ja, schau mich nur an. Jetzt weiß ich auch, wie blöd das war! Eine Falle. Fein ausgedacht von meiner lieben Frau. So fein, dass selbst mein bester Freund darauf hereinfällt, sich auf ihre Seite schlägt und mich für einen Mörder hält."

„Du täuschst dich. Ich stehe auf euer beider Seite", sagte Eugen und stieg in seinen Wagen. „Außerdem könnte doch alles ganz anders gewesen sein. Es könnte jemand gewesen sein, der dich hasst und dir die Morde in die Schuhe schieben will. Hast du dir das schon einmal überlegt?"

Paul trat an seinen Porsche heran, öffnete den Kofferraum und kramte darin herum. „Ein Feind, meinst du? Was denn für ein Feind?" Er war beliebt und außerdem viel zu unwichtig, um Feinde zu haben. „Walli hat bestimmt Feinde, ich nicht." Erfolgreiche Frauen wie sie hatten Neider. Außerdem war sie als Chefin streng und manchmal ungerecht.

„Bist du dir sicher?", fragte Eugen und verzog den Mund zu einem halben Lächeln. Es schien, als wollte er noch etwas sagen. Als er Pauls Gesichtsausdruck sah, seinen vermutlich ungläubigen Gesichtsausdruck, ließ er es bleiben.

Er startete, hob noch einmal die Hand zum Gruß und fuhr los.

Paul sah ihm lange nach. Kopfschüttelnd. Dann nahm er die Tasche mit Wallis Gewehr aus dem Kofferraum und schlug den Deckel zu.

Seltsam, dachte er. Irgendeine von Eugens Bemerkungen hatte etwas in ihm ausgelöst. Einen Gedankenblitz, der leider so schnell wieder weg war, dass Paul ihn nicht zu fassen kriegte.

Er kickte einen Stein über den Platz, hängte sich die Tasche mit der Steyr Mannlicher über die Schulter und ging zur Hütte zurück.

29
11. April

Obwohl die Steigung nicht nennenswert ist, geht ihr Atem schnell und ihre Knie zittern vor Anstrengung. Die Ballerinas haben zwar keine Absätze, aber eine glatte Ledersohle. Sie sind ungeeignet, einen Hang zu erklimmen, der von einer zehn Zentimeter dicken Schneeschicht bedeckt ist. Frischer, nasser Aprilschnee! Alice ist schon zweimal ausgerutscht und hingefallen, aber das nimmt sie in Kauf. Schließlich konnte sie weder das Wetter voraussehen noch die günstige Gelegenheit, die sich überraschenderweise geboten hat. Am helllichten Vormittag! Und es ist ja nichts passiert, sie hat sich wieder aufgerappelt und ihren Weg fortgesetzt.

Das Ziel ist nah. Bei der Bank hinter den drei Birken gönnt sie sich eine kleine Verschnaufpause. Sie wischt den Schnee weg und setzt sich, spürt, wie die Nässe des Holzes durch den Stoff dringt. Kalt ist ihr. So kalt, dass ihre Zähne klappern. Aber was macht das schon? Was sind schon Kälte und Mühsal im Vergleich zu dem überwältigenden Gefühl von Triumph, das ihr Tränen in die Augen treibt?

Diesmal hat es geklappt. Diesmal hat sie Glück gehabt – und was für ein Glück!

Als sie beim Frühstück saß und ihren Tee schlürfte, kam plötzlich ein halbes Dutzend Polizisten herein. Mit ihnen hielten Hektik und Nervosität Einzug in den Speisesaal. An allen Tischen wurde getuschelt und gezischelt.

Alice, die normalerweise gleich nach dem Frühstück von einer Pflegekraft zur Therapie oder auf ihr Zimmer gebracht wurde, musste sich zu den drei dicken Wienerinnen setzen, die sie sonst immer mied. Dumme Plaudertaschen! Es wurde ihnen aufgetragen, zu warten, bis einer der Polizisten zu ihnen kommen und sie befragen würde.

Die Wienerinnen ignorierten Alice zum Glück, und sie konnte sich still und leise davonschleichen. Sie tat einfach so, als müsse sie auf die Toilette. Im Schatten der offenen Toilettentür entwischte sie in die Cafeteria, die zum Glück leer war, und von dort hinaus, in den Hof. Sie überquerte ihn so zügig wie möglich und gelangte schließlich in den Park.

Je weiter sie sich vom Gebäude entfernte, umso mehr fürchtete sie, jemand würde sie rufen oder ihr hinterherrennen. Sie fühlte schon die schweren Hände, die sich um ihre Oberarme schließen, an ihr zerren und sie zurückbringen würden.

Aber so war es nicht. Niemand hat Alice aufgehalten.

Jetzt ist sie hier, und bis man sie vermissen wird, können einige Stunden vergehen.

Ein Krächzen lässt sie zusammenzucken. Das Geräusch ist von der mächtigen Zeder gekommen, die zu ihrer Linken mindestens zwanzig Meter in die Höhe ragt. Der Schlafbaum ihrer schwarzen Freunde – von ihrem Zimmer aus hat sie ihn immer bewundert.

Sie legt den Kopf in den Nacken und kneift die Augen zusammen. Da! Der Wipfel bewegt sich. Ein Vogel sitzt darauf und ein zweiter kommt gerade angeflogen und setzt sich dazu. Beide schaukeln nebeneinander und necken sich.

Alice nestelt an ihrer Kette, an der sie einen Leinenbeutel befestigt hat. Der Beutel birgt ihren Frühstückskäse. Sie schnalzt mit der Zunge und winkt den beiden Vögeln. Versucht, ihr Krächzen nachzuahmen, was nicht besonders gut gelingt. Dann wirft sie einen Käsewürfel in hohem Bogen in den Schnee. Er versinkt sofort, aber ein kleines schwarzes Loch in der Schneedecke zeigt, wo er liegen muss.

Die Rabenkrähen strecken sich und äugen herunter.

Alice wirft auch die restlichen Käsewürfel in ihre Richtung.

Sie beobachtet, wie die beiden aufgeregt mit den Flügeln zucken, und wartet.

Wind kommt auf. Es beginnt wieder, sachte zu schneien. Gut, denkt Alice. Der Schnee wird ihre Fußspuren unsichtbar machen.

Sie fröstelt und wartet und versucht, nicht allzu laut mit den Zähnen zu klappern. Im Kopf summt sie eine Melodie – das Lied vom großen schwarzen Vogel, dem jemand Zucker aufs Fensterbrett streut. Sie summt tonlos, um ihre schwarzen Freunde nicht zu erschrecken. Als einer der beiden vor ihr landet, nur eine Bettlänge entfernt, lächelt sie. Er krächzt und nickt dabei wie zur Begrüßung mit dem Kopf. Als er sich sicher ist, dass von ihr keine Gefahr ausgeht, watschelt er zu einem der Käse-Einwurf-Löcher. Er pickt einige Male hinein und kriegt den Leckerbissen zu packen. Mit seinen Krallen hält er ihn fest, während er mit dem Schnabel kleine Stückchen abbricht. Er hebt den Kopf und schluckt.

Dann verharrt er einen Moment und schaut zu Alice. Ihre Blicke begegnen einander. In den schwarzen Krähenaugen glimmt etwas auf. Etwas, das sie nicht benennen kann; das sie sich vielleicht nur einbildet. Jedenfalls hat es mit Erkenntnis zu tun. Mit Gott?

Sie bemerkt, dass sie nicht mehr friert. Als hätte sich der Wind, der immer mehr, immer größere Flocken vor sich hertreibt, in eine laue Brise verwandelt.

Der Moment des In-die-Augen-Schauens dauert höchstens ein, zwei Herzschläge lang, aber für Alice dehnt er sich zu Minuten, Stunden, einem ganzen Leben. Gedanken wirbeln in ihrem Kopf wie draußen der Schnee. Schöne Gedanken, traurige Gedanken. Viel hat sie falsch gemacht, einiges versäumt. Aber manches ist ihr auch gelungen. Auf manches darf sie stolz sein, nein, nicht stolz – froh.

Sie schließt die Augen. Müde ist sie, und sie sehnt sich danach, den letzten Abschnitt in Angriff zu nehmen, bevor der Nebel aufzieht. Der zähe, zerstörerische Nebel, der sich für immer in ihrem Gehirn niederlassen möchte.

Als sie die Augen wieder öffnet, ist Freund Schwarzrock fort. Wie sie an den Spuren erkennen kann, muss auch sein Gefährte im Schnee gelandet sein. Die Käsestücke, die die beiden nicht gleich gefressen haben, haben sie wie immer aufgesammelt und mitgenommen, um sie an einem sicheren Ort zu verstecken. Als eiserne Reserve.

Es ist Zeit. Alice steht auf. Sie ignoriert das Stechen in ihren Knien und das Ziehen in der linken Hüfte. Auf wackligen Beinen stapft sie zur Zeder. Vorsichtig setzt sie Schritt vor Schritt, damit sie nicht wieder ausrutscht.

Freuen werden sie sich nicht, denkt sie. Vor allem Walburga nicht. Aber darauf kann sie leider keine Rücksicht nehmen. „Ist's denn Sünde, zu stürmen ins geheime Haus des Todes, eh Tod zu uns sich wagt?", fragt sie den Wind, der ihr zur Antwort einige vorwitzige Schneeflocken ins Gesicht wirbelt.

Diese Verse hat sie schon vor langer Zeit auf einen Zettel geschrieben. Leider haben sie ihn ihr gestohlen wie sie ihre Injektionen gestohlen haben. Ach was, denkt sie, wie unwichtig das alles geworden ist!

Ein letztes Mal dreht sie sich um. Erahnt durch eine dichter werdende Flockenschicht die vagen Umrisse der Reha-Klinik. Sieht den Parkplatz mit den Fahrzeugen der Einsatzkräfte in der vordersten Reihe.

Warm ist ihr jetzt, beinahe heiß. Sie unterdrückt das Bedürfnis, ihr Kleid auszuziehen, und legt sich unter den Baum in den Schnee.

Weiß auf weiß, denkt sie und freut sich.

Von fern hört sie das Krächzen der Krähen. Und nach einer Weile ein flappendes Geräusch wie von Federflügeln, ganz nah. Sie stellt sich vor, dass ihre schwarzen Freunde zurückgekommen sind, um ihr Gesellschaft zu leisten und sie zu bewachen.

Auch der Wind ist ihr Freund. Er treibt die Schneeflocken zur Eile an, damit sie Alice mit ihren kühlen Kristallkörpern zudecken und vor bösen Blicken schützen.

Die letzten Gedanken gehören ihrem Kind. Wie sehr Walburga sich unlängst gegrämt hat! Wie rotgeweint ihre Augen waren!

Sie hätte sie öfter in die Arme nehmen sollen. Das kleine Mädchen, das so dickköpfig war. Das gern ein Junge gewesen wäre und beim Spielen immer gewinnen wollte. Nie konnte Alice ihre Tochter so lieben, wie sie es sich gewünscht hätte, und das tut ihr unendlich leid. Wenn sie könnte, würde sie es rückgängig machen. So bleibt ihr nur die Hoffnung, dass Walburga ihr eines Tages verzeihen wird.

Sie kreuzt die Arme über ihrer Brust. „Gut scheint jetzt alles: mög' es glücklich enden, und bittres Leid in süße Lust sich wenden!", haucht sie in den Wind, der noch einmal Anlauf nimmt, um das Heer der taumelnden Flocken zu sammeln und unter den Baum zu befehligen.

Und das Heer gehorcht. Natürlich gehorcht es und legt sich als kuschelige Decke über den schmalen weißen Körper.

30

Bukowski ließ die Hände unter den langen Ärmeln ihres Sweatshirts verschwinden. Sie bereute, dass sie ihre Wollpullis in Wien gelassen hatte. Mit einem Wintereinbruch hatte sie beim besten Willen nicht gerechnet. Sie setzte sich in die Cafeteria, bestellte Tee mit Zitrone und wartete auf Pascal Unterhumer, der versprochen hatte, sich vor seinem Dienstantritt um Punkt sieben eine Viertelstunde Zeit zu nehmen. Seit ihr Handy sie um halb drei Uhr früh aus dem Tiefschlaf gezirpt hatte, konnte sie es nicht erwarten, ihm auf den Zahn zu fühlen.

„Mir ist was eingefallen“, hatte eine weibliche Stimme gekeucht.

„Hm?“

„Ich hätte mich ja an die Polizei gewandt, aber weil du gesagt hast, dass du der hiesigen Kripo nicht traust, habe ich lieber dich angerufen.“ In wachem Zustand hätte Bukowski die Anruferin bestimmt an ihren gerollten R erkannt.

„Worum geht's denn?“ Sie versuchte, sich mit einer Hand den Schlaf aus den Augen zu reiben und mit der anderen das Handy festzuhalten.

„Um Leon natürlich.“

Die Sorgfalt, mit der die Frau seinen Namen aussprach, bewirkte schließlich, dass der Groschen fiel.

„Mir ist wieder eingefallen, was er kurz vor seinem Tod überprüfen wollte. Ich verstehe gar nicht, wie ich es vergessen konnte“, sagte Nadine. Leon habe ihr erzählt, dass er mit Birgit Ladstätters ehemaligem Lebensgefährten telefoniert hatte. Dass der einen zweiten Liebhaber erwähnt habe. Einen, mit dem Birgit zu Beginn ihrer fünfeinhalbwöchigen Reha flirtete, dem sie aber Paul Huber-Marini vorgezogen habe.

„Aha. Und weiter?“

„Leon vermutete, dass dieser zurückgewiesene Verehrer Birgit aus Eifersucht getötet hat und den Mord seinem Nebenbuhler in die Schuhe schieben wollte.“

Nebenbuhler, dachte Bukowski. Sie mochte dieses Wort nicht, vielleicht weil sie es vor Kurzem im Zusammenhang mit Nadine selbst gedacht hatte.

„In der Nacht, in der er starb, wollte Leon jedenfalls etwas recherchieren, das mit diesem Liebhaber zu tun hatte.“

„Interessant. Dann wusste er also, wer dieser Mann war?“ Bukowski rieb ihr Ohrläppchen, bis es brannte. „Hat er dir seinen Namen verraten?“

„Leider nein“, sagte Nadine. „Aber ich habe ihn selbst herausgefunden.“ Eine gehörige Portion Stolz schwang in ihrer Stimme mit. „Na ja, mit Eugens Hilfe.“

„Meinst du Eugen Pammer, den Psychologen?“

„Genau den. Er ist ein guter Freund von mir und hat unter anderem Birgit Ladstätter behandelt.“

„Also? Schieß los!“ Bukowski hatte einen Kugelschreiber gezückt und den Namen, den Nadine ihr nannte, aufgeschrieben.

Jetzt wartete sie auf diesen Pascal Unterhumer, der – nach Nadines Beschreibung – mit dem blendenden Aussehen George Clooneys gesegnet war und mit der heiser-erotischen Stimme von Robert De Niros deutschem Synchronsprecher.

Sie war fast enttäuscht, als sich ein gewöhnlicher Sterblicher um die fünfzig zu ihr an den Tisch setzte. Typ Staubsaugervertreter, wenn auch mit Pfeffer-und-Salz-Schläfen und einem charmanten Lächeln ausgestattet. Sie musste nachdenken, wo sie ihn schon gesehen hatte, kam aber nicht drauf.

Er begrüßte sie dagegen wie eine alte Bekannte. „Na?“, fragte er. „Wieder mal das Handy verlegt?“

Der verhängnisvolle Abend fiel ihr ein. Leon zwischen Nadines Schenkeln. Die Ohrfeige. Bukowskis Enttäuschung, ihre Verzweiflung. Und dann der hilfsbereite Pfeffer-und-Salz-Mann, der sie zu Alice Marinis Zimmer begleitet hatte. *Unterhu* war auf seinem Namensschild gestanden.

Pascal Unterhumer entpuppte sich als Charmeur der alten Schule. Erst als Bukowski erklärte, warum sie hier war, wurde er ernst.

Er behauptete, Leon nur vom Sehen gekannt zu haben. „Ich wusste gar nicht, dass er Journalist ist. Natürlich beantworte ich alle Fragen, die zur Klärung dieses Verbrechens beitragen. Wenn ich kann.“

„Zunächst interessiere ich mich für den Tod von Birgit Ladstätter. In welchem Verhältnis standen Sie zu ihr?“

Unterhumers linke Braue zuckte nach oben. „Sie meinen Holly?“ Er entschuldigte sich, aber das sei unter einigen Angestellten der Spitzname für Frau Ladstätter gewesen. „Nicht nur, weil sie Audrey Hepburn glich, sondern weil sie so hungrig nach Leben war. Und nach Liebe. Wie Holly Golightly, die Protagonistin von *Frühstück bei Tiffany*.“

Birgit Holly Rotlippchen Ladstätter, dachte Bukowski, was für eine faszinierende Persönlichkeit musst du gewesen sein. „Apropos Liebe“, hakte sie ein, „hatten Sie eine Affäre mit Birgit Ladstätter?“

Diesmal zuckten beide Brauen nach oben. „Wie kommen Sie darauf?“

„Also ja?“

Sein Zeigefinger wedelte ein deutliches Nein, und Unterhumer wandte den Blick ab.

Bukowski war das Flackern in seinen Augen trotzdem nicht entgangen. „Warum streiten Sie es ab? Ist ja nicht verboten."

„Ich streite gar nichts ab! Es entspricht einfach nicht der Wahrheit. Wenden Sie sich lieber an Paul. Der hatte was mit ihr." Er trommelte mit den Fingern auf die Tischplatte. „Ich meine Dr. Huber-Marini, den Mann der Chefin."

„Ist mir bekannt", sagte Bukowski. „Auch über seine Affäre mit Frau Ladstätter weiß ich Bescheid. Aber meinen Informationen zufolge", sie senkte die Stimme, weil die drei dicken Damen vom Nachbartisch neugierig herüberlinsten, „gab es da noch einen Liebhaber. Und das waren Sie."

Unterhumer rutschte auf seinem Stuhl hin und her. Wer solche Gerüchte in die Welt setze, wollte er wissen. Er gab sich lässig und konnte doch nicht verbergen, wie unwohl er sich fühlte.

Bukowski sagte ihm auf den Kopf zu, dass er log. Die drei dicken Damen brachen in Richtung Speisesaal auf, aus dem eifrige Geräusche den Beginn des Frühstücks verkündeten. Von allen Seiten strömten die Patienten herbei, die Reha-Klinik war endgültig aufgewacht.

„Also gut, wir haben geflirtet", gab Unterhumer schließlich zu. „Ziemlich heftig geflirtet, aber mehr war da nicht. Wo ist das Problem?"

Bukowski lächelte in sich hinein.

„Mit Birgits Selbstmord habe ich jedenfalls nichts zu tun", murmelte er. Plötzlich sah er auf. „Es war doch Selbstmord, oder?"

Bukowski lächelte nicht mehr. Sie starrte ihn an und blieb stumm.

„Oder?" Er fuhr sich über sein Kinn.

„Wer lügt, hat was zu verbergen. Wenn Sie lügen, ziehe ich meine Schlüsse daraus“, sagte sie endlich.

Unterhumer stöhnte. Er stützte das Gesicht in seine Hände. Offenbar dämmerte ihm, dass die Sache ernst war. Dass viel auf dem Spiel stand. „Also gut“, sagte er. „Ja, ich habe mit ihr geschlafen. Aber nur ein einziges Mal.“ Er sprach so leise, dass Bukowski ihn kaum verstand. „Einen Tag vor ihrem Tod war das, und das ist die Wahrheit.“

Sie forderte ihn auf, weiterzusprechen, und jetzt sprudelte alles aus ihm heraus. Er gab zu, dass er schon öfter von Huber-Marinis abgelegten Loverinnen profitiert hatte. „Die eine oder andere Kollegin war von Paul enttäuscht. Und wenn sich eine ausweinen wollte, war ich zur Stelle.“

„Dann haben Sie die Betreffende getröstet?“

Er nickte. Früher sei das eine erfolgreiche Masche gewesen. Jetzt fühle er sich zu alt dafür. Außerdem habe er vor zwei Monaten eine Frau kennengelernt, die ihm wichtig sei. „Mit der will ich alt werden. Und deshalb habe ich aufgehört mit dem Fremdgehen. Aber Sie wissen ja wahrscheinlich, wie das mit dem willigen Geist und dem schwachen Fleisch ist.“ Er versuchte ein Lächeln, das misslang. „Holly hat mich verführt. Und da sind sie dahingegangen, meine guten Vorsätze.“

„So eine Böse“, sagte Bukowski zynisch. „Sie können natürlich nichts dafür.“

Er verdrehte die Augen. „Logisch ist es meine Schuld. Ich wollte nur erklären, dass ... ach, lassen wir das.“ Er räusperte sich. „Ja, ich habe mit ihr geschlafen. Danach hatte ich Gewissensbisse. Ich habe mich entschuldigt und ihr erklärt, dass ich gebunden bin. Dass es eine einmalige Sache bleiben muss.“

„Wie hat sie reagiert? War sie sauer?“

„Im Gegenteil. Sie hat mich ausgelacht. ‚Wenn sich jemand entschuldigen muss, bin ich das', hat sie gesagt, und dass sie mich bloß benutzt hat, um Paul eifersüchtig zu machen. Der hatte anscheinend das Interesse verloren, und sie wollte es auf diese Art wieder anfachen."

„Ist ihr das gelungen?"

„Keine Ahnung. Ich weiß es wirklich nicht. Als ich erfahren habe, dass sie sich ... dass sie tot ist, bin ich wahnsinnig erschrocken. Und jetzt ... jetzt deuten Sie auch noch an, dass es Mord gewesen sein soll? Das ist ... ist ..."

Unterhumers Entsetzen kam ihr zwar etwas zu dick aufgetragen vor, aber im Grunde glaubte Bukowski ihm. Sie seufzte vor Enttäuschung. „War sonst noch jemand in Birgit Ladstätter verliebt?"

„Gut möglich. Sie war ja ausgesprochen attraktiv. Bestimmt gab es unter den Patienten einige, die ihr schöne Augen gemacht haben."

„Und vom Personal?"

Unterhumer dachte nach. „Nicht, dass ich wüsste. Aber kann schon sein." Seine nervösen Finger hatten inzwischen den Plastikblumenstrauß entdeckt und zupften daran herum. „Ich muss dann langsam. Sind wir fertig?"

„Die Blumen", murmelte Bukowski und tippte gegen ihre Nase.

„Was?"

Sie bat ihn, mitzukommen. Führte ihn in die Teeküche. Dann zeigte sie auf die Fotos. Und auf die Narzissen unter dem Bild der verstorbenen Sandra, die inzwischen ihre Köpfe hängen ließen.

„War das auch eins von den verstoßenen Betthäschen Paul Huber-Marinis, das Sie getröstet haben?"

Unterhumer verneinte. „Ich habe Sandra nur flüchtig gekannt. Soviel ich weiß, war sie mit …“

Plötzlicher Lärm auf dem Gang ließ beide zusammenzucken. Bukowski stürzte aus der Teeküche. Eine Frau schrie und wollte sich aus dem Griff eines Polizisten befreien, der ihren Arm umklammert hielt. Ein bulliger Mann, in dem Bukowski einen von Himmlers Team erkannte, kam dazu. Beide versuchten, die hysterische Frau zu beruhigen. Sie strampelte sich frei und rannte schreiend den Gang entlang. Dabei rempelte sie eine Patientin mit Gehhilfe an, die fast gestürzt wäre.

Die beiden Männer folgten der Schreienden, holten sie ein und hielten sie fest. Als der Bullige sie umarmte, gab sie ihren Widerstand auf. Schluchzend brach sie zusammen und glitt wie ein Sack zu Boden. Sie rührte sich nicht. Der besorgte Kripobeamte fühlte ihren Puls, der Polizist holte einen Arzt.

Als Bukowski sich der Frau näherte und endlich einen Blick auf ihr Gesicht werfen konnte, erschrak sie.

Es war weiß wie der frisch gefallene Schnee draußen. Haarsträhnen hatten sich aus dem Dutt gelöst und standen wirr vom Kopf ab. Wie eine Tote lag sie da, aber ihre Augen starrten weit aufgerissen ins Leere. Panik flackerte darin. Panik vermischt mit Wahn.

„Mein Gott“, flüsterte Bukowski, obwohl sie schon lange nicht mehr an diesen Herrn glaubte.

Die Frau war Walburga Marini.

Als Bukowski an ihr vorbeigehen wollte, schoss die Hand der Primaria vor und schloss sich erstaunlich kräftig um Bukowskis Fußgelenk.

„Mama“, sagte die Marini heiser und starrte Bukowski an wie eine Geisteskranke. „Mama.“

Dass die ärztliche Leiterin zusammengebrochen war, sprach sich herum wie ein Lauffeuer. Schon das plötzliche Großaufgebot an Polizei hatte die Reha-Klinik in einen Bienenstock verwandelt, in dem getuschelt wurde statt gesummt. Über die Gründe von Walburga Marinis Knockout glaubte jeder, etwas anderes zu wissen.

Kein Wunder, sagten die einen. Zwei Tote innerhalb weniger Tage in der Reha-Klinik – wer würde da nicht die Nerven verlieren? Noch dazu so eine ehrgeizige Person, der immer nur der untadelige Ruf ihres Hauses am Herzen gelegen sei.

Unsinn, sagten die anderen. Nur wer selbst verdächtig sei, könne so überreagieren. Klarer Fall, die Marini habe Dreck am Stecken. Entweder sei sie selbst eine Mörderin oder sie habe ein Verbrechen vertuscht, und jetzt sei das Lügengebäude eingestürzt. Den Zusammenbruch habe sie nur gespielt, damit sie auf einer Bahre abtransportiert werde und nicht in Handschellen.

Nur wenige nahmen die Primaria in Schutz und versuchten, das Hochkochen des Gerüchtesüppchens einzudämmen. Dazu gehörte zu Bukowskis Verwunderung ausgerechnet Nadine, obwohl sie Walburga Marini nicht besonders mochte.

„Die Arme tut mir leid. Paul ist nämlich gar nicht krank, sondern abgetaucht", sagte Nadine zu Bukowski. „Eugen hat angedeutet, dass er in Schwierigkeiten steckt, und Walburga fürchtet wohl, er könnte sich was antun."

Bukowski dachte, dass das der Wahrheit nahe kommen könnte. Während Walburga Marini medizinisch betreut wurde, überlegte sie sich eine Strategie, wie sie den aktuellen Ermittlungsstand der Kripo in Erfahrung bringen konnte.

Himmlers Ankunft am späten Vormittag bescherte ihr den rettenden Einfall.

Ein Stau hatte den Linzer Kripochef aufgehalten, ausgelöst durch einen Unfall aufgrund des heftigen Schneetreibens, das inzwischen herrschte.

Als er Bukowski erblickte, schlich sich etwas Säuerliches in seine Miene. Nichtsdestotrotz ging sie forschen Schrittes auf ihn zu und begrüßte ihn mit fast überschwänglicher Freundlichkeit. Sie bestellte herzliche Grüße von Major Nowak. Ihr Chef habe leider schon abreisen müssen, weil er in Wien gebraucht werde, log sie. Log leichten Herzens. Sie wusste ja, dass Nowak Himmler dieselbe Lüge aufgetischt hatte, um seine Ruhe zu haben.

„Er hat mich aber gebeten, Ihnen zur Verfügung zu stehen. Im Sinne der neuen, die Landesgrenzen überschreitenden Zusammenarbeit", sagte Bukowski salbungsvoll, mit leicht zur Seite geneigtem Kopf. Schließlich gehe nichts über Solidarität und Kameradschaft. „Deshalb bin ich sofort hergekommen und bitte Sie, über mich zu verfügen." Hätte sie sich selbst beobachten können, wäre ihr vermutlich schlecht geworden. Stattdessen beobachtete sie Himmlers Augenpartie, die sich im Laufe ihrer Rede bedrohlich verfinstert hatte. Doch den Worten „Solidarität" und „Kameradschaft" gelang es wie durch ein Wunder, seine Stirnfalten zu glätten und den zusammengezogenen Oberleutnant-Brauen ihre ursprüngliche Bogenform zurückzugeben.

Bukowski wusste, dass Himmler sich von Nowaks guten Beziehungen ins Innenministerium einiges erwartete, sie kalkulierte also damit, dass er ihr Angebot annehmen würde, um es sich nicht nachträglich mit dem Wiener Kollegen zu verscherzen.

Und sie kalkulierte richtig.

Himmler erklärte ihr, warum seine Leute in großer Besetzung angerückt waren. Mitten in der Nacht hatte der zuständige Gerichtsmediziner ihm die Ergebnisse der chemischen Analyse der Körpersäfte von Birgit Ladstätter gefaxt. Und die sprachen eine eindeutige Sprache. „Der Suizid war nur vorgetäuscht", sagte er. „Frau Ladstätter ist ermordet worden."

Leon hatte also recht gehabt. Rotlippchen war nicht an ihren Schlaftabletten, sondern an einer Überdosis Phenobarbital gestorben.

„Könnte sie es sich selbst gespritzt haben?"

„Könnte schon, aber davon gehen wir nicht aus. Sie hatte nämlich außerdem eine beachtliche Menge Gamma-Hydroxybuttersäure im Blut."

Bukowski hob die Brauen. „Der Mörder hat sie mit K.-o.-Tropfen außer Gefecht gesetzt und ihr dann die tödliche Injektion verpasst?"

„Der Mörder oder die Mörderin", sagte Himmler. „Ich hätte jedenfalls einige Fragen an Walburga, aber ihr Kreislauf hat uns wohl einen Strich durch die Rechnung gemacht. Jetzt heißt es eben warten, bis die Beruhigungsspritze so weit abgeklungen ist, dass eine Vernehmung sinnvoll erscheint", knurrte er. Nein, nicht er hatte geknurrt, sondern sein Magen.

Und weil Mägen ein Eigenleben führten, knurrte der von Bukowski zurück.

„Was halten Sie davon, einen Happen essen zu gehen?", fragte der Kripochef. „Bis Walburga aufwacht, geht sich locker ein zweites Frühstück im Köll aus."

Bukowski, die noch gar nicht gefrühstückt hatte, stimmte zu. Doch sie kamen nicht weit. Als sie das Foyer durchquerten, lief ihnen Pascal Unterhumer nach.

„Herr Kommissar!"

„Kommissar gibt's kan!"

Ein Dialog, den man sich langsam sparen könnte, dachte Bukowski. Seltsam. Kriminalromane boomten wie nie zuvor, und die Leute wurden doch nie gescheiter.

Die Aufregung, die dem Krankenpfleger ins Gesicht geschrieben stand, riss sie aus ihren Gedanken. Er keuchte. „Sie ist weg“, brachte er erst auf den zweiten Anlauf heraus. „Alice ist weg.“

Bukowski erschrak. Jetzt verstand sie, warum Walburga sie vorhin so durchdringend angesehen und „Mama“ gemurmelt hatte. Und sie hatte sie für verrückt gehalten!

„Was heißt weg?“, blaffte Himmler Pascal Unterhumer an. „Könnt ihr auf eure dementen Patienten nicht aufpassen?“

„Sollen wir sie vielleicht einsperren?“

„Sind Sie sicher, dass sie nicht mehr im Haus ist? Vielleicht auf der Toilette? In der Besenkammer? In irgendeinem Therapieraum?“

Unterhumer war sich sicher.

Himmler handelte sofort, wenigstens in dieser Hinsicht konnte man ihm nichts nachsagen. Er forderte mehrere Staffeln der oberösterreichischen Rettungshundebrigade und einen Hubschrauber an. Wenig später kam die Bestätigung, dass sich achtzehn Hundeführer und insgesamt fünfzig Einsatzkräfte von Feuerwehr und Polizei auf den Weg gemacht hatten.

„Hoffentlich finden sie sie schnell“, sagte Bukowski mit skeptischem Blick auf das dichte Schneetreiben draußen.

Unterhumer schlüpfte in seinen Anorak. „Womöglich ist sie schon nach dem Frühstück ausgebüxt“, sagte er und stürmte hinaus. In seiner Stimme lag echte Sorge, die Bukowski diesem oberflächlichen Charmebolzen gar nicht zugetraut hätte.

Pascal Unterhumer fand die Weiße Frau innerhalb von Minuten, lange bevor die Suchmannschaft eingetroffen war. Die Vögel hätten ihn zu ihr geführt, sagte er später, und niemand zweifelte daran, so seltsam es sich auch anhören mochte. Ein Dutzend großer schwarzer Vögel habe die alte Zeder umflattert, riesige Krähen, und ein weiteres Dutzend sei im Baum gesessen, still und starr wie Skulpturen. „Unheimlich still", sagte Unterhumer. „Als hätten sie Totenwache gehalten." Er hatte Alice, in der kein Leben mehr gewesen war, auf seinen Armen ins Haus getragen. „Sie wiegt nichts", murmelte er, als er sie in ein eilig herbeigekarrtes Bett legte. „Wie ein richtiger Geist."

Und wer hätte gedacht, dass der oberösterreichische George Clooney wie ein Kind weinen konnte?

Walburga Marini weinte nicht, als sie zwei Stunden später aus ihrem erzwungenen Schlaf erwachte und sich von ihrer Mutter verabschiedete. Steif wie ein Brett stand sie vor dem Bett, auf dem weiß und fragil wie ein Püppchen aus Pappmaschee Alices sterbliche Hülle lag. Jemand hatte eine Kerze angezündet und die Tote frisiert, dass sie so adrett aussah wie immer.

Himmler befürchtete einen weiteren Zusammenbruch, aber die Primaria erwies sich als stabil. Es ging ihr nicht gut, man konnte sehen, dass sie ihre ganze Kraft zusammennehmen musste, um das Zittern zu unterdrücken, das von ihren Lippen ausging und auf ihren Körper überzugreifen drohte. Aber sie fühlte sich in der Lage, Fragen zu beantworten. Sie bestand sogar darauf. Und Bukowski durfte als Zaungast dabei sein.

Himmler kam zuerst auf das Phenobarbital zu sprechen, das zum Tod von Birgit Ladstätter geführt hatte.

„Das Mittel wird als Antiepileptikum eingesetzt“, sagte er. „Hat die Reha-Klinik so ein Präparat vorrätig und hast du eine Ahnung, wer …“

„Luminal“, antwortete Walburga wie aus der Pistole geschossen. „Das Präparat heißt Luminal und es gehörte meiner Mutter.“ Sie erklärte, dass Alice vor einem halben Jahr in Folge einer Serie von epileptischen Anfällen fast gestorben wäre. Seither hätten sie das Medikament immer vorrätig gehabt, sowohl im Altenheim, in dem sie normalerweise lebte, als auch am Walderberg, wenn sie auf Reha war. „Paul hat es ihr verschrieben, er war ihr behandelnder Neurologe. Vorgestern ist mir aufgefallen, dass es aus der mittleren Schublade ihres Kleiderschrankes verschwunden ist.“

„Wer wusste von dem Mittel?“

„Außer meinem Mann und mir?“ Walburgas Lippen bebten verräterisch, sie presste sie einige Augenblicke fest zusammen, bevor sie weitersprach. „Alice selbst, zumindest in ihren helleren Momenten. Und natürlich das Pflegepersonal.“

„Und wer von all diesen Menschen hatte ein Motiv?“, fragte Himmler.

Walburga Marini zuckte mit den Schultern.

„Wo ist Paul und was glaubst du, warum er sich versteckt?“

Wieder das Schulterzucken und wieder begannen die Lippen zu beben.

„Dass er krank ist, hast du doch nur erfunden, um ihn zu schützen. Richtig?“

Das Lippenbeben wurde stärker. Es ließ sich nicht mehr mit Zusammenpressen im Zaum halten.

„Traust du ihm die Morde zu, Walburga?“

Bukowski schüttelte innerlich den Kopf. Himmler war voreingenommen, weil er mit der Primaria befreundet war. Ein Jagdkumpan, hatte Nowak erzählt. Und jetzt baute er ihr eine Brücke. Am liebsten hätte er ihr die richtigen Worte in den Mund gelegt, so sehr schien er sich zu wünschen, dass sie ihren Mann bezichtigte.

Aber Walburga Marini sagte nichts mehr. Sie bestand darauf, ihren Anwalt hinzuzuziehen, und das war natürlich ihr gutes Recht.

Der Anwalt, ein Rotschopf mit doppelt so vielen Sommersprossen wie Bukowski sie ihr Eigen nannte, war für sein jugendliches Alter schon erstaunlich gewieft. Er beriet die Primaria, die daraufhin zugab, auch schon selbst an die Möglichkeit gedacht zu haben, ihr Mann sei in die Morde verstrickt. Obwohl sie es sich nicht vorstellen könne und obwohl er es ihr gegenüber bestritten habe. Und ja, sie habe für ihn gelogen, sagte die Marini. Sie habe ihn krankgemeldet, wider besseres Wissen. Außerdem habe sie eine Kanüle, die der Journalist Leon Ritter in Birgit Ladstätters Zimmer gefunden hatte, entsorgt, um Paul zu schützen. Und eine Mail gelöscht.

„Du hast Beweisstücke unterschlagen?", fragte Himmler.

„Aber mir war doch zu dem Zeitpunkt gar nicht klar, dass es wichtig sein könnte", sagte sie zu ihrer Rechtfertigung.

Himmler grunzte gequält. Er konnte nicht verbergen, für wie unbefriedigend er diese Antwort hielt.

„Hast du deinen Mann nicht zur Rede gestellt, als du das Fehlen des Teppichs bemerkt hast?", fragte er.

„Natürlich, ja. Ich habe zigmal versucht, ihn telefonisch zu erreichen. Als es mir endlich gelungen ist, sagte er, er habe den Journalisten gefunden, tot. Er sei in Panik geraten und habe die Leiche zu den Mülltonnen geschleppt."

„Das Leichen-Dumping gibt er also zu, aber er bestreitet den Mord?“

„Ich habe ihn gebeten, sich zu stellen, da hat er mich ausgelacht und gesagt, ich soll mir keine Sorgen ...“ Sie schlug die Hände vors Gesicht.

„Und du weißt wirklich nicht, wo er sein könnte?“

Als Walburga Marini die Hände vom Gesicht nahm, zitterte sie so sehr, dass sie drei Versuche brauchte, um die Antwort verständlich zu artikulieren.

Von Eugen Pammer, einem Freund, habe sie kurz vor ihrem Zusammenbruch erfahren, dass Paul gestern in der Jagdhütte am Vorderen Langbathsee gewesen sei. „Und ich fürchte, dass er eins meiner Jagdgewehre mitgenommen hat.“

Himmler entließ die Primaria. Er schickte ein Team der Cobra zum Marini'schen Jagdhaus.

Ein weiteres Team war auf der Suche nach dem syrischen Putzmann. Nachdem er die Leiche im Teppich gefunden hatte, hatte er einen Kollaps erlitten oder vorgetäuscht, war nach Hause geschickt worden und seither nicht mehr in der Reha-Klinik aufgetaucht. Eine Streife war am frühen Nachmittag zu seiner Wohnadresse gefahren. Aber der Syrer hatte sich einer Befragung durch Flucht entzogen. Himmler ging davon aus, dass er ein Mitwisser oder sogar Helfer von Huber-Marini war.

Bukowskis Gefühl sagte, dass der arme Tropf einfach Angst hatte. Sie empfand einen Hauch Schadenfreude, dass es den oberösterreichischen Kripokollegen auch nicht besser ergangen war als ihr: Sie hatten unverrichteter Dinge abziehen müssen. Nun schwärmten sie mit der ursprünglich für Alice Marini angeforderten Hundestaffel aus.

Um das Warten auf Neuigkeiten zu verkürzen, befragte Himmler Eugen Pammer. Der Psychologe machte sich ganz offensichtlich Sorgen. Er habe sich auf Walburgas Bitte hin mit Paul getroffen, um ihm ins Gewissen zu reden. Paul habe zu viel getrunken und Tablettenmissbrauch betrieben, aber depressiv habe er nicht gewirkt. Und er wisse, wovon er spreche, das sei ja schließlich sein Metier.

„Aber ich frage mich natürlich, ob ich etwas übersehen habe." Pammer nahm zigmal die Brille ab, putzte sie und setzte sie wieder auf. „Ich hätte bei ihm bleiben sollen. Ihn nicht allein lassen. Wenn ich gewusst hätte, dass er ein Gewehr hat ..." Er rieb sich über sein unrasiertes Kinn. „Hoffentlich hat er sich nichts angetan", sagte er. „Ich könnte mir das nie verzeihen. Paul ist mein bester Freund."

Als Bukowski die Warterei nicht mehr aushielt, ging sie hinaus, um sich die Beine zu vertreten. Und um nicht schon wieder Kaffee zu trinken, weil sie das Kontingent von drei Espressi täglich schon ausgeschöpft hatte.

Sie sog die Schneeluft in ihre Lungen und rieb sich die Hände. Plötzlich vibrierte ihr Handy. Unbekannte Nummer.

„Ja?"

Die Stimme hatte Bukowski noch nie gehört. Sie klang hoch für einen Mann und gehetzt.

Die Polizei suche ihn, sagte der Anrufer in gebrochenem Deutsch, aber er wolle lieber mit ihr sprechen. Er habe Angst. Ob sie zu ihm kommen könne.

„Wo sind Sie?", fragte Bukowski.

Er beschrieb ihr sein Versteck im Wald. Ein leerstehendes Haus, halb verfallen. Reste eines Zauns mit einem Holzfass als Briefkasten, auf das in roter Farbe ein Hirsch gemalt war.

Mit dem Handy am Ohr eilte Bukowski zu ihrem Wagen. „Ich komme, so schnell ich kann“, sagte sie. „Bleiben Sie, wo Sie sind, Herr Atassi.“

31
Aus dem Buch der Kränkungen
#7 Paul

Wie verzweifelt du aussiehst! Du grübelst, kommst aber auf keinen grünen Zweig. An deinen hängenden Schultern und dem Blick, der immer wieder ins Leere abgleitet, kann ich es erkennen. Sogar aus drei Metern Entfernung, obwohl sich zwischen uns eine Glasscheibe und das tropfnasse Laub des Fliederbuschs befinden.

Ich weiß nicht, wie lange du schon so vor dich hin brütest und alle paar Minuten zur Flasche greifst, anstatt nach einer Lösung für deine prekäre Situation zu suchen. Der hochprozentige Zirbenschnaps geht bereits zur Neige. Mit dem letzten Schluck spülst du zwei Tabletten hinunter.

Paul, Paul, was ist nur aus dir geworden? Wo ist er hin, der selbstbewusste junge Mann von früher? Der so weltgewandt und klug plaudern konnte? Dessen Charme keine Frau widerstand?

Sogar Männer mochten dich, und obwohl sie neidisch auf deine Dating-Erfolge waren, hast du es immer verstanden, sie zu Kumpeln zu machen und auf deine Seite zu ziehen. Du warst beliebt. Du warst erfolgreich – nicht wegen übermäßigen Talents oder Ehrgeizes, sondern weil es dir gelungen ist, die richtigen Leute für deine Vorteile zu nutzen.

Ja, du hast deine Freunde zuerst benutzt und dann betrogen, aber du hast es nicht absichtlich gemacht, aus Berechnung, sondern weil es sich günstig ergeben hat. Vielleicht war dir deshalb nie jemand böse, zumindest nicht ernsthaft. Ein Blick in dein hübsches Gesicht und die Wogen haben sich wie von selbst geglättet.

So hätte es bleiben können. So wäre es vermutlich auch geblieben, wenn du mit den Jahren nicht immer maßloser und unverschämter geworden wärest. Gefühllos.

Wenn sich der Anflug von Narzissmus, der einen Teil deines Charmes ausgemacht hat, nicht potenziert und deine kindliche Unschuld aufgefressen hätte.

Du hast die Grenzen überschritten, und als dir klar wurde, dass du zu weit gegangen bist, hast du versucht, dich auf verschiedenste Art zu betäuben, ob mit Sex oder Drogen, anstatt einen ehrlichen Weg aus dem Chaos zu finden.

Jetzt bist du nur noch ein Wrack. Du tust mir leid.

Ich kann nicht mehr zusehen, wie du torkelst; wie du auf der Suche nach Konservendosen im Suff die halbe Küche verwüstest. Die gefundenen Dosen stellst du auf einige Baumstümpfe hinter der Hütte. Du ladest das Gewehr, legst an und schießt.

Keine einzige Dose triffst du, nicht einmal aus zwei Metern Entfernung. Nach dem neunten oder zehnten Versuch streift ein Zufallstreffer die Dose links außen, von Inzersdorfer. Sie fliegt weg und rotbraune Sauce spritzt in hohem Bogen heraus, pulsierend, als hättest du deiner Beute die Halsschlagader eröffnet.

Du legst das Gewehr auf die Gartenbank und holst das erlegte Gulasch. „Weidmannsheil", rufst du und lachst – ein Lachen, das schal klingt, waidwund, flügellahm.

Als du bemerkst, dass du nicht allein bist, fällt dir die Dose aus der Hand, aber du lachst noch immer. Sogar als du entdeckst, dass das Gewehr, mit dem du gerade geschossen hast, jetzt auf dich gerichtet ist, lachst du noch.

Die Erkenntnis, wer da auf dich anlegt, lässt dein Lachen ins Schrille kippen.

Mit zusammengekniffenen Augen musterst du ihn und zweifelst lange, ob er es wirklich sein kann. Er kommt dir fremd vor, verändert, die ganze Situation hat etwas Bizarres und du weißt dir keinen besseren Rat, als deine Unsicherheit wegzulachen.

Lachend hörst du dir die Liste der Anschuldigungen an, hörst, wie dein Urteil gesprochen wird, hörst es, ohne es zu verstehen.

Gar nichts verstehst du, wie auch, zugedröhnt, wie du bist? Moral? Was denn für eine Moral?

P? Welcher P?

Du tust, was er von dir verlangt. Tust es verwundert, fast könnte man sagen neugierig. Als freutest du dich darüber, den Jäger abzulegen und in die Rolle der Beute zu schlüpfen.

Wie geheißen folgst du P in die Hütte, setzt dich in der Stube auf den Boden und ziehst dir Schuhe und Strümpfe aus. Du winkelst die Knie an, neigst den Kopf, bis deine Stirn den Lauf berührt.

Erst Sekundenbruchteile bevor Ps Finger den Abzug betätigt, lässt Panik dich zurückzucken und den Kopf verreißen.

Aus den Sprenkeln, die dein Blut und dein Gehirn auf den Bauernschrank malen, lassen sich die Umrisse eines Falters herauslesen. Ein Falter mit weit aufgespannten Flügeln, der sich auf dem Blumenornament des alten Möbels niedergelassen hat, um dir zu sagen: Deine Schuld ist gelöscht. Du bist vernichtet, aber deine Seele ist frei und rein und bereit für die Wiederkunft.

Adieu, Paul.

Gelöscht am 10. April 2016

32
11. April

„Und du bist da ganz allein hin? Unbewaffnet?“, fragte Kim und starrte die aufgespießte Olive an wie einen Feind.

„Woher hätte ich denn eine Waffe zaubern sollen? Hallo? Ich bin im Urlaub, schon vergessen?“

„Ich meine ja nur. Der hätte doch gefährlich sein können.“

„Schmarrn! Das einzig Gefährliche war die im Schnee versteckte Wurzel, über die ich gestolpert bin.“ Bukowski rieb sich das Knie, das sie sich bei ihrem Sturz aufgeschürft hatte.

„Schon gut, Carla. Reg dich nicht auf, erzähl lieber weiter. Dieser Abdullah ...“

„Abd-en-Nur heißt er, der Diener des Lichts.“

„Das Licht hat sich also im Wald hinter Reindlmühl versteckt? In einer verfallenen Hütte?“

„Genau gesagt in einem alten Haus, das einmal gebrannt haben muss. Das halbe Dach fehlt, und der Dachstuhl ist verkohlt.“ Wie das schwarze Gerippe eines Mammuts, das seit dem Pleistozän auf seine Entdeckung wartet, hatte Bukowski gedacht, als sie sich dem Versteck näherte.

„Und? Was hat er gesagt?“

„Nichts. Ich bin leider zu spät gekommen.“

Der unheimliche Eindruck des teilskelettierten Hauses wurde durch das Blaulicht eines Einsatzwagens erhöht, das sich in den wenigen intakten Fensterscheiben spiegelte. Ein zweiter Einsatzwagen war fünfzig Meter weiter unterhalb im Schnee steckengeblieben. „Himmlers Leute waren schon da.“

„Herrschaftszeiten! Und du konntest sie nicht davon abhalten, ihn zu verhaften?"

„Erstens – und das solltest du als Frau eines Kriminesers eigentlich wissen – heißt das nicht verhaften, sondern ..."

„Festnehmen, ja klar, ich weiß." Kim verdrehte die Augen. „Und zweitens?"

„War das Licht schon fort."

„Das Blaulicht?"

„Nein, der Syrer natürlich." Bukowski hatte nur eine schmale dunkle Gestalt im Dickicht verschwinden sehen und keine Möglichkeit gehabt, dem jungen Mann zu folgen, ohne die Aufmerksamkeit der Kollegen auf sich zu ziehen.

„Als Flüchtling hätte ich auch Angst vor der Polizei." Kim war mit ihrem Salat fertig und machte sich über ihre Pizza her. „Irgendwann kriegen sie ihn natürlich, wenn sie sogar mit Hundestaffeln unterwegs sind."

„Oder auch nicht. Inzwischen haben sie die Suche vermutlich schon eingestellt."

„Wieso eingestellt?", fragte Kim.

„Weil Himmler denkt, dass Paul Huber-Marini der Täter ist. Vermutlich denkt es auch die restliche Welt."

„Hat er denn gestanden?"

„So ähnlich." Obwohl Bukowski hungrig war, wurde ihr vom Pizza-Geruch übel. Sie schob ihren Teller weg und erzählte Kim von Huber-Marinis Versteck im Jagdhaus seiner Frau. Und dass seinetwegen die Cobra ausgerückt war. Überflüssigerweise, denn der Gute war längst tot. Erschossen mit einer Steyr Mannlicher SM 12, deren Abzug er mit den Zehen betätigt hatte.

„Abschiedsbrief?", fragte Kim – ganz Kriminalistengattin. „Schuldeingeständnis?"

Bukowski verneinte. „Das ist der einzige Makel an der Sache. Himmler wertet den Selbstmord aber als Geständnis, und alles, was Walburga Marini bisher ausgesagt hat, deutet auch daraufhin, dass es Paul war. Wenn man davon absieht ..."

„Du musst unbedingt noch ein Stück Pizza essen, Carla. Sonst ..."

„Weißt du, mir vergeht der Appetit, wenn ich mir die Leiche von Huber-Marini so vorstelle."

„Dann stellst du sie dir eben nicht vor! Du bist schwanger, du musst was essen." Kim hievte einige Paprikastücke auf Bukowskis Teller. „Schau, da ist haufenweise Vitamin C drin. Zusätzlich Flavonoide und Carotine, die eine antioxidative Wirkung haben." Sie strich sich eine Lockensträhne hinters Ohr. „Tu's wenigstens für das Kind!", setzte sie einen drauf, als Bukowski nicht reagierte.

„Jetzt nerv nicht! Mein Kind mag keine Flavonoide." Außerdem tat Bukowski doch eh schon alles für Leonie. Sie rauchte nicht mehr und trank nur noch halb so viel Kaffee, damit es der kleinen Brombeere in ihrem Bauch gutging. „Also wenn man davon absieht ..."

„Wann gehst du eigentlich zur Gynäkologin?"

„Diesen Freitag", sagte Bukowski. „Jetzt hör mir doch mal zu! Oder interessiert dich die Geschichte nicht?"

Kim runzelte die Stirn. „Ich dachte, die ist aus. Paul Huber-Marini war's. Er hat zuerst seine Geliebte umgebracht, weil sie ihn unter Druck gesetzt hat. Und als Leon ihm auf die Schliche gekommen ist, hat er auch ihn ..." Kim schluckte. Sie wischte sich eine Träne aus dem Augenwinkel. „Furchtbar. Wenigstens hat er solche Gewissensbisse bekommen, dass er sich selbst ..."

„Wäre möglich. Wenn man davon absieht, dass ..."

„Du glaubst nicht, dass er es war?"

„Er hatte doch gar kein Motiv, Birgit Ladstätter zu töten!"

„Sie wollte es seiner Frau sagen."

„Lächerlich! Die wusste doch längst Bescheid. Und warum sollte Walburga ausgerechnet jetzt eifersüchtig sein, obwohl Paul sie schon so oft betrogen hat?"

„Weil die Ladstätter eine Patientin war und Patientinnen tabu sind?" Kim schenkte sich Wein nach. „Schließlich schadet das dem guten Ruf des Hauses, und dem hat Walburga Marini doch alles untergeordnet, oder nicht?"

Bukowski zuckte mit den Schultern. „Möglich, ja. Könnte sein."

„Aber?"

„Ich meine nur, dass man deshalb nicht automatisch alle anderen Spuren außer Acht lassen sollte."

„Welche Spuren denn?"

„Unseren Syrer zum Beispiel."

„Aber der war doch schon weg! Deine Kollegen waren in dem Haus und du hast den Ausflug umsonst gemacht ..."

Bukowski grinste. „Nicht ganz." Sie erzählte Kim von ihrem Einfall. Der stellte sich ein, nachdem Bukowskis Kollegen sich aus dem Staub gemacht hatten. Sie war in das halb abgebrannte Haus gegangen, hatte sich auf den einzigen intakten Stuhl gesetzt und den Finger in die Delle an ihrer Nase gelegt. Ihre Nachdenkdelle. Die hatte Bukowski schon öfter Erfolg beschert. Diesmal war ihr der Briefkasten eingefallen, den der syrische Putzmann ihr am Telefon so ausführlich beschrieben hatte.

„Was ist jetzt so Spezielles an diesem Briefkasten?", fragte Kim.

„Ein Holzfass mit einem Giebeldach aus zwei Brettern, das wie neu aussieht. Genaugenommen das einzige Stück vom ganzen Haus, das nicht desolat ist. Außen ist in rostroter Farbe ein Hirsch aufgemalt, und in der Mitte ist ein Schlitz, damit man mit der Hand hineingreifen und die Post herausholen kann."

„Ja und?"

„Das habe ich getan: hineingegriffen und einen Zettel ertastet. Bevor das Licht ausgeflogen ist, hat es mir eine Botschaft hinterlassen."

Bukowski fummelte in ihrem Rucksack herum und legte das Stück Papier auf den Tisch. Es stammte aus einem karierten Heft und musste nass geworden sein, weil es sich wellte.

Kim sog geräuschvoll Luft ein. Ihre Kastanienaugen waren erwartungsvoll aufgerissen.

Bukowski faltete den Zettel auf. Mit schwarzem, stellenweise verwischtem Filzstift hatte jemand eine Zeichnung hingekritzelt. Die ziemlich dilettantische Skizze eines gebückten Menschen in Hut und Mantel, der eine Rolle einen Korridor entlangzog. Die Rolle hatte Fransen und ein Schuh schaute heraus.

„Was soll das sein?", fragte Kim.

„Jemand, der einen Teppich schleppt. Einen Teppich mit ..."

„Leons Mörder!", platzte es aus Kim heraus. „Oder die Mörderin, weil das könnte natürlich jeder sein."

„Stimmt", sagte Bukowski, „das ist bloß ein Strichmännchen." Und dann senkte sie die Stimme zu einem Flüstern, damit niemand in dem italienischen Restaurant mithören konnte.

„Aber schau nur, unser Syrer hat einen Namen dazugeschrieben." Sie drehte das Papier um und ließ Kim den Namen lesen, der in schönen, nach rechts geneigten Großbuchstaben notiert worden war. Leider nicht mit wasserfestem Filzschrift. Der Großteil der Buchstaben war verwischt, ineinandergeflossen, eine grauschwarze Sauce, unleserlich. Nur ein E war deutlich zu entziffern und mit etwas Fantasie erkannte man ein A.

„Das gibt's ja nicht! Hast du den ins Wasser getaucht?" Kim ließ ihre Faust so schwungvoll auf den Tisch niedersausen, dass ein Olivenkern vom Teller sprang. „Willst du sagen, dass das alles ist? Ein unleserlicher Name?"

„Gibst du etwa schon auf?", fragte Bukowski verwundert. „Dabei habe ich fest mit deiner Hilfe gerechnet."

Funken tanzten in den Kastanienaugen. Kim leckte sich die Lippen. „Was können wir denn tun?"

„Das fragst du noch? Wer von uns beiden ist denn Meisterin im Scrabble?"

„Ein Wort bestehend aus zwölf Buchstaben", murmelte Kim. Der vierte ist ein E und der achte ein A." Jetzt zappelte sie fest an der Angel und Bukowski freute sich.

Sie starrten beide auf den Zettel. Kim nippte ab und zu an ihrem Wein, und Bukowski bestellte sich eine zweite Tasse Fencheltee.

Nach Minuten sah Kim auf und lächelte wissend. „Ich hab's. Du auch?"

Bukowski schüttelte den Kopf.

„Es wird dir nicht gefallen."

„Jetzt spuck's aus!"

„Was wird das schon heißen? HUBER-MARINI natürlich!"

33
13. April

Kaum hatte er sich auf den Beifahrersitz gezwängt, bereute sie es schon. Dabei mochte sie ihn ja. Nur den Geruch nach Schweiß und feuchter Wolle, der von seinem ausgebeulten Pullover ausging, mochte sie weniger. Dass ihr schlecht war, lag aber vermutlich weniger am Geruch als an der Depression, gegen die sie seit gestern ankämpfte. Sie schluckte den galligen Geschmack hinunter und versuchte es mit einem Lächeln.

„Also. Was für Neuigkeiten hast du gemeint?“, fragte sie, um die Sache zu beschleunigen.

„Immer langsam mit den alten Hirschen! Du hast versprochen, dass wir zuerst ein paar Besorgungen machen.“

Bukowski verdrehte die Augen, fügte sich aber in ihr Schicksal. Sie glaubte zwar, dass er nur herumkutschiert werden wollte und die Fakten, die er zu bieten hatte, ihre Dienste als Chauffeurin nicht wert waren. Aber sie wollte dem Dicken eine Chance geben. Denn erstens hatte sie nichts Besseres zu tun und zweitens war sie mit den Ermittlungsergebnissen ausgesprochen unzufrieden.

Beide Morde galten als geklärt, obwohl nach Bukowskis Dafürhalten einiges nicht zusammenpasste. Paul Huber-Marini wurde als Doppelmörder angesehen, ein Täter, den man nicht mehr fragen konnte, weil er sich selbst gerichtet hatte – so der Stand der Dinge am Montagabend. Gebhard Michlmayer befand sich wieder auf freiem Fuß, Anne war erleichtert, Oberleutnant Himmler triumphierte und Walburga Marini gab sich ihrer Trauer um Mann und Mutter hin.

„Genau das solltest du auch tun“, hatte Kim ihr beim Frühstück erklärt. „Mit der Trauerarbeit beginnen." Und sie hatte versucht, ihr dabei zu helfen. Sie bot Bukowski eine Aura-Soma-Sitzung oder wenigstens eine Klangschalen-Behandlung an. Obwohl natürlich Channeling die Methode der Wahl wäre, hatte Kim gemeint, wenn sie, Carla, nicht die Sturheit ihrer Tiroler Vorfahren geerbt hätte, die ein Sich-einlassen-Können auf höhere Geistwesen verhindere.

Bukowski hatte gelacht und Kim eine Abfuhr erteilt. Hatte aber zugleich geahnt, dass sie diesen Tag – wie schon den gestrigen – mit sinnloser Grübelei verbringen würde, weil sie nicht trauern konnte, aber doch ständig in Gedanken bei Leon war. Und weil sie zum Nichtstun verdonnert war, aber auch keine Lust verspürte, nach Wien zurückzufahren.

Deshalb war sie froh über Bärs Anruf gewesen und hatte sofort zugesagt, ihn mit dem Auto abzuholen. Er hatte seinen Reha-Aufenthalt mit öffentlichen Verkehrsmitteln angetreten und fühlte sich in der Waldeinsamkeit des Walderbergs von jeglichem städtischem Komfort abgeschnitten. Zum Dank hatte er ihr Neuigkeiten versprochen. Umwerfende Neuigkeiten geradezu.

Wahrscheinlich geht es ihm nur darum, sich beim nächsten Supermarkt mit Süßigkeiten einzudecken, dachte sie, und die Neuigkeiten sind keinen Pfifferling wert.

Zumindest mit dem Supermarkt sollte sie sich täuschen. Denn Ferdinand Bär wollte zur Konditorei Grellinger. Und weil die Gelegenheit günstig war, lud er Bukowski gleich auf einen Kaffee ein – offensichtlich hatte er schon durchschaut, dass sie, die immer noch unter dem Entzug von Lebenselixier eins litt, der Aussicht auf Lebenselixier zwei schwer widerstehen konnte. Für sich bestellte er drei Schaumrollen und heiße Schokolade mit Schlag, Bukowski überredete er zu einem Schwanenkuss.

„Weißt du, wir Parkis schlafen immer so schlecht. Und wenn die Nacht lang ist und du total in den Unterzucker kommst ..."

„Schon gut", unterbrach sie seinen Entschuldigungsversuch. „Ich verpetze dich schon nicht bei deiner Diätologin." Der Schwanenkuss verklebte ihre Zähne. Immerhin verjagte er die Übelkeit. „Jetzt aber", sagte sie. „Welche umwerfenden Neuigkeiten hast du gemeint?"

„Immer noch zu früh", nuschelte Bär. „Zuerst wollten wir nach Bad Ischl fahren."

„Was sollen wir denn da? Der trauernden Witwe einen Kondolenzbesuch abstatten?"

„Walburga Marini?" Er winkte ab. „Die ist ja gar nicht zu Hause. Zum Zauner will ich natürlich. Dort erzähle ich dir alles."

Bukowski schnaubte. „Der Zaunerstollen", stöhnte sie. Was war von einem Genussspecht auch anderes zu erwarten?

„Den essen ja alle. Aber kennst du auch die feinen Florentiner und die karamelligen Lehar-Schnitten? Die sind nämlich ..."

„Kommt nicht in Frage", fauchte sie so apodiktisch, dass Bär sich duckte. „Ischl kannst du dir abschminken, das war nicht ausgemacht."

Er zuckte mit den Schultern. „Einen Versuch war's wert."

„Woher willst du eigentlich wissen, dass die Marini nicht zu Hause ist?"

„Also gut. Zeit für die Neuigkeiten." Er fügte sich und erzählte und Bukowski hörte zu, mit offenem Mund, und vergaß fast zu atmen: dass Walburga Marini, die heute Morgen trotz der tragischen Ereignisse zur Arbeit erschienen war, inzwischen im Vernehmungsraum des Landeskriminalamts in Linz sitzen dürfte. Als Verdächtige.

„Was? Gestern hieß es noch: Fall abgeschlossen, Mörder tot. Wieso jetzt die Marini?"

„Tja, es gibt neue Erkenntnisse", fuhr Bär fort. „Die Gerichtsmediziner sind endlich mit dem letzten Obduktionsergebnis herausgerückt. Halt dich fest."

Bukowski nahm ihre Kaffeetasse in beide Hände.

„Es war kein Selbstmord."

„Das wissen wir doch längst."

„Ich rede nicht von Birgit Ladstätter, sondern von Paul Huber-Marini. Er kann sich nicht selbst erschossen haben, weil Einschusswinkel und Vorfindesituation nicht zusammenpassen."

Bukowski begann vor Aufregung zu zittern und verschüttete einen Teil des kostbaren koffeinhaltigen Elixiers. „Also gut. Jemand muss ihn erschossen haben. Aber warum ausgerechnet Walburga?"

„Dafür sprechen mehrere Indizien. Erstens, die Primaria hatte für keinen der drei Morde ein Alibi. Zweitens, sie hat kürzlich bei einer bekannten Scheidungsanwältin Erkundigungen eingeholt, wie viel sie eine Scheidung kosten würde. Fand dann aber, dass es zu teuer wäre."

„Das ist alles?", fragte Bukowski, aber Bär war noch nicht fertig.

„Drittens, sie hatte Schmauchspuren an Händen und Kleidung. Und viertens, sie hat sich bei der Befragung in Widersprüche verstrickt, obwohl Himmler sie mit Glacéhandschuhen angefasst hat", sagte Bär. „Das behauptet jedenfalls ein Kriminaltechniker, den ich noch von früher kenne." Bär grinste. „Der war mir einen Gefallen schuldig."

Bukowski schüttelte den Kopf.

„Was passt dir nicht? Spuck's aus!"

„Hm. Ich weiß nicht recht", brummelte sie. „Spielen wir das Ganze einmal durch. Angenommen Walburga wollte ihren Mann loswerden. Wieso hat sie dann zuerst eine Patientin umgebracht, mit der er was hatte? Aus Eifersucht schon mal nicht, oder? Außerdem passt das nicht zu einer Frau, die so auf den guten Ruf der Reha-Klinik bedacht ist."

„Wie heißt es so schön? Steter Tropfen höhlt den Stein. Jahrelang hat sie Pauls Affären geschluckt. Diese eine Affäre war der Tropfen, der das Fass zum Überlaufen brachte. Sie hat zwei Fliegen mit einer Klappe geschlagen. Die lästige Nebenbuhlerin getötet und dabei versucht, es ihrem Mann anzuhängen. Auch eine Art, jemanden loszuwerden. Und billiger als eine Scheidung."

Schon wieder dieses unsägliche Wort, dachte Bukowski. *Nebenbuhlerin.* „Und Leon?"

„Ist ihr auf die Schliche gekommen. Denk an die Kanüle."

„Aber warum so kompliziert? Warum hat sie ihn in ihren eigenen Teppich gewickelt und durchs ganze Haus zu den Mülltonnen geschleppt. Eine zierliche Person wie sie! Und dann das Risiko, gesehen zu werden!"

„Jetzt wird's pikant. Das mit dem Teppich hat Paul gemacht. Vielleicht aus Angst, selbst in Verdacht zu geraten. Oder aus Solidarität zu Walburga."

„Ohne zu bedenken, dass ihn das erst recht verdächtig macht?"

„Eine dritte Möglichkeit ist, dass Paul nicht mehr wusste, ob er es war oder nicht. Der soll ja ziemlich geschluckt haben. Tabletten, Alkohol, alles durcheinander. Anscheinend hatte er immer öfter Aussetzer."

„Ach was, Blödsinn!“ Bukowski ließ den Kaffeelöffel fallen. Plötzlich war ihr sonnenklar, dass es nicht so gewesen sein konnte. Vielleicht war der schwanenkussinduzierte Zuckerflash daran schuld oder das Koffein oder beides zusammen? „Walburga war es nicht“, sagte sie schlicht. „Deine Theorie ist völlig unglaubhaft. Konstruiert.“

„Und die Schmauchspuren?“

„Sie ist doch passionierte Jägerin. Sind Schmauchspuren da nicht normal? Vielleicht geht sie öfter zum Schießstand?“

„Und die Widersprüche?“

„Sie hat eine Patientin, ihren Mann und ihre Mutter verloren. Vermutlich steht auch ihre Karriere auf dem Spiel, auf jeden Fall der gute Ruf. Alles innerhalb weniger Tage. Könntest du in dieser Situation noch logisch denken?“

„Hm“, sagte Bär. „Dann gibt's nur eine Möglichkeit: Es ist ein Dritter im Spiel.“

„Genau. Jemand, der die Morde Paul oder Walburga in die Schuhe schieben wollte. Oder beiden.“

„Aber wer sollte das sein? Und warum hat er dann nicht lieber gleich die Marinis umgebracht, wenn er sie so hasst? Warum musste die arme Schöne dran glauben, die eh schon mit einem Gehirntumor geschlagen war?“, fragte Bär.

Bukowski dachte nach, schweigend. Sie war jetzt doch sehr froh, dass sie sich auf den Dicken eingelassen hatte. Es war nämlich weit produktiver, gemeinsam zu grübeln.

Bär gab sich die Antwort selbst: „Vielleicht hat unser Mörder ja gedacht, die stirbt eh bald, der erspare ich bloß ein langes Leiden.“

„Vielleicht“, sinnierte Bukowski. „Oder aber, der Mörder wollte beide bestrafen. Birgit Ladstätter *und* ihren Liebhaber. Und Leon musste sterben, weil er mit seinen Recherchen der Wahrheit gefährlich nahe gekommen ist.“ Sie stützte ihren Ellbogen auf und legte den Zeigefinger in die Delle an ihrer Nase, die sich kühl anfühlte, unter der warmen Fingerkuppe aber allmählich zu pulsieren begann. Sie war sich ganz sicher, dass Leon an seinem letzten Abend auf eine heiße Spur gestoßen sein musste. Nadine hatte ihn noch kurz gesehen. „Unser Mörder muss der andere Liebhaber von der Ladstätter gewesen sein.“

„Meinst du Pascal Unterhumer, den Pfleger? Hast du ihn nicht schon genau unter die Lupe genommen?“

„Gewogen und für zu leicht befunden“, stimmte Bukowski zu. „Aber was ist, wenn es einen dritten Liebhaber gab? Einen stillen Verehrer? So still, dass die Ladstätter ihn vielleicht einfach übersehen hat? Oder sie hat ihn abblitzen lassen und damit vor den Kopf gestoßen? Und er war wütend auf sie und eifersüchtig auf Paul Huber-Marini, der mehr Liebesglück hatte?“

Bär nickte anerkennend. „Nicht schlecht“, sagte er, zahlte und ließ sich zwei Papiertaschen mit den Spezialitäten des Hauses anfüllen – mit Gmundnertorten, Schloss-Orth-Stollen und verschiedenen handgemachten Pralinen. Eine sah aus wie ein Schiffchen aus Schokolade und war mit einem Blümchen aus Marzipan und Zuckerguss verziert.

Bukowski starrte darauf. „Die Blumen“, murmelte sie.

Bär hielt ihr das Konfekt hin. „Willst du den Marzipan herunternaschen?“

Sie schüttelte nur gedankenverloren den Kopf und fuhr nach Altmünster und den Walderberg hinauf, alles im ersten Gang, weil ihr Beifahrer so schwer war.

Zum Glück hatte der Dauerregen den Schnee weggewaschen. „Ich meine die echten Blumen“, sagte sie.

Weil Bär nicht verstand, begleitete sie ihn in die Reha-Klinik und zeigte ihm die Teeküche mit den Fotos der Belegschaft. Sie deutete auf die Vase, die unter dem Bild der verunglückten Sandra stand. Der Strauß war frisch. Rosarote Tulpen anstelle der gelben Narzissen vom letzten Mal.

„Fällt dir was auf?“ Bukowski zeigte auf Sandras Foto.

„Jessas“, sagte Bär. „Was für eine Ähnlichkeit!“ Er kniff die Augen zusammen. „Das gibt’s ja nicht!“

„Die Blumen sind von jemandem, der Sandra sehr gern gehabt haben muss. So gern, dass er auch ein halbes Jahr nach ihrem Tod regelmäßig frische Sträuße anschleppt.“ In Frage kamen eine beste Freundin, ein Liebhaber, Freund oder Mann. „Und es ist niemand von außerhalb, sondern ein Angestellter oder ein Patient, der jedes Jahr wiederkommt.“

„Jetzt versteh ich, worauf du hinauswillst. Du meinst, derjenige, der in diese Sandra verschossen war, könnte sich auch in Birgit Ladstätter verliebt haben? Und war dann furchtbar enttäuscht, weil sie Paul vorgezogen hat?“

„So ähnlich“, sagte Bukowski. „Ich weiß, es ist alles sehr vage. Totaler Blödsinn vielleicht.“ Es war nicht mehr als ein Strohhalm. Aber wenn man sonst nichts hatte, woran man sich klammern konnte ... „Ich wüsste trotzdem wahnsinnig gern, von wem die Blumen sind.“

Bär strahlte sie an. Sein Lächeln sprengte die starre Parkinson-Gesichtsmaske, es brachte zwei herrliche Lachgrübchen zum Vorschein und ein drittes Grübchen am Kinn. „So? Das interessiert dich, was? Ja dann musst halt doch mit mir zum Zauner fahren, dann erzähl ich's dir."

„Was?" Bukowski konnte es nicht fassen. Sie kam sich vor wie ein Schnellkochtopf kurz vor dem Pfiff: Nur größtmögliche Beherrschung und das Wissen, dass sie sich in einer Rehabilitationseinrichtung befand, konnten eine Explosion verhindern.

Aber Bär hatte nur Spaß gemacht. Sein Lächeln war abgebröckelt und die übliche Starre hatte sich über seine Gesichtszüge gelegt. Beinahe ohne die Lippen zu bewegen erzählte er ihr, wen er gestern mit einem Strauß rosaroter Tulpen gesehen hatte.

Bukowski fragte zweimal nach, weil er so nuschelte. Dann ließ sie Bär stehen und raste hinaus, zum Auto, warf nur ein trockenes „Danke" über die Schulter.

Auf dem Rücksitz lag ihre Tasche, aus der sie den Zettel herauskramte. Den Zettel, den ihr der syrische Putzmann im Waldbriefkasten hinterlassen hatte.

Vor Nervosität zitterten ihre Finger so stark, dass ihr das Stück Papier zweimal aus der Hand fiel, ehe sie es auffalten konnte.

---E- -A---- war alles, was sich entziffern ließ, und Kim hatte ganz richtig festgestellt, dass man HUBERMARINI einfügen konnte.

Aber nicht nur dieser Name passte. Als Bukowski Bärs Hinweis ausprobierte, vergaß sie kurz zu atmen. Volltreffer!

Sie startete den Wagen und schoss mit quietschenden Reifen aus der Parklücke und die Walderbergstraße hinunter.

Der Regen hatte aufgehört. Die Wolkendecke war stellenweise aufgerissen, und eine blutige Sonne brach durch die Löcher.

Eine untergehende Sonne.

Wieder war ein Tag vorbei, und eine lange Nacht lag vor ihr. Aber vor dieser Nacht fürchtete sie sich nicht.

In dieser Nacht würde keine Zeit für trübe Gedanken bleiben. Endlich gab es etwas zu tun.

34
14. April

Die Frau, die die Haustür öffnete, war mittelgroß, mittelfaltig und mittelgrau. Sie mochte um die sechzig sein, aber ihr Lächeln wirkte echt. Es ging von den Augen aus und steckte an.

„Leonie Ritter. Wir haben telefoniert." Bukowski zückte Leons Presseausweis. Sie wusste, dass er einer genaueren Musterung nicht standhalten konnte, obwohl Leons Foto unscharf genug war, um jeden und niemanden darzustellen.

Aber Madeleine Pammer war viel zu aufgeregt, um überhaupt hinzusehen. „Ich bin ganz aus dem Häuschen!", sagte sie und strich sich eine imaginäre Haarsträhne aus der Stirn. Sie führte die vermeintliche Journalistin ins Wohnzimmer – einen angenehm schlicht eingerichteten Raum mit einer cognacfarbenen Ledergarnitur und einem einzigen Bild an der Wand: großformatig und monochrom, wie es sich für die Familie eines Bankdirektors geziemte.

„Was ist das für ein Preis, den unser Eugen bekommen soll?" Stolz und Vorfreude malten Flecke auf Madeleine Pammers Wangen, so rot, dass das kirschrote Bild an der Wand dagegen verblasste. „Bitte erzählen Sie!"

Bukowski räusperte sich. Hoffentlich hatte sie gründlich recherchiert, immerhin hatte sie sich den Großteil der Nacht damit um die Ohren geschlagen. Plötzlich fiel ihr der Vorname von diesem Wernicke nicht mehr ein. War es nicht etwas mit C? „Es handelt sich um den Claus-Wernicke-Preis", sagte sie.

„Davon habe ich noch nie gehört."

„Das können Sie auch nicht, denn er wurde erst kürzlich von der österreichischen Gesellschaft für Psychologie ins Leben gerufen. Er wird heuer zum ersten Mal vergeben."

„Ach so", sagte Frau Pammer. „Meine Güte, ist das aufregend! Aber ich habe Ihnen noch gar nichts angeboten. Wie unhöflich von mir!"

Bukowski nahm gern eine Tasse Kaffee an. Sie war erschöpft, übermüdet, aber auch froh, dass ihr Plan aufzugehen schien.

Als Madeleine Pammer mit den dampfenden Tassen aus der Küche kam, bat sie um detaillierte Informationen. „Ich habe schon versucht, meinen Mann zu erreichen, aber er ist in einer Besprechung."

Bukowski hob warnend den Finger. „Frau Pammer, ich muss Sie dringend um Verschwiegenheit bitten. Beachten Sie die Sperrfrist und erzählen Sie niemandem von dem Preis, weder Ihrem Mann noch Ihrem Sohn."

„Wollen Sie damit sagen, Eugen weiß noch gar nichts davon?"

Bukowski nickte. Die Namen der Preisträger würden erst bei der Verleihung der Preise bekannt gegeben, erklärte sie. Aber schon am nächsten Tag erwarte ihr Chef, der Redakteur des „Journal für Psychologie", einen ausführlichen Beitrag über den Gewinner des Hauptpreises. Deshalb sei sie dankbar für jede Information, die sie von Frau Pammer bekommen könne. „Was ist Eugen für ein Mensch?", fragte Bukowski. „Wann hat er sich entschlossen, Psychologe zu werden, und warum hat er sich für die Neuropsychologie und insbesondere für die Gedächtnisforschung entschieden?"

Madeleine Pammer, deren Wangen jetzt auch noch glänzten wie kandierte Liebesäpfel, bemühte sich, zufriedenstellend zu antworten. Aber über Eugens aktuelle Forschungen wusste sie nichts. „Darüber erzählt er nie viel." Sie fuhr mit dem Zeigefinger über ihren Nasenrücken, als würde sie eine Brille nach oben schieben. Doch sie trug keine Brille. „Ehrlich gesagt wusste ich gar nicht, dass er überhaupt noch Forschungen betreibt. Ich dachte, nach dem Abbruch seiner Doktorarbeit hätte er das wissenschaftliche Arbeiten ganz aufgegeben. Und nachgefragt habe ich nie, um ihn nicht an das Unglück zu erinnern."

Ein Unglück? Bukowski bohrte vorsichtig weiter. „Wollen Sie mir erzählen, warum Eugen seine Dissertation nicht fertiggeschrieben hat? Jemand mit seinen Fähigkeiten?"

Frau Pammer wollte. Damals sei etwas Tragisches passiert, sagte sie. Die Professorin, die Eugens Dissertation betreut hatte, sei ganz plötzlich gestorben. „Ich glaube, sie hat sich aus dem Fenster gestürzt." Vielleicht sei es auch ein Unfall gewesen, das wisse sie nicht mehr genau. „Auf jeden Fall war es furchtbar. Der Tod von Frau Prof. Benderjahn hat Eugen sehr mitgenommen. Danach hatte er einfach keinen Antrieb mehr, seine fast fertige Doktorarbeit zu beenden. Er hat das Dissertationsstudium abgebrochen, hat dafür die Ausbildung zum Klinischen Neuropsychologen abgeschlossen und parallel zum Praktikum noch ein Fachspezifikum in Psychotherapie absolviert." Madeleine Pammer trank einen Schluck Kaffee. Dann nahm sie die Tasse in beide Hände, als müsste sie sich daran wärmen. „Eugen ist sehr sensibel, wissen Sie? Kein Wunder, wenn man bedenkt, was er durchgemacht hat." Sie presste die Lippen zusammen, als hätte sie schon zu viel gesagt. „Aber ich glaube, mit seinem Job in der Reha-Klinik und seiner therapeutischen Arbeit in der Privatpraxis ist er zufrieden – auch wenn sein Mentor immer gemeint hat, dass er zu Höherem berufen wäre."

Bukowski horchte auf. „Was hat er denn durchgemacht?", fragte sie und versuchte, ihre raue Stimme weicher klingen zu lassen – quasi eine verharmlosende Watteschicht dazwischenzuschalten.

Frau Pammer wand sich. Die stolze Mutter in ihr wollte erzählen, die besorgte Mutter versuchte, abzubremsen. Wird es Eugen schaden, wenn ich zu viel preisgebe, schien sie sich zu fragen, und in der Eile fiel ihr die Entscheidung schwer. „Schreiben Sie das denn alles? Ich meine, das hat doch mit Eugens Preis nichts zu tun und ..."

„Liebe Frau Pammer, ich verspreche Ihnen hoch und heilig, dass ich kein Wort über Ihren Sohn veröffentlichen werde, das er nicht vorher gegenliest und absegnet. Ich werde natürlich nur einen Bruchteil seines Werdegangs zu Papier bringen, aber um einen seriösen Artikel zu schreiben, muss ich möglichst viel wissen. Ich muss mir ein Bild machen können, damit die Worte lebendig werden, verstehen Sie?"

Madeleine Pammer nickte. Natürlich wollte sie, dass das Bild, das die Journalistin von ihrem Sohn zeichnete, möglichst lebendig wurde. Sie setzte sich kerzengerade hin. Und dann erzählte sie, dass Eugen nicht ihr leiblicher Sohn war. Weil ihr Mann zeugungsunfähig war, hatten sie sich dazu entschlossen, zu adoptieren. „Wir waren beide schon über vierzig, also haben wir uns für zwei größere Kinder entschieden. Kinder, die einen schlechten Start gehabt hatten und durch uns eine zweite Chance bekommen sollten."

Sie erzählte von der vierzehnjährigen Elisabeth und ihrem zehnjährigen Bruder aus dem Bauerndorf im fernen Bregenzerwald. Von dem Familiendrama, das sich dort abgespielt hatte, dem Selbstmord der depressiven Mutter, dem Unfall des jüngsten Sohnes und dem

Vater, dem alles über den Kopf gewachsen war und der eines Tages das Haus und sich selbst angezündet hatte. „Er kam dabei ums Leben, Eugen überlebte knapp, er und seine Schwester waren schwer traumatisiert."

Eine eisige Hand griff nach Bukowskis Herz. Sie musste an ihr eigenes Schicksal denken. An Gregor und Samuel. Reiß dich zusammen, dachte sie und konzentrierte sich auf ihre Finger, die die Kurzfassung der Geschichte in ihr Tablet tippten.

„Eugen war so dankbar, als er zu uns gekommen ist. Ein gutes Kind, vom ersten Tag an. Wir konnten ihm Geborgenheit geben, und das war ein Glück für ihn. Für seine Schwester war es leider zu spät. Wir haben alles versucht, aber ... es ging einfach nicht. Wir mussten sie schließlich ins Heim zurückbringen." Madeleine Pammers Stimme war immer leiser geworden, jetzt versiegte sie ganz. Die besorgte Mutter übernahm das Regiment, und auch auf Bukowskis Nachfrage war kein weiteres Wort über Eugens Schwester aus ihr herauszubringen.

Bukowski wechselte das Thema. Sie fragte nach der Schule, die Eugen besucht hatte, nach dem Studium. Sie erfuhr, dass er nur in den ersten beiden Gymnasialklassen Schwierigkeiten gehabt hatte, danach war er immer ein Vorzugsschüler gewesen.

„Und wie kam es zu seinem Entschluss, Psychologie zu studieren?", fragte Bukowski.

„Daran ist vermutlich Frank schuld", sagte Madeleine Pammer und lächelte in ihre Kaffeetasse. „Dr. Frank Ulbrich, ein alter Freund meines Mannes und ein hervorragender Neurologe und Psychiater. Als Eugen zu uns gekommen ist, hat Frank ihn behandelt."

„Wie war das am Anfang? Wie hat sich Eugens Traumatisierung geäußert?"

„Albträume. Fürchterliche, wiederkehrende Albträume. Eugen war es, der mit acht Jahren seine erhängte Mutter gefunden hat, und jede Nacht hat er diese Schreckensbilder aufs Neue erlebt."

„Scheußlich", sagte Bukowski mit aufrichtigem Mitgefühl. Über den Schrecken wiederkehrender Albträume wusste sie bestens Bescheid. „Und Dr. Ulbrich konnte ihm helfen?"

„Es war ein langwieriger Prozess. Über drei Jahre hat es gedauert, aber ja, es war ein Erfolg." Frau Pammer trank den Kaffee aus. „Ein großer Erfolg sogar. Frank wurde schließlich zu einer Art väterlichem Freund für Eugen. Eigentlich wollte er, dass der Junge in seine Fußstapfen tritt und zuerst Medizin studiert, sich dann auf Psychiatrie und Neurologie spezialisiert. Aber Eugen hat das als Umweg empfunden. Er wollte sich mit Haut und Haar der Psychologie verschreiben, und wir haben das natürlich akzeptiert. Frank wurde zu seinem Mentor. Er hat ihm zu der Stelle in der Klinik verholfen. Und als er selbst vor zwei Jahren in Pension gegangen ist, hat er Eugen seine Räumlichkeiten in der Praxisgemeinschaft überlassen."

„Aha", sagte Bukowski. Sie wusste jetzt, wen sie als Nächstes besuchen musste, und hatte es eilig, zum Ende zu kommen.

Dr. Ulbrich wohnte in Vöcklabruck, im Stadtteil Dürnau – in einem Reihenhaus, das heruntergekommen wirkte, aber inmitten eines paradiesischen alten Gartens lag. Offenbar war der Garten Ulbrichs Leidenschaft, denn Bukowski fand den Psychiater unkrautrupfend inmitten eines blühenden Rhododendronbeets vor.

Obwohl er die siebzig überschritten hatte, wirkte er rüstig – eine stattliche Erscheinung mit von Silberfäden durchzogenem Rauschebart und wachen Augen. Noch während er Bukowski musterte, wusste sie, dass sie diesem Mann nicht mit einer Masche kommen musste.

„Ah, die Journalistin!", rief er aus. „Madeleine hat Sie schon angekündigt." Er zog sich die Gartenhandschuhe aus und geleitete Bukowski ins Haus, in dem es kein Wohnzimmer gab, dafür eine urgemütliche Bibliothek mit einem Ohrensessel, mehreren Thonetstühlen und Regalen, die von Büchern überquollen. „In welcher Zeitschrift soll Ihr Artikel über Eugen erscheinen?" Sein Mund unter dem Bartgestrüpp lächelte, aber in den Augen lauerte Argwohn. „Über den frischgebackenen Gewinner des Claus-Wernicke-Preises, wie Madeleine mir verraten hat?"

„Es gibt keinen Artikel", gab Bukowski zu. „Und keinen Preis." Sie gab sich als Kriminalbeamtin zu erkennen. „Ich musste Frau Pammer belügen, um sie nicht zu beunruhigen."

„Gut, dass Sie es nicht bei mir probieren. Der Wernicke hieß nämlich Carl. Ein berühmter Neurologe, nach dem das fürs Sprachverständnis zuständige Gehirnareal benannt ist. Ein Preis ist dagegen meines Wissens nicht nach ihm benannt."

Bukowski schenkte dem Psychiater reinen Wein ein. In Stichworten erzählte sie, was sie in den letzten Tagen herausgefunden hatte.

Von den Morden in der Reha-Klinik hatte Ulbrich in der Zeitung gelesen. Dass Bukowski Eugen Pammer verdächtigte, quittierte er mit einem Lachen. Es schien aus tiefster Kehle zu kommen, und in einem anderen Zusammenhang hätte sie es unglaublich sympathisch gefunden.

„Eugen? Ich bitte Sie! Einer der sanftmütigsten, kultiviertesten Menschen, die mir je untergekommen sind. Der kann doch keiner Fliege ...“

Er brach ab, als Bukowski ihr Tablet zückte und ihm die Fotos zeigte: das Bild der verunglückten Sandra, die Pammers Verlobte gewesen war; dann eine Aufnahme von Birgit Ladstätter, der Gehirntumorpatientin, die Pammer psychologisch betreut hatte; und drittens ein Zeitungsfoto von Professor Larissa Benderjahn, Pammers Doktormutter. „Drei Frauen, die einander ähneln wie ein Ei dem anderen. Alle drei standen in enger Beziehung zu Eugen Pammer und alle drei sind tot“, sagte Bukowski. „Wollen Sie da noch von Zufall sprechen?“

Ulbrich sog zischend Luft durch die zusammengebissenen Zähne. „Das gibt's ja nicht. Das ...“ Er verbarg das Gesicht hinter seinen großen Händen, auf denen das Leben und die Gartenarbeit ihre Spuren hinterlassen hatten.

Bukowski hörte ihn schwer atmen, ein, zwei Minuten lang – sonst nichts. Sie begann, sich Sorgen zu machen, fragte sich, ob er Herzprobleme hatte. Da nahm er endlich die Hände weg. Sein Gesicht war kalkweiß. „Mein Gott“, murmelte er. „Das ... das wusste ich nicht. Die Benderjahn kannte ich nur dem Namen nach, und auch Sandra hat Eugen mir nie vorgestellt, obwohl die beiden heiraten wollten. Dass die beiden aussahen, als wären sie Elisabeth aus dem Gesicht geschnitten ... Das ...“

„Elisabeth?“, fragte Bukowski.

„Eugens ältere Schwester, Elisabeth Marie Winsauer. Sie war sein Ein und Alles. Seine Spielgefährtin, aber auch sein Muttersatz. Seine Trösterin und ... ja, ich fürchte, sie war auch seine erste Geliebte.“

Bukowski pfiff leise durch die Zähne. „Können Sie mir sagen, wo ich sie finde?“

Ulbrich starrte aus dem Fenster, in die Ferne. „In Damüls“, sagte er, „einem hübschen kleinen Ort im Hinteren Bregenzerwald.“

Bukowski wollte die Adresse in ihr Tablet tippen.

Der Psychiater winkte ab. „Ich glaube, eine Großtante hat dafür gesorgt, dass Elisabeth im Winsauer'schen Familiengrab bestattet wird.“

Noch eine Tote. Bukowski schluckte. „Wie ist sie gestorben?“

„Sie wurde in der Wohnung ihres Zuhälters in Innsbruck ermordet“, sagte Ulbrich so leise, dass Bukowski ihn kaum verstand. „Soviel ich weiß, hat die Kripo den Fall als Kollateralschaden in einem Krieg von Rotlicht-Größen verbucht.“

So geschockt Frank Ulbrich wirkte, so wenig widersetzte er sich Bukowskis Fragen. Die ärztliche Schweigepflicht war kein Thema mehr.

Er erzählte von seiner ersten Begegnung mit Eugen. Damals war der Junge zehn Jahre alt gewesen, klein und dünn für sein Alter und überaus scheu. Er war Bettnässer, litt an nächtlichen Albträumen, zweifelte an allem, vor allem an seinen eigenen Fähigkeiten, und wurde von einem unstillbaren Bedürfnis nach Liebe verzehrt, die er aber nicht zu verdienen glaubte. Und er hatte Schuldgefühle. Sogar am Tod seiner leiblichen Mutter fühlte er sich schuldig, weil er sie gefunden hatte. An der Wäscheleine baumelnd, im Heizungskeller. Sein eigener, gefühlskalter Vater hatte ihm diese Schuld eingeredet. Er hatte den mittleren Sohn in dem Bewusstsein aufgezogen, dass er die Luft nicht wert war, die er atmete.

„Der einzige Mensch, den der Vater je geliebt hat, war das jüngste Kind. Als der Kleine beim Spielen tödlich verunglückt ist, hat er dem älteren Bruder die Schuld dafür gegeben. Die Situation ist eskaliert. Er hat Peter halb totgeschlagen und die Tischlerwerkstatt angezündet. Nur durch ein Wunder wurde Peter gerettet, der Vater ist beim Brand umgekommen."

„Peter?", fragte Bukowski. „Sprechen wir nicht von Eugen?"

„Peter Eugen. Es war Brauch in der Familie Winsauer, allen Kindern zwei Vornamen zu geben. Der Großvater hieß Josef Abel Winsauer, der Vater Abel Peter, der älteste Sohn Peter Eugen. Er wurde Peter gerufen. Als die Pammers ihn adoptiert haben, hat er nicht nur den Familiennamen Winsauer abgelegt, sondern den verhassten zweiten Vornamen des Vaters gleich mit. Seither nennt er sich Eugen Pammer."

„Dann ist er also vom Vater misshandelt worden?"

„Nicht so sehr körperlich", sagte Ulbrich. „Gut, er hat vermutlich die eine oder andere Ohrfeige eingefangen, aber das Schlimmste war die emotionale Kälte, die er seit seiner Geburt erfahren hat, der Mangel an Geborgenheit und Zärtlichkeit, die Nicht-Liebe und später die vielen Zurückweisungen und Kränkungen, vor allem durch den Vater, aber auch durch die überforderte Mutter. Und die Schwester hat auch ihr Scherflein beigetragen. Sie hat Eugen missbraucht."

Bukowski tippte und fragte nach. „Die Schwester? Wie muss ich mir das vorstellen?"

Ulbrich holte aus. Die Mutter sei eine schlechte Hausfrau, dafür eine begabte Zeichnerin gewesen, erzählte er. Eigenschaften, die in ihrem Umfeld nicht goutiert wurden. Ihr Mann unterdrückte sie, sie kam damit nicht zurecht, entwickelte eine Depression. War unfähig, ihren Kindern Liebe zu geben, unfähig, den Alltag zu bewältigen. Elisabeth, das älteste Kind, musste schon bald Aufgaben im Haushalt übernehmen, sie musste die Touristen bedienen, an die die Winsauers im Winter Zimmer vermieteten. Sogar die beiden Kinderzimmer wurden den zahlenden Gästen zur Verfügung gestellt. Einer dieser Touristen, ein Stammgast, missbrauchte die kleine Elisabeth. „Sie hat sich ihre eigene Welt geschaffen, um das zu überleben. Eine Märchenwelt, in der Fantasiewesen den kindlichen Helden zum Sieg verhalfen und sich an ihren Widersachern blutig und grausam rächten. Solche Geschichten hat sie sich ausgedacht und ihren Brüdern erzählt. Der Kleinste war zu klein, um zu verstehen, aber Eugen hat sich jede Nacht gefürchtet."

„Märchen sind doch alle grausam", wandte Bukowski ein. „Oder nicht?"

„Diese Art Märchen war nicht grausam, sondern abartig. Obwohl die Kinder immer heil davongekommen sind."

„Das kann man wohl kaum als Missbrauch bezeichnen."

„Das habe ich auch nicht damit gemeint." Ulbrich schüttelte den Kopf. „Elisabeth hat sehr früh erfahren, dass Sexualität Macht bedeutet. Schon als kleines Mädchen wurde sie von einem Erwachsenen betatscht. Zwischen ihrem elften und vierzehnten Lebensjahr hat der Mann sie vergewaltigt. Für ihr Stillschweigen hat er bezahlt. Einen Betrag, der ihr Taschengeld quasi verzehnfacht hat. Sie konnte sich Sachen kaufen, von denen ihre Mitschülerinnen nicht einmal zu träumen wagten."

Bukowski hatte Schwierigkeiten, mit dem Tippen nachzukommen, wollte Ulbrichs Redefluss aber keinesfalls bremsen. Einmal wurde sie vom Vibrieren ihres Handys unterbrochen. Kim. Sie ließ es vibrieren und tippte weiter.

„Neben der Märchenwelt hat Elisabeth noch eine andere Methode gefunden, ihr Trauma zu verarbeiten: Sie hat den Spieß umgedreht und ist selbst zur Täterin geworden. Sie hat denjenigen missbraucht, der ihr genauso ausgeliefert war wie sie dem Stammgast ihrer Eltern: ihren vier Jahre jüngeren Bruder." Ulbrich raufte sich den Bart. „Was umso einfacher war, als die größeren Kinder den ganzen Winter über am Dachboden schlafen mussten, im ehemaligen Ehebett der Großeltern. Weil die beiden Kinderzimmer ja an Skitouristen vermietet wurden. Der Kleinste schlief im Elternzimmer."

„Die Hure Fremdenverkehr", murmelte Bukowski. „Ist dieser jahrelange Missbrauch durch den Stammgast denn niemandem aufgefallen?"

„Ich weiß es nicht, vermute aber, dass die Mutter zumindest etwas geahnt hat. Was sie ganz sicher mitbekommen hat, waren Elisabeths Fummeleien an Eugen."

„Der Auslöser für ihren Selbstmord?"

„Möglich", sagte Ulbrich. Er erzählte weiter, dass es ein absoluter Glücksfall für Elisabeth und Eugen gewesen sei, Pflegeeltern wie die Pammers zu bekommen. Leider war es für Elisabeth schon zu spät. Mit vierzehn sei sie zum ersten Mal zu ihm in Behandlung gekommen. Während Eugen immer darauf bedacht war, alles richtig zu machen, damit er gelobt und geschätzt wurde, ließ Elisabeth niemanden an sich heran. Sie war verschlagen und hinterhältig und nicht bereit, die Macht, die sie über ihren Bruder hatte, aufzugeben. „Madeleine hat sie im Bett ertappt. Das war natürlich ein Schock. Als sie Elisabeth ins Gewissen redete, wurde alles noch schlimmer. Das Mädchen versuchte, Heinz zu verführen, Madeleines Mann." Ulbrich lachte. „Wer Heinz kennt, weiß, dass sie da an den Falschen geraten ist. Aber die Pammers mussten einsehen, dass sie mit Elisabeth nicht zurechtkamen. Schweren Herzens haben sie das Mädchen ins Heim zurückgeschickt. Das war einerseits der Beginn von Elisabeths steilem Weg nach unten, andererseits Eugens Chance auf ein normales Leben."

Ulbrich suchte Bukowskis Blick. Er sah aus, als wäre er in der letzten halben Stunde um zehn Jahre gealtert. „Ich dachte eigentlich, dass er es geschafft hat. Ich war stolz auf ihn", murmelte er, „und auch auf mich, weil ich ihm helfen konnte. Und ich kann einfach nicht glauben, dass ich mich derart getäuscht haben soll."

Bukowski sagte, dass noch nichts bewiesen sei. Dass sie aber wahnsinnig gern einen Blick in Eugen Pammers Wohnung werfen würde. Nach irgendeinem Hinweis suchen, einem Beweis, nach etwas Konkretem.

„Wollen Sie nicht lieber Ihre Kollegen verständigen?"

„Natürlich", sagte Bukowski. „Aber zuerst brauche ich etwas Handfestes. Oberleutnant Himmler hat in Walburga Marini einstweilen eine bequeme Schuldige gefunden. Er wird mich nur ernstnehmen, wenn ich mehr vorweisen kann als die Fotos von toten Frauen, die einander ähnlich sehen."

„Dann lassen Sie uns etwas Handfestes suchen. Eugens Tagebuch zum Beispiel."

Auf Bukowskis Stirnrunzeln erklärte Ulbrich, dass er noch immer einen Reserveschlüssel zu seinen alten Praxisräumen besaß. Eigentlich aus Versehen. Er hatte einfach vergessen, ihn Eugen auszuhändigen. „Es sind zwei Räume. Einen nutzt Eugen für seine Patienten, der andere dient ihm als Wohnung", sagte Ulbrich. „Wenn es nicht wieder einmal später wird und er am Walderberg übernachtet."

Die Gemeinschaftspraxis befand sich im Zentrum von Vöcklabruck, im dritten Stock eines knallblauen Hauses am Graben 33b. Neben Pammer gehörten eine Physiotherapeutin, ein Gynäkologe und ein praktischer Arzt zum Team. Es war kurz nach fünf, und im gemeinsamen Wartezimmer saßen nur zwei Patienten, die beide zum praktischen Arzt wollten.

Ulbrich klopfte zaghaft an Pammers Ordinationstür, bevor er den Schlüssel ins Schloss steckte und aufsperrte.

„Nur keine Angst", sagte Bukowski. „Er ist in der Reha-Klinik. Das weiß ich aus verlässlicher Quelle." Es ging doch nichts über einen Spitzel namens Bär.

Sie betraten Pammers Praxis – einen großen, hellen Raum, peinlich sauber und asketisch eingerichtet. Hinter einem Raumteiler gab es eine weitere versperrte Tür, die in Pammers Privatzimmer führte.

Hier konnte man kaum Luft holen. Auf engstem Raum drängten sich ein Bett, ein Kleiderschrank, ein Schreibtisch, eine Kommode, ein Kühlschrank und eine Vitrine, in der eine ansehnliche Sammlung von Schneckenhäusern in allen Größen und Formen untergebracht war. Auf der Kommode gab es eine Kochplatte, daneben standen ein Mikroskop und ein Bügeleisen, auf dem Parkettboden lag Schmutzwäsche in mehreren Häufchen herum, auch einzelne Zeichenblätter mit detailgetreuen Darstellungen von Schneckenhäusern, manche waren erst halb fertig. Eine letzte Tür gab es, die in eine winzige Nasszelle mit WC, Waschbecken und nachträglich eingebauter Dusche führte.

„Die Wohnung war eigentlich nur als Provisorium gedacht", erklärte Ulbrich. „Eugen besitzt noch ein Grundstück in Vöcklabruck. Er wollte mit Sandra zusammen ein Haus bauen. Nach dem schrecklichen Unfall hat er seine Pläne wohl aufgegeben."

„Wenn es ein Unfall war", sagte Bukowski. „Nach meiner Information hat Sandra ihn verlassen und eine Affäre mit Paul Huber-Marini begonnen." Gestern Abend hatte Pascal Unterhumer ihr davon erzählt. Wenn sie ihn nur früher gefragt hätte!

Das von Ulbrich erwähnte Tagebuch fand sich trotz des Chaos in weniger als drei Minuten. Es lag zuoberst in der Schreibtischschublade, war in Leder gebunden und mit *Buch der Kränkungen* betitelt. Und kaum hatte Bukowski es aufgeschlagen, war ihr klar, dass es mit einem gewöhnlichen Tagebuch nichts zu tun hatte.

35

Aus dem Buch der Kränkungen

Wie es anfängt

Immer, wenn ich die Regentonne im Garten unserer Nachbarn sehe, frage ich mich, wie viele Tropfen wohl hineinpassen. Siebzigtausend? Drei Millionen? Eine halbe Zilliarde?

Wie viele auch immer – irgendwann ist die geräumigste Tonne voll und dann genügt ein einziger, ein katastrophaler Tropfen, um sie zum Überlaufen zu bringen.

Gestern ist das passiert: am 24. Mai 1996.

T hat den katastrophalen Tropfen fallen lassen. Natürlich T, wer sonst?

Schon das ganze Schuljahr über hat er mich schikaniert. Warum? Keine Ahnung, einer wie T braucht keinen Grund. Vermutlich einfach, weil er es kann. Oder weil ich ein brauchbareres Opfer bin als andere.

Begonnen hat es eher harmlos. Ein bisschen Spott hier und da. Ein paar doofe Sprüche, wenn möglich gereimt, die die anderen zum Lachen gebracht haben. Die anderen – das heißt Ts Freunde; und die, die sich nicht mit ihm anlegen wollen, aus verständlichen Gründen. Also praktisch die ganze Klasse.

Bald haben ihm die Sprüche nicht mehr genügt und er ist zum Rempeln übergegangen. Er hat mich geschubst oder mir ein Bein gestellt. Wenn ich hingefallen bin, hat er sich übertrieben höflich entschuldigt – natürlich wieder unter dem Gelächter der anderen.

Danach kamen die Ohrfeigen und mit ihnen der Deal: Entweder du zahlst oder es gibt was aufs Auge. Von da an zockte T mein ganzes Taschengeld ab. Manchmal bekam ich trotzdem seine Fäuste zu spüren.

So weit, so schlecht. Ich habe mich geschämt, mich als Nichts gefühlt, aber war das nicht schon immer so? Irgendwie bin ich zurechtgekommen.

Bis gestern, dem Tag des letzten Tropfens. T hat mir nach der Schule bei den Fahrrädern aufgelauert. In der Pause hatte ich ihm mein letztes Geld gegeben – zu wenig, wie er sagte. Er trat mir die Beine weg. Im Fallen knallte ich mit dem Ellbogen gegen den Radständer. Das hat höllisch wehgetan. Aber es war erst der Anfang. Als ich aufstehen wollte, hielten mich zwei von Ts Handlangern fest. Der dicke Berni fixierte meine Beine, Mirko die Arme.

Dann das Unglaubliche: T öffnete den Hosenstall, holte seinen Pimmel raus und pisste mich an. Er pisste mich an!

Er hat dabei irgendeinen Witz gerissen, den ich nicht mehr weiß, während er den stinkenden, schäumenden Strahl auf mein Gesicht gerichtet hat. Inzwischen war die halbe Klasse um uns versammelt, die meisten johlten und feuerten T an.

Das war schlimm. Es war erniedrigend, und die Tonne war in diesem Augenblick schon ziemlich voll.

Ich habe versucht, die geifernde Meute auszublenden. Aber plötzlich war auch Jolanda da. Die zierliche Jolanda aus der Parallelklasse, mit den blonden Zöpfen und den längsten Wimpern der Welt, die ihre rauchblauen Augen beschatten. Jolanda, von der ich dachte, sie mag mich.

Sie hat T nicht angefeuert und sie hat auch nicht gelacht. Hat mich nur angeschaut mit dieser Mischung aus Mitleid und Ekel im Rauchblau.

Und dann – T hatte den letzten Tropfen abgeschüttelt, seine Handlanger hatten mich losgelassen und der Großteil der Zuschauer war nach Hause gegangen – dann küsste T Jolanda. Küsste sie mit Zunge und allem – das volle Programm, während ich im Staub lag und den Kopf schiefhielt, damit mir seine Pisse nicht ins Ohr lief.

Da ist sie übergegangen, die Tonne. Und als ich endlich allein war im Schulhof, unter dem Fahrradständer, dreckig und stinkend, verheult und angepisst, da ist es passiert.

Da haben sich alle Flüssigkeiten in Wut verwandelt. In reine, pissgelbe Wut, die von innen gegen meinen Brustkorb gedrückt hat und nicht weggehen wollte. Nicht, als ich zu Hause stundenlang unter der Dusche stand, und auch nicht, als ich mir den Finger in den Hals steckte und mich übergab.

Am nächsten Tag war Therapiestunde, und die Wut war immer noch da. Dr. Ulbrich hat sofort bemerkt, dass etwas passiert ist. Also hab ich ihm alles erzählt, schon weil man ihm sowieso nichts vormachen kann. Auch von der Wut hab ich erzählt, und da hat er sich gefreut!

„Reicht es dir endlich, was?“, hat er gesagt. „Das ist gut. Wunderbar ist das! Jetzt müssen wir nur schauen, wie du die Wut am besten ablassen kannst. Damit du sie nicht in dich hineinfrisst, ja?“ Das Hineinfressen, hat Dr. Ulbrich gesagt, das sei nämlich schädlich. Wenn man ewig gekränkt sei und wenn sich ganz viel Wut über all die Kränkungen aufstaue, dann sei das wie eine Bombe, die irgendwann hochgehen müsse. Eine Bombe mit einem tickenden Zeitzünder. So viel gesammelte Kränkungswut könne aus dem gutmütigsten Menschen – also aus einem wie mir – ein Monster machen. Einen Terroristen, einen Selbstmordattentäter, einen Massenmörder. Das sei alles schon passiert. Sowohl der Brudermord des Kain als auch die Prostituiertenmorde eines gewissen Jack Unterweger, ja sogar Adolf Hitlers millionenfacher Völkermord seien Taten zutiefst gekränkter Menschen gewesen. Menschen, die es nie verstanden

hatten, diese Kränkungswut zu kanalisieren und kontrolliert abfließen zu lassen. So Dr. Ulbrich.

Das gab mir zu denken. Es hat mich ehrlich gesagt erschreckt. Aber der Psychiater hat nur gelacht und mir vorgeschlagen, eine Kampfsportart zu erlernen. Jiu Jitsu zum Beispiel, oder Taekwondo oder Wing Tsun. Damit ich endlich aus dieser Opferrolle herauskomme.

„Damit du dir nicht von Typen wie diesem T auf den Kopf scheißen lässt“, hat er wortwörtlich gesagt. „Du musst lernen, eine Grenze zu ziehen, die niemand überschreiten darf. T nicht und auch sonst niemand. Höchstens der liebe Gott.“

Ich würde trainieren müssen, Härte und Konsequenz aufbringen, wenn ich mich zu einem wehrfähigen, selbstbewussten Menschen entwickeln wolle. Und natürlich würde es einige Zeit dauern, meinte er. Mehrere Monate. Vielleicht Jahre.

Aber mehrere Monate halte ich das nicht aus, hab ich mir im Stillen gedacht. Das mit der Wut nicht und das, was T noch alles mit mir anstellen wird, erst recht nicht. Hab es gedacht und Dr. Ulbrich hat meine Gedanken gelesen. Manchmal kommt er mir wie ein Zauberer vor, ein Hexenmeister, der in die Köpfe der Menschen hineinsehen kann.

„Bis du so weit bist, schreibst du alles auf“, hat er gesagt. „Jede einzelne Kränkung, die dir jemand zufügt. Schreib es in ein dickes Heft, eine Art Tagebuch. Und dann machst du Folgendes –“ Seine Stimme ist ganz leise geworden, wie immer, wenn er einen besonders guten Einfall hat, und er hat nur noch geflüstert. „Du schreibst auf, wie du reagieren würdest, wenn du ein anderer wärst. Nicht der liebe, sanftmütige Eugen, das Opfer, sondern so einer wie dieser T. Ein Siegertyp. Überleg dir, was T sagen oder tun würde, wenn ihn jemand kränkt. Verstehst du? Verstehst du, mein Freund?“

Tja, ich glaube schon, dass ich es verstanden habe. Ob es funktionieren wird? Auf jeden Fall ist es einen Versuch wert. Was habe ich schon zu verlieren?

Heute beginne ich also mit dem BUCH DER KRÄNKUNGEN.

Sein Ziel ist es nicht nur, anzuklagen und aufzulisten, sondern auch die Vergeltung und die Löschung der Schuld festzuhalten. Und weil ich zu schwach bin, mich selbst zu wehren, leihe ich mir einen starken, fähigen Helfer aus. Er heißt P. P wie Peter. P ist ein alter Bekannter. Er ist ein Teil von mir. Weil ich in meinem ersten Lebensjahrzehnt selbst P gewesen bin. Ich habe den Namen von meinem leiblichen Vater geerbt und habe ihn abgelegt, weil ich ihn hasse. Abgrundtief hasse, wie ich Vater gehasst habe, aber vielleicht ist es manchmal ganz praktisch, ihn hervorzuholen.

Also passt auf, ihr da draußen: Wenn ihr in Zukunft den lieben, gutmütigen Eugen kränkt, müsst ihr euch darauf gefasst machen, dass er es in sein dickes Buch schreiben wird. Alle eure Verfehlungen werden drin stehen und außerdem, wie der starke, gerechte, gnadenlose P die Schuld tilgt.

Bukowski warf Ulbrich, der über ihre Schulter lugte, einen Blick zu. Er nickte und sie blätterte um.

#1 Tarek

Es ist der erste sommerliche Tag in diesem Jahr. Im Klassenzimmer ist es drückend heiß. Alle schwitzen, weil die Frischmann schon wieder Englischvokabeln prüft.

Nur du schwitzt nicht. Du lässt dir von Evelyn einsagen und meldest dich dann. Die Frischmann, die wieder einmal gar nichts checkt, staunt, wie gut du die Vokabeln kannst. Du kriegst ein Plus, blickst dich triumphierend um, grinst breit und setzt dich wieder.

Fünf Minuten später zeigt zwei Reihen hinter dir jemand auf, der krank aussieht: Er ist bleich wie ein Gespenst, im Übrigen gleicht er Eugen. Er sitzt auch auf Eugens Platz. Du denkst, dass es Eugen ist, die ganze Klasse denkt es, auch die Frischmann. Als er verkündet, dass ihm schlecht ist, setzt er seinen leidenden Blick ein und darf tatsächlich nach Hause gehen.

Doch er schleicht in den Hof und bleibt vor deinem Fahrrad stehen. Er packt einen Schraubenzieher aus und macht sich an deinen Bremsen zu schaffen. Entschlossen, zielstrebig, mit einem dreckigen Grinsen im Gesicht. Das dreckige Grinsen gehört P, P ist es auch, der deine Bremsen präpariert. Erst als er im Bus nach Hause sitzt, bröckelt das Grinsen ab.

Bukowski las immer schneller. Sie las, wie P sich in Eugen zurückverwandelte, wie er in seinem Zimmer saß und geduldig wartete. Wartete, bis die Regionalnachrichten kamen. Er verspeiste gerade ein Stück Schokokuchen, als die Sprecherin von dem lebensgefährlich verletzten Vierzehnjährigen berichtete, der aus unerklärlichen Gründen den Vorrang missachtet hatte und mit einem Van zusammengestoßen war. Abends tanzte Eugen. Allein in seinem Zimmer tanzte er wie verrückt, tanzte, bis der Kuchen wieder hochkam.

Bukowski las, wie er Tarek Wochen später im Krankenhaus besuchte und sich aufrichtig freute, dass Tarek noch lebte. Weil das die bessere Strafe war als der Tod – ein langes Leben im Rollstuhl. Sie las, wie er Tarek ansah und an seinem Blick erkennen konnte, dass Tarek Bescheid wusste: über den Unfall, das Bremsversagen, die Zusammenhänge. Dass das der eigentliche Triumph war, las Bukowski. Der Moment, in dem Tarek begriff, war auch der Moment, in dem die Kränkungen gelöscht wurden.

Gelöscht am 27. Mai 1996

Sie schloss für einen Moment die Augen, um die fein säuberlichen Buchstaben nicht mehr anschauen zu müssen. Sie brauchte eine Pause. Hätte sich eine Zigarette zum Festhalten gewünscht. Stattdessen hielt sie sich am Gedanken an die Brombeere in ihrem Inneren fest.

Ulbrich, der sich neben ihr über das Buch gebeugt hatte, dass ihre Köpfe sich beinahe berührten, las mit bebenden Lippen, während Tränen sich den Weg durch das Labyrinth seiner Runzeln bahnten.

„Stimmt es?", fragte Bukowski. „Hat es diesen Unfall gegeben?"

Ulbrich nickte. „Tarek Birol", sagte er tonlos. „Ich erinnere mich daran. Alle sprachen damals davon. Wenn ich geahnt hätte ..." Er wirkte nicht nur zehn Jahre gealtert, sondern gebrochen. Eugen Pammer, den er für seinen größten Therapieerfolg gehalten hatte und der ihm ans Herz gewachsen war wie ein eigener Sohn, war ein mehrfacher Mörder. „Ich habe versagt", sagte er.

Bukowski hätte reagieren müssen. Den Psychiater festhalten oder ihn nach Hause begleiten und jemanden verständigen, der ihm nahestand. Sich kümmern. Später wurde ihr das klar. Zu spät. Und alles, was ihr blieb, war ihre Ignoranz von ganzem Herzen zu bedauern.

Aber in diesem Augenblick war sie zu sehr mit eigenen Gedanken beschäftigt, um auf Ulbrich zu achten, der wie in Trance die Ordination verließ.

„Tarek Birol", tippte sie in ihr Tablet und eruierte eine Linzer Telefonnummer.

Als sie ihr Mobiltelefon zückte, fielen ihr drei verpasste Anrufe von Kim auf. Sie nahm sich vor, zurückzurufen, aber zuerst musste sie etwas Wichtiges überprüfen.

36

„Du bist aber spät dran. Krank?“ Er erforschte Mannis Gesicht. Bleich war der Junge ja immer. Die frischen Pickel, die zwischen den Aknenarben blühten, waren ebenfalls nichts Neues, auch wenn sie heute besonders prachtvoll aus dem kalkweißen Untergrund herausleuchteten. Aber der glasige Blick und die Ringe unter den Augen beunruhigten Nowak. Carla war beurlaubt und Hinnerk hatte sich das Bein gebrochen – noch einen Krankenstand konnte er nicht brauchen, auch wenn momentan wenig zu tun war.

„Oder gestern zu viel getschechert?“, fragte er und trat so nah an Manni heran, dass er unauffällig an seiner Atemluft schnuppern konnte. Definitiv kein Restalkohol. Wenn Revierinspektor Manfred Pribil weder einen Infekt noch einen Kater ausbrütete, konnte es sich nur um Liebeskummer handeln.

„Wieso spät? Du hast mir doch aufgetragen, im AKH vorbeizuschauen.“

Na bravo. Das hatte Nowak ganz vergessen. „Und? Wie geht’s dem jungen Fian? Ist er ansprechbar?“

Manni schüttelte den Kopf.

„Hast du wenigstens herausgefunden, wann wir ihn befragen können?“

„Hanno, er ist tot“, sagte Manni trocken. „Gestern hat es zwar noch so ausgesehen, als sei Thomas Fian auf dem Weg der Besserung. Aber am späten Abend sind irgendwelche Komplikationen aufgetreten und sein Zustand hat sich rapide verschlechtert. Um fünf Uhr früh ist er dann ...“

Verdammtes Wirtshaus, dachte Nowak.

„Aber stell dir vor, seine Mutter hat mit mir geredet.“

„Ist nicht wahr!“ Marianne Fian war dem Totengräber noch einmal von der Schaufel gesprungen und am vergangenen Montag aus dem Koma erwacht. Was Nowak natürlich freute. Bloß das Timing war verdammt schlecht gewesen. Denn so hatte er den Urlaub in Gmunden doch nicht um ein, zwei Tage verlängern können, wie geplant, sondern war noch am Montagabend nach Wien zurückgefahren. Und vollkommen umsonst, denn obwohl es der Fian von Tag zu Tag besser ging, hatte sie bisher die Aussage verweigert. „Und? Was hat sie gesagt?“

„Dasselbe, was Carla schon aus ihr herausgekitzelt hat. Dass sie ihren Mann getötet hat. Dass ihr Sohn Thomas unschuldig sei. Dass wir uns nicht einfallen lassen sollen, ihm etwas anzuhängen, nur weil er tot ist.“

„Und?“ Nowak trat ans Fenster und sah auf die Ottakringer Straße hinunter. Auf eine aufgebrachte Taxifahrerin, die mit einer jüngeren Frau um einen Parkplatz stritt. „Glaubst du ihr?“

„Keine Ahnung. Thomas' Tod hat ihr so zugesetzt, dass sie ihr starke Beruhigungsmittel geben mussten. Sie war kaum zu verstehen.“

„Kümmert sich jemand um sie?“ Nowak wandte sich vom Fenster ab und ließ sich schwer in seinen Schreibtischsessel plumpsen. „Die ist doch bestimmt hochgradig suizidal.“

„Als ich gegangen bin, ist Thomas' Freundin gekommen. Valeria Klammstein. Die sieht zwar so zerbrechlich aus, als bräuchte sie selbst Hilfe, aber sie war erstaunlich gefasst und resolut. Hat mich einfach rausgescheucht, sich ans Bett gesetzt und Marianne Fians Hand gehalten.“

Nowak spitzte die Ohren. Hatte er sich getäuscht oder leuchteten Mannis Pickel noch einen Hauch intensiver, seit er von dieser Valeria sprach?

Nicht getäuscht, dachte er, und dass Manni endlich eine Frau brauchte. Meine Güte, der Junge war zwar nicht hübsch, aber doch irgendwie ganz in Ordnung. Warum musste er beziehungsmäßig ständig Pech haben?

„Ich glaube, die beiden mögen sich sehr. Jedenfalls haben sie ein bisschen miteinander geweint, und dann ist Marianne Fian eingeschlafen und Valeria ist bei ihr geblieben."

Gut, wenn es noch so was wie familiären Zusammenhalt gab, dachte Nowak. Er fragte sich, wie es ihm in so einer Situation ginge. Ob irgendwer an seinem Bett sitzen würde, wenn er krank und depressiv wäre und unter Mordverdacht stünde? „Danke, Manni", sagte er. Seine beiden Exfrauen auf keinen Fall, klar. Die würden höchstens zu seiner Beerdigung kommen. Und wie stand es mit den Töchtern? Würde eine von ihnen für ihn da sein? Er kratzte sich am Kopf.

Willst du das wirklich so genau wissen?, fragte er sich. Nein. Wollte er nicht. Er hatte ja Kim. Kim würde seine Hand halten, egal in welcher Situation. Als ihm das bewusst wurde, erfüllte ihn eine große Wärme und er lehnte sich entspannt zurück.

Bis zur Besprechung hatte er noch zwei Stunden Zeit und erfreulicherweise nichts zu tun. Er überlegte, ob er seinen Schreibtisch aufräumen oder sich Cappuccino und Kardinalschnitte im Café Hübler gönnen sollte. Kim fehlte ihm. Nicht nur als Frau, sondern auch als Bereiterin köstlicher Speisen, weshalb ihn immer ein leises Hungergefühl quälte, wenn sie einmal weg war. Zwar schämte er sich für diesen Gedanken, sobald er seinem Gehirn entschlüpft war, trotzdem entschied er sich für das Hübler.

Pfeifend warf er sich das Jackett über die Schulter und machte sich auf den Weg. Vielleicht würde er zugunsten eines Stücks Esterhazytorte auf die Kardinalschnitte verzichten, dachte er, als er um die Ecke bog und mit einem kugelförmigen Etwas kollidierte.

„Au!" So klein Inspektorin Amalie Franz war, so hart war ihr Schädel. Nowak rieb sich die Schulter.

„Tschuldigung!"

„Ist was passiert?", fragte er mit kritischem Blick auf ihr Haar, das wirr vom hochroten Kopf abstand. Ein untrügliches Zeichen für einen neuen Mordfall oder eine andere Herausforderung, die es zu bewältigen galt.

Sie nickte.

„Was Gutes?"

„Anruf aus dem AKH", keuchte sie. „Marianne Fian will eine Aussage machen."

„Hat sie doch schon", sagte Nowak. „Sie hat Manni gegenüber ihr Geständnis wiederholt."

„Jetzt will sie es aber widerrufen", sagte Mali.

Nowak bemerkte, wie sein Unterkiefer nach unten klappte und der Mund sich nicht wieder schließen ließ.

„Ihr Sohn war's. Sie hat nur gestanden, um ihn zu schützen. Aber jetzt, wo er tot ist ..."

„Seltsam", murmelte er. „Der war doch schon tot, als Manni mit ihr gesprochen hat." Ob der Besuch dieser Valeria mit dem Richtungswechsel zu tun hatte?

„Willst du hinfahren oder ...?" Begierde brannte in Malis Augen. Nowak wusste, dass er ihr keine größere Freude machen konnte, als ihr diese Aufgabe zu übertragen. In alleiniger Verantwortung.

„Ich bin gerade unabkömmlich. Würdest du das übernehmen?", fragte er scheinheilig und musste grinsen, als sie sich hüpfend auf den Weg machte. Sein Magen, der sich schon auf die Süße von Backwerk eingestellt hatte, hüpfte auch.

Im Treppenhaus kam ihm Manni entgegen. Er hatte eine zierliche junge Frau im Schlepptau. Die Müdigkeit von vorhin war wie weggewischt, dafür wetteiferten Revierinspektor Pribils Ohren mit seinen Pickeln um die Wette, wer das intensivere Rot zustande brachte.

„Darf ich vorstellen?", sagte Manni, ganz Gentleman. „Valeria Klammstein – Major Nowak, Leiter des Landeskriminalamts Außenstelle West."

Frau Klammstein hatte rotgeäderte Augen und ein spitzes Mausgesicht. Ihre rissigen Hände sprachen davon, dass ihre Haut die Chemikalien schlecht vertrug, mit denen sie als Friseurin tagein, tagaus hantieren musste. Ihre Kleidung war abgetragen, die Schuhe ausgetreten, aber Manni behandelte sie nichtsdestotrotz wie eine Königin.

„Frau Klammstein will ein Geständnis ablegen", sagte er zu Nowak.

Die junge Frau war den Tränen nahe. Sie habe gelogen, als sie behauptete, ihr Freund Thomas sei zur Todeszeit seines Vaters bei ihr gewesen. In Wahrheit sei er erst viel später nach Hause gekommen. „Und da war Blut an seinem Hemd. Viel Blut."

„Gehen Sie mit Revierinspektor Pribil", sagte Nowak. „Er wird Ihnen Kaffee oder Tee anbieten und Ihre Aussage aufnehmen."

Inmitten der Pickel erblühte ein Lächeln in Mannis Gesicht. Er wuchs um zehn Zentimeter, als er Frau Klammstein in sein Büro führte.

Nowak lächelte in sich hinein. Eine nette junge Frau, die Trost brauchte. Vielleicht hatte der gute Manni endlich mal Glück?

Zufrieden setzte er seinen Weg zum Café Hübler fort. Erfolgreiches Delegieren war eine der wichtigsten Fähigkeiten, die ein Kripochef besitzen musste, sagte er sich, während er eine Kardinalschnitte *und* ein Stück Esterhazytorte verspeiste. Er verspürte nicht den Anflug eines schlechten Gewissens.

Später, als er im Besprechungsraum saß, büßte er mit Sodbrennen. Dafür konnte sich die Tagesbilanz sehen lassen. Der Fall Fian hatte eine unerwartete Wendung genommen. Marianne Fian hatte sich dazu durchgerungen, Thomas des Mordes an seinem Vater zu beschuldigen. Herbert Fian hatte seinen Sohn – wie auch Marianne selbst – jahrelang gekränkt und gequält. An jenem Morgen war er zu weit gegangen, der Streit war eskaliert. Thomas hatte sich die Sticheleien und Handgreiflichkeiten des Vaters nicht gefallen lassen und ihn erstochen. Marianne konnte die Vorstellung, dass ihr einziges Kind damit sein ganzes Leben versaut hatte, nicht ertragen. Deshalb das Geständnis. Erst am heutigen Tag war ihr bewusst geworden, dass es nichts half, einen Toten zu beschützen. Dass sie dagegen die Verpflichtung hatte, für die Lebenden da zu sein. Zum Beispiel für das Enkelkind, das in Valerias Bauch heranwuchs. Von dessen Existenz sie erst kurz vorher erfahren hatte. Ihre Aussage wurde durch das zurückgezogene Alibi von Valeria unterstützt.

„Die haben sich doch abgesprochen", sagte Nowak und versuchte, hinter vorgehaltener Hand lautlos zu rülpsen.

„Schon möglich", konterte Mali. „Trotzdem glaube ich, dass es der Wahrheit entspricht. Vor allem haben wir keine Indizien, die das Gegenteil beweisen."

Oskar stimmte zu, und Manni, der verträumt ins Narrenkastl stierte und vermutlich Valerias Mausgesicht vor sich sah, dachte garantiert genauso.

Fall abgeschlossen, wenn auch mit gewissen Zweifeln, die sich vermutlich nie ganz ausräumen ließen, dachte Nowak später. Er hatte sich auf der Toilette eingeschlossen, steckte sich den Finger in den Hals und wäre die beiden Torten, gegen die sein Magen rebellierte, gern wieder losgeworden. Aber so sehr er sich auch bemühte, es ließ sich nichts mehr hochwürgen.

Also setzte er sich aufs Klo, zerkaute drei Rennie-Tabletten und widmete sich seinem Mobiltelefon. Drei verpasste Anrufe. Dreimal Kim.

Eine Faust aus Eis griff nach seinem Herzen, als er ihre ins Hysterische rutschende Stimme hörte und die Panik, die darin mitschwang.

„Was ist passiert?"

„Carla", stieß sie hervor. „Du musst was tun!"

Natürlich. Wieder einmal Carla Bukowski. Wem, wenn nicht ihr, gelang es im Handumdrehen, sich in die Scheiße zu reiten, kaum hatte man ihr den Rücken gekehrt?

Geduldig hörte er sich an, was Kim über Carlas Verdacht erzählte, ein gewisser Eugen Pammer habe mehrere Morde begangen. Sie berichtete von den Fotos der toten Frauen, die sich auffallend ähnlich sahen, und dass Carla zu Pammers Eltern nach Linz gefahren sei und seit Stunden nicht mehr erreichbar. „Ich habe schon zwanzigmal angerufen, aber es klingelt immer ins Leere", sagte Kim.

„Du kennst sie doch, sie wird mit irgendetwas Wichtigem beschäftigt sein und nicht gestört werden wollen."

„Und wenn sie in Gefahr ist? Wenn dieser Pammer sie in seinen Krallen hat?"

Nowak rollte die Augen. Er fragte Kim, was er ihrer Meinung nach tun solle? Er könne sich schließlich nicht nach Linz beamen.

„Dann ruf sofort diesen Himmler an!“

„Aber Honeybunny! Warum rufst du ihn nicht selbst an? Du kannst ihm die angebliche Gefahr viel besser schildern als ich.“

„Weil er mich erst recht nicht ernstnehmen würde, wenn es dir schon so schwerfällt!“, rief sie empört. „Der hört doch nicht auf mich. Aber dir frisst er aus der Hand! Er soll diese Schlangeneinheit schicken. Bitte, sag ihm das!“

„Was? Welche Schlangeneinheit?“ Im selben Augenblick begriff er, dass Kim die Cobra meinte. Er fragte sich, ob sie wieder dieses Kraut geraucht hatte, von dem sie immer ganz „ding“ wurde. Obwohl sie ihm hoch und heilig versprochen hatte, es nicht wieder zu tun. „Du bist ja verrückt! Und wie soll ich das begründen? Damit, dass Madame Bukowski geruht, deine Anrufe zu ignorieren? Willst du, dass ich mich blamiere?“ Er lachte und versuchte, sie zu beruhigen. Aber Kim hörte nicht mehr zu, sie hatte bereits aufgelegt.

Noch Minuten später starrte Nowak sein verstummtes Mobiltelefon an. Dann stand er auf, betätigte die Spülung, obwohl es gar nichts zu spülen gab, und verließ die Toilette mit einem innerlichen Kopfschütteln und dem Gedanken: Frauen!

Aber so sehr er auch versuchte, sich mit anderen Dingen zu beschäftigen, der Anruf ging ihm nicht aus dem Kopf. Kaum schloss er die Augen, sah er Kims Kastanienaugen vor sich, die sich wie Suchscheinwerfer auf ihn hefteten und ihm direkt ins Gewissen leuchteten.

37

Er setzte einen Fuß vor den anderen, ohne nachzudenken, wohin er ging, weil sein Gehirn mit einem Wirbel von Gedanken beschäftigt war: Was habe ich falsch gemacht? Was übersehen? Wie konnte es so weit kommen, ohne dass ich die geringste Ahnung hatte?

Er bemerkte, dass er auf der Schwelle seines Hauses stand, zog den Schlüssel aus seiner Tasche und sperrte auf.

Erinnerte er sich richtig? Hatte er wirklich nichts geahnt? Oder das Offensichtliche verdrängt, weil er es nicht sehen hatte wollen?

Er ging zum Kühlschrank, nahm eine Flasche Bier heraus, öffnete sie und setzte sich damit in seinen Ohrensessel. Trank einen Schluck und kniff die Augen zusammen.

Versuchte, zwanzig Jahre zurückzuspulen und die Erinnerungsfetzen als Film ablaufen zu lassen.

Tareks Unfall. Als Eugen kurz danach zu seiner wöchentlichen Therapiestunde erschien, hatten sie natürlich darüber gesprochen.

Dreizehn war Eugen damals gewesen. Ulbrich schloss die Augen und stellte die Bilder, die ihm durch den Kopf gingen, scharf.

Ein schmales Bubengesicht. Schön geschnittene dunkelbraune Augen hinter einer zu großen Brille, die nerdig wirkt. Der Blick ist wie immer wach und auf ihn gerichtet. Aber da ist noch etwas. Etwas Neues. Ein Funkeln, das Ulbrich nicht einordnen kann.

Damals hat er es für Aufregung gehalten. Hat er sich getäuscht? Ist es nicht eher Triumph?

„Tarek liegt im Krankenhaus."

„Ist das der Junge, der dich mobbt?"

„Das wird er nicht mehr."

„Du meinst, weil er querschnittgelähmt ist?"

Eugen schüttelt den Kopf. „Ich werde ihn besuchen. Wir werden Freunde sein."

„Das ist sehr nobel von dir. Du verzeihst ihm, was er dir angetan hat? Sogar die Pissgeschichte?"

Eugen antwortet nicht. Er lächelt. Es ist ein edles Lächeln, hat Ulbrich damals gedacht. Das Lächeln eines Jungen, der so gern geliebt werden möchte. Der so viel Liebenswertes an sich hat.

Oder? Ist das Lächeln zynisch? Das Lächeln eines Täters, der seine Rache genießt?

„Wie geht's der Wut?"

Die Hände des Jungen imitieren einen platzenden Ballon. „Die ist weg. Ich hab sie rausgelassen, wie Sie es gesagt haben. Damit sie sich nicht aufstaut und einmal einen Amokläufer aus mir macht." Wieder das Lächeln. Ein perfektes Ich-bin-ein-guter-Junge-Lächeln.

Oder? Oder?

Schnitt.

Das Ende der Sitzung. Eugen steht auf, geht, dreht sich noch einmal um. „Darf ich Sie noch was fragen?"

„Schieß los!"

„Ist es okay, wenn mir beim Rauslassen der Wut jemand hilft?"

„Wie meinst du das? Wer denn?"

„Einer, der in mir drin ist, aber schon erwachsen. Er ist größer, kräftiger und mutiger als ich." Eugen senkt seine Stimme. „Er gleicht meinem Vater. Meinem leiblichen Vater", flüstert er. „Ist das ... krank?"

Ulbrich lacht. „Nein, ganz und gar nicht. Was du da beschreibst, nennt man dissoziieren. Fast jeder Mensch macht das in bestimmten Situationen. Pathologisch ist es erst, wenn du dir dessen nicht bewusst bist. Wenn es dir passiert und du dich anschließend nicht mehr erinnerst. Dann würde man von einer dissoziativen Identitätsstörung sprechen. Aber was rede ich! Du musst dich nicht mit solchem Psychokram auseinandersetzen. Es reicht, wenn du dir keine Sorgen machst, okay?“

„Ich finde den Psychokram aber interessant. Danke, Dr. Ulbrich. Bis nächste Woche.“ Und wieder das Lächeln.

Nein, es liegt nichts Zynisches darin. Oder?

Ulbrich versuchte, den Film anzuhalten und Eugens Bild zu vergrößern, das Lächeln aus der Erinnerung als Standbild in die Gegenwart zu retten und zu analysieren. Aber die Gesichtszüge verschwammen. Das Bild verblasste.

Er trank das Bier aus und öffnete den Sekretär. Holte die Ordner mit den Sitzungsprotokollen heraus, die mit 1996 beschriftet waren. Im zweiten wurde er fündig.

Er hatte die betreffende Sitzung mit grünem Filzstift gekennzeichnet, um eine positive Wendung zu verzeichnen.

Dann suchte er unter den Ordnern aus dem Jahr 1994 nach den Protokollen der ersten Sitzungen mit Eugen – damals noch Peter Winsauer. „P. W., 11 Jahre, Bettnässer, phobische Störung, Konzentrationsstörung, Gedächtnisstörung, beginnende Anorexie, Selbstverletzung. Vorgeschichte: Missbrauch durch ältere Schwester, Alexithymie der Eltern, besonders des Vaters. Diagnose: Dissoziative Amnesie? Dissoziative Fugue? MPS?“, hatte er notiert, doch schon ein halbes Jahr später den Verdacht auf eine multiple Persönlichkeitsstörung wieder fallengelassen. Stattdessen hatte er eine posttraumatische Belastungsstörung diagnostiziert.

Viereinhalb Jahre nach der Erstbeurteilung hatte er Eugen als geheilt angesehen. Statt der wöchentlichen gab es nur noch halbjährliche Besuche eher privater Natur, mit Eugens Erwachsenwerden wurde daraus eine Freundschaft auf Augenhöhe.

Aus dem labilen, traumatisierten Eugen war eine stabile Persönlichkeit geworden.

Oder?

Na gut, vielleicht eine Persönlichkeit mit dezenten narzisstischen Wesenszügen. Aber traf das heutzutage nicht auf die halbe Menschheit zu?

Habe ich Anzeichen einer Psychose übersehen?, fragte Ulbrich sich. Nein. Nein und nochmals nein. Es hatte keine solchen Anzeichen gegeben.

Er bemerkte, dass er hungrig war, räumte die Ordner weg, ging in die Küche und schmierte sich ein Butterbrot. Es schmeckte ihm nicht, aber er zwang sich, es aufzuessen.

Konnte es eine einfache Erklärung für Tareks Unfall und den Eintrag in Eugens Kränkungsbuch geben? Natürlich konnte es.

Vielleicht hatte Eugen sich alles nur ausgedacht – und zwar nachdem der Unfall passiert war. Vielleicht hatte er nur so getan, als hätte er – beziehungsweise sein Alter Ego P – den Unfall provoziert. Dann wäre er nur in seiner Fantasie zum Täter geworden; um Genugtuung zu erlangen; quasi in einer rückwärtsgewandten Fantasie.

„Das ist sogar weitaus wahrscheinlicher", sagte Ulbrich laut, als hoffte er, seine eigene Stimme könnte ihn vom Wahrheitsgehalt des Gesagten überzeugen.

Und was war mit den anderen Fällen? Mit all den Frauen, die Eugens Schwester glichen und tot waren?

Noch einmal bemühte Ulbrich seine Unterlagen. Er durchforstete seine Aufzeichnungen zu Elisabeth Marie Winsauer, die ebenfalls seine Patientin gewesen war, wenn auch nur kurz. Ihr Sterbedatum hatte er nachgetragen. Es bedurfte keiner großartigen Recherchen, um herauszufinden, dass Elisabeth in derselben Woche gestorben war, in der Eugen mit seiner ganzen Klasse auf Maturareise gewesen war. Eine Woche Türkei. All you can drink. Gab es ein besseres Alibi?

An Sandras Unfalltod hatten nie Zweifel bestanden, Eugen hatte Sandra über alles geliebt und monatelang um sie getrauert. Je länger Ulbrich darüber nachdachte, umso absurder kam ihm der Verdacht dieser Bukowski vor. Nein. Niemals hätte Eugen seiner Schwester ein Härchen krümmen können! Oder seiner Verlobten.

Und der Tod der Psychologieprofessorin? Ob es nun ein Unfall oder Selbstmord war, Ulbrich erinnerte sich daran, dass man es ihrer Tablettensucht und dem leichtfertigen Umgang mit Alkohol und Drogen zugeschrieben hatte.

Blieb noch Birgit Ladstätter, angeblich eine von Eugens Patientinnen in der Reha-Klinik. Aber die hatte Walburga Marini auf dem Gewissen. Aus Eifersucht. Davon gingen die Linzer Kripobeamten aus und dafür gab es bestimmt handfeste Gründe. Beweise.

Ulbrich öffnete eine zweite Flasche Bier und nahm einen herzhaften Schluck, obwohl ihm das Bier genauso wenig schmeckte wie das Butterbrot. Nein, nein. Er konnte sich nicht so sehr täuschen. Eugen war unschuldig, und diese Bukowski hatte sich in ein Hirngespinst hineingesteigert. Kein Wunder. Dass sie psychisch angeschlagen war, sah man schließlich hundert Meter gegen den Wind. Dieser Tic, den sie hatte – das Zucken ihres rechten Lids – war auch ein Indiz dafür.

Noch ein Schluck Bier. Er spürte schon den Alkohol, war es nicht gewohnt, viel zu trinken. In seinem Magen wurde es angenehm warm. Er wusste, dass er sich etwas vormachte. Natürlich wusste er das, aber er konnte und wollte jetzt nicht zur Seite treten, um die Tatsachen aus einer anderen Perspektive zu betrachten.

„Ich werde mit Eugen sprechen", murmelte er, verschloss die Bierflasche und stellte sie in den Kühlschrank zurück. „Bald."

Klopfgeräusche ließen ihn zusammenzucken. Vermutlich diese Bukowski. Er ging zur Tür und öffnete sie schwungvoll. Nahm sich vor, ihr fest in die graugrünen Augen zu schauen und zu sagen, dass sie sich irrte.

Erschrak, als er stattdessen in zwei dunkelbraune Augen blickte. Zwei Abgründe von Augen, die sich hinter einer nerdigen Hornbrille auftaten.

„Hallo Frank!"

Unwillkürlich trat er einen Schritt zurück und konnte nicht verhindern, dass sein Lächeln entgleiste. Nein, er hatte keine Angst, natürlich nicht. Doch nicht vor Eugen, seinem Schützling. Seinem Freund! Er hatte nur nicht mit ihm gerechnet.

„Komme ich ungelegen?"

„Im Gegenteil. Gerade habe ich gedacht, ich muss mit dir reden. Komm rein."

„Du hast an mich gedacht, Frank? Bist du allein?"

„Wer sollte sonst noch da sein?"

„Diese Frau vielleicht, die sich als Journalistin ausgegeben hat und haarsträubenden Unsinn über einen Preis erzählt, den ich gewonnen haben soll? Einen Preis, den es gar nicht gibt!"

„Du kennst sie?"

„Mama hat mich angerufen. Sie hat mir erzählt, dass sie auch mit dir sprechen wollte. Da bin ich sofort hergefahren. Diese Frau ist ..."

„Sie lügt, ich weiß."

„... eine Psychopathin, Frank. Aber das hast du natürlich längst durchschaut, nicht?"

Ulbrich spürte, wie ihm das Blut in die Wangen stieg. Der Alkohol. Oder war auch ein Schuss Scham dabei?

„Nicht?"

„Ich gestehe, dass sie sehr überzeugend war. Diese Bilder von den toten Frauen ... Diese eklatante Ähnlichkeit mit deiner Schwester ... Du musst zugeben, dass das ..."

„Du hast ihr geglaubt? Weißt du, dass das LKA sie verdächtigt, ihren Freund, diesen Journalisten, umgebracht zu haben? Er hat sie mit einer Jüngeren betrogen."

Kälte breitete sich unter Ulbrichs Achseln aus. Sein Hemd war nassgeschwitzt. „Sagen wir, sie hat mich verunsichert. Anfangs. Deshalb habe ich nachgegeben, als sie ... nun, sie wollte sich unbedingt in deinen Praxisräumen umsehen, und weil ich noch einen Reserveschlüssel hatte ..."

„Du hast sie in meine vier Wände gelassen?"

„Ein Fehler, der mir leidtut. Aber sie hat mir ihre Kokarde gezeigt und da ... Bitte reg dich nicht auf. Lass uns lieber was trinken. Sie hat natürlich nichts gefunden. Nur dein Tagebuch, dieses ..."

„Ihr habt im *Buch der Kränkungen* gelesen?"

„Bloß den Eintrag über Tarek. Natürlich reine Fantasie. Nachdem der Unfall passiert ist, hast du dir vorgestellt, du hättest das Rad präpariert. Du hast einen Teil deiner Persönlichkeit abgespaltet und damit beauftragt, die Verantwortung dafür zu übernehmen. Korrekt?" Ulbrichs Hemd klebte an seinem Körper. Er war Schritt für Schritt zurückgewichen und stand jetzt an der Schwelle zur Bibliothek. „Aber so war es nicht. Es war natürlich ein Unfall. Hab ich recht, Eugen?"

Eugen war ihm gefolgt. Er nahm die Brille ab und putzte sie. Auf seinem kahlen Kopf glitzerten winzige Schweißtröpfchen im Licht der untergehenden Sonne. Wie ein kostbares Diadem. Nein, eine Aureole.

Plötzlich wurde Ulbrich schwindlig. Er wankte zu seinem Ohrensessel und ließ sich hineinfallen. Er schloss die Augen in der Hoffnung, das Zimmer würde aufhören, sich zu drehen. „Ich könnte jetzt einen Whisky vertragen. Du auch?", murmelte er und deutete zum Sekretär, in dem sich ein fruchtig-pfeffriger Talisker, ein karamelliger, in zweierlei Sherryfässern gereifter Bowmore und ein holzig-rauchiger Macallan fanden. „Wie wär's mit dem Macallan?"

Eugen trat an das alte Möbelstück heran. „Du hast eine fremde Frau in meine Praxis geführt und in meinen privaten Aufzeichnungen gelesen?"

„Unverzeihlich, du hast recht", sagte Ulbrich. „Aber sie ist bei der Kripo und es geht um Mord, da konnte ich nicht ... Ich musste ... Das verstehst du doch, oder?"

„Oh ja", sagte Eugen in einem singenden Tonfall, der Ulbrich eine Gänsehaut bescherte. Er zog eine Schublade auf, kramte darin herum, öffnete eine zweite, nahm etwas heraus. „Und ob ich das verstehe." Lächelnd wandte er sich vom Sekretär ab.

Ulbrich versuchte zu erkennen, was er in seiner Rechten hielt, die er halb hinter seinem Rücken verbarg. Etwas Längliches.

„Eugen, was ..."

„Warum nennst du mich so?", fragte Eugen und hob den Arm. Er wirkte größer und muskulöser, als Ulbrich ihn kannte. „Ich bin Peter."

Ein Strahl der untergehenden Sonne schien fast horizontal zum Fenster herein, traf auf das Längliche in Peters Hand und ließ es aufblitzen.

Ulbrich erkannte den Gegenstand, hörte gleichzeitig einen hohen Ton, der ihn an das Fiepen einer gefangenen Maus erinnerte, und es überraschte ihn, dass dieser Ton aus seiner eigenen Kehle gekommen sein musste.

38

Nach dem Telefonat blieb Bukowski minutenlang auf Pammers einzigem Stuhl sitzen und auf den beiden ungebügelten Hemden, die darauf lagen. Sie war sprachlos. Verwundert. Verstand diesen Tarek Birol nicht, obwohl er sich ganz deutlich artikuliert hatte.

Ja, hatte er gesagt, seit seinem Radunfall sei er querschnittgelähmt, also auf den Rollstuhl und auf fremde Hilfe angewiesen. Ja, ihm sei von Anfang an klar gewesen, dass Eugen den Unfall verschuldet hatte. Sie hätten zwar nie direkt darüber gesprochen, aber Eugen hatte keinen Zweifel daran gelassen. Und nein, er habe nicht versucht, Eugen anzuzeigen, obwohl er wusste, dass man die Manipulation an den Bremsen nachweisen hätte können. Höchstwahrscheinlich.

„Warum nicht?"

„Schwer zu erklären", sagte Birol. „Vielleicht, weil ich es verdient habe." Immerhin habe er Eugen und noch ein paar andere Schüler gemobbt. Geschlagen, erniedrigt, abgezockt. „Fragen Sie mal, warum ich das gemacht habe. Nicht wegen des Geldes, obwohl meine Eltern mich kurz hielten und ich es gut brauchen konnte. Auch nicht, weil es mir Spaß gemacht hat, Schwächere zu unterdrücken. Eigentlich fand ich mich dabei immer zum Kotzen. Und noch mehr fand ich meine angeblichen Freunde zum Kotzen, die mich angefeuert haben."

„Warum dann?"

„Genau weiß ich es selber nicht. Zum Teil wohl aus Langeweile. Aber irgendwie auch, um die Grenzen auszuloten. Und darüber hinaus zu gehen. Plötzlich waren keine Grenzen mehr da. Aber insgeheim habe ich mir gewünscht, dass eines Tages jemand kommt, der mir diese Grenzen wieder aufzeigt."

„Sie haben gehofft, dass einer zurückschlägt?“

Ja, sagte Birol, so ähnlich müsse es wohl gewesen sein.

„Trotzdem müssen Sie Pammer doch hassen. Er hat Ihr Leben verpfuscht!“

Nein, er hasse Eugen nicht. Im Gegenteil, heute sei Eugen ein echter Freund. Nicht einer, der sich irgendwelche Vorteile von der Freundschaft versprach. Oder der nur auftauchte, wenn es was zu feiern gab. Nein, Eugen war auch da, wenn es einem schlecht ging.

„Aha“, sagte Bukowski und kam aus dem Staunen nicht heraus.

„Er unterstützt mich übrigens auch finanziell. Gleich nach dem Unfall hat er seine Adoptiveltern dazu gebracht, meinen Eltern unter die Arme zu greifen. Damit sie mir den sündteuren Spezialrollstuhl kaufen konnten und die Therapien, die die Krankenkasse nicht übernommen hat. Den Pammers verdanke ich die Chance, dass ich trotz meines Handicaps maturieren und eine Ausbildung machen konnte. Auch auf die Maturareise hat Eugen zu meinen Gunsten verzichtet. Damit an seiner Stelle ein Pfleger mitfahren konnte, der nichts anderes zu tun hatte, als mich zu betreuen. Damals habe ich zum ersten Mal das Meer gesehen.“

Irgendetwas klingelte in Bukowskis Hirn, aber sie kam nicht darauf, was das Klingeln ihr sagen wollte. „Wussten die Pammers von Eugens Schuld?“

„Ich glaube nicht. Er wird es ihnen nicht gesagt haben, und vorstellen können sich Eltern so was nicht. Meine wussten auch nicht, dass ich Geld von Kindern eingehoben habe wie ein kleiner Mafiaboss.“

Heute gehe es ihm gut, sagte Birol, sogar erstaunlich gut. Klar, es gebe Momente, in denen er das Leben beschissen finde und die Schmerzen, die Schwäche, die Hilflosigkeit nicht mehr aushalte. In diesen Momenten wolle er am liebsten sterben. „Aber das geht vorbei, und dann sehe ich wieder das Gute, das ich bekommen habe. Meine Frau, die mich trotz aller Einschränkungen liebt. Meine Tochter, die jetzt sechs ist – ein kleines Wunder und mein persönlicher Sonnenschein. Den Job als Informatiker, in dem ich gut bin und gebraucht werde. Lauter Gründe, auszuharren und sogar dankbar zu sein, finden Sie nicht?"

Schon, dachte Bukowski und stützte ihren Kopf in die Hände. Vielleicht. Trotzdem verstand sie diese Freundschaft nicht und wollte sie auch nicht verstehen.

Nach dem Telefonat grübelte sie darüber nach, was ihr bei Birols Erzählung seltsam vorgekommen war. Was das Geklingel ausgelöst hatte.

Als sie im *Buch der Kränkungen* weiterblätterte, fiel es ihr auf: Während alle – inklusive seiner Adoptiveltern – Eugen auf Maturareise wähnten, hatte er seine Schwester umgebracht. Sein Alibi hatte niemand hinterfragt, weil ihn bisher nie jemand verdächtigt hatte.

Du musst Kim anrufen, dachte Bukowski. Doch das musste warten. Sie konnte das *Buch der Kränkungen* nicht weglegen, bevor sie nicht alle Einträge gelesen hatte.

Pammers Vater trug die Nummer null. An seinem Schicksal war Pammer unschuldig, den Eintrag hatte er Jahre später aus dem Gedächtnis aufgeschrieben. Ein Stück der Vorgeschichte, die manches erklärte.

Tarek Birol, die Nummer eins, war der einzige, der die schweren Kränkungen, die er Pammer zugefügt hatte, überleben durfte. Dafür büßte er bis heute und schien sogar dankbar zu sein.

Die Nummer zwei – Pammers Schwester Elisabeth – war die erste, die Pammer getötet hatte – wenn auch im Affekt. Anscheinend hatte sie ihn als Kind missbraucht, war aber zu diesem Zeitpunkt selbst noch ein halbes Kind gewesen. Umgebracht hatte er sie, weil sie ihn ausgelacht hatte. Dafür ausgelacht, dass er so naiv war und sie vor dem Straßenstrich bewahren wollte.

Auch Pammers Geliebte, die fünfzehn Jahre ältere Universitätsprofessorin für Psychologie, Larissa Benderjahn, hatte gewagt, zu lachen und Pammer zurückzuweisen. Ein tödlicher Fehler.

Danach hatte Pammer sich jahrelang beherrscht. Vielleicht hatte ihm in dieser Zeit niemand einen Grund gegeben, gekränkt zu sein. Jedenfalls war über acht Jahre lang nichts passiert – ein untypisches Muster für einen Serienmörder.

Im vergangenen Herbst dann die Nummer vier im Kränkungsbuch und das dritte Mordopfer: Pammers Verlobte Sandra Lehner, Diätassistentin in der Reha-Klinik Walderberg. Pammer wollte Sandra heiraten, ein Haus bauen, Kinder in die Welt setzen, aber aus irgendeinem Grund hatte sie kalte Füße bekommen. Vielleicht hatte sie sich für eine Familiengründung zu jung gefühlt? Oder sie war sich nicht mehr sicher gewesen, ob Pammer der Richtige war? Jedenfalls hatte sie sich von ihm getrennt und sich lieber in eine heiße Affäre gestürzt. Eine Affäre ohne Verpflichtungen. Pammer litt unter der Trennung. Er wusste, dass es einen anderen gab. Einen Nebenbuhler, dachte Bukowski und verdrehte die Augen. Aber er wusste nicht, wer dieser andere war. Als er versuchte, Sandra zurückzugewinnen, lachte sie ihn aus – kurz darauf verunglückte sie mit dem Rad, nachdem er ihr K.o.-Tropfen verabreicht hatte.

Wie Tarek Birol hätte auch sie den Unfall überlebt, aber diesmal reichte es Pammer nicht: Er brach ihr das Genick. Danach konnte er in aller Ruhe um sie trauern und regelmäßig frische Blumen unter ihr Porträt in der Teeküche stellen.

Im April ging es dann Schlag auf Schlag. Mordopfer Nummer vier: Rotlippchen alias Birgit Ladstätter, die Pammers verliebte Annäherungsversuche abgeblockt hatte. Sie hatte sich kein Blatt vor den Mund genommen und ihm auf den Kopf zugesagt, dass sie sich nicht für ihn interessierte und generell nicht für eine tiefergehende, fixe Beziehung.

Verständlich, dass Menschen mit einer derart kurzen Lebenserwartung mit Begriffen wie „tiefergehend“ oder „fix“ wenig anfangen konnten, dachte Bukowski.

Birgits Entscheidung an sich hätte Pammer wahrscheinlich akzeptiert. Dass sie ausgerechnet mit seinem besten Freund Paul Huber-Marini vögelte, war ein harter Brocken. Aber auch das hätte er ihr wohl verziehen, wenn sie ihn nicht ausgelacht hätte. „Spießig“ hatte sie ihn genannt und gesagt, für Spießigkeit sei in ihrem kurzen Restleben kein Platz. Nicht einmal seine Verlobte Sandra, eine gesunde junge Frau, habe seine Spießigkeit ertragen. Auch sie habe unbekümmerten Sex mit Paul vorgezogen. Diese Äußerung in Verbindung mit Birgits Gelächter hatte Pammer den Boden unter den Füßen weggezogen. Das war das Todesurteil für Rotlippchen gewesen. Um zwei Fliegen mit einer Klappe zu erledigen und auch Paul zu bestrafen, hatte Pammer versucht, ihm den Mord an der Ladstätter in die Schuhe zu schieben.

Leider funkte Walburga dazwischen, die alles tat, um Paul zu schützen. Also benutzte Pammer Leon, von dem er wusste, dass er Journalist war und auf der

Suche nach einem Skandal, den er medial ausschlachten konnte. Er spielte ihm den Briefumschlag mit den einschlägigen Fotos zu. Doch der Schuss ging nach hinten los. Leon kam dahinter, dass etwas faul war im Staate Dänemark. Die Geschichte war manipuliert. Als er herausfand, dass Eugen Pammer Rotlippchens geheimer und nicht erhörter Verehrer gewesen war, holte er sich den Universalschlüssel und durchsuchte Pammers Dienstzimmer. Dummerweise überraschte Pammer ihn dabei. Unter dem Vorwand einer Aussprache jubelte er Leon K.o.-Tropfen unter, schleppte ihn ins Zimmer der Marinis und erschlug ihn dort mit einem von Walburgas Pokalen. Dass Paul währenddessen auf dem Sofa schlief, unter Tabletteneinfluss, war natürlich ein aberwitziges Risiko. Aber es erhöhte auch den Reiz.

Und es klappte! Als Paul schließlich neben der Leiche erwachte und sich nicht mehr erinnern konnte, was er getan hatte und was nicht, geriet er in Panik. Und er war dumm genug, Leons Leiche in den Teppich zu rollen, durchs ganze Haus zu schleppen und in die Mülltonne zu werfen.

Pammer war fast am Ziel. Leider spielte Walburga immer noch nicht mit. Sie zögerte, ihren Mann anzuzeigen. Es blieb also nichts übrig, als dessen Selbstmord zu inszenieren, um klare Tatsachen zu schaffen.

Dabei passierte Pammer ein schwerer Fehler. Der Einschusswinkel stimmte nicht mit der Auffindesituation zusammen. Die Kripo entlarvte den vermeintlichen Suizid als Mord. Dass Walburga für die Täterin gehalten wurde, nahm Pammer billigend in Kauf, obwohl er nichts gegen Walburga hatte.

Bukowski las alles, sogar den Eintrag zu Leons Ermordung. Es fiel ihr schwer, aber sie hätte die Augen nicht davor verschließen können. Sie las mit bebenden

Lippen. Las und presste gleichzeitig eine Hand auf ihren Bauch, um Kontakt mit der Brombeere herzustellen. Leonieschätzchen. Die letzte Verbindung, die noch zwischen ihr und Leon bestand.

Danach fiel sie in eine Art Starre, als fiele sie aus der Zeit. Bilder rasten durch ihren Kopf, Erinnerungsfetzen, Gedanken, Wortfragmente. Als sie wieder zu sich kam, bemerkte sie, dass sie geweint hatte. Tränen waren auf Pammers Buch getropft und hatten den letzten Abschnitt über Leons Tod verwischt, als hätten ihre Körpersäfte unbewusst versucht, sein Sterben rückgängig zu machen.

Das Handy in Bukowskis Hosentasche vibrierte, und es gelang ihr endlich, sich von Pammers mörderischen Aufzeichnungen loszureißen.

Es war Bär. Bukowski hätte seine Stimme fast nicht erkannt, weil er brüllte und jede Silbe deutlich aussprach, anstatt zu nuscheln. Als versuchte er, seine Krankheit auszutricksen.

„Endlich, Carla! Wo bist du?"

„Bei Pammer. In seiner Ordination. Er ist unser Mann. Er hat alles aufgeschrieben und ..."

„Mensch, hau ab, aber fix! Hast du die Kollegen verständigt?"

„Wieso, ich dachte, er ist bis abends in der Reha-Klinik?"

„Erstens ist es abends. Fünf nach halb sieben. Und zweitens ist er schon vor anderthalb Stunden weggefahren. Er hat einen Anruf erhalten, ist anscheinend furchtbar erschrocken und abrupt aufgebrochen, mitten in einem Patientengespräch. Der ahnt was, Carla!"

„Und wieso sagst du mir das erst jetzt?"

Dass er schon zigmal versucht habe, sie zu erreichen, brüllte Bär, und dass sie gefälligst ...

Bukowski drückte ihn weg. Es brannte also. Sie musste überlegt handeln. Als Erstes galt es, Himmler ins Bild zu setzen. Aber bevor es ihr gelang, seine Telefonnummer aufzurufen, kam schon wieder ein Anruf herein.

Das Wort „Mentor“ erschien auf dem Display, und ihr fiel ein, dass sie unter diesem Begriff die Telefonnummer von Dr. Frank Ulbrich gespeichert hatte.

Zuerst hörte sie nur ein leises Pfeifen. Miese Verbindung, dachte sie und wollte schon auflegen. Da begriff sie, dass es sich um Atemgeräusche handelte. Röchelnde Atemgeräusche. Als versuche jemand, dessen Lunge durchlöchert war, Luft zu holen.

„Dr. Ulbrich? Ist alles in Ordnung?“

Zum Röcheln gesellte sich ein heiseres Flüstern, das von einem Rasseln abgelöst wurde. Unverständlich.

„Hallo? Brauchen Sie Hilfe?“ Ein glitschiges Getier kroch zwischen Bukowskis Schulterblättern nach oben und ließ sich in ihrem Nacken nieder. „Frank?“, schrie sie.

Endlich antwortete er – die Stimme eine Schattierung zwischen Flattern und Flüstern. „Er ist da“, verstand Bukowski. Und: „Holen Sie Hilfe“ oder so ähnlich. Dann verebbte das Flüstern, nur gurgelnde Geräusche blieben.

Bukowski war hellwach und aufs Äußerste konzentriert. Sie wählte den Notruf. Nannte Namen und Dienstgrad und bestellte Notarzt und Polizei zu Ulbrichs Adresse. „Der Täter ist höchstwahrscheinlich bewaffnet und ausgesprochen gefährlich“, sagte Bukowski. „Beeilen Sie sich!“

Sie rechnete. Zehn bis fünfzehn Minuten würden die Einsatzkräfte auf alle Fälle brauchen. Dann war es für Ulbrich vielleicht zu spät. Sie konnte in fünf Minuten vor Ort sein.

Die Zeit lief – Bukowski auch. Im Wartezimmer, das inzwischen leer war, fiel ihr ein, dass sie das *Buch der Kränkungen* mitnehmen musste. Ein Beweisstück. Womöglich würde Pammer hier aufkreuzen und es vernichten.

Sie kehrte um, klappte das Buch zusammen und klemmte es sich unter den Arm.

Dann rannte sie hinaus, die Treppe hinunter, zum Wagen.

Es dämmerte. Auf den Gehsteigen tummelten sich Menschen, die es eilig hatten, nach Hause zu kommen, zu ihrem Abendessen, ihrer Familie, dem Fernseher. Bukowski lief den Graben entlang, überquerte den Stadtplatz und die Salzburger Straße, erreichte keuchend ihr Auto, das sie vor der Raika geparkt hatte.

Sie drückte auf die Fernbedienung. Keine Reaktion. Mist. Die Batterie hätte sie längst austauschen sollen. Als sie den Schlüssel ins Schloss stecken wollte, zitterten ihre Finger so sehr, dass er ihr hinunterfiel.

Verflucht! Sie bückte sich, hob ihn auf. Schwindel erfasste sie. Sie musste sich an der Karosserie abstützen.

Zweiter Versuch.

Jetzt gelang es ihr, den Schlüssel ins Schloss zu stecken. Aber sie wunderte sich über das plötzliche Gefühl von Kälte. Als würde sich auf ihrer Haut eine Eisschicht bilden, die vom Nacken ausging und sich in alle Richtungen ausbreitete.

Sie erkannte den Fehler Sekundenbruchteile, bevor sie die Messerspitze zwischen ihren Rippen fühlte. Also zu spät.

„Wenn Sie schreien, steche ich zu“, sagte eine Stimme, die sie bisher erst zwei- oder dreimal gehört hatte und unter anderen Umständen als angenehm empfunden hätte.

„Geben Sie auf, Pammer", sagte sie. „Die Kripo ist unterwegs. Es ist vorbei."

„Sie lügen. Sie sind die einzige, die Bescheid weiß. Ulbrich ist tot."

Sie versuchte, das *Buch der Kränkungen* unter ihrer Jeansjacke zu verbergen, aber er entriss es ihr.

„Sie gehen jetzt mit mir in die Praxis zurück. Schön ruhig. Wenn Sie um Hilfe rufen, sind Sie tot."

Er legte den Arm um sie. Das Metall drückte weiter gegen ihre Rippen. Eine falsche Bewegung, ein Hilfeschrei, und er würde ihr das Messer in den Leib rammen.

Sie musste Zeit gewinnen. Mit ihm reden. „Glauben Sie wirklich, dass Sie aus der Nummer ungeschoren herauskommen?", fragte sie. „Das ist doch absurd! Sie machen alles nur noch schlimmer."

„Glauben Sie wirklich, ich habe noch was zu verlieren?", äffte er sie nach. Und natürlich hatte er recht. Wer schon sechs, mit Ulbrich womöglich sieben Menschen ermordet hatte, dem kam es auf ein achtes Opfer nicht an.

Es blieb Bukowski nichts anderes übrig, als Pammers Anweisungen zu befolgen und mit ihm zurückzugehen. Mit ihren Augen versuchte sie, Passanten auf sich aufmerksam zu machen. Lächerlich. Die Menschen streiften sie höchstens mit einem halben Blick, sahen ein Liebespaar und kehrten zu ihren eigenen Problemen, in ihre eigene Gedankenwelt zurück – sofern sie sie überhaupt verlassen hatten.

Pammer zerrte Bukowski durchs leere Wartezimmer der Gemeinschaftspraxis, durch seine Ordination und in den Wohnraum. Er drückte sie auf den einzigen Stuhl. Den Stuhl mit den beiden ungebügelten Hemden. Dann durchwühlte er Schrank und Schubladen und schien etwas zu suchen.

Vermutlich besitzt er keinen Gürtel und keine Kabelbinder und überlegt, womit er mich fesseln kann, dachte Bukowski.

Er fand schließlich eine schmale Krawatte, mit der er ihre Hände am Rücken zusammenband. Aus einem Paar halbhoher Winterschuhe entfernte er die Schnürsenkel und fesselte jedes ihrer Beine über dem Sprunggelenk an ein Stuhlbein. Er zog die Senkel so fest, dass sie in die Haut schnitten und Bukowski ein Schmerzensschrei entfuhr.

Dann ließ er sie allein. „Nicht weglaufen", sagte er mit seinem halben Lächeln.

Bukowski hörte das Surren des Aufzugs und begann, am Knoten der Krawatte zu zerren. Vorsichtig, um ihn nicht fester zu ziehen. Sie schaffte es, die Krawattenfessel so zu drehen, dass sich der linke Mittelfinger von außen in den Knoten bohren und ihn lockern konnte. Leider dauerte alles furchtbar lange, und Pammer kam schon nach wenigen Minuten zurück. Da sie mit dem Rücken zu ihm saß, konnte sie nicht sehen, was er tat. Sie hörte es aber: das Schwappen einer Flüssigkeit in einem geschlossenen Gefäß; das Drehen eines Verschlusses; das Gluckern, als die Flüssigkeit ausgeschüttet wurde.

Und dann roch sie es.

Pammer hatte einen Kanister aus dem Keller oder aus seinem Wagen geholt und verteilte das Benzin in der ganzen Wohnung. Er würde das verhängnisvolle *Buch der Kränkungen* anzünden. Es würde verbrennen und Bukowski mit ihm. Bukowski und die Brombeere in ihrem Bauch.

Panik schwappte in ihr hoch. Ein Gefühl, als wäre sie in ein Becken mit eiskaltem Wasser geworfen worden.

Schwimm, dachte sie. Beweg dich, wenn du nicht so enden willst wie Gregor und Samuel.

Wut stieg in ihr hoch. Wut über ihre eigene Unvorsichtigkeit. Wut, dass sie so hilflos war und auch ihr zweites Kind nicht beschützen konnte – genauso wenig wie das erste. Die Wut heizte ihr ein, Bukowski wurde warm. Eine Schweißschicht bildete sich auf ihrer Stirn, am Rücken, zwischen den Brüsten. Und zum Glück auch an den Armen. Es gelang ihr, den Knoten so zu lockern, dass sie die Linke herausziehen konnte. Die Krawattenfessel fiel zu Boden, ihre Hände waren frei.

Pammer hatte sie inzwischen umrundet und den letzten Rest Benzin ausgeschüttet. Er schaute nicht her.

Rasch griff sie nach unten zu ihrem rechten Bein und zerrte am Schnürsenkel. Aber er saß so fest, dass sie es ohne Werkzeug nicht schaffte.

Ihre Augen scannten den Schreibtisch. In dem Chaos von Zetteln, Zeichnungen und Stiften erkannte Bukowski ein Briefmesser. Sie rückte mit dem Stuhl näher heran, streckte sich und erwischte es.

Pammer warf den leeren Kanister weg und griff zur Zündholzschachtel. Er ratschte ein Streichholz an und hielt es ans *Buch der Kränkungen*. Das Papier fing nur langsam Feuer, fast widerwillig. Als es lichterloh brannte, warf er es auf einen Wäschehaufen.

Bukowski schnitt den Schnürsenkel um ihr rechtes Sprunggelenk durch. Dann den links.

Pammers Wäsche hatte sofort Feuer gefangen. Rauch stieg hoch und ein beißender Gestank kroch in Bukowskis Nase. Erst in dem Moment sah Pammer zu seiner Gefangenen und erkannte, dass ihre Gefangenschaft nur noch an einem dünnen Faden hing.

Er zog sein Messer aus dem Hosenbund und stürzte sich auf sie.

Bukowski säbelte noch immer an der Fessel um ihr linkes Bein. Sie schnitt sich, aber die Schnur war noch dran, als Pammer auf Armeslänge herankam und ihr sein Messer in den Hals stechen wollte.

Sie sprang hoch, mitsamt dem Stuhl, der noch immer an ihr hing, und brachte Pammer aus dem Gleichgewicht.

Er stürzte, Bukowski und der Stuhl fielen auf ihn drauf.

Seine Hand, die das Messer hielt – ein Küchenmesser, dessen Klinge rostbraun war von getrocknetem Blut, von Ulbrichs Blut – stach zu und fand ein Ziel. Weiches Fleisch. Bukowskis Fleisch.

Sie spürte einen hellen Schmerz, heiß und orangefarben, aber es gelang ihr, sich mit einem Ruck von ihrer Beinfessel zu befreien. Sie rappelte sich hoch und lief los. Nur weg vom Rauch, von den Flammen und dem wie irr um sich stechenden Pammer, nach dem jetzt das Feuer griff.

Bukowski taumelte aus der Wohnung, aus der Ordination.

Pammer folgte ihr nicht. Ihr Kreislauf spielte verrückt, aber sie riss sich zusammen und presste die Hand auf den Schmerz, der in ihrer Mitte saß. Mit Ach und Krach schaffte sie es alle drei Stockwerke nach unten. Schaffte es aus dem Haus.

Erst auf dem Gehsteig sah sie das Blut, das sich auf ihrem T-Shirt ausbreitete, und brach zusammen. Direkt vor den Füßen einer jungen Mutter.

„Mami, was hat die Frau?“

Bukowski, deren Blick schon umwölkt war, sah, wie die Mutter den Mund öffnete. Ein Schrei kam heraus, so schrill und hoch, dass Bukowski in einen blutroten See fiel und unterging.

Mit aller Kraft kämpfte sie sich noch einmal an die Oberfläche und wollte etwas sagen. „Leonie!“, zum Beispiel. Oder „Hilfe!“

Aber es kam nur unverständliches Gebrabbel über ihre Lippen, bevor die roten Wogen endgültig über ihr zusammenschlugen.

Den zweiten Schrei der Mutter, als der brennende Eugen Pammer nur zwei Meter von ihrem Söhnchen entfernt auf dem Gehsteig aufschlug – mit einem seltsam schmatzenden Geräusch, als wäre nicht sein Schädel zerplatzt, sondern eine überreife Marille –, bekam Bukowski nicht mehr mit.

39
16. April

Das Blutrot hatte Arme, die nach ihr griffen, sie umschlangen und einhüllten, bis sie ganz darin aufging.

Angenehm war es hier. Warm und weich und ein bisschen klebrig. Es gab keine Luft, aber das machte nichts, weil es auch keine Notwendigkeit mehr gab, zu atmen.

Notwendigkeiten und Bedürfnisse aller Art existierten nicht, nicht an diesem Ort, an dem nichts Gewicht hatte, am wenigsten der eigene Leib.

Bukowskis Körper löste sich auf in ein wunderbares Nichts.

Kein Schmerz, keine Müdigkeit, kein Hunger, kein Zittern. Nichts, das an einem zog. Nichts, das einen bedrängte.

Kein Zorn, keine Trauer.

Bloß ein sanft pulsierendes Rot in verschiedenen Schattierungen: satt und hell und sprudelnd wie arterielles Blut, ins Rostbraun spielend wie getrocknetes Blut auf der Klinge eines Messers, von schwarzen Schlieren durchzogen wie altes Menstruationsblut; und dann ein stockendes, immer klebriger werdendes Rotviolett, das allmählich verklumpte, dessen Klümpchen kleine Ausstülpungen bildeten, purpurne, warzenübersäte Früchte. Brombeeren.

Bukowski erwachte mit einem Schrei, der verebbte, während sie ihn ausstieß, und nur als Zischen über ihre Lippen kam.

Ihre Augen brannten. Sie blinzelte, und mit jedem Wimpernschlag verblasste das Rot. Es dünnte aus, bis nur noch ein klinisches Weiß mit einem leichten rosaroten Stich übrigblieb.

Sie erblickte einen Tropf, der mit ihrem Arm verbunden war. Und daneben eine weiße Gestalt, die ein frisch bezogenes Kissen ausschüttelte. Frau Holle?

„Wo bin ich?“, wollte sie sagen, aber ihr Kehlkopf war eingerostet und produzierte nur Grunzlaute.

„Ah, wir sind wach!“, sagte die Weiße.

Am Plural erkannte Bukowski, dass sie sich in einem Krankenhaus befand.

Nach dem dritten Versuch funktionierte ihre Stimme.

Sie erfuhr, dass sie im Kepler Universitätsklinikum in Linz war, dass die Weiße Dorothea hieß – Schwester Doro – und dass sie, Carla Bukowski, gestern Abend von der Intensivstation in die Interne verlegt worden war. Sie hatte einen Bauchstich erlitten, aber Glück im Unglück gehabt, weil kein lebenswichtiges Organ verletzt worden war.

Sie habe zwar viel Blut verloren, sagte Schwester Doro, ziemlich viel Blut, werde aber wieder ganz gesund. Natürlich müsse sie einige Zeit in der Klinik bleiben, um sicherzugehen, dass es keine Komplikationen gebe, keine Entzündungen, aber es sehe ganz gut aus.

Schwester Doro lächelte und schien sich ehrlich darüber zu freuen. Vermutlich sollte Bukowski das auch tun, aber etwas hinderte sie daran. Ihr roter Traum fiel ihr wieder ein. Die Brombeere. Ihr wurde heiß und Sekundenbruchteile später eiskalt. Ihre Linke, die nicht am Tropf hing, tastete nach der Bettdecke und schlug sie zurück. Bukowskis Bauch bedeckte ein Krankenhaushemd mit winzigen Blümchen, unter dem sich ein dicker Verband wölbte.

„Was ist mit meinem Baby?“, stieß sie hervor.

Schwester Doro runzelte die Stirn. Sie sei nur die Nachtschwester, sie wisse leider nicht alles. Da müsse Bukowski wohl auf die Visite warten.

Sie wartete fast den ganzen Vormittag. Endlich kam der Arzt, dessen Name wie der eines persischen Prinzen klang, und dem Brautjungfern gleich drei Studentinnen folgten. Frauen, die so jung waren, dass sie noch anhimmeln, erröten und ein Kichern unterdrücken konnten.

Bukowski fragte nach dem Baby.

Der Prinz verzog seine dramatischen Brauen zu spitz zulaufenden Bögen.

„Ich bin schwanger", erklärte Bukowski. Und als daraufhin immer noch keine Reaktion erfolgte, sprach sie von der kleinen Leonie, die wie eine Brombeere aussah oder vielleicht schon wie eine Kaulquappe, die ein warmes Pulsieren verströmte, wenn Bukowski ihre Hand auf den Bauch legte, und die weder Erdbeeren noch Essiggurken mochte, dafür aber Kaffee, Oliven und Pizza mit scharfen Peperoni. Und sie fragte, ob Leonie unverletzt sei.

Unruhe überkam den Prinzen. Er blätterte hektisch in seiner Patientenakte, misstraute offensichtlich dem Papier und beugte sich lieber über den Laptop, den die Studentinnen wie auf einem Servierwagen ins Zimmer karrten. Lange beugte er sich darüber.

Als er aufblickte, war die Verwunderung in seinem Blick einem nachsichtigen Bedauern gewichen. Er schüttelte seine dunkle Lockenpracht. „Es tut mir leid, Frau Bukowski, aber es gibt kein Baby."

Bukowski presste ihre Hand so fest auf den Bauchverband, dass sie ein scharfer Schmerz durchzuckte. Natürlich gab es eins. Leons Kind. Sie erzählte von dem Schwangerschaftstest – einem eindeutigen rosaroten Streifen, der das Vorhandensein der kleinen Brombeere bewies.

„Ein falsch-positiver Test kommt leider recht häufig vor“, erklärte der persische Prinz. „Waren Sie denn nicht beim Gynäkologen?“

„Ich ...“ Sie dachte nach. Den ersten Termin hatte sie versäumt, als der junge Polizist die Nachricht von Leons Tod überbracht hatte. Der zweite war am Freitag um 16 Uhr – wäre also gestern Nachmittag gewesen, wenn sie den Tag nicht schlafend in der Klinik verbracht hätte.

Der Prinz sah ihre maßlose Enttäuschung und schenkte ihr einen aufmunternden Blick. „Seien Sie froh. Oder wäre Ihnen lieber, Sie wären schwanger gewesen und hätten das Kind verloren?“

Ohne eine Antwort abzuwarten, eilte er hinaus, mit flatterndem Kittel und den Studentinnen dicht auf seinen Fersen. Das Kichern mussten die jungen Frauen nicht mehr unterdrücken, es war ihnen vergangen.

Die folgenden Tage dehnten sich wie Kaugummi. Die Schmerzen waren furchtbar. Schmerzmittel halfen nicht. Natürlich nicht, es handelte sich ja um Phantomschmerzen. Bukowski hatte ein Kind verloren, das nie existiert hatte. Es war, als wäre Leon ein zweites Mal gestorben. Endgültig diesmal. Nichts würde bleiben, nur Erinnerungen, die vergilben würden wie alte Fotos.

Kim kam täglich zu Besuch. Aber so viel Wärme und Positives sie auch verströmen mochte, es drang nicht durch Bukowskis Haut. Als säße sie in einem stählernen Panzer gefangen.

Und jede Nacht kamen die Albträume. Die neuen, die von der Auflösung der purpurnen Brombeere handelten. Und die alten, die sie schon abgehakt hatte. In denen Bukowski wie eine Irre rannte, um ihren Sohn Samuel von der Klippe zurückzureißen. Doch sie kam zu spät. Immer kam sie zu spät, Samuel sprang und ihre Hände schlossen sich um dünne Luft. Jede Nacht erwachte Bukowski schreiend und schweißgebadet.

Kim bestand darauf, dass sie psychiatrische Hilfe in Anspruch nahm. Ein ambitionierter Psychiater sah sich Bukowski an. Aber sie konnte nicht mit ihm sprechen. Bei seinem Anblick musste sie immer an Ulbrich denken, der verblutet war. Ihrer Nachlässigkeit wegen verblutet.

Sie bekam Antidepressiva – himmelblaue Pillen, die sie in eine himmelblaue Wattewolke packten. So dämmerte sie dahin.

Bär kam zu Besuch. Er nuschelte, wusste nicht, was er sagen sollte, und textete Bukowski mit Neuigkeiten vom Walderberg zu. Der Alltag sei wieder eingekehrt, erzählte er. Die Medien hätten Walburga Marini von allen Vorwürfen und Anschuldigungen freigesprochen, ihr guter Ruf sei wiederhergestellt, aber sie sei eine gebrochene Frau und bis auf Weiteres im Krankenstand.

Bukowski schloss die Augen und ließ seine Worte vorüberplätschern.

„Dafür ist der syrische Putzmann wieder aufgetaucht“, fuhr Bär fort. „Dieser Abd-en-Nur al Atassi hatte eine schwere Lungenentzündung und lag die ganze Zeit im Bett. Um seinen ersten Job in Österreich nicht gleich wieder zu verlieren, hat er seinen Cousin gebeten, ihn zu vertreten. Mohammed Qafour heißt der. Wohnt auch bei dieser Frau Hubinger in Reindlmühl. Der ist aber noch kein anerkannter Flüchtling, darf also noch gar nicht arbeiten. Deshalb ist er nach dem Mord getürmt. Aus Angst, zurückgeschickt zu werden, wenn es auffliegt. Mohammed Qafour war übrigens der, der dich angerufen hat und dessen Zettel du im Briefkasten der verbrannten Hütte gefunden hast. Hörst du mir eigentlich zu?“

Bukowski brummelte etwas Unverständliches.

„Hast du Schmerzen?“

Sie verneinte.

Bär nahm ihre bleiche Hand in seine Pranke und drückte sie. Dann ging er, ließ aber einen Sack voll Schaumrollen und Zaunerstollen zurück, die Bukowski an das Pflegepersonal verschenkte.

Auch Nowak kam. Auch er wusste nicht, was er sagen sollte, und sprudelte umso mehr Nichtssagendes hervor. Er erzählte vom Wetter, den Kollegen und vom Fall Fian, der eingestellt worden war. Marianne Fian war aus der U-Haft entlassen worden und zu ihrer Schwiegertochter gezogen, die ein Baby ...

An dieser Stelle biss er sich auf die Lippen und sprach nicht weiter. Bevor er ging, überreichte er Bukowski einen Umschlag. Weil ihr die Energie fehlte, ihn zu öffnen, übernahm er es für sie. Er las den Brief – ein behördliches Schreiben, das von ihrer Beförderung handelte – laut vor und strahlte dabei wie ein Honigkuchenpferd.

„Bezirksinspektorin Carla Bukowski“, sagte er und Stolz blähte seine Stimme.

Bukowski konnte nicht mehr. Sie war so verzweifelt, dass sie laut lachen musste. Es klang wie das von Pammer so gefürchtete Bellen und ließ die Wunde in ihrem Bauch kurz aufbrüllen.

Nowaks Blick erinnerte sie an ein Kind, dessen Luftballon geplatzt war. „Freust du dich gar nicht? Nicht ein bisschen?“

„Absurd“, sagte sie. „Eine Beförderung, obwohl ich den Fall Fian in den Sand gesetzt habe.“

„Du hast gar nichts in den Sand gesetzt. Gegen ein falsches Geständnis ist schwer aufzukommen. Und den

Fall Pammer hast du gelöst, du allein, obwohl er nicht einmal in deine Zuständigkeit fiel. Quasi im Drüberstreuen. Himmler ist dir jedenfalls wahnsinnig dankbar. Den Lorbeerkranz setzt er sich zwar selbst auf den Kopf, aber in Wahrheit weiß er genau, wem er ihn verdankt."

Bukowski hörte nicht zu. „Ich hätte Ulbrichs Tod verhindern können, wenn ich mich um ihn gekümmert hätte."

„Blödsinn! An Ulbrichs Tod ist ausschließlich sein Mörder schuld: Eugen Pammer."

„Und ich habe mich aus Leichtsinn ins Krankenhaus manövriert. Ich werde die nächsten Wochen nicht zu gebrauchen sein", setzte sie die Liste ihrer Verfehlungen fort.

„Das ist natürlich schade", sagte Nowak. „Aber mach dir keine Sorgen. Der Job wird dir schon nicht davonlaufen. Zuerst musst du dich auskurieren. Vollkommen und rundherum, darauf bestehe ich", sagte er. „Und bitte, Carla, du musst wieder mehr essen. Kim sagt ..."

Bukowski winkte ab. „Schon gut. Ich weiß, was sie sagt."

Als Nowak gegangen war, zerriss sie das Beförderungsschreiben in winzige Fetzen.

Sie ließ den Teller mit ihrem Abendessen stehen und spülte die Antidepressiva in die Toilette, weil sie die himmelblaue Watte nicht mochte. Die Schlaftabletten sammelte sie. Man konnte nie wissen. Vielleicht würden sie ihr einmal gute Dienste leisten?

Dann nahm sie ihren MP3-Player vom Nachttisch, stöpselte die Kopfhörer ein und wählte „Berenice. Lied vom Verschwinden" von Johannes Maria Staud.

Und während sie sich in das purpurrote, brombeerförmige Verschwinden hineinfallen ließ, nicht wissend, wie und ob es in ihrem Leben weitergehen sollte, fühlte sie eine seltsame Ruhe aufsteigen. Fast eine Art von Frieden. Wahrscheinlich nur einen Waffenstillstand.

Immerhin.

Anmerkungen

Dieses Buch ist ein Roman.

Alle in diesem Buch geschilderten Handlungen und Personen sind frei erfunden. Ähnlichkeiten mit lebenden oder verstorbenen Personen sind gegebenenfalls zufällig und nicht beabsichtigt.

Falls Sie Kathi Hubingers Witz von S. 234 nicht kennen, obwohl er einen Bart hat: „Das Polizeipferd“ lautet die einzig richtige Antwort.

Da die Geschichte im Frühjahr spielt, hätte die überreife Marille auf S. 350 wirklich nicht sein müssen. Trotzdem steht sie da und ist von Herzen Helmuth Schönauer gewidmet.

Mein inniger Dank geht an alle, die am Entstehen des Buches beteiligt waren:

- an meinen Lebensgefährten für die Recherchehilfe
- an meine Freundin Pia für psychiatrische Fachauskünfte (an trotzdem vorhandenen Fehlern bin ausschließlich ich selbst schuld)
- an meine Agentin Beate Riess für motivierende Telefonate
- an das gesamte Team des Haymon Verlags, besonders an meine wunderbare Lektorin Christina Kindl-Eisank und den fabelhaften Programmleiter Georg Hasibeder, zum Abschied.

Lena Avanzini
Nie wieder sollst du lügen
Carla Bukowskis erster Fall
344 Seiten, € 9.95
HAYMON taschenbuch 212
ISBN 978-3-7099-7848-1

Niemand kennt ihr Geheimnis – bis zum ersten Mord!
Zwei tödliche Autounfälle innerhalb weniger Tage. Und in beiden Fällen fehlen die Bremsspuren. Selbstmord, tragischer Unfall? Glauben zumindest die zuständigen Polizeibeamten. Eindeutig Mord!, ist sich Gruppeninspektorin Carla Bukowski sicher. Gibt es einen Zusammenhang zwischen den beiden Toten? Ist das nächste Opfer schon vorprogrammiert? Oder hat sie sich den Fall etwa doch nur zusammengesponnen?

Unaufhaltsam kämpft sich Carla Bukowski durch ein dichtes Gespinst aus Lügen, düsteren Geheimnissen und unbändiger Rachsucht. Packend ab der ersten Zeile!

„Dieses Buch ist bemerkenswert, weil es wenig vorhersehbar ist. Und in Details immer wieder überrascht.“
WDR, Christian Beisenherz